Colin Dexter

Zuletzt gesehen in Kidlington

Ein Fall für Inspector Morse

Aus dem Englischen von
Marie S. Hammer

Unionsverlag

Die englische Originalausgabe erschien 1976 bei Macmillan, London.
Die deutsche Erstausgabe erschien 1985
unter dem Titel ... *wurde sie zuletzt gesehen*
im Rowohlt Taschenbuch Verlag GmbH, Reinbek.
Für die vorliegende Ausgabe hat Eva Berié die deutsche Übersetzung
nach dem Original überarbeitet.

Im Internet
Aktuelle Informationen, Dokumente und Materialien
zu Colin Dexter und diesem Buch
www.unionsverlag.com

Unionsverlag Taschenbuch 806
© by Macmillan, an imprint of Pan Macmillan,
a division of Macmillan Publishers International Limited 1976
Originaltitel: Last Seen Wearing
© by Unionsverlag 2018
Übernahme der Übersetzung mit freundlicher Genehmigung
des Rowohlt Verlags, Reinbeck
Neptunstrasse 20, CH-8032 Zürich
Telefon +41 44 283 20 00
mail@unionsverlag.ch
Alle Rechte vorbehalten
Reihengestaltung: Heinz Unternährer
Umschlagfoto: Marko Pekić (Unsplash)
Umschlaggestaltung: Sven Schrape
Satz: Greiner & Reichel, Köln
Druck und Bindung: CPI – Clausen & Bosse, Leck
ISBN 978-3-293-20806-3
2. Auflage, September 2018

Der Unionsverlag wird vom Bundesamt für Kultur mit einem
Verlagsförderungs-Strukturbeitrag für die Jahre 2016–2020 unterstützt.

Auch als E-Book erhältlich

Vorspiel

Der Zug auf Gleis eins fährt in Kürze ab

Er war recht zufrieden mit sich. Natürlich ließ sich noch nichts Bestimmtes sagen, aber doch, ja – er hatte seine Sache gut gemacht. Er rief sich die einzelnen Phasen des Gesprächs noch einmal ins Gedächtnis zurück: ihre Fragen – klug und zugleich auch wieder töricht – und seine sorgfältig überlegten und, da war er sicher, gut formulierten Antworten. Zwei oder drei erschienen ihm im Nachhinein besonders gelungen, und in der Erinnerung daran huschte, während er dastand und wartete, ein flüchtiges Lächeln um seinen energischen, gut geschnittenen Mund. Eine seiner Erwiderungen war ihm noch im Wortlaut gegenwärtig:

»Meinen Sie nicht, dass Sie für dieses Amt noch etwas zu jung sind?«

»Da haben Sie sicher nicht ganz unrecht. Es ist ein sehr verantwortungsvoller Posten, und ich bin überzeugt, dass es Zeiten geben wird, wo ich – immer vorausgesetzt, dass Sie mir diese Aufgabe anvertrauen – dankbar auf den Rat von Älteren und Erfahreneren zurückgreifen werde.« Einige der betagteren Kommissionsmitglieder hatten bedeutungsvoll genickt. »Leider steht es nicht in meiner Macht, falls die fehlenden Jahre ein Hinderungsgrund sein sollten, daran etwas zu ändern. Das Einzige, was ich Ihnen versprechen kann, ist, dass dieses Manko – wenn es denn von Ihnen als solches empfunden wird – im Laufe der Zeit von selbst verschwindet.«

Nicht eben originell. Das Argument hatte er von einem früheren Kollegen, der sich rühmte, als Erster darauf gekommen zu sein. Der gedämpften Heiterkeit und dem wohlwollenden Gemurmel nach zu urteilen, hatte es auch hier die beabsichtigte Wirkung erzielt. Und keines der dreizehn Mitglieder des Gremiums schien es vorher schon einmal gehört zu haben.

Man würde sehen.

Wieder lächelte er und sah auf die Uhr. Halb acht. Seinen Zug um 20.35 Uhr würde er auf jeden Fall noch bekommen. Ankunft in London 21.42 Uhr, dann durch die Stadt zum Bahnhof Waterloo. Gegen Mitternacht konnte er zu Hause sein, vorausgesetzt, er hatte ein bisschen Glück mit dem Anschluss. Doch darüber machte er sich im Augenblick nicht viele Gedanken. Er fühlte sich sehr unbeschwert, in einer Art Aufbruchsstimmung und im Einklang mit sich und der Welt. Ob das an den beiden doppelten Whisky lag, die er sich vorhin, nachdem alles vorbei war, genehmigt hatte? Er würde die Stelle bekommen. Auf einmal war er fest davon überzeugt.

Jetzt war Februar. Seine Kündigungsfrist betrug ein halbes Jahr. Er zählte die Monate an den Fingern ab: März, April, Mai, Juni, Juli, August. Das würde also keine Probleme geben.

Er ließ seinen Blick über die Häuser auf der gegenüberliegenden Straßenseite wandern. Ziemlich elegant. Vier Schlafzimmer, große Gärten. Er würde sich eines dieser kleinen Treibhäuser anschaffen, die in Fertigteilen geliefert wurden, und Tomaten ziehen, vielleicht auch Gurken wie Diokletian – oder war es Hercule Poirot gewesen?

Er trat aus dem scharfen Wind zurück in das hölzerne Wartehäuschen. Es hatte wieder zu nieseln begonnen. Ab und zu sauste auf der nassen Straße zischend ein Auto vorbei. Die Fahrbahn schimmerte im Licht der Straßenlampen orange ... Dumm, dass sie kurz vor Schluss noch auf seine Dienstzeit bei der Armee zu sprechen gekommen waren.

»Sie sind also nicht als Offizier entlassen worden?«

»Nein.«

»Gab es dafür einen bestimmten Grund?«

»Ich glaube, ich war nicht gut genug. Ich meine, zum damaligen Zeitpunkt. Als Offizier muss man bestimmte Voraussetzungen mitbringen ...« Er geriet ins Schwimmen, zwang sich aber weiterzureden. Nur nicht stocken, sich nichts anmerken lassen! »Und ich war ... also, ich brachte diese Voraussetzungen einfach nicht mit. Damals trat eine große Zahl sehr befähigter Männer in die Armee ein, die mir, was natürliche Autorität und Selbstvertrauen anging, überlegen waren.« Belass es dabei. Sei bescheiden.

Ein pensionierter Oberst und ein Major a. D. nickten beifällig. Wenn ihn nicht alles täuschte, hatte er soeben zwei weitere Stimmen gewonnen.

Es war immer dasselbe bei diesen Einstellungsgesprächen. Man musste möglichst dicht an der Wahrheit bleiben, durfte jedoch nicht den Fehler begehen, wirklich aufrichtig zu sein. Fast alle Männer, mit denen er in der Armee näher zu tun gehabt hatte, waren an Public Schools erzogen worden. Ihr Selbstbewusstsein schien grenzenlos, sie hatten den richtigen Akzent. Es waren Leutnants, Oberleutnants, Hauptmänner. Sie hatten die Offizierslaufbahn als ihr Geburtsrecht reklamiert, und ihr Anspruch war zu gegebener Zeit eingelöst worden. Über Jahre hinweg hatte er wegen dieser Bevorzugung einen dumpfen Neid verspürt. Schließlich hatte er genau wie sie eine Public School absolviert ...

Die Busse verkehrten offenbar nur in größeren Abständen, und ihm kamen Zweifel, ob er noch rechtzeitig zur Abfahrt des Zuges um 20.35 Uhr am Bahnhof sein würde. Er trat einen Schritt vor und blickte die gut erleuchtete Straße hinunter, ehe er sich wieder in den Schutz des Wartehäuschens zurückzog, dessen Holzwände, wie nicht anders zu erwarten, mit gekritzelten und eingeritzten Obszönitäten übersät waren. Der unvermeidliche Kilroy hatte auf seinen rastlosen Wanderungen auch hier seinen Namenszug hinterlassen, und mehrere ortsansässige Prostituierte hatten die Wände dazu benutzt, potenziellen Kunden ihre Willfährigkeit zu annoncieren. Eine Enid liebte einen Gary und ein Dave eine Monica. Zahlreiche Verwünschungen legten den Schluss nahe, dass Oxford United seine Fans seit einiger Zeit ziemlich frustriert haben musste. Allen Faschisten wurde geraten zu verschwinden. Für Angola, Chile und Nordirland wurde Freiheit gefordert. Eine Scheibe in einer der Seitenwände war eingeschlagen, und hier und dort blinkten zwischen eingetrockneten Apfelsinenschalen, leeren Chipstüten und zerbeulten Coladosen Glasscherben. Abfall! Angewidert verzog er das Gesicht. Solchen Abfall fand er obszöner als obszöne Kritzeleien. Wäre er der Boss, würde ein striktes Abfallgesetz erlassen. Aber auch auf seinem neuen Posten würde er diesbezüglich einige Möglichkeiten haben. Wenn sie ihn wirklich nahmen ...

Wo blieb nur der Bus? Schon Viertel vor acht! Vielleicht blieb er doch besser über Nacht in Oxford. Die Entscheidung stand ihm frei. Und wenn schon Angola und anderen Freiheit gewährt werden sollte, warum nicht auch ihm? Es war schon Jahre her, dass er mehr als einen Tag getrennt von seiner Familie verbracht hatte. Er würde nichts verlieren, im Gegenteil. Die Schulbehörde hatte sich bei der Erstattung der Reisespesen außerordentlich großzügig gezeigt. Das Auswahlverfahren musste die Gemeindekasse einiges gekostet haben. Nicht weniger als sechs Bewerber in der engeren Auswahl – und einer sogar aus Inverness! Der würde die Stelle wohl kaum bekommen. Alles in allem schon eine merkwürdige Erfahrung, so eine Begegnung von Konkurrenten. Mehr als oberflächliche Freundlichkeit kam von vornherein nicht auf. Wie auf einem Schönheitswettbewerb. Alle lächeln sich an, obwohl sie sich am liebsten die Augen auskratzen würden.

Plötzlich fiel ihm noch eine Frage ein, die sie gestellt hatten: »Vorausgesetzt, Sie würden das Amt übernehmen, was denken Sie, wäre zunächst Ihr größtes Problem?«

»Ich könnte mir vorstellen, der Hausmeister.«

Seine Antwort war ganz ernst gemeint, und der begeisterte Ausbruch von Heiterkeit, den er damit auslöste, verblüffte ihn. Erst hinterher hatte er erfahren, dass der jetzige Pedell eine Art Unmensch zu sein schien, den alle wegen seiner Widerspenstigkeit und Übellaunigkeit insgeheim fürchteten.

Ja, er würde den Posten bekommen. Und eine wichtige taktische Maßnahme würde sein, sich die Anerkennung des Kollegiums und der Schüler zu sichern, indem er dieses Ekel von Hausmeister vor die Tür setzte. Als Nächstes kam der Abfall an die Reihe. Und danach …

»Warten Sie auf den Bus?«

Er hatte nicht mitbekommen, wie sie das Wartehäuschen betreten hatte. Unter ihrem Plastikhut glänzte ihr Gesicht von Regentropfen. Er nickte. »Scheint ja nicht gerade häufig zu fahren.« Sie kam auf ihn zu. Ein hübsches Mädchen. Ihr Mund gefiel ihm. Schwer zu sagen, wie alt sie war. Achtzehn? Vielleicht auch jünger.

»Es muss gleich einer kommen.«

»Na, hoffentlich haben Sie recht.«

»Ungemütliches Wetter.«

»Ja.« Er ärgerte sich. Das hatte so abschließend geklungen, dabei hätte er sich gerne noch weiter mit ihr unterhalten. Wenn sie schon beide hier warten mussten, konnten sie wenigstens miteinander reden. Sie schien ähnlich zu denken wie er, hatte aber offenbar nicht seine Hemmungen.

»Wollen Sie nach Oxford?«

»Ja. Ich möchte den Zug um 20.35 Uhr nach London erwischen.«

»Den kriegen Sie noch.« Sie zog ihren glänzenden Plastikmantel aus und schüttelte die Tropfen ab. Ihre Beine waren schlank, fast mager, aber wohlproportioniert. Er spürte eine leichte Erregung. Der Whisky …

»Wohnen Sie in London?«

»Nein, zum Glück nicht. Ich lebe in Surrey.«

»Wollen Sie da heute noch hin?«

Das genau war die Frage. »Wenn man erst in London ist, geht es schnell.«

Sie schwieg.

»Und Sie wollen heute Abend nach Oxford?«, fragte er.

»Ja. Hier ist ja nichts los«, sagte sie. Sie war wohl doch

jünger, als er zuerst gedacht hatte. Ihre Blicke trafen sich, und einen Moment lang sahen sie einander in die Augen. Wirklich, ein schöner Mund. Er genoss es, hier bei ihr zu stehen – vielleicht ein bisschen mehr, als er eigentlich sollte. Er lächelte sie an. »Und im großen, bösen Oxford lässt sich was erleben?« In seiner Stimme lag gutmütiger Spott.

Sie betrachtete ihn lauernd. »Kommt drauf an, was man will.« Bevor er in Erfahrung bringen konnte, was sie wollte und welche Vergnügungen die alte Stadt außerhalb der universitären Mauern bot, fuhr ein roter Doppeldeckerbus an die Haltestelle, und ein Schwall schmutzig braunen Regenwassers ergoss sich über seine auf Hochglanz polierten schwarzen Schuhe. Die automatischen Türen öffneten sich geräuschvoll, und er trat zur Seite, um das Mädchen vorzulassen. Den Fuß auf der Treppe zum Oberdeck, drehte sie sich zu ihm um: »Kommen Sie auch hoch?«

Oben war es leer. Sie setzte sich ganz nach hinten und lächelte einladend. Ihm blieb nichts anderes übrig, als ihr zu folgen. Er hatte eigentlich auch nichts dagegen.

»Haben Sie eine Zigarette?«

»Nein, tut mir leid. Ich rauche nicht.« War sie ein Flittchen und wollte ihn ausnehmen? Sie benahm sich fast so. Vermutlich hatte sie ihn nach seiner Kleidung taxiert, dem korrekten dunklen Anzug, dem weißen Hemd, der Krawatte, die ihn als ehemaligen Cambridge-Studenten auswies, dem gediegenen Mantel sowie seiner schwarzen Lederaktentasche, und hielt ihn für einen gut situierten Londoner Geschäftsmann. Vielleicht war sie darauf aus, dass er ihr in einer Lounge-Bar ein paar teure Drinks spendieren würde, aber da hatte sie sich getäuscht. Nach der Fahrt würde er sich sofort von ihr verabschieden. Und trotzdem spürte er sofort wieder, wie sie ihn auf eine merkwürdige Art und Weise anzog. Sie nahm den durchsichtigen Regenhut ab und schüttelte ihr langes dunkles Haar. Es duftete frisch gewaschen.

Der Schaffner kam auf sie zu und blieb vor ihnen stehen.

»Zweimal nach Oxford, bitte.« Er hatte es gesagt, ohne zu überlegen.

»Und wohin genau?« Es klang unfreundlich.

»Ja, also – ich will zum Bahnhof«, sagte er zögernd.

Sie traf die Entscheidung: »Zweimal zum Bahnhof, bitte.« Der Schaffner gab ihnen die Fahrkarten und stieg müde wieder nach unten.

Darauf war er nicht vorbereitet gewesen, und er wusste auch nicht, was er hätte sagen sollen. Sie schob ihren Arm unter seinen und drückte sanft seinen Ellbogen an sich. »Der würde bestimmt gerne wissen, was wir vorhaben.« Sie kicherte übermütig. »Jedenfalls vielen Dank, dass Sie für mich mitbezahlt haben.« Sie beugte sich zu ihm herüber und küsste ihn leicht auf die Wange.

»Sie haben vorhin gar nicht erwähnt, dass Sie auch zum Bahnhof wollen.«

»Will ich auch eigentlich gar nicht.«

»Wohin wollen Sie denn dann?«

Sie rückte näher. »Weiß nicht.«

Einen schrecklichen Augenblick lang befürchtete er, dass sie etwas beschränkt sei. Dann musste er über sich selbst lächeln. Nein, sie war nicht zurückgeblieben, ganz im Gegenteil; sie wusste besser, was lief, als er. Er war erleichtert, als der Bus vor dem Bahnhof hielt. Erst 20.17 Uhr. Noch über eine Viertelstunde, bis sein Zug fuhr.

Sie stiegen zusammen aus. Vor dem Bahnhofseingang unter einem Hinweisschild mit der Aufschrift FAHRKARTEN/ BUFFET blieben sie stehen und sahen sich an. Es nieselte immer noch. »Darf ich Sie zu einem Drink einladen?« Es sollte beiläufig klingen.

Sie nickte, »'ne Cola wär nicht schlecht.«

Ihre Anspruchslosigkeit überraschte ihn. Er hätte erwartet, dass sie die Gelegenheit genutzt und einen Gin oder Wodka verlangt hätte, etwas, was sie sich sonst nicht leisten konnte. Aber was wollte sie dann? »Wirklich nur eine Cola?«

»Ja, vielen Dank. Ich mag keinen Alkohol.«

Sie betraten die Bahnhofsgaststätte. Er bestellte für sich einen doppelten Whisky und für sie eine Cola und eine Schachtel Benson & Hedges. »Für Sie.«

Sie schien sich ehrlich zu freuen, riss die Packung gleich auf, zog eine Zigarette heraus und zündete sie an. An ihrer Cola nippte sie nur. Der Minutenzeiger an der großen Uhr über der Tür zu den Bahnsteigen rückte unerbittlich gegen halb vor. »Es wird Zeit, dass ich auf den Bahnsteig gehe. Also ...« Er zögerte, griff dann entschlossen nach seiner Aktentasche, die er neben dem Stuhl abgestellt hatte. Er wandte sich ihr zu, und wieder trafen sich ihre Blicke. »Es war schön, Sie kennengelernt zu haben. Vielleicht treffen wir uns eines Tages mal wieder.« Er stand auf. Sie sahen sich noch immer in die Augen. Jetzt zu gehen, fiel ihm schwer.

Sie sagte: »Ich wünschte, wir könnten etwas Unartiges tun. Sie nicht auch?«

O Gott – ja, natürlich. Sein Atem ging plötzlich schneller, und sein Mund war auf einmal ganz trocken. Über den Lautsprecher kam die Ansage, dass der Zug, Abfahrt 20.35 Uhr, nach London/Bahnhof Paddington über Reading auf Gleis eins Einfahrt habe. Fahrgäste nach ... Es rauschte an ihm vorbei. Er hätte jetzt lächelnd gestehen sollen, wie sehr auch ihm das gefallen würde, dann ein freundliches Kopfnicken, schon etwas distanziert, und mit drei, vier Schritten wäre er an der Tür gewesen, die zum Bahnsteig führte, wo sein Zug auf ihn wartete. Nur diese paar Schritte – und alles wäre anders gekommen. Nach Monaten und selbst noch Jahren sollte er immer wieder bitter mit sich ins Gericht gehen, dass er für diese wenigen rettenden Schritte nicht die Kraft gehabt hatte.

»Aber wo können wir denn hingehen?«, hörte er sich fragen. Die Thermopylen lagen unbewacht, und die persischen Heermassen strömten ungehindert nach Griechenland ein.

I

*Der Schönheit Fahne
Weht purpurn noch auf Lipp' und Wange dir,
Hier pflanzte nicht der Tod sein bleiches Banner*
Shakespeare, Romeo und Julia, 5. Aufzug, 3. Szene

Dreieinhalb Jahre später saßen sich in einem Büro zwei Männer gegenüber.

»Sie haben die Akten. Mit dem vorhandenen Material sollte sich etwas anfangen lassen.«

»Ihm scheint es aber nicht weitergeholfen zu haben.« Morse' sarkastischer Ton brachte deutlich zum Ausdruck, was er von der ganzen Sache hielt.

»Vielleicht hat er erfahren, was zu erfahren war.«

»Sie meinen, sie sei von zu Hause weggelaufen, und damit hätte sichs?«

»Wäre doch denkbar.«

»Und was erwarten Sie jetzt von mir? Wo nicht mal Ainley sie gefunden hat?«

Chief Superintendent Strange gab nicht gleich eine Antwort, sondern sah an Morse vorbei auf die mit roten und grünen Aktenordnern vollgestopften Regale. »Stimmt«, sagte er schließlich, »er hat sie nicht gefunden.«

»Und er hat den Fall von Anfang an bearbeitet.«

»Von Anfang an«, sagte Strange.

»Und ist keinen Schritt vorangekommen.«

Strange schwieg.

»Dabei verstand er etwas von seiner Arbeit«, sagte Morse nachdrücklich und fragte sich im nächsten Moment, warum, zum Teufel, er sich überhaupt darauf eingelassen hatte, mit Strange zu argumentieren. Da war eines Tages ein Mädchen von zu Hause weggelaufen und danach nicht mehr gesehen worden. Na und? Jahr für Jahr liefen Hunderte von Mädchen von zu Hause weg. Die meisten meldeten sich früher oder später, wenn der Reiz des Neuen verflogen war und das Geld knapp wurde, und kamen wieder zurück. Es gab allerdings auch einige, von denen hörte man nichts mehr, zugegeben. Und für die, die daheim vergeblich auf sie warteten, brachte jeder Tag neuen Schmerz. Ja, einige kamen nie mehr zurück ... Nie mehr.

Stranges Frage unterbrach seinen melancholischen Gedankengang. »Sie übernehmen also den Fall?«

»Hören Sie, wenn Ainley ...«

»Nein, Sie hören!«, blaffte Strange. »Ainley war ein verdammt besserer Polizist, als Sie es jemals sein werden. Und genau aus diesem Grund, gerade weil Sie in vielerlei Hinsicht kein guter Polizist sind, habe ich mich entschlossen, Ihnen den Fall zu übertragen. Sie mit Ihrer sogenannten Intuition und ... ach, ich weiß nicht, wie ich es nennen soll.«

Aber Morse war schon klar, was er meinte. In gewisser Weise hätte es ihn freuen können. Vielleicht tat es das sogar ein bisschen. Aber andererseits – zwei Jahre. Zwei volle Jahre! »Der Fall ist doch längst gestorben, Sir, das wissen Sie selbst. Die Leute vergessen. Und das ist gut so. Manche müssen vergessen. Zwei Jahre sind eine lange Zeit.«

»Zwei Jahre, drei Monate und zwei Tage«, präzisierte Strange.

Morse stützte das Kinn in die Linke und rieb sich mit dem Zeigefinger einen Nasenflügel. Mit seinen grauen Augen starrte er auf die Betondecke des Innenhofes. Hier und dort sprossen vereinzelt Grashalme. Ein kleines Wunder. Ob sie sich wirklich durch den harten Beton drängten? Sichere Methode, eine Leiche verschwinden zu lassen – unter Beton. Außerdem schön einfach. Man brauchte bloß ... »Sie ist tot«, sagte er plötzlich.

Strange sah ihn an. »Was bringt Sie zu der Behauptung?«

»Das kann ich nicht so genau sagen. Aber wenn es all die Jahre nicht gelungen ist, sie zu finden, nun, ich denke, da liegt die Vermutung nahe, dass sie nicht mehr am Leben ist. Einen Toten zu verstecken ist schon schwer, aber einen lebenden Menschen noch ungleich schwerer. Er liegt ja nicht nur da, sondern steht auf, geht umher, begegnet anderen Leuten. Nein, ich nehme an, sie ist tot.«

»Ainley war auch dieser Ansicht.«

»Und Sie?«

Strange zögerte einen Augenblick. »Ich habe seine Ansicht geteilt.«

»Dann hat er also die Sache in Wirklichkeit als Mordfall behandelt?«

»Offiziell nicht – nein. Da hat er sich an die vorliegenden Fakten gehalten. Das heißt, er hat nach einem als vermisst gemeldeten Mädchen gesucht.«

»Und inoffiziell?«

Strange zögerte erneut. »Ainley ist mehrere Male bei mir gewesen wegen des Falles. Er muss ihn sehr beschäftigt haben. Es gab da einige Aspekte, die ihn, nun, sagen wir mal, beunruhigten.«

Morse sah verstohlen auf die Uhr. Zehn nach fünf. Die National Opera gastierte gerade im *New Theatre* mit einer Inszenierung der *Walküre*, und er hatte sich für den heutigen Abend eine Karte besorgt. Die Vorstellung begann um halb sieben.

»Es ist zehn nach fünf«, sagte Strange, und Morse fühlte sich fast wie in seiner Schulzeit, wenn der Lehrer ihn beim Gähnen ertappt hatte. Schule ... Valerie Taylor war, als sie verschwand, noch ein Schulmädchen – er hatte damals über den Fall gelesen. Etwas über siebzehn. Ausgesprochen hübsch. Träume vom aufregenden Leben in der Großstadt. Begeisterung, Sex und Drogen, dann Prostitution, Abrutschen ins kriminelle Milieu, Gosse. Zum Schluss die Reue. Wir alle bereuen am Ende. Und danach? Zum ersten Mal, seit er in

Stranges Büro saß, fühlte Morse so etwas wie Interesse. Was war mit Valerie Taylor geschehen?

Als Strange wieder zu reden begann, war es fast wie eine Antwort auf Morse' nur in Gedanken gestellte Frage. »Am Ende hielt Ainley es für möglich, dass sie Kidlington niemals verlassen hat.«

Morse schaute ruckartig auf. »Was hat ihn bloß auf diese Idee gebracht?« Er sprach langsam und spürte dabei eine ihm wohlvertraute innere Erregung. Die *Walküre* war in diesem Augenblick vergessen.

»Nun, es gab da, wie ich schon sagte, einiges, was ihn beunruhigte.«

»Und was genau war das?«

»Sie finden alles in den Akten.«

Also doch Mord? Das war eher sein Metier. Als der Superintendent auf die verschwundene Valerie Taylor zu sprechen gekommen war, hatte er zunächst befürchtet, dass ihm da wieder eine dieser Vermisstensachen aufgehalst werden sollte, bei denen die Ermittlungsarbeit der Suche nach der berühmten Nadel im Heuhaufen glich – ebenso undankbar, uneindeutig, unendlich. Er wusste nur zu gut, was ihn in dem Fall erwartet hätte: Zuhälter, Nutten, üble Typen in miesen Schuppen, schäbige Straßen und als Nachtquartier irgendwelche heruntergekommenen Hotels in London, Liverpool, Birmingham. Ihm grauste, wenn er nur daran dachte. Und dann die unsägliche Monotonie der polizeilichen Routinemaßnahmen. Überprüfen. Noch mal überprüfen. Nichts. Das Ganze noch einmal von vorn. Ohne dass ein Ende abzusehen war. Aber das alles blieb ihm ja nun zum Glück erspart. Er konnte aufatmen. Doch schon ließ ihn ein neuer Gedanke wieder unruhig werden: Warum gerade jetzt? Warum ausgerechnet heute, Freitag, den 12. September – zwei Jahre, drei Monate und ... wie viel? ... zwei Tage, nachdem Valerie Taylor auf dem Weg von ihrem Elternhaus zurück zur Schule am helllichten Mittag verschwunden war? Er runzelte nachdenklich die Stirn. »Ich nehme an, es hat sich etwas Neues ergeben?«

Strange nickte. »Ja.«

Das war eine gute Nachricht. Passt auf, ihr elenden Sünder da draußen. Er würde darum bitten, Sergeant Lewis für den Fall freizustellen. Er mochte Lewis.

»Und ich bin sicher, dass Sie genau der richtige Mann für diese Aufgabe sind.«

»Ich weiß Ihr Vertrauen zu schätzen, Sir.«

»Vor ein paar Minuten hatte ich nicht diesen Eindruck.«

»Um ehrlich zu sein, Sir, ich hatte anfangs vermutet, es handle sich um eine dieser unerfreulichen Vermisstensachen.«

»Da haben Sie ganz richtig vermutet.« Stranges Stimme war plötzlich von einer unnachgiebigen Härte. »Und damit kein falscher Eindruck entsteht: Es kann keine Rede davon sein, dass ich Sie bitte, den Fall zu übernehmen, sondern ich ordne es hiermit an.«

»Aber wir waren doch eben noch beide derselben Meinung, dass ...«

»*Sie* waren der Meinung. Es hat sich herausgestellt, dass Ainleys Annahme falsch war. Valerie Taylor ist höchst lebendig.« Er ging zu einem der Aktenschränke, schloss ihn auf und entnahm ihm einen einfachen braunen Briefumschlag, an dem mit einer Büroklammer ein schmaler Bogen billigen Briefpapiers befestigt war. Er gab beides Morse. »Sie können es ruhig in die Hand nehmen. Es war schon im Labor – keine Fingerabdrücke. Da hat sie nun endlich doch noch nach Hause geschrieben.«

Morse sah unglücklich auf die drei kurzen, mit ungelenker Hand geschriebenen Zeilen:

Liebe Mami, lieber Papi, nur damit ihr Bescheid wisst, dass ich gesund bin, und euch keine Sorgen macht. Es tut mir leid, dass ich euch nicht eher geschrieben habe, aber bei mir ist alles okay. Viele liebe Grüße, Valerie

Der Briefumschlag trug keinen Absender. Morse entfernte die Büroklammer und betrachtete den Poststempel. Der Brief war am Dienstag, dem 2. September, in London EC4 aufgegeben worden.

2

Wenn man dort schon singt,
lasse man sich ruhig nieder
Wort mit O, vier Buchstaben

Links von ihm saß ein ungeheuer dicker Mann. Er war sehr knapp vor Beginn der Ouvertüre hereingekommen und hatte sich unter kurzatmig hervorgestoßenen Entschuldigungen ächzend die Reihe »J« entlang zu seinem Platz gequält, einem Schwertransporter nicht unähnlich, der unter Schwierigkeiten eine schmale Brücke passiert. Nachdem er glücklich seinen Sitz erreicht und sich in seiner ganzen erstaunlichen Leibesfülle niedergelassen hatte, stand ihm vor lauter Anstrengung der Schweiß auf der Stirn, und er rang nach Luft wie ein gestrandeter Wal.

Morse zur Rechten saß eine spröde wirkende junge Dame mit Brille in einem langen dunkelroten Kleid. Auf ihren Knien hielt sie die umfangreiche Partitur. Morse hatte ihr, als er seinen Platz einnahm, höflich zugenickt, woraufhin sich ihre Lippen den Bruchteil einer Sekunde lang zu der Andeutung eines Lächelns verzogen hatten, bevor ihr Gesicht wieder einen Ausdruck frostiger Reserviertheit annahm. Morse konnte sich angenehmere Gesellschaft vorstellen.

Aber es blieb ihm ja der Genuss der wunderbaren Musik. Er dachte an das ergreifende Liebesduett im ersten Aufzug. Hoffentlich war der Sänger des Siegmund seiner Partie gewachsen, denn diese Tenorpassage war mit das Schönste, was klassische Oper zu bieten hatte – aber eben auch sehr schwierig. Der Dirigent schritt durch den Orchestergraben, bestieg das Podium und bedankte sich mit einer liebenswürdigen Verbeugung für den Begrüßungsapplaus. Das Licht erlosch, und Morse lehnte sich mit einem Gefühl freudiger Erwartung zurück. Nachdem auch das letzte Husten schließlich verstummt war, hob der Dirigent seinen Stab. Die *Walküre* hatte begonnen.

Nach kaum mehr als zwei Minuten fühlte sich Morse auf einmal abgelenkt. Er warf einen schnellen Seitenblick nach rechts und stellte fest, dass die bebrillte Mona Lisa neben ihm von irgendwo eine Taschenlampe hervorgeholt hatte und den Lichtstrahl, den Noten folgend, über die Partitur gleiten ließ. Die Seiten knisterten und raschelten beim Umblättern. Der langsam hin- und herwandernde Schein ließ Morse unwillkürlich an einen Leuchtturm denken. Geschenkt. Sobald sich der Vorhang hob, würde sie die Beschäftigung mit der Partitur wohl ohnehin aufgeben. Aber ärgerlich war es schon. Plötzlich fiel ihm auf, dass es im Saal sehr heiß war, und er überlegte, ob er sich die Jacke ausziehen sollte. Im selben Augenblick wurde er gewahr, dass der Koloss links neben ihm in Bewegung geriet. Offenbar hatte er denselben Gedanken gehabt und war jetzt dabei, ihn in die Tat umzusetzen. An den Rand seines Sitzes gedrängt, verfolgte Morse in einer Art ohnmächtiger Faszination die Bemühungen seines beleibten Nachbarn, die Jacke loszuwerden, was diesem mehr Schwierigkeiten bereitete als dem in die Jahre gekommenen Houdini, sich aus einer Zwangsjacke zu befreien. Von aufgebrachtem Zischen der Umsitzenden begleitet, brachte er sein Vorhaben schließlich zu einem guten Ende, hielt einen Moment inne und begann dann, sich schnaufend in die Höhe zu hieven, um das lästige Kleidungsstück unter sich hervorzuziehen. Sein Klappsitz schlug mit einem lauten Knall gegen die Rückenlehne, wurde wieder heruntergedrückt und gab, als der Dicke sich darauf niederließ, eine Art Stöhnen von sich. Erneutes Zischen in der Umgebung – dann endlich herrschte in Reihe »J« wieder Ruhe und Frieden. Die Bebrillte war allerdings noch immer mit ihrer Taschenlampe zugange – für Morse' empfindsames Gemüt eine unschöne Beeinträchtigung seines Kunstgenusses. Aber mit so etwas musste man vielleicht rechnen. Wagnerianer waren ein verrückter Haufen.

Morse schloss die Augen, um sich ganz den vertrauten Klängen hinzugeben. Exquisit.

Im ersten Moment glaubte er, der kräftige Knuff sei dazu bestimmt, seine Aufmerksamkeit zu erregen, doch als er sich mit fragendem Blick zur Seite wandte, wurde ihm klar, dass dem Dicken mitnichten an Kommunikation gelegen war, dass der Rippenstoß vielmehr Teil seiner raumgreifenden Bemühungen war, an ein Taschentuch zu gelangen. Bei dem sich noch ausweitenden zähen Kampf fand Morse plötzlich einen Zipfel seines Jacketts unter der Leibesfülle des Nachbarn eingeklemmt. Sein vorsichtiger Versuch, ihn dort wieder hervorzuziehen, trug ihm einen strafenden Blick von Florence Nightingale ein.

Gegen Ende des ersten Aufzugs war Morse' Stimmung auf dem Nullpunkt angelangt. Siegmund krächzte mehr, als dass er sang, Sieglinde schwitzte fürchterlich, und hinter ihm knisterte irgendein Banause unaufhörlich mit seiner Bonbontüte. In der Pause flüchtete er an die Bar, ließ sich erst einen Whisky geben, und gleich hinterher noch einen. Als es zum zweiten Aufzug klingelte, bestellte er sich den dritten. Das junge Mädchen, das eben hinter ihm gesessen und den Hals hatte recken müssen, um über seine Schulter zu sehen, hatte während der beiden noch folgenden Aufzüge einen freien Blick auf die Bühne. Offenbar veranlasste sie das, ihren Süßigkeitenkonsum eher noch zu steigern, denn mit der zweiten Tüte Bonbons war sie noch schneller fertig als mit der ersten.

Es muss allerdings gesagt werden, dass wohl auch unter

weniger ungünstigen Umständen die Oper an diesem Abend wohl kaum Morse' ungeteilte Aufmerksamkeit gefunden hätte, denn immer wieder kreisten seine Gedanken um das Gespräch mit Strange – und um Ainley. Vor allem um Ainley. Chief Inspector Ainley ... Morse hatte ihn nicht gut gekannt. Nicht wirklich gut. Ein ruhiger Typ. Freundlich, aber nicht mehr. Ein Einzelgänger. Morse hatte ihn immer etwas fade gefunden. Zurückhaltend, vorsichtig, einer, der sich an die Vorschriften hielt. Verheiratet, keine Kinder. Daran würde sich nun auch nichts mehr ändern, denn Ainley war tot. Nach Aussage eines Augenzeugen hatte er den Unfall selbst verursacht: Er war ausgeschert, um zu überholen. Offenbar hatte er den Jaguar, der sich ihm von hinten mit hoher Geschwindigkeit näherte, nicht bemerkt. Es war auf der M40 in der Nähe von High Wycombe passiert. Der Fahrer des Jaguars war wie durch ein Wunder unverletzt geblieben. Aber Ainley hatte es erwischt. So ein unbedachtes Manöver sah ihm eigentlich nicht ähnlich. Vielleicht war er mit seinen Gedanken woanders gewesen ... Er hatte für die Fahrt nach London den eigenen Wagen benutzt und war an seinem freien Tag unterwegs gewesen. Das war erst elf Tage her. Die Nachricht von seinem Tod war natürlich für alle, die ihn gekannt hatten, ein Schock gewesen, aber da war niemand, der wirklich um ihn trauerte und ihn vermisst hätte. Mit Ausnahme seiner Frau ... Morse war ihr nur einmal, im vergangenen Jahr bei einem Polizeikonzert, begegnet. Sie war noch ziemlich jung, jedenfalls sehr viel jünger als er; recht hübsch, aber keine Frau, bei deren Anblick ihm die Knie weich wurden. Er meinte, sich erinnern zu können, dass sie Irene hieß. Oder Eileen? Nein, wohl Irene.

Sein Whiskyglas war leer, und er blickte sich suchend um. Das junge Mädchen, das ihn bedient hatte, war nirgends zu sehen. Über den Zapfhähnen hingen ordentlich gefaltet die Wischtücher. Außer ihm war keine Menschenseele mehr da. Es hatte keinen Sinn, noch länger hier sitzen zu bleiben.

Er ging die Treppe hinunter und trat hinaus in den warmen, dämmrigen Sommerabend. Ein großes Plakat neben dem Eingang, das fast die ganze Breite der Wand einnahm, verkündete in schwarzen und roten Lettern: ENGLISH NATIONAL OPERA, *Montag, 1. Sept – Samstag, 13. Sept.* Er spürte plötzlich ein Prickeln im Rücken. Montag, der 1. September. Das war der Tag, an dem Dick Ainley ums Leben gekommen war. Und der Brief war am 2. September aufgegeben worden. Am Tag darauf. Das konnte natürlich ein Zufall sein, vielleicht aber auch nicht. Es war denkbar, dass ... Morse hielt inne. Er musste aufpassen, dass er sich nicht zu voreiligen Schlussfolgerungen hinreißen ließ. Oder? Polizeilich verboten war es ja nicht ... Ainley war also am 1. September, einem Montag, in London gewesen, und dort war irgendetwas geschehen, das ihn innerlich sehr beschäftigte. Hatte er dort etwa, nach mehr als zwei Jahren, Valerie Taylor gefunden? Es wäre doch möglich. Und aufgrund seines Besuches hatte sich Valerie gleich am nächsten Tag hingesetzt und nach Hause geschrieben – zum ersten Mal seit ihrem Verschwinden. So ganz zufrieden war Morse nicht mit dem, was er sich zurechtgelegt hatte. Die Akte Taylor war zwar nicht abgeschlossen worden – natürlich nicht –, aber mangels neuer Spuren schon seit längerer Zeit auf Eis gelegt, und Ainley war mit etwas ganz anderem beschäftigt gewesen. Er war an den Ermittlungen wegen der Serie von Bombenattentaten in den letzten Monaten beteiligt gewesen. Warum also plötzlich wieder der Fall Taylor? Doch halt mal! Ainley war an seinem freien Tag nach London gefahren. Hatte er vielleicht ...?

Morse drehte um und ging ins Theater zurück. Ein livrierter Logenschließer informierte ihn, dass die Vorstellung erstens ausverkauft und zweitens bereits zur Hälfte vorbei sei. Morse bedankte sich und steuerte die Telefonkabine an. Der Logenschließer kam hinter ihm her und trat ihm fast auf die Hacken. »Ich bedaure, Sir, aber die Benutzung dieses Telefons ist nur unseren Besuchern gestattet.«

»Genau das bin ich«, sagte Morse, hielt ihm seine Karte unter die Nase und zog nachdrücklich die Tür hinter sich zu. Er schlug das Telefonbuch auf, Adderly ... Allen, schon zu weit ... Ainley. Es gab nur den einen – R. Ainley, Wytham Close 2, Wolvercote. Ob sie zu Hause war? Es war schon Viertel vor neun. Er hielt es gut für möglich, dass Irene oder Eileen, oder wie immer sie nun hieß, sich bei Freunden aufhielt. Oder sie war zu Verwandten gefahren. Sollte er es trotzdem versuchen? Eigentlich war das ganze Hin- und Herüberlegen völlig überflüssig. Am Ende würde er ja doch fahren. Er notierte sich die Adresse. Mit federnden Schritten ging er – an dem vorsichtig lächelnden Logenschließer vorbei – auf den Ausgang zu.

»Auf Wiedersehen, Sir.«

Auf dem Weg zu seinem Wagen, den er in der nahe gelegenen St. Giles Street abgestellt hatte, kam Morse sein Benehmen auf einmal kindisch vor. Er hätte wirklich zurückgrüßen können. Der Mann tat schließlich nur seine Pflicht. Wie ich, dachte Morse, während er ohne große Begeisterung Oxford in Richtung Norden verließ, um nach Wolvercote zu fahren.

3

*Ein Mann ist wenig nütze,
wenn seine Frau Witwe ist*
Schottisches Sprichwort

Am Kreisverkehr, wo die Woodstock Road nördlich von Oxford auf die Umgehungsstraße trifft, bog er scharf nach links, überquerte die Eisenbahnbrücke, auf der er als Junge gestanden und oft wie gebannt den Dampflokomotiven nachgeblickt hatte, und fuhr den Hügel hinunter nach Wolvercote.

Der Ort selbst bestand nur aus den paar schmucklosen grauen Natursteinhäusern, die die Dorfstraße säumten.

Morse kannte Wolvercote von früheren Besuchen – oder besser gesagt, seine beiden Pubs. Er war, was Bier anging, eigentlich nicht wählerisch, gab jedoch grundsätzlich einem Ale den Vorzug vor dem schaumreichen Gebräu, das heutzutage in ständig wachsendem Maß produziert wurde, und kehrte deshalb, wann immer er in diese Gegend kam, gern in einem der beiden Wirtshäuser des Dorfes ein, wo man noch Ale vom Fass bekam. So hielt er vor dem *King Charles,* stellte seinen Lancia im Hof ab, tauschte bei einem Bier mit der Wirtin ein paar Freundlichkeiten aus und erkundigte sich nach Wytham Close.

Er musste nicht weit fahren. Knapp hundert Yards die Dorfstraße zurück und dann rechts. Wytham Close war eine hufeisenförmig geführte Sackgasse. Zu beiden Seiten befanden sich in einigem Abstand von der Straße auf einer kleinen Anhöhe je fünf dreigeschossige Reihenhäuser, deren gewollt anspruchsvolle Fassaden wohl an städtische Bürgerhäuser erinnern sollten. Jedes hatte seine eigene betonierte Auffahrt, die direkt zu der im Haus befindlichen Garage führte. Im blassen Schein zweier Straßenlaternen schweifte Morse' Blick über eine weitläufige, von keinem Zaun unterbrochene Rasenfläche, die einen überaus gepflegten Eindruck machte. Nummer zwei lag im Dunkeln, bis auf ein Fenster im ersten Stock, wo hinter orangefarbenen Vorhängen noch Licht brannte. Die Türklingel durchschnitt die Stille in der dunklen Sackgasse.

Im Flur wurde Licht gemacht, und hinter den Milchglasscheiben der Haustür erschien ein undeutlicher schwarzer Schatten.

»Ja, bitte?«

»Ich hoffe, ich störe nicht.«

»Oh, Sie sind es, Inspector. Hallo.«

»Ich dachte ...«

»Wollen Sie nicht hereinkommen?«

Morse' Ablehnung, als sie ihm etwas zu trinken anbot, war

so offensichtlich widerwillig vorgetragen, dass sie sofort versuchte, ihn umzustimmen, was ihr auch ohne Mühe gelang. Sie brachte ihm einen Gin Tonic, und er bemühte sich, die richtigen Worte zu finden. Im Großen und Ganzen gelang es ihm auch.

Mrs Ainley war eine zierliche kleine Frau mit hellbraunem Haar und zarten Gesichtszügen. Gemessen an dem Verlust, den sie vor elf Tagen erlitten hatte, sah sie nicht einmal allzu elend aus, nur die tiefen Schatten unter ihren Augen verrieten, was sie durchgemacht hatte.

»Wollen Sie hier wohnen bleiben?«

»Ich denke schon. Es gefällt mir hier.«

Morse verstand sie gut. Vor einem Jahr hätte er selbst beinahe ein Haus in der Gegend gekauft. Vor allem der Blick aus den rückwärtigen Fenstern über die grüne Weite von Port Meadow hinüber zu der in blauer Ferne sich abzeichnenden Gruppe majestätischer Türme und zu der mächtigen Kuppel der Radcliffe Camera war ihm im Gedächtnis geblieben. Ein Panorama wie auf einem Ackermann-Druck, aber real, und nur zwei, drei Meilen entfernt.

»Darf ich Ihnen noch einen Gin anbieten?«

»Ach nein, lieber nicht«, sagte Morse, sein Blick eine einzige Bitte.

Sie fragte denn auch noch einmal nach: »Bestimmt nicht?«

»Nun ja, ein kleines Glas könnte ich vielleicht noch vertragen.« Er zögerte und wagte dann einen Schritt nach vorn: »Sie heißen Irene, oder?«

»Eileen.«

Dass ihm das passieren musste! »Denken Sie, dass Sie allmählich darüber hinwegkommen werden, Eileen?«, fragte er leise.

»Ich glaube schon.« Sie senkte den Kopf, beugte sich etwas vor und strich sich abwesend den Rock glatt. »Ich war so unvorbereitet, wissen Sie. Wer hätte denn gedacht, dass Richard ...« Die Tränen stiegen ihr in die Augen. Morse ließ sie weinen. Sie fasste sich schnell wieder. »Ich weiß nicht einmal, was er eigentlich in London wollte. Montag war ja sein freier Tag.« Sie schnäuzte sich geräuschvoll, und Morse atmete innerlich auf.

»Ist er oft unterwegs gewesen?«

»Ziemlich oft, ja. Er schien immer irgendetwas zu tun zu haben.« Morse spürte hinter den Worten eine alte Verletztheit und beschloss, seine Fragen möglichst behutsam zu stellen. Aber es musste sein. »Seine Fahrten nach London – könnte es sein, dass er …?«

»Ich weiß nicht, was er da wollte«, unterbrach sie ihn. »Er hat nie viel von seiner Arbeit gesprochen. Er sagte immer, zu Hause wolle er nicht darüber reden.«

»Aber solange ein Fall nicht gelöst war, hat er ihm keine Ruhe gelassen«, stellte Morse fest.

»Ja, das stimmt. Er grübelte fast immer über irgendetwas nach. Besonders …«

»Ja?«

»Ach, ich weiß nicht.«

»Besonders in der letzten Zeit – war es das, was Sie sagen wollten?«

Sie nickte. »Ich glaube, ich weiß sogar, worüber er sich Gedanken machte. Es war diese Sache mit dem Mädchen, das von zu Hause verschwunden war – Valerie Taylor.«

»Woraus haben Sie das geschlossen?«

»Ich habe zufällig gehört, wie er mit dem Direktor ihrer Schule telefoniert hat.« Sie sagte es etwas schuldbewusst, als schämte sie sich, etwas mitbekommen zu haben.

»Können Sie noch sagen, wie lange das her ist?«

»Ungefähr vierzehn Tage, vielleicht auch drei Wochen.«

»Aber es waren doch seit Anfang August Schulferien.«

»Richard hat ihn wohl zu Hause angerufen. Ein paar Tage später hat er ihn dann auch noch aufgesucht.«

Morse fragte sich, was sie wohl sonst noch alles wusste. »An seinem freien Tag?«

Sie nickte langsam und sah Morse dann an. »Warum wollen Sie das alles so genau wissen?«

Morse holte tief Luft. »Ich hätte es Ihnen gleich zu Anfang sagen sollen: Der Fall Taylor wird neu aufgerollt, und man hat mir die Ermittlungen übertragen.«

»Dann muss Richard etwas herausgefunden haben.« Sie sagte es beinahe erschrocken.

»Ich weiß es nicht«, sagte Morse.

»Und deshalb sind Sie heute Abend hier herausgekommen.« Morse schwieg. Eileen Ainley stand abrupt auf und ging mit schnellen Schritten quer durchs Zimmer zu einem Sekretär. »Die meisten seiner Sachen sind schon weg, aber den Taschenkalender hier habe ich noch behalten. Er hatte ihn bei sich, als es passierte.« Sie legte ihn vor Morse auf den Tisch. »Außerdem ist da noch ein Brief für die Buchhaltung im Präsidium. Ich wäre Ihnen sehr dankbar, wenn Sie den für mich abgeben könnten.«

»Selbstverständlich«, sagte er förmlich. Ihre plötzliche Kälte traf ihn. Aber es war leicht, ihn zu treffen. Er hatte keine besonders dicke Haut.

Eileen verließ das Zimmer, um den Brief zu holen. Kaum dass sie draußen war, nahm Morse den Kalender und blätterte ihn hastig durch, bis er beim 1. September war. In Ainleys gestochener, auffallend kleiner Schrift stand dort eine Adresse notiert: Southampton Terrace 42. Das war alles. Morse spürte wieder das Prickeln im Rücken. Auch ohne dass er einen Stadtplan von London hätte zurate ziehen müssen, war er sich völlig sicher, zu welchem Postbezirk die Straße gehörte. Er würde natürlich trotzdem noch einen Blick auf den Plan werfen. Aber er wusste im Voraus, was er finden würde: Southampton Terrace lag in EC4.

Um Viertel vor elf war er wieder in seiner Junggesellenwohnung in Nord-Oxford. Er machte sich sofort auf die Suche nach dem Stadtplan und entdeckte ihn nach einigen Minuten im Bücherregal hinter Swinburnes Gesammelten

Werken und einem Band Ausgewählter Beispiele viktorianischer Pornographie. (Den musste er endlich mal an einen weniger ins Auge fallenden Platz stellen.) Eilig überflog er das Straßenverzeichnis. Als er die Straße endlich hatte, zog er ungläubig die Augenbrauen zusammen. Er öffnete den Plan und suchte mittels der angegebenen Koordinaten das betreffende Planquadrat auf. Der Ausdruck von Verwunderung auf seinem Gesicht wandelte sich zu Enttäuschung. Southampton Terrace war eine der vielen Nebenstraßen der Upper Richmond Road, südlich der Themse, jenseits der Putney Bridge. Postbezirk SW12. Er fand auf einmal, dass er für heute genug getan habe und es an der Zeit sei, sich etwas Entspannung zu gönnen.

Er legte den Stadtplan beiseite, brühte sich eine Tasse Instantkaffee, kniete sich vor das Regal mit seinen geliebten Wagner-Platten und entschied sich nach einigem Nachdenken für die von Solti dirigierte Aufnahme der *Walküre*. Kein dicker Mann und keine bebrillte Spröde weit und breit, die ihn hätten irritieren können. Kein heiserer Tenor, kein schwitzender Sopran, die ihm die Freude an der Oper verdarben. Unbehelligt von Widrigkeiten jedweder Art, lauschte er hingerissen, wie Siegmund und Sieglinde sich in einer Ekstase des Erkennens verströmten. Der Kaffee neben ihm auf dem Tisch wurde kalt.

Die erste Seite war noch nicht ganz abgespielt, da war er, ohne es gleich zu merken, in Gedanken schon wieder dabei, eine neue, überaus interessante Hypothese zu entwickeln, derzufolge Ainleys Besuche in London mit großer Wahrscheinlichkeit einen sehr naheliegenden Grund gehabt hatten. Dass er darauf nicht gleich gekommen war! Freier Tag und sehr beschäftigt, geistesabwesend, wortkarg. Es passte alles zusammen. Er war bereit, jede Wette einzugehen, dass er diesmal richtiglag. Southampton Terrace 42 – soso. Ainley hatte sich also möglicherweise heimlich mit einer Frau getroffen.

4

*Soweit ich feststellen konnte,
hatten sie nichts miteinander gemein, außer,
dass jeder des anderen Nachfolger war*
Peter Champkin

Am Montag nach Stranges Unterredung mit Morse gingen an verschiedenen, zum Teil weit voneinander entfernt liegenden Orten des Vereinigten Königreichs vier in keiner Weise bemerkenswerte Personen jeweils unterschiedlichen privaten oder beruflichen Beschäftigungen nach. Was ihre Berufe anging, so waren auch sie nicht besonders bemerkenswert oder interessant – den einen oder anderen hätte man zu Recht stumpfsinnig nennen können. Jeder der vier war mit den übrigen dreien mehr oder weniger gut bekannt, obwohl zumindest einer auf die Bekanntschaft mit einem bestimmten anderen nur zu gern verzichtet hätte, falls das noch möglich gewesen wäre. Ironischerweise sollte ungeachtet der Tatsache, dass sie im Ganzen gesehen mehr trennte als verband, ausgerechnet der eine Punkt, der ihnen gemeinsam war, plötzlich eine solche Bedeutung erlangen, dass sie für kurze Zeit ein Schicksal teilten: Sie alle gerieten in den kommenden Wochen – jeder auf seine Art, doch gleichermaßen unausweichlich – ins Netz polizeilicher Ermittlungen. Denn gemeinsam war ihnen, dass sie alle vier mehr oder weniger gut mit Valerie Taylor bekannt gewesen waren.

Baines war seit ihrer Eröffnung vor drei Jahren stellvertretender Schulleiter der Roger-Bacon-Gesamtschule. Das Gebäude, in dem sie untergebracht war, hatte zuvor eine Hauptschule beherbergt, in der er Konrektor gewesen war.

Diese hatte aufgrund des weisen oder auch nicht so weisen Ratschlusses der Schulbehörde von Oxfordshire (Baines mochte sich da nicht festlegen), die meinte, auf die Schulsituation im Allgemeinen und Kidlingtons im Besonderen reagieren zu müssen, ihre frühere Selbstständigkeit verloren und war in der Roger-Bacon-Gesamtschule aufgegangen. Heute war der letzte Tag der Sommerferien, und morgen, Dienstag, den 16. September, würden die Schüler, nachdem sie sich sechseinhalb Wochen hatten ausruhen dürfen, wieder in die Schule zurückkehren. Während viele seiner Kollegen Erholung auf dem Kontinent gesucht hatten, war es Baines überlassen geblieben, sich mit der Erstellung des Stundenplans herumzuschlagen, einer überaus komplexen Aufgabe, die Jahr für Jahr zunächst unlösbar schien und aufgrund eines ungeschriebenen Gesetzes traditionsgemäß in den Zuständigkeitsbereich des stellvertretenden Schulleiters fiel. Baines hatte sich in der Vergangenheit dieser Pflicht allerdings sehr bereitwillig unterzogen. Das vielfältige Fächerangebot des Lehrplans so zu organisieren, dass eine optimale Wahlmöglichkeit gewährleistet war, und dabei gleichzeitig den Wünschen und Vorlieben und – nicht zu vergessen – Fähigkeiten der zur Verfügung stehenden Lehrer Rechnung zu tragen, erlebte er als eine Art intellektueller Herausforderung, der er sich umso lieber stellte, als ihm die Gelegenheit, innerhalb des gegebenen Rahmens nach eigenem Gutdünken frei schalten und walten zu können, auch ein Gefühl von Macht gab, das ihn für so manches entschädigte. Denn Baines täuschte sich nicht länger darüber, dass er zu den Verlierern zählte – der ewige Zweite, der nie Gewinner sein würde. Er war Mathematiker, Mitte fünfzig, unverheiratet. Mehr als einmal hatte er sich während der vergangenen Jahre um einen Direktorenposten beworben. Zweimal hatten sie ihn fast genommen. Seine letzte Bewerbung lag dreieinhalb Jahre zurück. Damals war hier an der Roger-Bacon-Gesamtschule die Stelle des Direktors zu besetzen gewesen. Er hatte das Gefühl gehabt, dies sei noch einmal eine ganz große Möglichkeit. Doch hatte hinter seiner Hoffnung schon die Einsicht gelauert, dass seine besten Jahre vorbei waren und diese Chance für ihn zu spät kam. Warum die Wahl dann ausgerechnet auf Phillipson, den jetzigen Direktor, gefallen war, hatte er aber auch nicht einsehen können. Jedenfalls damals nicht. Erst vierunddreißig und darauf versessen, sofort alles anders zu machen, als ob jede Veränderung notwendig eine Veränderung zum Besseren wäre. Aber im Laufe der Zeit, vor allem während des vergangenen Jahres, hatte er begonnen, Phillipson zu akzeptieren, ja, so etwas wie Achtung für ihn zu empfinden. Die Souveränität, mit der er diesen furchtbaren Hausmeister geschasst hatte – das hätte er selbst nicht besser machen können.

An diesem Vormittag saß Baines in dem kleinen Büro, das er sich mit Mrs Webb, der Sekretärin des Direktors, teilen musste. Sie war der gute Geist der Roger-Bacon-Schule und hatte genau wie er schon in der alten Hauptschule gearbeitet. Es war gegen halb elf, und er hatte gerade den Dienstplan für die Aufsicht beim Mittagessen fertiggestellt. Alle Lehrer waren darin untergebracht, ausgenommen natürlich der Direktor. Und er selbst. Das war eine seiner vielen kleinen Möglichkeiten, sich ein bisschen schadlos zu halten. Den Dienstplan in der Hand, suchte er sich durch den vollgestellten Raum seinen Weg zu Mrs Webbs Schreibtisch. »Hiervon brauche ich drei Kopien, meine Liebe.«

»Und wie immer sofort, nehme ich an«, sagte Mrs Webb, ohne sich aus der Ruhe bringen zu lassen, und griff sich von dem Stapel der vor ihr liegenden Post schon den nächsten Brief, um ihn, nachdem ein kurzer Blick auf die Adresse sie davon überzeugt hatte, dass sie dazu befugt war, mit einer geübten Handbewegung aufzuschlitzen.

»Wie wärs mit einem Kaffee?«, fragte Baines.

»Wie wärs mit Ihrem Dienstplan?«

»Na, dann kümmere ich mich eben selber um den Kaffee.«

»Nein, das machen Sie nicht.« Sie stand auf, nahm den

Kessel und ging in den kleinen Nebenraum, der vor allem als Garderobe diente. Baines sah auf die Briefe, die sie hatte liegen lassen, und spürte wie immer einen kleinen Stich. Vermutlich Elternanfragen, Handwerkerrechnungen, Tagungsankündigungen, Versicherungsangelegenheiten, behördliche Mitteilungen über Prüfungstermine. Das Übliche eben. Wenn er damals den Posten bekommen hätte, würde dies alles ihm vorgelegt werden ... Geistesabwesend zog er einzelne Briefe hervor ... Plötzlich wurde sein Blick aufmerksam. Der Brief lag mit der Adresse nach unten, sodass er den Absender hatte lesen können. *Thames Valley Police.* Interessant. Er nahm den Brief in die Hand und drehte ihn um. Er war an den Direktor gerichtet, und zwar *Privat und vertraulich,* wie der in roten Großbuchstaben getippte Vermerk unmissverständlich signalisierte.

»Was fällt Ihnen ein, an meine Post zu gehen?« Mrs Webb stellte den Kessel auf die elektrische Kochplatte, trat auf ihn zu und nahm ihm den Brief mit gespielter Entrüstung wieder ab.

»Haben Sie gesehen, wer der Absender ist?«, fragte Baines.

Mrs Webb warf einen kurzen Blick auf den Brief. »Ich wüsste nicht, was Sie das anginge.«

»Ob er bei seiner Steuererklärung geschummelt hat?« Baines gluckste leise.

»Reden Sie keinen Unsinn!«

»Wir könnten ihn öffnen.«

»Nein, das können wir nicht«, sagte sie bestimmt.

Baines trollte sich wieder an seinen mit allen möglichen Unterlagen und Papieren überladenen Schreibtisch und machte sich daran, eine Liste von Schülern aufzustellen, die als Präfekten infrage kamen. Phillipson musste für das kommende Schuljahr ein halbes Dutzend neu ernennen und würde ihn um Vorschläge bitten. Eigentlich gar kein so übler Kerl, der Direktor.

Phillipson kam kurz nach elf. »Morgen, Baines. Morgen, Mrs Webb.« Selbst heute klang er widerlich gut gelaunt. Als ob ihn die Tatsache, dass es morgen wieder losging mit dem Schultrott, völlig kaltließe.

»Morgen.« Baines sparte sich ganz bewusst den »Sir«, mit dem die übrigen Lehrer Phillipson anredeten. Eine Kleinigkeit, zugegeben, aber nichtsdestoweniger geeignet, seine besondere Position hervorzuheben.

Phillipson blieb auf dem Weg in sein Arbeitszimmer einen Moment an Mrs Webbs Schreibtisch stehen. Er deutete auf die Briefe. »Irgendetwas Wichtiges dabei?«

»Ich glaube nicht, Sir. Das heißt, da ist ein Brief an Sie persönlich.« Sie gab ihm den Umschlag mit der Aufschrift *Privat und vertraulich.* Phillipson nahm ihn mit leichtem Stirnrunzeln entgegen, ging dann in sein Zimmer und machte die Tür hinter sich zu.

In einem unscheinbaren Reihenhaus im nördlichen Wales im County Gwynedd, etwas außerhalb von Caernarfon, war ein anderer Lehrer sich der Tatsache, dass dies sein letzter Ferientag war, nur allzu schmerzlich bewusst. Das wars dann also für dies Jahr. Seit gestern waren sie wieder zurück von ihrem Urlaub. Wenn man so etwas Urlaub nennen konnte! Die Zeit in Schottland war alles andere als erholsam gewesen – Regen, zwei Reifenpannen, eine verlorene Scheckkarte und wieder Regen, Regen und nochmals Regen. Bevor morgen die Schule anfing, gab es noch eine Menge für ihn zu tun. Als Erstes musste er sich um den Rasen kümmern. Im Gegensatz zu ihnen hatten dem die sturzbachartigen Regenfälle der letzten Wochen offensichtlich gutgetan, das Gras hatte während ihrer Abwesenheit eine geradezu beängstigende Höhe erreicht und musste dringend gemäht werden. Gegen halb zehn, er wollte sich gerade ans Werk machen, stellte er fest, dass der Stecker des Verlängerungskabels offenbar einen Wackelkontakt hatte. Seufzend holte er sich einen Schraubenzieher, setzte sich auf die Steinstufen hinter der Küche und begann, ihn auseinanderzunehmen.

Es hätte ihn auch gewundert, wenn es *nicht* irgendwelche Probleme gegeben hätte. Für David Acum – bis vor zwei Jahren Französischlehrer an der Roger-Bacon-Gesamtschule und seither in derselben Funktion am Städtischen Gymnasium von Caernarfon tätig – war sein Leben, solange er zurückdenken konnte, immer von irgendwelchen Missgeschicken begleitet gewesen.

Er konnte den Defekt nicht finden, gab es schließlich auf und ging zurück ins Haus. Drinnen war alles still. Am Fuß der Treppe brüllte er mit gereizter Stimme nach oben: »He, findest du nicht, du könntest verdammt noch mal langsam aufstehen?«

Als ob ihn die Anstrengung erschöpft hätte, drehte er sich um und verschwand in der Küche. Er setzte sich an den Tisch, wo er vor einer halben Stunde sein Frühstück zubereitet und pflichtbewusst ein Tablett mit Tee und Toast nach oben getragen hatte.

Lustlos machte er sich erneut an dem kaputten Stecker zu schaffen. Zehn Minuten später kam sie in Morgenmantel und Hausschuhen herunter.

»Warum ziehst du denn so 'ne Flappe?«

»Vielleicht machst du mal die Augen auf! Wahrscheinlich hast du den Stecker letztes Mal beim Staubsaugen ruiniert. Muss schon sehr lange her sein.«

Wider Willen fasziniert sah er ihr zu, wie sie mit einer raschen Kopfbewegung die langen blonden Haare zurückwarf, mit wenigen geschickten Handgriffen den Stecker auseinandernahm und einen fachmännischen Blick auf die blanken Kontakte warf. Sie war jünger als er, wesentlich jünger, hatte es den Anschein, und noch immer fand er sie ungemein attraktiv. War seine Entscheidung damals richtig gewesen? Er hatte sich die Frage schon oft gestellt und immer mit Ja beantwortet.

Sie hatte den Fehler rasch entdeckt und brachte den Stecker im Handumdrehen wieder in Ordnung. Davids Laune hob sich.

»Möchtest du eine Tasse Kaffee, Schatz?«, fragte sie, ganz strahlendes Lächeln und Fürsorglichkeit.

»Nein, jetzt nicht. Ich will heute Vormittag noch was schaffen.« Er warf einen Blick nach draußen auf das wild in die Höhe geschossene Gras und stieß einen leisen Fluch aus, als in diesem Moment erste feine Regentropfen die Scheibe hinunterliefen.

Die Frau trat aus einer Tür im Erdgeschoss. Sie war nicht mehr ganz jung, nachlässig gekleidet und hatte ein paar dicke Lockenwickler im strähnigen Haar. Der junge Mann, der die Treppe heruntergepoltert kam, wollte schnell an ihr vorbei, doch sie stellte sich ihm in den Weg. »Ich will mit dir reden.«

»Nicht jetzt, Darling, nicht jetzt.«

»So viel Zeit wirst du schon noch haben, sonst brauchst du heute Abend erst gar nicht wieder herzukommen. Dein Gelumpe kannst du dir dann draußen vor der Tür aufsammeln.«

»Nun reg dich doch nicht gleich so auf.« Er trat dicht an sie heran und legte die Hände auf ihre Schultern. »Was hast du denn auf einmal?« Er lächelte sein gewinnendstes Lächeln und zauberte einen Ausdruck von Aufrichtigkeit und Anteilnahme in seine dunklen Augen, der sie besänftigen sollte. Aber sie fiel nicht mehr auf ihn herein.

»Du hast ein Mädchen bei dir oben.«

»Aber deswegen brauchst du doch nicht eifersüchtig zu sein.«

Auf einmal fand sie ihn abstoßend, und sie bedauerte, sich mit ihm eingelassen zu haben. »Schmeiß sie raus, und sorg dafür, dass sie draußen bleibt – mir kommen keine Weiber mehr ins Haus.« Sie nahm unsanft seine Hände von ihren Schultern.

»Sie geht schon von selbst – keine Angst. Ist ein junges Ding. Weiß nicht, wohin. Du weißt doch, wie das ist.«

»Heute Abend ist sie weg.«

»Jetzt mach keinen Ärger. Ich bin sowieso schon viel zu spät dran. Wenn ich mich nicht vorsehe, bin ich den Job bald los. Also, sei vernünftig.«

»Wenn du nicht dafür sorgst, dass sie abhaut, bist du dein Zimmer gleich mit los.«

Der junge Mann zog eine schmutzige Fünf-Pfund-Note aus seiner Hosentasche. »Jetzt gibst du hoffentlich eine Zeit lang Ruhe und hörst auf mit dem Gekeife.«

Die Frau nahm das Geld, sah ihn jedoch unverwandt an und wiederholte: »Ich will, dass sie verschwindet.«

»Jaja.«

»Wie lange ist sie schon da?«

»Ein, zwei Tage.«

»Wohl eher zwei Wochen, du dreckiger Lügner.«

Der junge Mann knallte die Haustür hinter sich zu, lief die Straße hinunter und wandte sich dann nach rechts in die Upper Richmond Road.

Selbst gemessen an seinen eigenen bescheidenen Ansprüchen, hatte Mr George Taylor nicht viel erreicht im Leben. Bis vor fünf Jahren war er als ungelernter Arbeiter in Cowley bei Oxford in einem Stahlwerk beschäftigt gewesen. Dann hatte das Management gewechselt, und es wurden viele entlassen. Er hatte die Abfindung, die sie ihm anboten, genommen und fast ein Jahr lang als Bulldozerfahrer im Straßenbau gearbeitet. Danach hatte er nur hin und wieder mal einen Gelegenheitsjob gehabt und mit Trinken und Spielen angefangen, um die Zeit totzuschlagen. Irgendwann hatte es zu Hause diesen Riesenkrach gegeben mit dem Ergebnis, dass er sich wieder eine feste Anstellung gesucht hatte. Jeden Morgen um Viertel nach sieben verließ er das von der Gemeinde Kidlington gemietete einfache Reihenhaus, stieg in seinen verrosteten grünen Morris Oxford und machte sich auf den Weg in die Stadt. Er fuhr die Woodstock Road hinunter, bog dann nach rechts zum Kanal und folgte zuletzt einer Betonpiste, die hinter der Eisenbahnlinie über offenes Feld zum städtischen Müllabladeplatz von Oxford führte. Hier arbeitete er. Während der vergangenen drei Jahre hatte er keinen Tag gefehlt. Auch an dem Tag, als Valerie verschwand, war er hier draußen gewesen.

Mr Taylor war kein beredter Mann und hatte nie versucht, die Tatsache, dass die Arbeit auf dem Müllplatz ihm lag, in Worte zu fassen oder zu erklären. Jeder andere hätte vermutlich seine Schwierigkeiten damit gehabt: Tag für Tag umgeben von dem, dessen sich die Stadt entledigt hatte, verdorbenen Lebensmitteln, Kartoffelschalen, alten Matratzen, Unrat, und dazwischen die unvermeidlichen Ratten und die Möwen, von denen keiner wusste, woher sie eigentlich kamen. Aber er fühlte sich hier wohl.

Am Montag, den 15. September, saß er gegen Mittag zusammen mit seinem langjährigen Arbeitskollegen, einem Mann, dessen Haut aussah, als habe der Schmutz sich für immer in sie hineingefressen, in dem hölzernen Verschlag, dem einzigen Ort, der Zuflucht bot vor dem stinkenden Müll ringsum. Sie hatten Mittagspause, aßen ihre Brote und spülten die Bissen mit dunkelbraunem, unappetitlich aussehendem Tee hinunter. Während sein Kollege sich in die Rennseite der *Sun* vertieft hatte, war George Taylor in Gedanken bei dem Brief. Sein phlegmatisches Gesicht sah müde aus. Dieser Brief hatte alles wieder aufgerührt. War es richtig gewesen, dass er seine Frau überredet hatte, damit zur Polizei zu gehen? Er wusste es nicht. Nicht lange, und sie würden wieder vor der Tür stehen, es wunderte ihn eigentlich, dass sie nicht schon längst da gewesen waren. Seine Frau würde sich wieder aufregen, und sie hatte sowieso seit damals keinen Tag mehr Ruhe gefunden. Schon komisch, dass der Brief so kurz nach dem Tod des Inspector gekommen war. Hatte einen cleveren Eindruck gemacht, dieser Ainley. War erst drei Wochen her, dass er bei ihnen gewesen war. Kein offizieller Besuch – natürlich nicht. Er gehörte wohl zu denen, die eine

Sache nicht mehr loslassen konnten, wenn sie sich erst mal darin verbissen hatten.

Valerie ... Er hatte viel an sie denken müssen.

Ein Müllwagen kam rumpelnd heran und hielt draußen vor dem Verschlag. Taylor steckte den Kopf durch die Tür. »Bringt das Zeug möglichst weit nach oben, Jack! Ich komme gleich nach.« Er deutete mit einer vagen Geste auf die äußerste Ecke der Deponie und ging zurück an den Tisch, um seinen Tee auszutrinken.

Aus einiger Entfernung konnte man das Brummen des Diesels hören, als die Hydraulik angeschaltet wurde. Die Mulde des Müllwagens hob sich in die Schräglage und entleerte ihre übel riechende Ladung auf den bereits vorhandenen Abfallberg.

Dieser Montag war für Morse der erste Tag einer langen und, wie sich herausstellen sollte, äußerst unergiebigen Arbeitswoche. Während des Wochenendes war in mehreren Kinos und Clubs wieder eine Reihe von Brandsätzen gezündet worden. Die gesamte Polizeispitze, er selbst eingeschlossen, war eilig zu einer Konferenz zusammengerufen worden. Der Einsatz aller nur verfügbaren Kräfte schien geboten. In einer umfassenden Aktion sollten sämtliche verdächtigen Personen, von mutmaßlichen Angehörigen der IRA bis hin zu Leuten mit bekannt anarchistischen Neigungen, aufgesucht und verhört werden. Der Chief Constable wünschte ein schnelles Ergebnis.

Am Freitagmorgen, noch vor Tagesanbruch, wurde überraschend eine Razzia angesetzt, die zur Festnahme von mehreren Personen führte. Im Laufe des Vormittags wurden acht der Festgenommenen unter Anklage gestellt. Sie lautete auf Verschwörung zur Herbeiführung von Explosionen an öffentlichen Orten. Morse' Beitrag zu diesem erfolgreichen Wochenabschluss war buchstäblich null.

5

Sie hat sich abgekehrt, doch mit der herbstnen Wetterpracht
Für viele Tage meiner Bildkraft aufgezwungen,
Für viele Tage, viele Stunden
T. S. Eliot, La Figlia Che Piange

Am Sonntagmorgen erwachte Morse mit einem Gefühl dumpfen Unbehagens. Dann stellten sich die ersten quälenden Gedanken ein. Der Fall Taylor! Es gab genug zu tun, er musste sich nur entschließen anzufangen. Aber gerade darin lag ja die Schwierigkeit. Es war wie mit einem Brief, den zu schreiben man von Tag zu Tag vor sich herschob, sodass das an sich nicht übermäßig schwierige Vorhaben sich nach und nach zu einem Riesenproblem auszuwachsen begann. Ganz zu Anfang hatte er mal einen Anlauf genommen und sich brieflich mit dem Direktor der Roger-Bacon-Gesamtschule in Verbindung gesetzt. Dieser war offenbar bemüht zu helfen und hatte prompt geantwortet, doch Morse hatte es bei diesem ersten Schritt belassen und nichts weiter unternommen. Angesichts der nüchternen, eintönigen Personenüberprüfungen, zu denen er im Zusammenhang mit der Serie von Brandanschlägen in der letzten Woche hinzugezogen worden war, hatten sich seine genialischen Hypothesen zum Fall Taylor sehr schnell in Luft aufgelöst. Was ihn jetzt zögern ließ, die Vermisstensache anzugehen, war die undeutliche Ahnung, dass sich die Nachforschungen nach der verschwundenen Valerie ähnlich nüchtern und eintönig gestalten würden. Aber man hatte ihm den Fall übertragen, und er durfte nicht länger untätig bleiben.

Schon halb zehn. Er hatte Kopfschmerzen und nahm sich vor, heute jedem Alkoholgenuss zu entsagen. Missgelaunt drehte er sich noch einmal auf die Seite, vergrub seinen Kopf im Kissen und bemühte sich, an nichts mehr zu denken. Doch Morse war, was seine Fähigkeit zum Entspannen anging, nicht besonders begabt. Nach einer halben Stunde stieg er aus dem Bett, ging ins Badezimmer, wusch und rasierte sich und machte sich dann auf den Weg, um die Sonntagszeitung zu holen. Es waren etwa zwanzig Minuten zu Fuß, und er genoss den Spaziergang. Seine Kopfschmerzen ließen schon nach, und während er beinahe beschwingt ausschritt, überlegte er, ob er die *News of the World* oder die *Sunday Times* kaufen solle. Das Problem stellte sich ihm jede Woche neu und war schon deswegen prinzipiell unlösbar, weil es Ausdruck für den Zwiespalt seines Charakters war, bei dem die Lust am Derben eine widerspruchsvolle Verbindung mit dem Genuss des Sublimen eingegangen war. Je nach Laune kaufte er mal die eine, mal die andere Zeitung – heute kaufte er beide.

Um halb zwölf schaltete er sein Kofferradio ein, um sich im dritten Programm die Plattenkritik anzuhören, und setzte sich dann, eine Tasse Kaffee in Reichweite, in seinen Lieblingssessel. So ließ sich das Leben wirklich aushalten ... Er griff zuerst nach den *News of the World* und schwelgte in den nächsten zehn Minuten in den Skandal- und Klatschgeschichten, die eine in der Wahl ihrer Mittel vermutlich nicht allzu skrupulöse Journaille Woche für Woche auszugraben wusste. Einige der Artikel waren wirklich pikant, und in angenehmer Erregung und der Hoffnung, weitere intime Details mitgeteilt zu bekommen, begann Morse, sich in eine längere Beschreibung des geheimen Sexlebens eines Hollywood-Starlets zu vertiefen. Doch nach den ersten beiden Absätzen ließ er das Blatt enttäuscht sinken. Der Stil war schlecht, der Autor letztlich doch zaghaft-prüde. Morse verabscheute diese Art Pornografie, die irgendwo auf halbem Weg stehen blieb. Das war das letzte Mal, dass er dieses Blatt gekauft hatte. Diesen Entschluss hatte er allerdings in der Vergangenheit schon des Öfteren gefasst und konnte eigentlich schon jetzt wissen, dass er am nächsten Sonntag, durch verheißungsvolle Schlagzeilen geködert, wieder in Versuchung geraten würde. Für heute allerdings hatte er genug. So sehr, dass er für das Foto einer jungen Schönen, die dem Betrachter provozierend ihre nackte Brust entgegenstreckte, nur noch einen gelangweilten Blick übrighatte.

Nachdem er, wie es seine Gewohnheit war, den Wirtschaftsteil herausgenommen und in den Papierkorb befördert hatte, wandte er seine Aufmerksamkeit der *Sunday Times* zu. Er schlug zuerst den Sportteil auf und musste zu seiner großen Bestürzung feststellen, dass Oxford United sich wieder eine vernichtende Niederlage eingehandelt hatte, las einige der politischen Berichte sowie die meisten Buchbesprechungen, bemühte sich erfolglos, das Bridgeproblem zu lösen, und landete schließlich bei den Leserbriefen. Renten, Umweltverschmutzung – was den Leuten unter die Haut ging – und Hausmittel – etwas, womit sie sich auskannten. Viel gesunder Menschenverstand. Dann blieb sein Blick an einer der Überschriften hängen. Mit seinem Gleichmut war es auf einmal vorbei. Er las den Brief sorgfältig von Anfang bis Ende und runzelte dann nachdenklich die Stirn. Der 24. August? Das war vermutlich einer der Sonntage gewesen, an denen er seinen niedrigen Instinkten nachgegeben und die *News of the World* gekauft hatte. Er las den Brief noch ein zweites Mal.

Sehr geehrte Redaktion,
meine Frau und ich möchten Ihrer Zeitung unseren tief empfundenen Dank aussprechen für Ihren Bericht »Sie gehen ohne Abschied – Mädchen, die von zu Hause weglaufen« (Farbbeilage v. 24. Aug.). Aufgrund dieses Artikels kehrte unsere Tochter Christine, nachdem sie über ein Jahr fort gewesen war, in der vergangenen Woche zu uns nach Hause zurück. Nochmals herzlichen Dank.
Mr und Mrs Richardson (Kidderminster)

Morse stand auf und ging mit schnellen Schritten in den Flur hinaus, wo er gleich neben der Haustür – säuberlich verschnürt – einen Stapel Zeitungen bereitgestellt hatte, der in den nächsten Tagen von einem Fähnlein Pfadfinder abgeholt werden sollte. Morse war selber nie Pfadfinder gewesen und stand der Bewegung mit einiger Skepsis gegenüber, fand jedoch, dass ihre monatliche Altpapier-Sammelaktion seine Unterstützung verdiene. Ungeduldig löste er den Bindfaden und wühlte sich hastig durch den Stapel. 31. August, 14. September. Die Ausgabe vom 24. August war, wie er befürchtet hatte, nicht dabei. Er überlegte, wen er kannte, der die *Sunday Times* las, und versuchte es kurz entschlossen bei seinen Nachbarn nebenan. Die *Sunday Times*? Nein. Entschiedenes Kopfschütteln. Morse ärgerte sich. Das hätte er sich eigentlich gleich denken können. Lewis fiel ihm ein. Unwahrscheinlich, aber wer weiß … Er wählte die Nummer des Sergeants.

»Hallo, Lewis? Morse.«

»Oh, guten Morgen, Sir!«

»Lewis, lesen Sie die *Sunday Times*?«

»Nein, Sir, tut mir leid, Sir, nur den *Mirror*.« Es klang fast wie eine Entschuldigung.

»Oh.«

»Wenn Sie wollen, besorge ich Ihnen eine, Sir.«

»Die von heute habe ich selbst. Ich brauche die Nummer vom 24. August.«

»Oh.«

»Ich muss mich über Sie wundern, Lewis, ein so intelligenter Mann wie Sie, und liest nicht mal eine anständige Sonntagszeitung.«

»Der Sportteil im *Mirror* ist ziemlich gut, Sir.«

»Ah ja? Dann bringen Sie ihn doch morgen mal mit.«

»Aber gern, Sir. Ich werde dran denken.«

Morse bedankte sich und legte auf. Fast hätte er dem Sergeant angeboten, ihm im Austausch für den *Mirror* seine

News of the World zu überlassen, gab diese Idee aber auf, weil er davor zurückscheute, dem Sergeant einen so tiefen Einblick in die Abgründe seiner Seele zu geben.

Was die *Sunday Times* anging, so musste er seine Ungeduld bis Montag zügeln, dann würde er sich die Nummer in der Bibliothek ausleihen. Er sagte sich, dass es auf den einen Tag nicht ankomme, doch es blieb eine nagende Unruhe. Zum dritten Mal las er den Brief der dankbaren Eltern aus Kidderminster. Bestimmt hatte es ihnen gutgetan, auf diese Weise die Rückkehr der verlorenen Tochter öffentlich kundzutun. Der Vater trug die Zuschrift vermutlich ausgeschnitten in der Brieftasche mit sich herum. Die Zeit der Sorgen und peinlichen Fragen war vorbei – man war wieder eine ganz normale Familie.

Plötzlich kam es über ihn wie eine Erleuchtung. Natürlich! Jetzt wusste er endlich, was Ainley bewogen hatte, den Fall Taylor wieder auszugraben. Irgendein Journalist musste im Präsidium aufgetaucht sein und ihn über Valerie Taylors Verschwinden ausgefragt haben. Wie er Ainley kannte, hatte der, bevor er sich geäußert hatte, bestimmt noch einmal die Akte studiert, um sicherzugehen, dass er sich mit dem, was er sagte, auf dem Boden der Tatsachen bewegte. Ainley hatte immer eine tiefe Abneigung gegen alles gehabt, was unklar, zweideutig und nicht bewiesen war. Und bei der erneuten Beschäftigung mit den Fakten hatte er plötzlich etwas entdeckt, das ihm vorher entgangen war. So wie es einem manchmal beim Lösen von Kreuzworträtseln ging, dachte Morse. Man blieb an irgendeinem Punkt stecken, machte an einer anderen Stelle weiter, und wenn man nach zehn Minuten wieder einen Blick auf die Sache warf, dann – Heureka! – hatte man plötzlich eine Idee. So funktionierte eben das menschliche Denken. Genau das musste Ainley passiert sein: Er hatte plötzlich etwas Neues entdeckt.

Wenn nun aber Ainley zu dem Artikel beigetragen hatte, so lag die Schlussfolgerung nahe, dass zum einen der Bericht auch auf das Verschwinden von Valerie Taylor eingegangen war und zum andern, dass Ainley ihn aufbewahrt hatte.

Er rief Mrs Ainley an. »Eileen?« Diesmal hatte er den richtigen Vornamen erwischt. »Morse. Ich habe eine Frage. Haben Sie zufällig noch die Farbbeilage der *Sunday Times* vom 24. August?«

»Ist das die mit dem Artikel, zu dem sie bei Richard recherchiert haben?«

Er hatte also wirklich recht gehabt. »Ganz genau.«

»Ja, die habe ich noch.«

»Würde es Ihnen etwas ausmachen, wenn ich ... äh ... bei Ihnen vorbeikäme, um ihn mir mal durchzulesen? Ich meine, äh ... jetzt gleich?«

»Sie können, wenn Sie wollen, das Heft auch mitnehmen. Ich brauche es nicht mehr.«

Eine halbe Stunde später saß Morse in einem Pub. Seinem Vorsatz, einen Tag lang abstinent zu sein, untreu, hatte er sich ein Bier bestellt, dazu eine Pastete mit einer Füllung aus Rinderragout und Champignons, die reichlich klitschig geraten war. Ohne große Eile blätterte er in der Farbbeilage. Jetzt, da er den Bericht in Händen hielt, war seine Neugier merkwürdigerweise fast verflogen.

Der Autor entwarf zunächst in knappem Soziologenjargon ein Bild von den Schwierigkeiten, denen sich Jugendliche in der Pubertät gegenübersahen, um dann über jeweils mehrere Spalten die Fälle von sechs jungen Mädchen vorzustellen, die ihrem Zuhause irgendwann den Rücken gekehrt und seitdem nichts mehr von sich hatten hören lassen. Das Interesse des Verfassers schien jedoch vor allem den Eltern zu gelten, die in aller Ausführlichkeit zu Worte kamen. Eine Mutter wurde mit dem Satz zitiert: »Wir lassen, seit sie weg ist, jede Nacht im Flur das Licht für sie brennen.« Der Bericht war rührselig und peinlich. Er enthielt auch Fotos sowohl der Mädchen als auch ihrer Eltern. Die Aufnahmen von den Mädchen waren, wie nicht anders zu erwarten, alle älteren Datums, und da es sich um zufällige Schnappschüsse handelte, zum Teil von nicht besonders guter Qualität. Auch die Aufnahme von Valerie Taylor verriet die Hand des Amateurs. Und so erhielt Morse, als er nun zum ersten Mal ein Bild von Valerie Taylor sah, nur einen undeutlichen Eindruck. Immerhin war das Foto scharf genug, um erkennen zu lassen, dass Valerie von den sechs die Hübscheste war. Allerdings dicht gefolgt von einer süßen Unschuld aus Brighton. Das Foto zeigte nur Valeries attraktives Gesicht: voller Mund, auffordernder Blick, hübsche Augenbrauen (vermutlich gezupft, dachte Morse). Eine Seite weiter waren ihre Eltern abgebildet. Ein unauffälliges Ehepaar, das in unnatürlich gerader Haltung auf der Kante des schäbigen Sofas saß. Er mit einer knalligen Krawatte von Woolworth, die Hemdsärmel aufgerollt, sodass eine große dunkelrote Tätowierung auf seinem rechten Unterarm sichtbar war. Sie in einem billigen Baumwollkleid, auf dessen Kragen eine viel zu elegante Kameebrosche schimmerte, die zumindest einen Anspruch demonstrierte. Auf einem niedrigen Beistelltischchen, das wohl extra für die Aufnahme dorthin gerückt worden war, lehnte gegen unsichtbare Stützen eine Unmenge von Gratulationskarten mit den besten Wünschen zum achtzehnten Hochzeitstag. Es war alles schrecklich aufgesetzt und umso leichter zu durchschauen. Ein paar Tränen wären der Wahrheit nähergekommen, dachte Morse.

Er bestellte noch ein Bier und begann nachzulesen, wie Valerie Taylors Verschwinden sich in einem Zeitungsartikel darstellte.

Der Juni vor zwei Jahren zeichnete sich aus durch eine ungewöhnlich lange Schönwetterperiode. Am Dienstag, dem 10. Juni, einem besonders heißen Tag, verließ Valerie Taylor gegen halb eins ihre Schule, die Roger-Bacon-Gesamtschule in Kidlington, Oxfordshire, um zum Mittagessen nach Hause zu gehen. Sie hatte nicht weit zu laufen. Hatfield Way, wo die Familie ein von der Gemeinde gemietetes Reihenhaus bewohnt, lag nur sechs- oder siebenhundert Yards entfernt. Wie viele ihrer Mitschüler konnte Valerie den Mahlzeiten in der Schulkantine nicht viel abgewinnen und zog es vor, mittags nach Hause zu gehen. Valeries Mutter, Mrs Grace Taylor, hatte wie immer mit dem Essen auf ihre Tochter gewartet. Sie aßen beide zusammen in der Küche. Es gab einen Schinkensalat und zum Nachtisch Johannisbeerkuchen mit Vanillesauce. Der Nachmittagsunterricht beginnt um Viertel vor zwei, und Valerie brach gewöhnlich ungefähr zwanzig Minuten vorher auf. So auch am 10. Juni. Nichts deutete darauf hin, dass dieser strahlend blaue Sommertag zu einem Wendepunkt im Leben der Familie Taylor werden sollte. Valerie durchquerte den schmalen Vorgarten und winkte ihrer Mutter, bevor sie auf die Straße trat und den Weg in Richtung Schule einschlug, zum Abschied noch einmal zu. Das war das letzte Mal, dass sie gesehen wurde.

Mr George Taylor ist städtischer Bediensteter. Als er abends gegen zehn nach sechs von der Arbeit heimkehrte, kam ihm seine Frau schon an der Tür entgegen. Sie war beunruhigt. Valerie hätte längst vom Nachmittagsunterricht zurück sein müssen. Es war nicht ihre Art, ihre Mutter unnötig warten zu lassen; in der Regel sagte sie vorher Bescheid, wenn es aus irgendeinem Grund später wurde. Zu diesem Zeitpunkt machten sich Valeries Eltern jedoch noch keine ernsthaften Sorgen. Sie nahmen immer noch an, dass Valerie jeden Augenblick hereinkommen würde. Doch die Minuten verrannen, wurden zu Stunden. Um acht hielt Mr Taylor das tatenlose Herumsitzen nicht mehr aus, stieg in seinen Wagen und machte sich auf den Weg zu Valeries Schule. Dort traf er nur den Hausmeister, der ihm aber nichts sagen konnte. Daraufhin fuhr Mr Taylor bei einigen von Valeries Schulfreundinnen vorbei. Sie konnten ihm jedoch auch nicht weiterhelfen. Keine erinnerte sich, Valerie am Nachmittag gesehen zu haben. Sie hatten jedoch nicht weiter darüber nachgedacht, da dienstagnachmittags Sportunterricht war und es häufiger vorkam, dass sich einzelne Schüler unauffällig aus dem Staub machten. Als Mr Taylor wieder zu Hause eintraf, war es bereits neun. Er versuchte, seine Frau und wohl auch sich selbst zu beruhigen, indem er unaufhörlich wiederholte, es gebe bestimmt eine ganz einfache Erklärung. Es wurde zehn, schließlich elf. Sie waren längst in Panik. George Taylor war dafür, die Polizei zu verständigen, aber seine Frau wollte davon nichts hören.

Als ich mich letzte Woche mit dem Ehepaar Taylor unterhielt, mochten sie sich verständlicherweise nicht näher darüber äußern, was sie in diesen langen Nachtstunden gefühlt und gedacht hatten, aber dem wenigen, was sie sagten, war zu entnehmen, dass Grace Taylor, die Mutter, wohl die größeren Ängste durchlitt, während ihr Mann sich an die Hoffnung klammerte, Valerie verbringe die Nacht bei einem Freund und werde am nächsten Morgen wiederauftauchen. Gegen vier gelang es ihm, seine Frau zu überreden, zwei Schlaftabletten zu nehmen, und er brachte sie nach oben ins Bett.

Als er am anderen Morgen um halb acht das Haus verließ, um zur Arbeit zu gehen, schlief sie noch. Er ließ einen Zettel da, dass er in seiner Mittagspause heimkommen werde und dass sie, falls Valerie bis dahin noch nicht wieder da sei, die Polizei benachrichtigen müssten. Dies geschah dann aber tatsächlich schon kurz nach neun. Mrs Taylor war gegen neun aufgewacht und hatte, als sie merkte, dass ihre Tochter immer noch nicht zurückgekehrt war, völlig aufgelöst bei einer Nachbarin geklingelt und von dort aus die Polizei angerufen.

Detective Chief Inspector Ainley von der *Thames Valley Police,* der mit den Ermittlungen betraut wurde, leitete sofort umfangreiche Suchmaßnahmen ein. Die Umgebung von Valeries Elternhaus wurde gründlich durchkämmt, der Fluss und das nahe gelegene Wasserreservoir mit Schleppnetzen abgesucht, ohne dass man eine Spur von ihr gefunden hätte.

Inspector Ainley äußerte sich zwei Jahre nach diesen Ereignissen noch immer äußerst kritisch darüber, dass die Polizei erst am Morgen nach dem Verschwinden informiert wurde.

Man hätte zwölf, im günstigsten Fall bis zu fünfzehn Stunden eher mit der Suche beginnen können, wenn sich die Eltern, als die anfängliche leichte Beunruhigung in Besorgnis umschlug, sofort mit der Polizei in Verbindung gesetzt hätten. Eine solche Verzögerung ist allerdings – wie auch die anderen Fälle zeigen – nicht ungewöhnlich. Auch die Eltern der anderen Mädchen haben erst einmal abgewartet, bevor sie sich an die Polizei wandten. Kostbare Zeit verstreicht ungenutzt, und wichtige Spuren können verloren gehen. Aber viele Eltern schrecken davor zurück, die Polizei unnötig zu behelligen, fürchten wohl auch die Blamage, wenn sich die verschwundene Tochter unversehrt und höchstens etwas kleinlaut wieder zu Hause einfindet und sich so im Nachhinein erweist, dass der Polizeiapparat völlig überflüssigerweise in Bewegung gesetzt worden ist. Die Furcht, sich lächerlich zu machen, ist jedoch nicht der einzige Grund. Bei meinen Gesprächen mit den Eltern konnte ich feststellen, dass ihre Haltung gegenüber der Polizei auch durch ein Moment von – man könnte sagen – Irrationalität bestimmt ist, das seinen Ausdruck findet in einem Satz wie dem von Mrs Taylor: »Die Polizei zu rufen, bedeutete für mich, dass etwas Schreckliches passiert sein musste.« Sicher irrational, aber ich muss gestehen, dass ich ihr Gefühl nur allzu gut nachempfinden konnte.

Die Taylors leben noch immer am Hatfield Way. Sie warten nun schon seit mehr als zwei Jahren, und bis heute ist kein Tag vergangen, an dem sie nicht um die Rückkehr ihrer Tochter gebetet hätten. Auch die Polizei ist nach wie vor daran interessiert, Valerie Taylors Verschwinden aufzuklären. Dazu sagte mir Inspector Ainley: »Für uns ist der Fall erst abgeschlossen, wenn wir sie gefunden haben.«

Der Bericht war recht ordentlich, dachte Morse. Einige der dort erwähnten Details hatten ihn überrascht, aber er unterdrückte die wilden Theorien, die ihm sofort in den Sinn kamen. Befriedigt konstatierte er, dass er jedenfalls in Bezug auf

Ainley recht gehabt hatte: Der hatte noch einmal die Akte studiert, und dabei war ihm plötzlich etwas aufgefallen – vielleicht ein bislang verborgen gebliebener Zusammenhang, ein Widerspruch, der ihm damals entgangen war. Was es auch gewesen sein mochte, es hatte ihn offenbar nicht mehr zur Ruhe kommen lassen. Selbst noch in seiner freien Zeit hatte er sich ja mit Nachforschungen beschäftigt. Und am Ende hatten sie ihn – wenn auch nur indirekt – sogar das Leben gekostet.

Bei den Tatsachen bleiben, Morse, bei den Tatsachen bleiben! Das fiel ihm schwer, aber er würde es versuchen. Morgen würde er sich mit Lewis zusammen die Akte Taylor vornehmen. Und überhaupt. Eines der sechs Mädchen, Christine aus Kidderminster, war, wie er heute Morgen der Zeitung hatte entnehmen können, inzwischen wieder bei ihren Eltern. Vielleicht würde auch Valerie Taylor irgendwann in nicht allzu ferner Zukunft plötzlich vor der Tür ihres Elternhauses stehen. Wer weiß. Die unartigen Mädchen kehrten reumütig zurück in die offenen Arme ihrer Eltern, und nicht lange, so würden sie wieder anfangen, sich zu streiten – um dieselben Dinge, derentwegen sie sich auch vorher gestritten hatten. Das schien so eine Art Naturgesetz zu sein.

Morse' Vorsätze hielten nicht lange vor. Nach dem dritten Bier überkam es ihn wieder. Er hatte den Artikel gerade noch einmal durchgelesen. Ja, hier stimmte etwas nicht. Nur eine winzige Unstimmigkeit, aber vielleicht war das genau die Unstimmigkeit, die Ainley auf die Fährte gesetzt hatte. Und schon begannen sich in Morse' Kopf die aberwitzigsten Ideen zu bilden. Aber Tatsachen waren schließlich nur etwas für Kleingeister.

6

*Freilich hat er viel Einbildungskraft und
eine sehr gute Erinnerung; doch mit perversem
Einfallsreichtum nutzt er diese Gaben
wie kein anderer Mensch*
Richard Brinsley Sheridan

Im Gegensatz zu Morse hatte Sergeant Lewis die Routinearbeit der letzten Woche außerordentlich befriedigend gefunden. Da wusste man doch, woran man war. Er fragte sich, was der Chief Inspector nun auf Lager hatte. Lewis hatte schon früher unter Morse gearbeitet und war alles in allem recht gut mit ihm klargekommen. Aber bis zuletzt hatte er sich nicht an dessen Eigenwilligkeit gewöhnen können.

Morse saß in seinem schwarzen Ledersessel und hatte vor sich auf dem unaufgeräumten Schreibtisch einen grünen Aktenordner liegen. »Schön, dass Sie da sind, Lewis. Dann kann es ja losgehen. Ich wollte nicht ohne Sie anfangen.« Liebevoll klopfte er mit der flachen Hand auf den Ordner. »Hier haben wir sämtliche Erkenntnisse zum Fall Taylor. Alles Fakten. Ainley hat sich nur mit Fakten abgegeben. Alles andere war für ihn Tagträumerei. Und wir werden in seine Fußstapfen treten und uns ebenfalls nur um Fakten kümmern. Sagten Sie etwas?« Aber bevor Lewis antworten konnte, öffnete Morse den Ordner, löste mit raschem Griff die Klammer und kippte den Inhalt mit dem ersten Blatt nach unten auf den Schreibtisch. »Sollen wir hinten oder vorne anfangen?«

»Am besten doch wohl der Reihe nach, Sir.«

»Also ich glaube eigentlich, dass wir einsteigen können, wo wir wollen – aber bitte, ich richte mich ganz nach Ihnen …«
Mit einem kleinen Ächzen hob er den recht umfangreichen

Papierstapel und wuchtete ihn wieder in seine ursprüngliche Lage zurück.

»Was haben wir denn damit überhaupt vor?«, fragte Lewis verständnislos.

Morse berichtete ihm von seiner Unterredung mit Strange und reichte Lewis dann Valerie Taylors Brief an ihre Eltern. »Deshalb werden wir uns jetzt des Falles wieder annehmen. Na, freuen Sie sich? Das ist doch mal was anderes als die sture Routine.«

Der Sergeant rang sich ein schwaches Lächeln ab und nickte.

»Haben Sie an den *Mirror* gedacht, Lewis?«

Lewis war ein Muster an Zuverlässigkeit. Er holte die Zeitung aus seiner Manteltasche und gab sie Morse. Der zog seine Brieftasche hervor, entnahm ihr einen Totoschein, schlug im *Mirror* die Seite mit den Ergebnissen auf und begann mit vor Anspannung gerunzelter Stirn, seine Kreuzchen mit den Ziffern im *Mirror* zu vergleichen. Lewis beobachtete ihn, wie sich sein Gesicht durch ein überraschtes Lächeln aufhellte, dann wieder enttäuscht verdüsterte, bis er schließlich fertig war und den Schein grimmig in kleine Schnitzel zerriss, die er mit einer verächtlichen Geste in Richtung Papierkorb warf.

»Ist nichts mit den Bahamas, Lewis. Und bei Ihnen?«

»Bei mir auch nichts.«

»Haben Sie überhaupt schon mal etwas gewonnen?«

»Ja, im letzten Jahr. Ein paar Pfund. Aber die Chance, dass man wirklich mal den richtigen Riecher hat, steht ja auch eins zu einer Million.«

»So wie bei dieser verdammten Angelegenheit«, murmelte Morse und deutete auf den Papierberg, den ihnen Ainley hinterlassen hatte.

Während der nächsten zweieinhalb Stunden arbeiteten sie das Aktenmaterial durch. Dann und wann sah einer der beiden von seiner Lektüre auf, um den anderen auf einen besonders interessanten Punkt hinzuweisen oder eine Frage zu stellen. Die meiste Zeit lasen sie jedoch schweigend. Jedem, der die beiden da so hätte sitzen sehen, wäre wohl nach wenigen Minuten aufgefallen, dass Morse mindestens fünfmal so schnell vorankam wie sein bedächtiger Sergeant; ob er sich auch an fünfmal so viel erinnerte, war jedoch die Frage. Denn Morse stellte sehr bald fest, dass die vor ihm liegenden Aussagen und Berichte inhaltlich kaum mehr boten als der Artikel in der *Sunday Times,* und las deshalb nur aus Pflichtgefühl und ohne großes Interesse. Die einzige Erkenntnis, die sich aus dem Wust der von Ainley mit Sorgfalt und Fleiß zusammengetragenen Unterlagen ergab, war, dass Valerie Taylor sich von zu Hause auf den Weg gemacht hatte, um zur Schule zurückzukehren, dort aber nie ankam und seitdem spurlos verschwunden war. Selbst für Morse, der in letzter Zeit dazu übergegangen war, bei jeder Gelegenheit ein Loblied auf die Fakten zu singen, war das eine zu magere Tatsache, als dass er darüber Freudensprünge hätte vollführen mögen. Ainley hatte alle Personen in Valeries Umkreis – Eltern, Nachbarn, Lehrer, Mitschüler – befragen lassen. Mit einigen, so mit Valeries Eltern, dem Direktor ihrer Schule, der Klassenlehrerin und der Sportlehrerin, hatte er selbst gesprochen. Auch zwei ihrer Freunde hatte er sich persönlich vorgenommen. Seinem Bericht war deutlich sowohl Wertschätzung als auch Ablehnung zu entnehmen. Der Direktor hatte ihm offenbar imponiert, während vor allem der eine von Valeries Freunden starke Ressentiments in ihm geweckt haben musste. Alles war in der gestochenen, kleinen Handschrift vermerkt. Als Nächstes folgten die Berichte, die auf die Suchanzeige hin eingetroffen waren, von Menschen, die Valerie in Birmingham, Clacton, London, Reading, Southend und einem abgelegenen Dorf in Morayshire gesehen haben wollten. Aber die umgehend eingeleiteten Nachforschungen hatten nie etwas ergeben. Alles falscher Alarm. Dann Valeries Schülerbogen. Dem Geburtsdatum nach war Valerie siebzehn Jahre und etwas über fünf Monate alt gewesen, als sie verschwand. Für die wissenschaftlichen Fächer war sie wohl wenig begabt; vielleicht war sie aber auch nur desinteressiert gewesen. Verschiedene Lehrer hatten geklagt, dass sie ihre Fähigkeiten nicht voll nutze. In ihrem vorletzten Schuljahr hatte sie den Hauptschulabschluss gemacht – mit mäßigem Erfolg. Zum Zeitpunkt ihres Verschwindens war sie damit beschäftigt gewesen, sich in den Fächern Englisch, Französisch sowie technisch-naturwissenschaftlicher Unterricht auf die mittlere Reife vorzubereiten. Trotz ihrer schwachen Noten hatten die meisten Lehrer sie wegen ihrer offenen, freundlichen Art geschätzt. Auch bei ihren Mitschülern, Mädchen wie Jungen, war sie beliebt gewesen. Der gründliche Ainley hatte nicht versäumt, auch den Hausarzt um einen Bericht zu bitten. Valerie hatte nur wenig unter Krankheiten gelitten. Als Kind hatte sie die Masern gehabt, als Vierzehnjährige war sie einmal wegen einer tiefen Schnittwunde am Zeigefinger ihrer linken Hand bei ihm zur Behandlung gewesen.

Ainleys besondere Aufmerksamkeit hatte der Frage gegolten, ob es zwischen Valerie und ihren Eltern Spannungen gegeben hatte, die für Valerie Anlass gewesen sein konnten, von zu Hause wegzulaufen. Dafür ergaben sich jedoch trotz aller Nachfragen keinerlei Hinweise. Valeries Klassenlehrerin, die – wie sie betonte – sich stets auch als eine Art Seelsorgerin ihrer Schüler verstanden hatte, die Eltern selbst, Nachbarn sowie Schulfreunde und -freundinnen hatten übereinstimmend ausgesagt, die häuslichen Konflikte seien nicht über ein normales Maß hinausgegangen. Natürlich hatte es manchmal Krach gegeben. Ein- oder zweimal war Valerie aus der Disco zu spät nach Hause gekommen, und Mrs Taylor verstand in dem Punkt keinen Spaß. Ainleys abschließendes Urteil war gewesen, dass, wenn Valerie tatsächlich ihrem Elternhaus aus freien Stücken den Rücken gekehrt haben sollte, der Grund dafür nicht in familiären Streitigkeiten zu suchen sei. Morse fiel ein lateinisches Sprichwort ein: Ex nihilo nihil fit. Nichts geschieht ohne Grund. Wohl wahr, aber im Augenblick auch nicht sehr hilfreich.

Bei den Akten befanden sich auch zwei Karten sowie eine Skizze: eine topografische Karte im Maßstab 1 : 25 000 von Oxford und seiner unmittelbaren Umgebung, auf der Ainley die von den Suchtrupps durchkämmten Gebiete markiert hatte; dann eine Karte der Grafschaft mit winzigen kryptischen Symbolen neben allen größeren Straßen sowie den Eisenbahnlinien, die er offenbar benutzt hatte, um sich einen Überblick über die wichtigsten Verkehrswege zu verschaffen; schließlich die Skizze, die einige dem Hatfield Way benachbarte Straßen zeigte und, rot eingezeichnet, Valeries Schulweg. Während Lewis sich mit gesenktem Kopf durch die Papiere wühlte, Meilen hinter seinem Herrn, schien Morse angesichts der Skizze plötzlich von einer Idee beflügelt. Die rechte Hand an der Stirn, lehnte er sich in seinem Sessel zurück und bot ein Bild gedankenschwerer Konzentration.

»Haben Sie etwas entdeckt, Sir?«, fragte Lewis ehrfürchtig.

»Wie? Was? Oh.« Morse fuhr ein wenig zusammen und setzte sich aufrecht hin. Der schöne Tagtraum war zu Ende.

»Hat die Skizze Sie auf etwas gebracht, Sir?«

»Die Skizze? Ja, doch, sehr interessant.« Er sah sie flüchtig an, wusste jedoch, dass ihn die Inspiration verlassen hatte, und griff nach dem *Sunday Mirror*. Mal sehen, was in seinem Horoskop stand. Neugierig las er: *Sie machen größere Fortschritte, als Ihnen vielleicht bewusst ist. In Liebesdingen kommt es vielleicht schon bald zu einem Durchbruch. Suchen Sie bis dahin die Gesellschaft eines gescheiten und witzigen Menschen – Sie brauchen Aufheiterung.*

Morse blickte trübselig zu seinem Sergeant hinüber, der weder sonderlich gescheit noch sehr witzig war. Er gab sich einen Ruck. »Nun, Lewis, was denken Sie?«

»Ich bin noch nicht ganz fertig mit Lesen.«

»Aber Sie haben doch sicher schon einen Eindruck.«

»Ich weiß nicht recht.«

»Ach, kommen Sie schon. Was, glauben Sie, ist mit ihr passiert?«

Lewis dachte noch einmal nach, biss sich auf die Lippen und wiegte den Kopf, dann platzte er heraus: »Ich glaube, dass sie nach London getrampt ist. Da wollen sie doch alle hin.«

»Sie sind also der Meinung, dass sie noch am Leben ist?«

Lewis sah den Chief Inspector überrascht an. »Ja, Sie denn nicht?«

»Gehen wir erst mal ein Bier trinken«, sagte Morse.

Sie verließen das Präsidium und überquerten am Zebrastreifen die viel befahrene Verbindungsstraße zwischen Oxford und Banbury.

»Wohin gehen wir denn jetzt eigentlich?«

Morse zog Ainleys Skizze aus der Tasche. »Ich dachte, wir sehen uns mal so ein bisschen die Umgebung von Hatfield Way an. Kann nicht schaden.«

Die Siedlung lag etwas abseits von der Straße auf der linken Seite, wenn man in Richtung Banbury ging. Hatfield Way war nicht weit entfernt. Vor dem Haus der Taylors blieben sie stehen.

»Wollen Sie sie jetzt gleich aufsuchen?«, fragte Lewis.

»Warum nicht? Irgendwann müssen wir ja schließlich mal anfangen.«

Das Haus war solide gebaut. Den gepflegten Rasen des Vorgartens zierte ein kreisrundes Rosenbeet. Morse klingelte. Als sich drinnen nichts rührte, klingelte er ein zweites Mal. Mrs Taylor war anscheinend nicht zu Hause. Morse reckte den Hals und spähte durch die Fensterscheibe des vorderen Zimmers, konnte aber zu seiner Enttäuschung nicht viel mehr erkennen als ein breites rotes Sofa und darüber an der Wand mehrere sich in einer Diagonale nach oben schwingende Enten, unterwegs zur Decke.

»Wenn ich mich recht erinnere, Lewis, ist gleich um die Ecke hier ein Pub.«

Sie bestellten sich jeder ein Käsesandwich und ein Bier, und Morse reichte Lewis die Farbbeilage der *Sunday Times* vom 24. August.

»Werfen Sie da mal einen raschen Blick drauf.«

Zehn Minuten später – Morse hatte sein Glas schon geleert, während der Sergeant seines noch nicht einmal angerührt hatte – war klar, dass selbst ein rascher Blick bei Lewis seine Zeit brauchte, und Morse holte sich ein zweites Bier, weil das Warten ihn kribbelig machte.

»Was stört Sie?«

»Hier ist ein Fehler drin.«

Morse sah ihn überrascht an. »Wieso?«

»Nun, hier steht, sie sei, nachdem sie sich von ihrer Mutter verabschiedet hatte, nicht mehr gesehen worden.«

»Ist sie auch nicht.«

»Und was ist mit dem Verkehrslotsen?«

»Dem was?«

»Dem Verkehrslotsen? Der wurde doch in den Akten erwähnt.«

»Ah ja? Daran kann ich mich gar nicht erinnern.«

»Sie wirken heute Morgen auch ein bisschen müde, Sir.«

»Müde? Ach, Unsinn. Wird Zeit, dass Sie Ihr zweites Bier kriegen.« Morse trank sein Glas aus, schnappte sich auch das von Lewis und ging zur Bar.

Eine elegant gekleidete Frau, etwas rundlich, aber mit schlanken, wohlgeformten Beinen, hatte sich gerade einen doppelten Whisky geben lassen und war dabei, ihn mit etwas Wasser zu verdünnen. An ihrer linken Hand glitzerten zwei auffallende Brillantringe. »Ach, Bert, und dann noch eine Embassy, bitte.«

Der Wirt griff hinter sich ins Regal und schob ihr die Packung über den Tresen. Er kniff die Augen zusammen, während er ausrechnete, was sie zahlen musste, nahm ihre Pfundnote, gab ihr heraus, bedankte sich und wandte sich dann Morse zu. »Noch mal dasselbe, Sir?«

Als sich die Frau umdrehte, hatte Morse das Gefühl, sie schon einmal gesehen zu haben. Er vergaß selten ein Gesicht. Wahrscheinlich lebte sie hier in Kidlington, und er war ihr schon einmal auf der Straße begegnet. An seinen Platz zurückgekehrt, behielt er sie verstohlen weiter im Auge, sodass Lewis aufmerksam wurde und auf falsche Gedanken kam. Gegen Morse' Geschmack war ja gar nichts einzuwenden, sah ganz nett aus, die Frau. Vielleicht so Mitte dreißig, hübsches Gesicht. Aber der Chef musste ganz schön auf dem Schlauch stehen, wenn er hier am helllichten Mittag …

Zwei über und über mit Zementstaub bedeckte Bauarbeiter kamen herein, bestellten ein Bier und setzten sich für eine Partie Domino an einen Tisch. Einer der beiden schien die Frau zu kennen, denn er begrüßte sie lauthals mit »Hallo, Grace, gehts gut?« Morse war nicht allzu überrascht. Das Foto wird ihr nicht gerecht, dachte er. In Wirklichkeit sieht sie jünger aus.

Gegen zwanzig nach eins fand Morse es an der Zeit zu gehen. Sie nahmen denselben Weg, durch den Hatfield Way, am Haus der Taylors vorbei und bis zur großen Straße, auf der um diese Zeit ein unablässiger Strom von Autos entlangraste. Hier bogen sie nach rechts und sahen schon von Weitem den durch gelbe Blinklichter und Zebrastreifen kenntlich gemachten Fußgängerüberweg, den sie vorhin achtlos passiert hatten.

»Ob er das ist?«, fragte Morse beim Näherkommen. Auf der Mitte der Fahrbahn stand mit ausgestreckten Armen quer zum Verkehr ein Mann in weißem Mantel und mit Schirmmütze und winkte mit der Signalkelle wie ein arthritischer Bischof mit dem Stab. Gerade überquerten einige Schulkinder unter seiner Obhut die Straße, die Mädchen in weißen Blusen, grauen Röcken und roten Kniestrümpfen, die Jungen, wie Morse missbilligend bei sich feststellte, offenbar in den ältesten Klamotten, die sie hatten auftreiben können.

Als der Lotse wieder auf den Bürgersteig zurücktrat, ging

Morse auf ihn zu und sprach ihn in jenem onkelhaft wohlwollenden Ton an, den er für vertrauenerweckend hielt. »Na, mein Lieber, machen Sie das hier schon länger?«

»Etwas über ein Jahr.« Er war ein kleiner, rotgesichtiger Mann mit gichtgekrümmten Händen.

»Kennen Sie Ihren Kollegen, der es vor Ihnen gemacht hat?«

»Sie meinen den alten Joe? Klar kenn ich den. Der war 'ne ganze Zeit hier – mindestens fünf oder sechs Jahre.«

»Und dann ist er in den Ruhestand versetzt worden?«

»Na ja. Wie mans nimmt. Is niedergemacht worden. Junger Bursche auf 'nem Motorrad. Armer alter Joe. Zum Schluss eben auch schon ein bisschen langsam. Er war zweiundsiebzig, als es ihn erwischte, hat sich die Hüfte gebrochen.«

»Aber er ist doch hoffentlich wieder auf die Beine gekommen?« Morse wünschte von ganzem Herzen, dass der arme alte Joe noch unter den Lebenden weilte.

»Ja. Der is zäh. Is jetzt im Altenheim in Cowley.«

»Na, dann passen Sie mal schön auf, dass Ihnen nicht auch so etwas passiert«, sagte Morse. Inzwischen hatte sich ein neues Grüppchen wartender Schulkinder gesammelt, und Morse und Lewis ließen sich mit ihnen zusammen auf die andere Straßenseite geleiten. Morse blieb einen Augenblick stehen, um ihnen nachzusehen, wie sie an den Schaufenstern der vielen Geschäfte und an der öffentlichen Bedürfnisanstalt entlangtrödelten und dann schließlich sehr zögernd in den Weg zur Schule einbogen.

Zurück in seinem Büro, las Morse laut den Teil von Mr Joseph Godberrys Aussage vor, in dem dieser beschrieb, wie er Valerie Taylor an jenem Dienstag zur Schule hatte zurückgehen sehen: *Ich habe Valerie Taylor am 10. Juni gegen halb zwei gesehen, wie sie in Richtung Schule ging. Sie war auf der anderen Straßenseite, ist wohl schon weiter oben rübergegangen. Sie war sehr in Eile. Ich dachte noch, vielleicht ist sie verabredet und will nicht zu spät kommen. Aber sie hat mir trotzdem noch zugewinkt. Ich bin ganz sicher, dass es Valerie war. Sie ist oft bei mir stehen geblieben und hat einen kleinen Schwatz mit mir gehalten. Auch meinen Namen hat sie gewusst. Hat immer Joe zu mir gesagt. Die meisten Kinder nennen mich beim Vornamen. Sie war ein sehr nettes Mädchen und immer gut gelaunt. Ich weiß nicht, was sie dann gemacht hat, nachdem sie bei mir vorbeigekommen ist. Ich dachte, sie wollte zur Schule.*

Morse schaute nachdenklich. »Es wäre interessant zu wissen ...«

»Was wäre interessant zu wissen, Sir?«

Morse sah durchs Fenster in die Ferne, dort, wo sie sich in zartem Blau verlor. In seinen Augen funkelte unterdrückte Erregung. »Ich wüsste gern, ob sie eine Tasche dabeihatte.«

Lewis' Gesicht war ein einziges großes Fragezeichen, er erhielt jedoch von Morse keine Aufklärung. Der schaute immer noch aus dem Fenster und hatte die Ratlosigkeit seines Sergeants gar nicht bemerkt. »Und einmal angenommen«, sagte er, während sein Blick allmählich zurückkehrte und er den ihm gegenübersitzenden Lewis wieder wahrzunehmen begann, »einmal angenommen, sie hatte tatsächlich eine Tasche dabei, dann, denke ich, ist Ihre Einschätzung falsch gewesen.«

»Welche Einschätzung, und wieso falsch?«

»Sie haben doch vorhin gesagt, dass Sie glaubten, Valerie Taylor sei noch am Leben.«

»Ja, und das glaube ich auch immer noch.«

»Und ich nehme an – es ist wohlgemerkt nur eine Annahme, nicht mehr –, dass Sie sich irren, Lewis. Ich denke, dass Valerie Taylor wahrscheinlich tot ist.«

7

*Französisch sprach sie auch mit feinem Klang,
Wie man in Stratford es auf Schulen spricht –
Französisch von Paris verstand sie nicht*
Geoffrey Chaucer, Canterbury Tales, Prolog

Donald Phillipson kam an diesem Dienstagmorgen kurz vor acht in die Schule. Das Herbsttrimester hatte vor einer Woche begonnen, und bis jetzt war alles sehr gut gelaufen. Seine Anti-Abfall-Kampagne zeitigte erste kleine Erfolge, der neue Hausmeister schien umgänglich und entgegenkommend, und der Schulverein, dem Eltern und Lehrer angehörten, hatte ihn zu seiner eigenen Überraschung bei seiner Forderung nach einem strengeren Reglement bezüglich des Tragens der Schuluniform rückhaltlos unterstützt. Auch was das akademische Niveau der Schule anging, hatte es eine erfreuliche Entwicklung gegeben. Nur noch vier Lehrer hatten die Schule im Sommer verlassen, im Jahr davor waren es viermal so viel gewesen. Die Hauptschulabschlüsse und die Prüfungen zur mittleren Reife waren deutlich besser geworden, und unter den neuen Schülern, die gerade von der Grundschule zu ihnen übergewechselt waren, sollten sich, wenn man ihren ehemaligen Lehrern glauben durfte, einige außergewöhnlich begabte Kinder befinden. Vielleicht würde die Schule in einigen Jahren stolz darauf verweisen können, dass es dem einen oder anderen ihrer Schüler gelungen war, ein Stipendium für Oxbridge zu bekommen … Er war mit sich und seinem Leben zufrieden an diesem Dienstagmorgen. Mehr als zufrieden. Nur eine einzelne kleine Wolke, nicht größer als eine Männerhand, stand über dem Horizont und trübte ein wenig die Aussicht. Doch war er nicht allzu beunruhigt. Er war zuversichtlich, dass er das Unwetter, das sich in diesem Wölkchen möglicherweise ankündigte, schon überstehen würde. Aber er sollte sich endlich die Zeit nehmen, die ganze Angelegenheit noch einmal sorgfältig zu überdenken.

Um zwanzig nach acht würden, wie jeden Morgen, der Schulsprecher und die Schulsprecherin zu ihm ins Büro kommen, und dann gab es da noch einige andere Dinge, um die er sich noch heute Vormittag kümmern musste. Um Viertel nach acht hörte er Mrs Webb hereinkommen, eine Viertelstunde später Baines. Um die Pünktlichkeit war es auch besser bestellt als früher.

Phillipson erteilte Geschichtsunterricht in den beiden oberen Klassen, hatte aber dafür gesorgt, dass er dienstags keine Stunden zu geben hatte, um sich einen Vormittag in der Woche ausschließlich seinen Pflichten als Schulleiter widmen zu können. Der Nachmittag war sogar ganz frei; das hatte er gleich damals, als er die Stelle antrat, so eingeführt. Er freute sich auf einen ruhigen Tag.

Zunächst sah es auch wirklich so aus, als würde dies ein Tag nach seinem Herzen. Selbst das gemeinsame Singen bei der Morgenandacht hatte sich heute zum ersten Mal halbwegs erträglich angehört; die Dinge, die zu tun er sich vorgenommen hatte, erledigten sich problemlos und schnell. Dann, um Viertel nach elf, kam der Anruf. Mrs Webb nahm ihn entgegen.

»Ist der Direktor zu sprechen?«

»Wenn Sie mir bitte Ihren Namen nennen würden.«

»Morse. Inspector Morse.«

»Oh – einen Augenblick, bitte, Sir. Ich werde fragen, ob er zu sprechen ist. – Ein Inspector für Sie, Sir. Soll ich ihn durchstellen?«

»Ah ... ja, natürlich.«

Mrs Webb drückte auf einen Knopf und war im Begriff, den Hörer aufzulegen, als sie plötzlich zögerte und ihn dann wieder ans Ohr hielt.

»… von Ihnen zu hören. Ich hatte Ihnen ja schon in meinem Brief angeboten, dass ich Ihnen selbstverständlich gerne zur Verfügung stehe, falls …«

»Genau deswegen rufe ich an, Sir. Ich habe ein oder zwei Fragen, die Sie mir vielleicht beantworten können.«

»Entschuldigen Sie, Inspector, aber ich habe im Augenblick nicht sehr viel Zeit – ich erwarte gleich einige der neuen Schüler zu einem Gespräch bei mir. Ich würde vorschlagen, dass wir uns …« Mrs Webb legte geräuschlos den Hörer auf, und als Phillipson zu ihr ins Zimmer trat, war sie schon wieder eifrig beim Tippen. »Ich werde heute Nachmittag in der Schule sein, Mrs Webb. Inspector Morse möchte sich mit mir unterhalten. Er kommt um drei. Könnten Sie uns Tee und etwas Gebäck hinstellen?«

»Ja, natürlich.« Sie machte sich eine Notiz. »Nur für Sie beide?«

»Nein, für drei. Er bringt noch einen Sergeant mit – ich habe seinen Namen vergessen.«

Ebendieser namenlose Sergeant verbrachte unterdessen einen anregenden Vormittag im Altenheim in Cowley, wo er Mr Joseph Godberry lauschte, dessen Erzählungen, wenn man sie nicht zu oft hören musste, außerordentlich fesselnd sein konnten. Er hatte im Ersten Weltkrieg bei Mons gekämpft, war später nach Rouen verlegt worden, wo er es – laut eigener Aussage – mit jeder Hure im Umkreis von zehn Meilen getrieben hatte, und 1917 wegen Dienstunfähigkeit entlassen worden. (Vermutlich wegen sexueller Ermattung, dachte Lewis.) Godberry schien einen unerschöpflichen Schatz von Erinnerungen zu haben und war – auf einem Stuhl neben seinem Bett sitzend – offenbar nur zu gern bereit, ihn vor Lewis auszubreiten. Er war wohl ziemlich einsam, klagte aber nicht und schien sein Schicksal, das ihn zu diesem beschränkten Leben in einem kleinen Zimmer auf der Station D verurteilt hatte, mit Würde und einer Art heiterer Gelassenheit zu tragen. Er erklärte Lewis, dass er kaum noch laufen könne, und gab ihm eine detaillierte Schilderung seines Unfalls. Dieser Unfall gehörte zusammen mit Mons und Rouen zu den Höhepunkten seines ansonsten recht einförmig verlaufenen Lebens, und es bedurfte einiger Minuten geduldigen Insistierens, bis Lewis die Aufmerksamkeit des Alten von seinen Lieblingsthemen auf das Verschwinden von Valerie Taylor gelenkt hatte. O ja, natürlich könne er sich an sie erinnern. Ein nettes Mädchen, diese Valerie. Wirklich sehr nett. Die sei jetzt bestimmt in London, wetten? – Und Dienstag, der 10. Juni, der Tag, an dem sie verschwand? Konnte er noch einmal ganz genau erzählen, wie das da gewesen sei? Godberry holte weit aus. Was er sagte, stimmte ziemlich genau mit seiner Aussage von damals überein. Nach ein paar Minuten schien er müde zu werden und verlor häufiger den Faden.

Lewis, der ihm aufmerksam zugehört hatte, fand, es sei an der Zeit, nun endlich seine wichtigste Frage zu stellen – bevor der alte Mann einnickte. »Wissen Sie auch noch, ob Valerie damals etwas bei sich trug?«

Godberry rutschte unschlüssig auf seinem Stuhl hin und her und sah Lewis aus seinen alten, wässrigen Augen ratlos an; doch Lewis kam es so vor, als sei für den Bruchteil einer Sekunde eine Erinnerung in ihnen aufgeschienen, und versuchte, etwas nachzuhelfen. »Eine Tasche vielleicht?«

»Eine Tasche ...«, wiederholte der Alte langsam. »Darüber habe ich noch nie nachgedacht.« Er verzog das Gesicht und schien angestrengt in seinem Gedächtnis zu kramen. Lewis wagte nicht zu atmen. »Aber ich glaube, Sie haben recht«, fuhr Godberry nach einiger Zeit fort. »Sie hat an dem Nachmittag was dabeigehabt. Eine Tasche. Nicht sehr groß. Sie hat sie in der linken Hand getragen, wenn ich mich recht erinnere.«

Die wechselseitige Begrüßung in Phillipsons Büro verlief in freundlicher Atmosphäre. Morse bekundete durch ein paar Fragen höflich sein Interesse an der Arbeit der Schule. Scheint gut aufgelegt zu sein heute, dachte Lewis. Doch die Stimmung sollte bald umschlagen.

Morse setzte den Direktor davon in Kenntnis, dass er den Fall Taylor vom verstorbenen Chief Inspector Ainley übernommen habe, und Phillipson drückte seine Anteilnahme aus, als Morse ihn unvermittelt unterbrach, ihn mit Valerie Taylors Brief konfrontierte und ihn ziemlich unwirsch, fast aggressiv aufforderte, ihn zu lesen.

Phillipson hatte die wenigen Zeilen rasch überflogen.

»Nun?«, fragte Morse.

Lewis hatte das Gefühl, der Direktor sei von Morse' ruppigem Ton derart überrascht, dass das plötzliche Lebenszeichen seiner lange vermissten Schülerin bei ihm kaum eine Reaktion auslöste.

»Nun was?«, fragte Phillipson ebenso barsch zurück. Er war offenbar nicht so leicht einzuschüchtern.

»Ist das ihre Schrift?«

»Das kann ich Ihnen nicht sagen. Warum fragen Sie nicht ihre Eltern?«

Morse überging das. »Sie können es also nicht sagen«, sagte er lapidar. Sein Ton deutete an, dass er mehr erwartet hatte.

»Nein.«

»Gibt es hier vielleicht noch alte Klassenhefte von ihr, die wir uns ansehen könnten, um einen Vergleich zu haben?«

»Das weiß ich nun wirklich nicht, Inspector.«

»Wer könnte es wissen?«

»Baines eventuell.«

»Dann bitten Sie ihn her.« Es klang fast wie ein Befehl.

»Tut mir leid. Baines hat frei. Dienstagnachmittags ist Sportunterricht, und …«

»Ich weiß, ich weiß. Baines können wir also auch vergessen. Gibt es sonst noch jemanden?«

Phillipson stand auf und öffnete die Tür zum Vorzimmer. »Mrs Webb? Könnten Sie mal einen Augenblick kommen, bitte?«

Kam es Lewis nur so vor, oder warf sie Morse bei ihrem Eintritt wirklich einen ängstlichen Blick zu?

»Mrs Webb, der Inspector möchte gerne wissen, ob wir irgendwo noch einige von Valerie Taylors alten Klassenheften haben, und vor allem, wo. Was glauben Sie, besteht da eine Möglichkeit?«

»Da müsste man mal in dem Raum nachsehen, wo wir die Schulbücher stapeln.«

»Ist es üblich, dass die Schüler ihre alten Arbeitshefte in der Schule lassen?«, schaltete Morse sich ein.

»Nein, normalerweise nehmen sie am Schuljahresende alle Hefte mit nach Hause, auch die Arbeitshefte. Aber Valerie Taylor hat ja ganz plötzlich mittendrin aufgehört. Alle ihre Sachen sind ja hier zurückgeblieben, und deshalb nehme ich an, dass man ihr Fach am Schuljahresende leer geräumt und alles in den Raum mit den Schulbüchern ...« Sie geriet plötzlich ins Stocken und sah Hilfe suchend zu Phillipson hinüber.

»Ja, das erscheint mir sehr einleuchtend, Mrs Webb«, beruhigte dieser sie.

Mrs Webb schluckte ein paar Mal und schien erleichtert aufzuatmen, als sie hörte, dass sie nicht mehr gebraucht werde.

»Na, dann sehen wir uns den Raum mal an. Sie haben doch nichts dagegen?«, sagte Morse.

»Nein, natürlich nicht. Ich vermute, es wird dort ziemlich wüst aussehen. Zum Schuljahresanfang geht immer alles ein bisschen drunter und drüber. Na, Sie wissen das ja sicher noch aus Ihrer eigenen Schulzeit.« Morse lächelte etwas, ließ sich aber nicht zu einer Stellungnahme herbei.

Sie gingen den Flur entlang und ein paar Stufen hinunter, dann nach rechts und durch einen leeren Klassenraum mit ordentlich hochgestellten Stühlen bis vor eine verschlossene Tür. Die ganze Schule schien verlassen, die Schüler waren wohl alle beim Sport. Ab und zu vernahm man von draußen durchdringende Begeisterungsschreie. Entgegen der landläufigen Meinung musste es also doch eine Anzahl von Schülern geben, denen das Fach nicht verhasst war.

Phillipson holte einen Schlüsselbund aus der Tasche und schloss auf. Sie betraten einen kahlen, fensterlosen Raum, die Luft war stickig. Lewis sah mit geheimem Schauder auf die Berge eingestaubter Schulbücher und Aktenordner.

»Es dürfte einige Zeit in Anspruch nehmen, in diesem Chaos etwas zu finden«, sagte Phillipson. Seine Stimme klang gereizt. »Wenn Sie wollen, werde ich einige der jüngeren Lehrer bitten, das Zeug da für Sie durchzusehen.« Er deutete auf ein Holzregal an der gegenüberliegenden Wand, das bis oben mit Schulbüchern, alten Zeitschriften und anderem Papierkram vollgepackt war.

»Vielen Dank für Ihr Angebot, aber wir kommen hier schon zurecht. Kein Problem. Sind Sie nachher noch in Ihrem Büro?« Das war ein deutlicher Wink mit dem Zaunpfahl. Phillipson begriff, dass seine Anwesenheit anscheinend unerwünscht war, und entfernte sich.

Morse horchte, bis seine Schritte verhallt waren. »Der fühlt sich nicht besonders wohl in seiner Haut. Was meinen Sie, Lewis?«

»Ist ja kein Wunder, Sir. Sie haben ihn ganz schön hart angefasst.«

»Jedem, was er verdient.«

»Wieso? Was hat er denn getan?«

»Als ich heute Morgen mit ihm telefoniert habe, hat er mich ziemlich schnell abgefertigt, und zwar mit der Entschuldigung, er müsse sich noch mit einigen neuen Schülern unterhalten.«

»Kann doch sein«, sagte der gutgläubige Lewis.

»Ich hatte eher den Eindruck, dass er Zeit gewinnen wollte. Und ich hatte recht.« Lewis sah ihn erwartungsvoll an. »Während wir miteinander sprachen, hörte ich ein Knacken in der Leitung. Irgendjemand war offenbar sehr neugierig zu erfahren, worüber wir uns unterhielten. Dreimal dürfen Sie raten, wer.«

»Mrs Webb?«

»Ganz genau. Ich habe sie dann etwas später noch mal angerufen und gefragt, warum sie mitgehört habe. Zuerst hat sie natürlich alles abgestritten, bis ich sie dann beruhigt und ihr erklärt habe, dass ich es für mich behalten würde, vorausgesetzt, sie gebe mir wahrheitsgemäß Auskunft, ob Phillipson tatsächlich an diesem Vormittag einige Schüler zu einem Gespräch erwarte. Nach etwas Zögern fand sie sich dazu bereit. Wahrscheinlich hatte sie Angst, ihre Stelle zu verlieren, wenn es herauskäme. Ich hatte ganz richtig vermutet: Diese Gespräche mit neuen Schülern, die er angeblich führen musste, waren frei erfunden.«

Lewis öffnete den Mund, um etwas zu sagen, aber Morse hatte sich umgedreht und begonnen, in einem alten Schulbuch herumzublättern.

»Ah, Keats! Ein wunderbarer Dichter! Sie sollten sich nach Feierabend mal die Zeit nehmen und ein paar seiner Gedichte lesen, Lewis.« Er legte das Buch beiseite und griff nach einer Schullektüre. Stevensons *Reisen mit einem Esel durch die Cevennen*. Er trat dichter unter die spinnwebenverhangene Glühbirne und begann zu lesen.

Lewis ging zu dem Holzregal, in dem sich gebrauchte und neue Schulbücher befanden, lilafarbene, grüne, blaue und orangenfarbene, einige waren ordentlich gestapelt, die meisten aber lagen kreuz und quer übereinander. Er glaubte zwar nicht, dass es viel Sinn hatte, aber alles, was er machte, machte er mit System, und so begann er in der linken oberen Ecke und arbeitete sich allmählich weiter nach unten vor. Es war nicht so schlimm, wie er gedacht hatte.

Schon eine halbe Stunde später hatte er gefunden, wonach er suchte – ein loser Stapel von acht Schulbüchern, dazwischen einige Hefte. Die Bücher waren in dunkelblaues Papier eingeschlagen und trugen ein kleines weißes Etikett, auf dem in Druckbuchstaben der Name Valerie Taylor stand. Lewis blies den Staub von den Kanten und gönnte sich eine Minute stiller Freude. Dann verkündete er stolz: »Sir! Ich hab sie!«

»Sehr schön. Lassen Sie sie liegen, wo sie sind – nicht anfassen!«

»Tut mir leid, Sir, hab ich schon.«

»Liegt auf dem obersten Buch Staub?«

»Ich weiß nicht«, sagte Lewis. Der süße Geschmack des Erfolgs war schon sauer geworden.

»Geben Sie schon her.« Morse war verärgert.

»Bitte, Sir?«

»Das könnte bedeuten, dass schon jemand vor uns hier gewesen ist.«

»Ich glaube, obendrauf war sowieso kein Staub, Sir. Nur ein bisschen, an den Rändern.«

»Und wo ist der Staub geblieben?«

»Ich hab ihn weggeblasen.«

»Sie haben ihn weggeblasen! Großartig! Falls Ihnen das noch nicht klar sein sollte, Lewis, wir ermitteln wegen eines Mordes, und unsere Aufgabe ist es, Spuren zu sichern, nicht, sie wegzupusten.«

Sein Zorn begann schon wieder zu verrauchen. Sie verließen den Raum und gingen wieder in Phillipsons Büro. Es war inzwischen halb fünf. Der Nachmittagsunterricht war schon eine Weile zu Ende, und nur Phillipson und Mrs Webb waren noch da.

»Sie haben die Bücher also gefunden?« Morse nickte. Phillipson bat die beiden Männer, Platz zu nehmen. »Da haben Sie wirklich Glück gehabt«, fuhr er fort, »hätte gut sein können, dass man sie weggeworfen hätte.«

»Und wohin weggeworfen?« Morse bemerkte selber, wie merkwürdig die Frage klang.

»Tja, man könnte sagen, sie werden begraben. Wir haben hinter der Schule einen Abfallhaufen, auf dem fast alles landet, was wir nicht mehr gebrauchen können. Es ist die einfachste

Art, Bücher loszuwerden. Sie zu verbrennen ist nämlich gar nicht so einfach – besonders wenn es sich, wie bei uns, jedes Mal um so große Mengen handelt.«

»Es sei denn, man hätte irgendwo einen großen Heizkessel«, sagte Morse.

»Nun ja, doch selbst dann ...«

»Gibt es hier einen Heizkessel?«

»Ja. Aber ...«

»Und darin lässt sich fast alles verbrennen, oder?«

»Ja, schon – aber ich wollte Ihnen gerade erklären ...« Morse unterbrach ihn erneut.

»Auch eine Leiche?« Es war plötzlich ganz still im Zimmer, Lewis fröstelte.

Phillipson sah Morse ruhig an.

»Ja. Auch eine Leiche. Und es würden vermutlich keinerlei Spuren übrig bleiben.«

Morse nahm es mit unbewegtem Gesicht zur Kenntnis.

»Ich hätte noch eine Frage wegen der Schulbücher, Mr Phillipson.« Er deutete auf den Stapel. »Sind das alle ihre Lehrbücher, oder hat sie noch welche in anderen Fächern gehabt?«

Phillipson wusste es nicht und atmete insgeheim erleichtert auf, als es draußen klopfte. Das war hoffentlich Baines. Er hatte seinen Stellvertreter angerufen und gebeten, so schnell wie möglich zur Schule zu kommen. Er war es tatsächlich. Phillipson machte die Herren miteinander bekannt, und man begrüßte sich höflich.

Für Baines war Morse' Frage nach Valeries Fächern kein Problem. Innerhalb von zehn Minuten war Morse mit allen Informationen versorgt, die er haben wollte: Er besaß eine Kopie von Valeries Stundenplan, ebenso den Plan, in dem vermerkt war, an welchen Tagen Hausaufgaben gegeben wurden, sowie eine Liste ihrer Lehrer. Was die Bücher anging, so schienen sie vollständig vorhanden zu sein. Morse machte ihm ein Kompliment für seine kompetente Hilfe, und der strenge Blick in Baines' durchdringenden Augen wurde für einen Augenblick beinahe milde, als er sich geschmeichelt dafür bedankte.

Nachdem sich schließlich alle verabschiedet hatten, blieb Phillipson allein in seinem Büro zurück. In wenigen Stunden war aus dem Wölkchen eine drohende Gewitterwand geworden. Was war er doch für ein verdammter Idiot gewesen!

Auf Sergeant Lewis wartete zu Hause Familie, und er war froh, als Morse ihn nach ihrem Besuch in der Schule gleich gehen ließ.

Dem Junggesellen Morse lag nichts an einem frühen Feierabend, und so fuhr er noch einmal ins Präsidium. Er freute sich sogar darauf, noch weiter an dem Fall zu arbeiten.

In seinem Büro nahm er sich als Erstes Valeries Stundenplan vor. Am Dienstagvormittag hatte sie immer vier Stunden Unterricht gehabt.

9.15–10.00	Regionalstudien
10.00–10.45	Technisch-naturwissenschaftlicher Unterricht
10.45–11.00	Pause
11.00–11.45	Soziologie
11.45–12.30	Französisch

Was heute so alles unterrichtet wurde!, dachte er herablassend. Hinter diesen sogenannten *Regionalstudien* verbarg sich doch bestimmt die gute alte Heimatkunde mit gelegentlichen Besuchen bei der städtischen Gasanstalt, der Feuerwache und dem Klärwerk. Soziologie war auch so ein merkwürdiges Fach. Alle seine Gespräche mit Soziologen hatten ihn in diesem Eindruck nur bestärkt. Weder hatten sie ihm klarmachen können, womit sie sich eigentlich befassten, noch, welcher Methoden sie sich bedienten – wenn überhaupt. Bei dieser Fülle von Pseudodisziplinen war es ja kein Wunder, dass für die traditionellen Fächer, an denen er seinen Geist geschult hatte und die er für schlechthin unverzichtbar hielt, im

Stundenplan kein Platz mehr war. Nur Französisch war noch übrig. Das war doch etwas Handfestes, obwohl er seine Vorbehalte hatte gegenüber einer Sprache, in der so verschiedene Wörter wie *donne, donnes* und *donnent* gleich ausgesprochen wurden. Aber immerhin, verglichen mit Regionalstudien und Soziologie … Er wandte seine Aufmerksamkeit dem Hausaufgabenplan zu. Die Französischhausaufgaben sollten jeweils am Freitagnachmittag gestellt werden und wurden wahrscheinlich am darauffolgenden Montag eingesammelt und korrigiert. Morse vergewisserte sich auf dem Stundenplan. Ja, montags in der dritten Stunde war Französisch. Am Dienstag wurden die Hefte dann zurückgegeben – vorausgesetzt, dass der Lehrer erstens am Freitag wirklich daran gedacht hatte, etwas aufzugeben, und zweitens gewissenhaft genug war, die Hefte am selben Tag noch durchzusehen. Wer hatte eigentlich Französisch unterrichtet? Er sah auf die Liste mit den Namen der Lehrer. Französisch – Mr D. Acum. Dann wollen wir doch mal sehen, dachte Morse, wie genau es dieser Mr Acum mit seinen Pflichten genommen hat. Er suchte sich Valeries Französischheft aus dem Stapel und schlug die letzte beschriebene Seite auf. Mr Acum hatte die Aufgaben, wie der Plan vorsah, am Freitag gestellt, und Valerie hatte sie noch am selben Tag, wie das Datum rechts oben zeigte, erledigt. Sie hatte einen kurzen Text ins Französische übersetzen müssen. Den vielen roten Fehlermarkierungen nach zu urteilen sowie dem entsetzten *Aber Valerie!*, mit dem ein offenbar besonders dicker grammatischer Schnitzer kommentiert worden war, schien es mit Valeries Französischkenntnissen nicht weit her zu sein. Morse registrierte dies jedoch nur am Rande. Seine Aufmerksamkeit galt einem Satz unter der Hausaufgabe. Er war ihm gleich ins Auge gesprungen. »Komm bitte nach der Stunde zu mir.« Morse spürte wieder das Prickeln im Nacken. Nach der Stunde. Um halb eins also. Acum war mithin einer der Letzten, die Valerie gesehen hatte, bevor sie … Bevor sie – was? Morse blickte nachdenklich durch das Fenster hinaus in den Himmel, über dessen blasses Blau die einsetzende Dämmerung einen durchsichtigen rötlich grauen Schleier legte. Hatte Ainley gewusst, dass Valerie am Tag ihres Verschwindens von einem ihrer Lehrer zu einem Gespräch bestellt worden war? Und um was war es dabei gegangen? Die naheliegende Erklärung war natürlich, dass Acum sie wegen ihrer miserablen Hausaufgaben hatte zur Rede stellen wollen. Aber selbst, wenn es nur das war – Acum war einer der letzten Menschen gewesen, der Valerie lebend gesehen hatte.

Bevor er ging, nahm Morse sich noch einmal den Londoner Brief an Valeries Eltern vor und verglich die Schrift dort mit der in den Heften. Auf den ersten Blick schienen sie identisch. Aber das besagte nicht viel. Ohnehin musste er die Untersuchung des Schriftexperten abwarten. Das Ergebnis würde er nicht vor morgen Abend in Händen halten, da er und Lewis morgen früh nach London fahren wollten. Und falls der Sachverständige nun zu dem Schluss kam, der Brief sei tatsächlich von Valerie geschrieben? Würde er sich dann damit zufriedengeben? Wahrscheinlich. Es bliebe ihm wohl nichts anderes übrig. Aber in dieser Beziehung brauchte er sich wohl keine Sorgen zu machen. Eine gründliche Analyse konnte eigentlich nur bestätigen, was er sich schon jetzt zu behaupten getraute: Der Brief stammte nicht von Valeries Hand. Irgendjemand hatte sich viel Mühe gegeben, ihre Schrift nachzumachen – ein bisschen zu viel Mühe. Morse meinte auch zu wissen, wer das gewesen war, nur was den Grund anging, schwankte er noch; umso unerschütterlicher war dafür seine Überzeugung, dass er im Fall Taylor wegen eines Kapitalverbrechens ermittelte – und zwar wegen vorsätzlichen Mordes.

8

*Die Stripteasekünstlerin Gypsy Rose Lee traf
gestern in Hollywood mit zwölf leeren Koffern ein*
Harry P. Wade, amerikanischer
Klatschkolumnist

In seinen besten Zeiten war es zweifellos ein großartiges Beispiel neogeorgianischer Eleganz gewesen, heute bot das Haus mit seiner schmutzigen, überall abbröckelnden Stuckfassade einen nur noch trostlosen Anblick. Auf der Säule links von der Eingangstür verkündete ein längst überholtes Plakat die bevorstehende Ankunft des Maharaji, auf der Säule rechts stand in schwarzen Ziffern aufgemalt die Hausnummer 42.

Eine nachlässig gekleidete Frau in mittleren Jahren mit Lockenwicklern im Haar, die sie unter einem Kopftuch nur notdürftig verborgen hatte, öffnete. Sie nahm die brennende Zigarette nicht aus dem Mund, und es war nicht zu entscheiden, ob die eng zusammengekniffenen Augen bedeuteten, dass sie die beiden Männer einer besonders kritischen Musterung unterzog oder ob sie nur wegen des Rauchs blinzelte.

»Polizei. Sie sind Mrs, äh ...«

»Gibbs. Was wollen Sie?«

»Wenn wir vielleicht hereinkommen dürften ...«

Sie zögerte und trat dann achselzuckend zur Seite. Die Tür wurde geschlossen, und die beiden Männer sahen sich vergeblich nach einer Sitzgelegenheit um. Die einzigen Möbelstücke in dem dunklen, muffig riechenden Flur waren eine alte Standuhr (10.30 Uhr), eine völlig überladene Garderobe sowie ein Schirmständer, in dem sich überraschenderweise ein Satz Golfschläger befand. Den Männern wurde klar, dass sie nicht ins innere Heiligtum gebeten werden würden.

»Vor ungefähr drei Wochen war einer meiner Kollegen bei Ihnen – Inspector Ainley.« Sie bedachte ihn mit einem prüfenden Blick, nickte dann fast unmerklich, sagte aber nichts. »Vielleicht wissen Sie, dass er nur wenige Stunden, nachdem er bei Ihnen war, durch einen Autounfall ums Leben gekommen ist?« Sie wusste es nicht. Immerhin zeigte sie eine gewisse Empathie und rang sich einige gemurmelte Beileidsworte ab, ging aber nicht so weit, dafür die Zigarette aus dem Mundwinkel zu nehmen. Jetzt blieb Morse nichts, als es auf gut Glück zu versuchen. »Wir haben in Inspector Ainleys Wagen einen vollständigen Bericht über seinen Besuch hier gefunden. Er hat immer alles schriftlich festgehalten. Sie können sich bestimmt denken, warum wir wieder da sind.«

»Ich hab mit der ganzen Sache nichts zu tun!«

Morse freute sich, dass er sie mit seinem Bluff aus der Reserve gelockt hatte. »Nein, natürlich nicht, Mrs Gibbs. Das hat Inspector Ainley auch extra betont. Aber trotzdem brauchen wir noch einmal Ihre Hilfe.«

»Er ist nicht da. Ist zur Arbeit – wenn man das Arbeit nennen kann. Zum Glück zieht er bald aus, dann bin ich ihn endlich los. Hat mir genug Ärger gemacht, der Kerl.«

»Wir möchten uns mal sein Zimmer ansehen.«

Sie zögerte. »Haben Sie 'ne Ermächtigung?«

Morse zögerte kurz, bevor er ein amtlich aussehendes Dokument aus seiner Brusttasche zog.

Mrs Gibbs kramte in der Schürzentasche nach ihrer Brille. »Genau das hat der andere Polizist gesagt. Ich sollte immer nach 'ner Ermächtigung fragen, bevor ich einen hier reinlasse.«

Typisch Ainley, dachte Morse. »Das war ein guter Rat.« Er hielt ihr das Schriftstück unter die Nase und wies mit dem Finger auf eine eindrucksvolle Unterschrift und den darunter stehenden Titel CHIEF CONSTABLE (OXON). Sie war nun völlig beruhigt, und Morse ließ die hektografierte Mitteilung über die Höhe des Ruhestandsgeldes für pensionierte Polizeibeamte im Rang eines Chief Inspector und darüber schnell wieder verschwinden.

Mrs Gibbs stieg ihnen die drei staubigen Treppen voran bis ganz nach oben. Vor einer hässlichen braunen Tür blieb sie stehen, angelte aus ihrer Schürzentasche einen Schlüssel und schloss ihnen auf. »Ich bin dann unten.«

Morse atmete hörbar auf, als sie gegangen war. Die beiden Männer sahen sich um. Der Raum enthielt ein schmales Bett, ungemacht, die Bettwäsche schmutzig und zerknautscht, eine alte Couch, deren Polster schon reichlich verschlissen war, einen Sessel etwas jüngeren Datums, ein scheußliches Ungetüm von Schrank, einen Schwarz-Weiß-Fernseher und ein kleines Regal, in dem sich die wenigen Bücher recht verloren ausnahmen. Der Eingangstür gegenüber ging es in eine schmuddelige kleine Küche mit einem schmutzverkrusteten Gasherd, einem Tisch mit Resopalplatte und zwei Hockern.

»Kein sehr wohlhabender Bewohner«, meinte Morse. Lewis schnüffelte einmal – zweimal. »Riechen Sie was?«

»Ich schätze, das ist Hasch, Sir.«

Morse strahlte. »Bravo, Sergeant!« Lewis lächelte geschmeichelt.

»Glauben Sie, dass das irgendwie von Bedeutung ist?«

»Nein, ich denke nicht«, antwortete Morse. »Aber wir werden uns jetzt erst mal genauer umsehen. Sie können hier in der Küche Ihre Nase noch in alle Ecken stecken, ich gehe schon rüber und nehme mir das Zimmer vor.«

Morse steuerte geradewegs auf das Bücherregal zu. Einige billige Krimis schienen schon die Höhepunkte eines literarischen Geschmacks zu sein, der sich ansonsten vornehmlich an Vampir-Comics und einem halben Dutzend dänischer Hardcore-Pornomagazine zu delektieren schien. Letztere beschloss Morse, unverzüglich zu untersuchen. Er nahm sich eins der Hefte und setzte sich damit in den Sessel, als Lewis aus der Küche rief.

»Ich habe was gefunden, Sir.«

»Ich komme gleich und sehs mir an.« Einen Moment lang war er stark in Versuchung, das Heft einzustecken, dann siegte jedoch sein Pflichtgefühl, und mit der Miene eines Abraham, der einen Isaac auf dem Altar sich zu opfern anschickt, legte er das Heft wieder an seinen Platz und ging zu seinem übereifrigen Sergeant hinüber.

»Was ist hiermit, Sir?« Morse nickte gleichmütig angesichts der Haschisch-Utensilien. »Soll ich das einpacken, Sir?«

Morse überlegte. »Nein, ich glaube, wir lassen es da.« Lewis war enttäuscht, hatte aber während seiner langen Dienstzeit gelernt, dass es keinen Zweck hatte, mit Vorgesetzten zu argumentieren. »Wir müssen vor allen Dingen noch herausbekommen, wessen Wohnung wir hier eigentlich durchsuchen.«

»Ist bereits geschehen, Sir«, sagte Lewis und reichte dem Inspector einen noch ungeöffneten Brief des Granada TV Mietservice, der adressiert war an einen gewissen Mr J. Maguire.

Morse zog freudig überrascht die Augenbrauen in die Höhe. »Soso. Das hätten wir uns auch gleich denken können. Einer von Valeries Freunden, wenn ich mich recht erinnere. Sehr schön, Lewis! Gute Arbeit!«

»Und Sie, Sir? Haben Sie auch etwas Interessantes entdeckt nebenan?«

»Ich? Etwas Interessantes? Nein, nein – nichts.«

Mrs Gibbs, die schon am Fuß der Treppe wartete, als sie herunterkamen, gab ihrer Hoffnung Ausdruck, dass die Polizei nun mit ihren Untersuchungen endlich fertig und dies der letzte Besuch in ihrem Haus gewesen sei. Morse sagte, das hoffe er auch.

»Hat ja dann auch bald keinen Zweck mehr. Hab Ihnen ja gesagt, dass er auszieht – so viel Ärger, wie der mir gemacht hat.«

Morse spürte, dass sie jetzt etwas gesprächsbereiter war,

und bemühte sich, die Unterhaltung in Gang zu halten. Es gab noch ein paar Dinge, die er von ihr erfahren wollte. »Ich glaube, jetzt werden wir Sie nicht mehr belästigen müssen. Wenn Inspector Ainley nicht ausgerechnet während der Ermittlung ums Leben gekommen wäre, hätte die ganze Sache sicher schon längst ihren Abschluss gefunden. Für Sie ist das natürlich unangenehm ...«

»Ja. Er hat gesagt, dass er jetzt alles weiß und dass er hofft, mich nicht noch mal stören zu müssen.«

»War, ähm, Mr Maguire da an dem Tag, als der Inspector kam?«

»Nee. Der Inspector war am Vormittag hier wie Sie. Der«, sie deutete nach oben, »war auf der Arbeit. Manche Leute nennen das Arbeit.«

»Wo arbeitet er denn jetzt?« Morse hatte möglichst beiläufig gefragt, aber nicht beiläufig genug. In ihre Augen trat ein wachsamer Ausdruck.

»Da, wo er immer gearbeitet hat.«

»Ah so. Nun, wir werden uns natürlich mit ihm unterhalten müssen. Wie kommt man da eigentlich am besten hin?«

»Mit der U-Bahn von Putney Bridge bis Piccadilly Circus – so fährt er jedenfalls immer.«

»Und wenn wir mit dem Auto fahren – gibt es dort eine Möglichkeit zu parken?«

»In der Brewer Street? Machen Sie Witze?«

Morse wandte sich an Lewis: »Dann fahren wir doch lieber mit der U-Bahn.«

An der Tür bedankte Morse sich noch einmal. Sie sei eine große Hilfe gewesen. Er hatte sich schon zum Gehen gewandt, als ihm plötzlich noch eine allerletzte Frage einzufallen schien. »Ach, Mrs Gibbs, es wird ja bald Mittagszeit sein, bis wir da sind – wissen Sie zufällig, wo Mr Maguire hingeht, wenn er Pause hat?«

»Wahrscheinlich in den *Angel.* Ich weiß, dass er da öfter mal sitzt.«

Während sie zum Wagen gingen, machte Lewis seinem Ärger Luft. »Warum haben Sie sie denn nicht einfach direkt gefragt, wo er arbeitet?«

»Sie sollte nicht merken, dass ich etwas im Dunkeln tappe«, antwortete Morse. Da müsste sie aber ziemlich schwer von Begriff sein, dachte Lewis, wenn sie das nicht inzwischen längst gemerkt hätte. Aber er schwieg wohlweislich. Sie fuhren mit dem Auto bis zur U-Bahn-Station Putney Bridge, parkten es hinter einem Schild mit der Aufschrift *Nur für Taxis* und nahmen die U-Bahn Richtung Piccadilly.

Zu Lewis' Überraschung schien Morse sich in Soho ziemlich gut auszukennen, und kurze Zeit nachdem sie Piccadilly Circus in Richtung Shaftesbury Avenue verlassen hatten, standen sie in der Brewer Street.

»Da wären wir also«, sagte Morse und zeigte auf einen Pub, kaum dreißig Yards die Straße hinunter. *The Angel.*

»Haben Sie was dagegen, wenn wir das Angenehme mit dem Nützlichen verbinden?«

»Wie Sie meinen, Sir.«

Nachdem er seinen ersten Durst gelöscht hatte, erkundigte Morse sich bei dem Mann an der Bar nach dem Wirt und erfuhr, dass er ihn vor sich habe. Morse wies sich aus und sagte, dass er Ausschau halte nach einem gewissen Mr J. Maguire.

»Ist er in Schwierigkeiten?«

»Nichts Ernstes.«

»Na, wenn Sies sagen. Also, der Johnny Maguire, der arbeitet in dem Striptease-Club auf der anderen Straßenseite. *The Penthouse.* Hat meistens Dienst an der Tür.«

Morse bedankte sich. Lewis und er traten ans Fenster und sahen hinaus. *The Penthouse* lag direkt gegenüber. »Schon mal in einem Striptease-Club gewesen, Lewis?«, fragte Morse.

»Nein, aber ich kann mir schon vorstellen, was da los ist.«

»Es geht nichts über die eigene Erfahrung, Sergeant. Kommen Sie, trinken Sie Ihr Bier aus.«

Sie verließen den Pub und überquerten die Straße. Vor

dem Schaukasten blieb Morse stehen und las die mit freizügigen Fotos illustrierte Programmankündigung. *18 Hinreißende Mädchen in der heißesten Show Londons. Nur 95 Pence. Keine weiteren Gebühren.*

»Hier gehts richtig ab. Wir bieten Striptease total. Mädchen ohne nix – sogar ohne Slip. Durchgehende Vorstellung.« Der Sprecher war ein rothaariger junger Mann in dunkelgrünem Blazer und grauen Hosen. Er lehnte an der Tür, neben ihm auf einem Stuhl stand eine Kasse.

»Ihr seid ganz schön teuer hier«, sagte Morse.

»Aber die Show ist das Geld echt wert, Sir.« Es klang ehrlich.

Morse betrachtete ihn genau. Das musste Maguire sein. Nun, der würde ihm nicht weglaufen. Er reichte ihm zwei Pfundnoten und erhielt die Karten. Maguire beachtete sie nicht weiter. Für ihn waren sie nur zwei frustrierte Männer in mittleren Jahren, die sich hier einen voyeuristischen Kick holen wollten, außerdem stand schon der nächste potenzielle Besucher vor dem Schaukasten.

»Hier gehts richtig ab. Mädchen ohne nix – sogar ohne Slip.«

»Ich kriege noch zehn Pence zurück«, sagte Morse. Sie gingen einen düsteren Korridor entlang bis zu einem Vorhang, hinter dem laute Musik ertönte. Seitlich auf einem Stuhl saß ein sehr kleiner Mann, aber mit breiten Schultern und muskulösen Oberarmen. Seiner Hautfarbe nach hielt Morse ihn für einen Malteser.

Er nahm ihre Karten entgegen und riss sie durch. »Die Mitgliedsausweise, bitte.«

»Was für Mitgliedsausweise?«

»Zutritt nur für Clubmitglieder, Sir.« Er hatte gleich zwei Aufnahmeformulare zur Hand. »Ausfüllen, bitte.«

»Nun mal langsam«, protestierte Morse. »Von Clubmitgliedschaft stand draußen nichts.«

»Ein Pfund für jeden.«

»Wir haben bereits 95 Pence für den Eintritt gezahlt, und mehr zahlen wir nicht.«

Der Zwerg stand langsam auf und nahm eine drohende Haltung ein. »Ausfüllen. Pro Ausweis ein Pfund.«

»Das wäre ja noch schöner«, sagte Morse.

Der Malteser trat einen Schritt auf ihn zu und machte Anstalten, sich Morse' Brieftasche zu bemächtigen.

Weder Morse noch Lewis waren besonders stark, und Morse hatte wenig Interesse an einer Schlägerei. Seine Kondition war in letzter Zeit nicht die beste gewesen ... Aber er kannte solche Typen. Also Mut! Er wischte die Hand des Mannes nachdrücklich von seinem Jackett und machte drohend einen Schritt nach vorn. »Na, du halbe Portion. Hast wohl Lust auf Prügel. Kommt uns gerade recht. Ich will mir an dir die Finger nicht schmutzig machen, aber meinem Freund hier wird es sicher ein Vergnügen sein. War bis vor einem Jahr Meister im Mittelgewicht bei der Armee. Dann lass uns mal vor die Tür gehen.«

Der Zwerg setzte sich erschrocken wieder auf seinen Stuhl und zog den Kopf ein. »Sind Vorschriften«, jammerte er. »Sonst krieg ich Ärger mit der Polizei.«

»Verpiss dich!«, sagte Morse grob, schob den Vorhang beiseite und betrat, gefolgt von dem Meisterboxer, den dahinterliegenden Saal. Es war kein besonders großer Raum. Über drei Sitzreihen verteilt, saßen einige wenige ausschließlich männliche Besucher und starrten auf die kleine Bühne, auf der eine vollbusige Blondine gerade als Höhepunkt ihres Auftritts den Slip ablegte. Maguire hatte also nicht zu viel versprochen. Der Vorhang schloss sich, und ein paar der Männer klatschten halbherzig Beifall.

»Woher wussten Sie, dass ich mal Boxmeister war?«, flüsterte Lewis.

Morse sah Lewis überrascht an. »Ich wusste es nicht.«

»Aber ich war nicht Mittelgewicht, sondern *Halb*mittelgewicht – nur damit Sie es beim nächsten Mal wissen.«

Morse grinste. Ein Lautsprecher kündigte den Auftritt der »Fabelhaften Fiona« an. Der Vorhang rutschte mit kleinen, ruckartigen Bewegungen zur Seite und gab den Blick frei auf eine vollständig angezogene, etwas dralle Schöne, die sich alsbald daranmachte, sich zu den Klängen einer schwülerotischen Hintergrundmusik langsam zu entkleiden, dabei zwischendurch einige ungelenke Tanzschritte einschiebend. Ihr schien jedoch jedes Gefühl für Rhythmus abzugehen, und so wirkten ihre Anstrengungen eher kläglich als verführerisch.

Auch die »Sexy Susan« und die »Sensationelle Sandra« rissen ihr Publikum nicht gerade vom Stuhl. Morse, der kaum seiner eigenen Langeweile Herr wurde, bemühte sich, seinen angeödet dasitzenden Sergeant aufzumuntern, indem er ihm Hoffnung machte, dass sie bestimmt noch spannendere Enthüllungsakte zu sehen bekommen würden. Tatsächlich kamen die nun folgenden Darbietungen der »Sinnlichen Susi« und der »Dominierenden Deborah« mit ihren Fächern, Peitschen, Bananen und Gummispinnen der Sache schon näher. Das nächste Mädchen, das die Bühne betrat, war angezogen wie zu einem Kostümball.

Morse knuffte Lewis aufgeregt in die Rippen. Er hatte mit Kennerblick sofort festgestellt, dass sie etwas Besonderes war. Das Mädchen legte mit provozierendem Zögern ein Kleidungsstück nach dem anderen ab, bis sie schließlich nur noch eine Maske trug, deren Hässlichkeit die Vollkommenheit ihres Körpers effektvoll zur Geltung brachte. »Die hat Klasse, was, Lewis?«

Doch selbst das Mädchen mit der Maske schien Lewis nicht sonderlich beeindruckt zu haben, und nachdem die Lautsprecherstimme hinter den Kulissen erneut die »Fabelhafte Fiona« annoncierte, entschied Morse, wenn auch etwas unwillig, dass es wohl an der Zeit sei zu gehen. Draußen vor dem Saal war der Zwerg schon wieder dabei, einem mageren, pickligen Burschen Geld für eine Mitgliedskarte aus der Tasche zu ziehen. Als Morse und Lewis aus dem Dämmerlicht des Clubs ins Freie traten, mussten sie im ersten Moment vor der strahlenden Helle der Mittagssonne die Augen schließen. Morse atmete ein paar Mal tief ein, er genoss die frische Luft.

»Sag mir mal, wie du heißt, Bürschchen«, wandte er sich an den rothaarigen jungen Mann, der immer noch an der Eingangstür stand.

»William Shakespeare. Und du?«, sagte Maguire. Der Alte war wohl nicht ganz dicht. Was glaubte der denn, wer er war? Es war zwei Jahre her, dass jemand so mit ihm zu sprechen gewagt hatte. Damals in Kidlington in der Schule.

»Wo können wir uns in Ruhe unterhalten?«

»Was soll das?«

»Du bist doch John Maguire, wenn mich nicht alles täuscht – oder? Also. Ich möchte mit dir über Valerie Taylor reden; du wirst dich ja wohl noch an sie erinnern können, nehme ich an. Wenn es nach mir geht, können wir uns hier irgendwo zusammen hinsetzen und ein ruhiges und vernünftiges Gespräch miteinander führen. Das setzt voraus, dass du mitspielst. Wenn nicht – ganz einfach, dann geht es ab zum nächsten Revier. Es hängt nur von dir ab.«

Maguire war blass geworden. Er hob abwehrend die Hand. »Nicht hier. Bitte. Um vier hab ich 'ne halbe Stunde Pause. Da gehe ich immer da drüben schnell was essen.« Mit einer fahrigen Handbewegung zeigte er zu einer fettigen Imbissstube auf der gegenüberliegenden Straßenseite, gleich neben dem *Angel*.

Morse überlegte.

»Bitte«, drängte Maguire. »Ich werde da sein. Ganz bestimmt.«

Es war keine ganz einfache Entscheidung. Doch schließlich stimmte Morse zu. Maguire würde gesprächsbereiter sein, wenn er ihm entgegenkam.

Während sie die Straße hinuntergingen, wies Morse den Sergeant an, mit dem Taxi zurück nach Southampton Terrace zu fahren und dort auf ihn zu warten. Falls Maguire vorhatte zu türmen, was Morse allerdings nicht sehr wahrscheinlich fand, würde er vermutlich erst noch einmal in seiner Wohnung vorbeifahren, um ein paar Sachen einzupacken. In diesem Fall würde Lewis ihn sich schnappen.

Lewis winkte sich ein Taxi heran, und Morse ging mit etwas schlechtem Gewissen zurück zum *Penthouse*. »Noch eine Karte«, verlangte er unwirsch. Wieder ging er den düsteren Korridor entlang. Der Zwerg warf ihm einen überraschten Blick zu, hütete sich aber, etwas zu sagen. Morse erkannte bei seinem Eintritt die »Sinnliche Susi«, die oben auf der Bühne gerade ihre letzten Hüllen fallen ließ. Nicht schlecht. Aber worauf er wartete, war das Mädchen mit der Maske ...

Um vier saßen sie sich in der Imbissstube gegenüber.

»Woher kanntest du Valerie Taylor?«

»Wir waren zusammen an derselben Schule.«

»Warst du ihr Freund?«

»*Einer* ihrer Freunde.«

»So eine war sie also?« Maguire mochte sich dazu offenbar nicht äußern. »Was wollte Inspector Ainley von dir?«

»Das wissen Sie doch.«

»Hast du davon gehört, dass er an dem Tag, an dem er mit dir gesprochen hat, bei einem Verkehrsunfall ums Leben gekommen ist?«

»Nein, das wusste ich nicht.«

»Ich habe dich eben gefragt, weswegen Inspector Ainley mit dir sprechen wollte.«

»Aus demselben Grund wie Sie, nehme ich an.«

»Er hat dich nach Valerie gefragt?« Maguire nickte, und Morse hatte das Gefühl, als atme er aus irgendeinem Grund auf, so als habe er eben erfolgreich eine gefährliche Klippe umschifft. Nur dass Morse sich keiner Untiefe bewusst gewesen war. »Was hast du ihm erzählt?«

»Was soll ich ihm schon groß erzählt haben. Ich habe doch schon vor zwei Jahren alles gesagt, was ich wusste. Sie haben mich sogar ein Protokoll unterschreiben lassen.«

»Und du hast damals also alles gesagt?«
»Klar. Ich hatte doch nichts zu verbergen. Es stand ja auch von vornherein fest, dass ich mit der Sache nichts zu tun haben konnte. Ich war ja den ganzen Tag in der Schule, falls Sie sich an meine Aussage erinnern.«

Jetzt fiel es Morse wieder ein. Er hätte sich ohrfeigen können, dass er sie nicht im Wortlaut dabeihatte. Maguire hatte angegeben, in der Schule gegessen und anschließend den ganzen Nachmittag über Kricket gespielt zu haben. Morse hatte den Eindruck gehabt, als sei er nur eine Randfigur gewesen. Was er vielleicht auch tatsächlich war. Aber warum, warum bloß war Ainley dann extra seinetwegen nach London gefahren – nach all der Zeit? Dafür musste es doch einen Grund geben. Einen wichtigen Grund.

Morse trank den letzten Rest seines Kaffees aus, der inzwischen kalt geworden war. Er war ziemlich ratlos. Die Komödie, die er heute Morgen bei Mrs Gibbs aufgeführt hatte, erschien ihm im Nachhinein reichlich lächerlich. Wenn nicht mehr dabei herauskam, hätte er sich wirklich orthodoxerer Methoden bedienen können. Vielleicht sollte er sich das sowieso mal angewöhnen. Immerhin – er hatte noch ein paar Trumpfkarten, die auszuspielen sich möglicherweise lohnte. Man konnte nie wissen. Worauf es ankam, war, das Gespräch in die richtige Richtung zu lenken und den geeigneten Augenblick abzupassen. »Also, ich gebe dir noch eine letzte Chance, Maguire, herauszurücken mit dem, was du weißt ...«

»Aber wenn ich Ihnen doch sage ...«

»Eins möchte ich noch mal klarstellen«, sagte Morse, »ich bin wegen Valerie Taylor hier. Und zwar ausschließlich. Gewisse Dinge, auf die ich so nebenbei stoße – darüber ließe sich hinwegsehen ...« Er ließ das so im Raum stehen. Der Junge schien unmerklich zusammenzuzucken.

»Was für andere Dinge? Ich weiß nicht, wovon Sie sprechen.«

»Wir haben uns heute Morgen mal in deinem Zimmer umgesehen.«

»Na und?«

»Wir haben uns auch ein bisschen mit Mrs Gibbs unterhalten. Sehr aufschlussreich. War nicht besonders gut auf dich zu sprechen.«

»Blöde alte Kuh!«

»Aber es war gar nicht nötig, uns viel zu erzählen. Wir haben ja Augen im Kopf.«

»Na, da bin ich ja mal gespannt, was Sie da wohl gesehen haben.«

»Wie lange nimmst du schon Drogen?«

Das saß. »Was für Drogen?« Es war nur noch ein Rückzugsgefecht.

»Hörst du nicht zu? Ich habe dir doch gesagt, dass wir in deiner Wohnung waren.«

»Und da haben Sie etwas Hasch gefunden, nehme ich an. Als ob das heute noch schlimm wäre. Fast alle Leute, die ich kenne, haben zu Hause irgendwo ein Piece rumliegen.«

»Es geht nicht um andere, es geht um dich, Bursche.« Er beugte sich vor. »Der Besitz von Haschisch steht immer noch unter Strafe, das weißt du sehr gut. Wenn ich wollte, könnte ich dich jetzt ohne Weiteres aufs nächste Polizeirevier bringen lassen. Aber deswegen bin ich nicht hier, das habe ich dir eben schon gesagt: Von mir aus kannst du dich mit Heroin vollpumpen bis zu den Haarspitzen, das interessiert mich wenig. Vorausgesetzt, du machst den Mund auf. Deine Halsstarrigkeit bringt dich nur in Schwierigkeiten, kapierst du das nicht?«

Morse hielt einen Augenblick inne, um ihm Zeit zu geben, darüber nachzudenken, und fuhr dann fort: »Das Einzige, was ich von dir wissen will, ist, was du mit Inspector Ainley geredet hast. Und wenn du es mir nicht freiwillig erzählst, dann nehme ich dich mit zum Verhör, und wir beide werden uns so lange miteinander unterhalten, bis du dich anders besonnen hast. Die Entscheidung liegt bei dir.«

Um seinen Worten etwas mehr Nachdruck zu verleihen, nahm Morse seinen Mantel von der Stuhllehne und legte ihn sich über den Arm. Maguire starrte bedrückt vor sich hin und schob unschlüssig eine Ketchupflasche auf dem Tisch hin und her. Er schien mit sich zu kämpfen. Da spielte Morse seine zweite Trumpfkarte aus, er hoffte jedenfalls, dass es eine war. »Wann hat dir Valerie gesagt, dass sie schwanger ist?«, fragte er leise. Ein Schuss ins Schwarze – und im richtigen Moment. Morse packte den Mantel wieder neben sich auf den Stuhl.

»Ungefähr drei Wochen vorher.«

»Hat sie es sonst noch jemandem erzählt?«

Maguire zuckte die Achseln. »Sie war so unheimlich sexy – sie hat 'ne Menge Männer gekannt.«

»Wie oft habt ihr miteinander geschlafen?«

»Ein Dutzend Mal ungefähr.«

»Na, jetzt bleib mal bei der Wahrheit.«

»Drei-, viermal. Ich weiß nicht mehr so genau.«

»Und wo?«

»Bei mir.«

»Wussten deine Eltern davon?«

»Nein, die waren weg – zur Arbeit.«

»Und hat sie behauptet, du seist der Vater?«

»Nein, das konnte sie ja schlecht, hätte sie aber auch sonst nicht gemacht. Sie hat nur gesagt, dass ich der Vater sein könnte.«

»Bist du eifersüchtig gewesen?« Maguire schwieg, aber Morse war fest davon überzeugt, dass er recht hatte. »War sie sauer? Über die Schwangerschaft?«

»Schiss hat sie gehabt.«

»Wovor? Vor dem Gerede?«

»Nein, das nicht so sehr, aber vor ihrer Mutter.«

»Nicht vor ihrem Vater?«

»Von dem hat sie nichts gesagt.«

»Hat sie davon gesprochen wegzulaufen?«

»Nein.«

»Aber falls sie so etwas vorgehabt hat – wen könnte sie ins Vertrauen gezogen haben?« Maguire zögerte. »Sie hatte doch noch einen anderen Freund, neben dir …?«

»Pete?« Maguire lehnte sich auf seinem Stuhl zurück. »Der durfte sie doch nicht mal anfassen.«

»Aber trotzdem kann sie sich ihm doch in ihrer Not anvertraut haben?« Der Gedanke schien Maguire zu amüsieren. »Könnte sie zu ihrer Klassenlehrerin gegangen sein?«

Jetzt lachte Maguire wirklich. »Sie haben wirklich überhaupt keine Ahnung.«

Doch Morse hatte auf einmal verstanden. Er beugte sich vor und fixierte Maguire mit einem Blick, in dem so etwas wie Genugtuung lag.

»Nun, vermutlich hatte sie ja auch die Möglichkeit, sich an den Direktor zu wenden.« Er hatte ruhig, wenn auch mit einem gewissen Nachdruck gesprochen. Die Wirkung auf Maguire war geradezu dramatisch. Eine heiße Welle von Eifersucht ließ ihn über und über erröten. Morse war auf einmal sicher, dass er, wenn auch nur sehr langsam, sozusagen Stück für Stück, der Wahrheit über Valerie Taylor näherkam.

Morse nahm ein Taxi nach Southampton Terrace, wo Lewis geduldig ausgeharrt hatte. Sie machten sich unverzüglich auf die Heimfahrt. Morse war so damit beschäftigt, über das nachzudenken, was sein Gespräch mit Maguire zutage gefördert hatte, dass er völlig schweigsam war. Erst als sie die Autobahn verließen, schien er sich zu besinnen, dass Lewis neben ihm saß, und begann zu reden. »Es tut mir leid, dass ich Sie nicht eher abholen konnte, Lewis.«

»Ach, das macht nichts, Sir. Sie mussten ja selbst warten.«

Morse nickte undeutlich. Er mochte dem Sergeant nicht sagen, dass er sich die Zeit im *Penthouse* vertrieben hatte. Schon der erste Besuch dort hatte ihn wohl in Lewis' Achtung sinken lassen, und das konnte er dem Sergeant nicht einmal verdenken – er selbst war auch in seiner Achtung gesunken.

Fünf Meilen vor Oxford ließ Lewis eine kleine Bombe platzen. »Ich habe mich ein bisschen mit Mrs Gibbs unterhalten. Sie hat mir sogar eine Tasse Tee angeboten.«

»Soso.«

»Ich habe sie gefragt, weswegen sie eigentlich so froh darüber sei, Maguire loszuwerden.«

»Und?«

»Sie hat mir erzählt, dass er bis vor Kurzem ein Mädchen oben bei sich wohnen hatte.«

»Dass er *was?*«

»Ja, Sir. Fast einen Monat lang.«

»Und warum sagen Sie mir das erst jetzt? Ihnen muss doch klar sein …« Am liebsten hätte er den Sergeant genommen und geschüttelt. Stattdessen ließ er sich mit einem Seufzer der Ergebung in den Sitz zurücksinken.

Sie kamen gegen acht in Oxford an, und Morse ging noch einmal hinauf in sein Büro, weil er wusste, dass dort der Bericht des Schriftsachverständigen auf ihn wartete. Das Gutachten war knapp und präzise: *Hinreichende Ähnlichkeiten, um Identität annehmen zu können. Schlage vor, bei Fortgang der Ermittlungen davon auszugehen, dass Brief tatsächlich von Unterzeichnerin stammt. Stehe für detailliertere Auskünfte zur Verfügung.*

Morse schien völlig unbeeindruckt und legte den Brief mit einem leichten, etwas nachsichtigen Lächeln beiseite. Dann griff er nach dem Telefonbuch und suchte die Nummer von Phillipson heraus. Einen Phillipson, D., gab es nur einmal. Die Adresse lautete *The Firs, Banbury Road, Oxford.*

9

*So hören wir von einer Gesamtschule in Connecticut,
an der die Lehrer rosa, blaue und grüne Zettel
an die Schüler ausgeben zum Ausweis dessen,
dass sie den Direktor, die Verwaltung oder
das WC aufsuchen dürfen*
Robin Davis, The Grammar School

Sheila Phillipson liebte ihr Heim, ein großzügig geschnittenes Haus mit vier Wohnräumen in der Banbury Road, gerade vor dem Kreisverkehr. Drei ausgewachsene Tannen schirmten den breiten Vorgarten gegen die viel befahrene Ausfallstraße ab, sodass man den Verkehr zwar noch hörte, aber nicht mehr sah. Der rückwärtige Garten mit den beiden Apfelbäumen, seinem Goldfischteich und dem gepflegten Rasen war dagegen völlig ruhig, und sie freute sich jeden Tag neu über das kleine Stück Paradies gleich hinter ihrem Haus. Der Name *The Firs* ging auf sie zurück. Sie war keine besonders fantasievolle Frau.

Donald würde erst spät aus der Schule zurückkommen; sie hatten heute eine Konferenz dort. In der Küche stand ein Salat für ihn, und die Kinder hatten schon gegessen. Sie hatte ein bisschen Zeit für sich. Um kurz vor sechs saß sie auf einem Liegestuhl im Garten, die Augen zufrieden geschlossen. Es war warm und windstill. Sie war stolz auf ihren Mann und auch auf ihre Kinder, Andrew und Alison, die jetzt vor dem Fernseher saßen. Sie gingen noch zur Grundschule, sie machten sich gut dort. Was danach kam, musste man sehen. Wenn sie nicht die Möglichkeiten erhielten, die sie verdienten, konnten sie immer noch auf eine Privatschule gehen. Donald würde sie wahrscheinlich dort hinschicken wollen – ungeachtet dessen, was er den Eltern auf der letzten Schlussfeier empfohlen hatte. Sie würde sich jedenfalls dafür einsetzen, dass die Kinder eine Schulbildung erhielten, die ihrer Begabung gerecht wurde, sodass sie später im Leben eine Chance hatten ... *The Dragon, New College School, Oxford High, Headington* – das waren immer noch die Namen, die Klang hatten. Aber das hatte noch Zeit.

Sie streckte ihr Gesicht der Sonne entgegen, deren letzte schräge Strahlen sie gerade noch erreichten, und genoss den süßen Duft des sommerlichen Gartens. Thymian und Geißblatt. Fast zu schön ... Um halb sieben hörte sie das Knirschen von Kies, als Donald mit seinem Rover die Auffahrt zur Garage hochfuhr.

Es war schon dunkel, als es draußen an der Haustür klingelte. Sheila Phillipson ging, um zu öffnen. Vor ihr stand ein schlanker, nicht sehr großer Mann. Sie sah ihn fragend an. Die hellen Augen und der klar geschnittene, empfindsame Mund gefielen ihr. Als er sich vorstellte, war sie überrascht. Sie fand, eine so kultivierte Stimme passe nicht zu einem Polizeibeamten.

Ungeachtet Morse' Protesten, der lebhaft beteuerte, dass *Tom und Jerry* sein Lieblingsprogramm sei, wurde der Fernseher sofort ausgeschaltet und die Kinder nach oben ins Bett geschickt. Sie ärgerte sich, dass sie sie ausgerechnet heute so lange hatte aufbleiben lassen; jetzt lagen überall noch ihre Sachen herum. Entschuldigungen murmelnd, sammelte sie hastig alles ein und brachte es hinaus. Als sie zurückkam, stand ihr Besucher vor einem der Regale und betrachtete mit großem Interesse ein gerahmtes Foto, das über dem Sekretär hing.

»Das sieht aus wie ein Pressefoto.«

»Ja, das ist es auch. Als Donald – ich meine, mein Mann – damals hier anfing, da haben wir ein großes Fest gegeben. Das ganze Kollegium war eingeladen, mit den dazugehörigen

Ehepartnern, Sie wissen schon. Die *Oxford Mail* hat einen Reporter geschickt, und der hat das Bild da aufgenommen. Er hat an dem Abend auch noch andere Aufnahmen gemacht. Hat ziemlich viel fotografiert.«

»Haben Sie die anderen Fotos noch?«

»Ja, ich glaube schon. Wollen Sie sie sehen? Mein Mann muss gleich kommen. Er nimmt gerade ein Bad, aber ich habe ihm Bescheid gesagt.«

Sie kramte in einer Schublade und reichte Morse dann fünf Hochglanzbilder in Schwarz-Weiß. Ihn interessierte vor allem das Gruppenfoto: die Herren in Dinnerjacketts mit schwarzen Fliegen, die Damen in langen Kleidern. Fast alle lächelten.

»Kennen Sie ein paar der Lehrer?«, fragte sie.

»Ja, zwei oder drei.«

Er sah noch einmal genau hin. »Eine wunderbar scharfe Aufnahme.«

»Ja, das finde ich auch.«

»Ist Acum hier mit drauf?«

»Acum? Ja – ich denke doch. Er ist vor zwei Jahren weggegangen. Ich kann mich noch gut an ihn erinnern, auch an seine Frau.« Sie deutete mit dem Finger auf ein Paar – einen jungen Mann mit einem lebendigen, wachen Gesicht, der einen Kinnbart trug, und die junge Frau neben ihm, die sich bei ihm eingehängt hatte. Sie hatte eine fast knabenhafte Figur und schulterlange blonde Haare. Nicht unattraktiv, aber ein wenig streng. Was jedoch vor allem störte, war ihre unreine Haut.

»Sie sagten, Sie kannten seine Frau?«

Sheila hörte das gurgelnde Geräusch des abfließenden Badewassers. Aus ganz unerklärlichen Gründen hatte sie plötzlich einen Schauder im Rücken verspürt. Wie damals als Kind, als sie für ihren Vater hatte ans Telefon gehen müssen und der Anrufer ihr Fragen gestellt hatte, merkwürdige, beunruhigende Fragen …

Ein frisch gebadeter Phillipson betrat lächelnd das Zimmer.

Er äußerte sein Bedauern, dass Morse habe warten müssen, und Morse seinerseits entschuldigte sich für sein unangemeldetes Eindringen. Sheila beobachtete ihren Austausch von Höflichkeiten, und die vertraute Alltäglichkeit dieses Vorgangs beruhigte sie. Sie erkundigte sich, ob sie Tee oder lieber Kaffee wollten. Da alkoholische Getränke offenbar gar nicht zur Diskussion standen, entschied Morse sich für Kaffee, und Phillipson als guter Gastgeber schloss sich ihm an.

»Ich bin gekommen, um von Ihnen etwas über Acum zu erfahren«, sagte Morse ohne Umschweife. »Was können Sie mir über ihn sagen?«

»Über Acum? Eigentlich nicht besonders viel. Er ist nach meinem ersten Jahr hier weggegangen. Hat Französisch unterrichtet. Sehr qualifizierter Mann. Universitätsabschluss mit Zwei, soviel ich weiß. Er hat in Exeter studiert.«

»Und was wissen Sie über seine Frau?«

»Mrs Acum war auch Französischlehrerin. Die beiden haben sich an der Universität kennengelernt. Sie hat sogar mal bei uns unterrichtet, als einer der Lehrer längere Zeit krank war. Allerdings nicht gerade erfolgreich.«

»Wieso?«

»Na, die Klasse, die sie hatte, war nicht ganz ohne. Einige ziemliche Rabauken dabei. Sie ist mit ihnen nicht fertiggeworden.«

»Sie meinen, sie sind ihr auf der Nase herumgetanzt?«

»Das ist noch viel zu sanft ausgedrückt. Sie haben ihr die Hosen runtergezogen.«

»Bildlich gesprochen, hoffe ich doch.«

»Das hoffe ich auch. Obwohl ... Es liefen wüste Gerüchte um damals. Aber letztlich lag der Fehler bei mir. Ich hätte sie gar nicht erst einsetzen dürfen. Sie war zu wenig durchsetzungsfähig für den Job.«

»Und wie haben Sie damals reagiert?«

Phillipson zuckte die Achseln. »Es blieb mir nichts anderes übrig, als sie zu entlassen.«

»Wissen Sie, wo Acum jetzt ist?«

»An einer Schule in Caernarfon.«

»Hat er sich dort verbessert?«

»Nein, das eigentlich nicht. Dazu war er auch noch zu frisch im Beruf. Er hatte ja nicht mehr als das eine Jahr Unterrichtserfahrung. Aber sie konnten ihm die Zusage geben, in den beiden oberen Klassen zu unterrichten, das ging an unserer Schule nicht.«

»Ist er noch immer dort?«

»Soweit ich weiß, ja.«

»Wussten Sie, dass Valerie bei ihm Unterricht hatte?«

»Inspector, wäre es nicht einfacher, Sie sagten mir, warum Sie sich so für ihn interessieren? Ich kann Ihnen vermutlich besser helfen, wenn ich weiß, worum es geht.«

Morse dachte nach. »Das Problem ist, dass ich das selbst nicht so genau weiß.«

Ob Phillipson ihm glaubte, war nicht klar, doch ließ er es auf sich beruhen. »Acum hat Valerie Taylor unterrichtet, das stimmt. Ich glaube, sie war nicht besonders gut in seinem Fach.«

»Hat er mal mit Ihnen über sie gesprochen?«

»Nein, nie.«

»Gab es irgendwelche Gerüchte? Klatsch?«

Phillipson holte tief Luft, um einer wachsenden Irritation Herr zu werden. »Nein.«

Morse wechselte das Thema. »Haben Sie ein gutes Gedächtnis, Sir?«

»Ja, ein ziemlich gutes, denke ich.«

»Na, umso besser. Dann können Sie mir vermutlich auch sagen, was Sie am 2. September dieses Jahres gemacht haben. Das war ein Dienstag.«

Aber Phillipson musste passen und holte seinen Taschenkalender. »Da habe ich in London an einer Direktorenkonferenz teilgenommen.«

»Wo genau fand die statt?«

»Im *Café Royal*. Und falls Sie die Anfangszeit wissen wollen …«

»Danke, nein, danke!« Morse hob wie ein den Segen erteilender Priester besänftigend die rechte Hand, als er einen Anflug von Zornesröte auf Phillipsons Wangen sah.

»Wieso fragen Sie mich ausgerechnet nach dem 2. September?«

Morse lächelte mild. »Weil das der Tag ist, an dem Valerie den Brief an ihre Eltern abgeschickt hat.«

»Worauf, zum Teufel, wollen Sie hinaus?«

Morse seufzte. »Ich werde, bevor ich den Fall abschließen kann, dieselbe Frage noch einer Menge anderer Leute stellen müssen und bestimmt noch manche unfreundliche Antwort darauf bekommen. Aber von Ihnen hatte ich eigentlich mehr Verständnis erwartet.«

Phillipson schwieg einen Moment und nickte dann. »Tut mir leid, dass Sie mir das erst erklären mussten. Sie meinen also …«

»Ich glaube, Sie haben mich doch noch nicht verstanden. Ich *meine* gar nichts, ich mache nur die Arbeit, für die ich bezahlt werde. Wie Sie auch.«

»Da haben Sie recht, Inspector. Stellen Sie ruhig Ihre Fragen; ich werde versuchen, sie nicht mehr persönlich zu nehmen.«

»Seien Sie sich da nicht zu sicher«, sagte Morse. Phillipsons Gesicht hatte auf einmal einen wachsamen Ausdruck. »Ich möchte nämlich von Ihnen wissen, was Sie an dem Nachmittag getan haben, als Valerie Taylor verschwand.«

In diesem Augenblick betrat Mrs Phillipson mit dem Kaffeetablett das Zimmer. Nachdem sie wieder in die Küche verschwunden war, hatte Phillipson seine Antwort parat.

»Ich habe in der Schule Mittag gegessen, dann bin ich nach Oxford gefahren und habe bei Blackwell ein bisschen in den Neuerscheinungen gestöbert. Anschließend war ich zu Hause.«

»Können Sie noch sagen, um welche Zeit Sie wieder hier waren?«

»Gegen drei.«

»An diesen Nachmittag erinnern Sie sich ja bemerkenswert gut.«

»Wundert Sie das? Es war ja wohl alles andere als ein gewöhnlicher Nachmittag.«

»Haben Sie bei Blackwell nur, wie Sie sagen, ›gestöbert‹, oder haben Sie auch ein Buch gekauft?«

»*Das* weiß ich nun nicht mehr.«

»Haben Sie dort ein Konto?« Phillipson schien einen Augenblick zu zögern.

»Ja, schon ... aber wenn ich nur eine Zeitschrift oder ein Taschenbuch kaufe, dann bezahle ich meistens bar.«

»Aber Sie könnten auch etwas Teures gekauft haben?« Morse sah sich mit einem prüfenden Blick im Zimmer um. An beiden Längswänden standen bis zur Decke reichende Bücherregale, und er bemerkte eine Reihe wertvoller Gesamtausgaben und Bildbände. Er musste plötzlich an Johnny Maguires armselige kleine Bibliothek denken.

»Sie können ja nachfragen«, sagte Phillipson kurz angebunden.

»Ja, das werde ich wohl tun.« Morse fühlte sich auf einmal sehr müde.

Um halb eins ging Sheila auf Zehenspitzen die Treppe hinunter, um sich eine Schlaftablette zu holen. Ihre Gedanken kreisten um jene andere Nacht vor drei Jahren, als Donald mit ihr geschlafen hatte und sie Valerie genannt hatte. Sie hatte ihn nie darauf angesprochen. Es war ihr einfach unmöglich.

Mit schreckgeweiteten Augen fuhr sie herum und sank dann erleichtert auf einen Küchenhocker. »Du bist es, Donald! Hast du mich erschreckt.«

»Findest du auch keinen Schlaf, Liebling?«

10

Mir blieb keine Zeile von ihr,
Keine Locke von ihrem Haar
Thomas Hardy, Erinnerungen an Phena

Morse war am Donnerstagmorgen erst gegen elf ins Büro gekommen und verspürte keine große Lust, etwas zu tun. Er gab Lewis den Bericht des Schriftsachverständigen, nahm sich die *Times* vor und schlug die Seite mit dem Kreuzworträtsel auf. Bevor er anfing, notierte er sich am Rand die Zeit, dann huschte sein Bleistift über das Papier, und er füllte in Windeseile ein Kästchen nach dem anderen aus. Er sah wieder auf die Uhr. Die zehn Minuten, die er sich für jedes Rätsel zugestand, waren um. Meistens reichte ihm die Zeit, aber heute hatte er es nicht ganz geschafft. Ein Wort fehlte ihm noch. »Helfen Sie mir mal, Lewis. *Sitzt er, dann trifft er* – ein Wort mit sechs Buchstaben, fängt mit ›S‹ an, der fünfte Buchstabe ist ein ›A‹.«

Lewis schrieb und tat so, als ob er nachdenke. Warum löste Morse seine dämlichen Kreuzworträtsel nicht allein? »Vielleicht *Spinat?*«

»Wieso Spinat?«

»Es kommt genau hin mit den Buchstaben.«

»Da kann ich Ihnen noch hundert andere nennen, bei denen es mit den Buchstaben auch hinkommt.«

»Welche denn?«

Morse musste scharf nachdenken, bis ihm zum Glück *Spagat* einfiel.

»Da finde ich *Spinat* aber besser, Sir.«

Morse schlug die Zeitung zu. »Nun, was sagen Sie zu dem Gutachten?«

»Sieht so aus, als hätte sie den Brief geschrieben, nicht?«

Es klopfte. Ein hübsches junges Mädchen kam herein und brachte Morse die Post. Er sah sie unwillig durch und legte sie dann beiseite. »Nichts Wichtiges dabei. Kommen Sie, Lewis, ich möchte rüber ins Labor. Ich will Peters mal auf den Zahn fühlen. Ich glaube, der verkalkt uns bald völlig.«

Peters war Anfang sechzig und, bevor er seine jetzige Stelle angetreten hatte, zwanzig Jahre lang als Pathologe für das Innenministerium tätig gewesen. Er galt als unfehlbar. Sein Auftreten war nüchtern und beherrscht. Wenn er etwas darlegte, so tat er dies mit regelmäßiger, präziser Monotonie, sodass gewitzelt wurde, aus ihm spreche ein Computer. Alle seine Antworten waren wohlüberlegt, sachlich und definitiv. Es kam so gut wie nie vor, dass jemand auf die Idee verfiel, mit ihm diskutieren zu wollen. Das wäre im Grunde auch unsinnig gewesen, da er ja lediglich Merkmale registrierte, deren Summe er dann als Ergebnis bekannt gab.

»Sie sind also der Meinung, dass Valerie Taylor den Brief geschrieben hat?«

Er dachte erst nach und sagte: »Ja.«

»Kann man denn, was Handschriften betrifft, überhaupt jemals hundertprozentig sicher sein?«

Er dachte wieder erst nach und sagte: »Nein.«

»Und wie sicher sind Sie dann bei diesem Brief?«

Pause. Dann: »Neunzig Prozent.«

»Sie wären also überrascht, wenn sich herausstellte, dass der Brief nicht von ihr stammt?«

Erneutes längeres Nachdenken; der Computer versuchte wohl, seine mögliche emotionale Reaktion einzuschätzen, sollte dieser äußerst unwahrscheinliche Fall tatsächlich eintreten. »Ja. Überrascht.«

»Wie sind Sie zu Ihrem Urteil gekommen?«

Wieder eine Pause, gefolgt von einer längeren Lektion über Kriterien wie Schreibgeschwindigkeit, Reibungsdruck, Bindungsform, Regelmäßigkeit. Morse konnte das nicht einschüchtern. »Glauben Sie, Sie könnten einen Brief fälschen?«

Verhältnismäßig kurzes Nachdenken diesmal: »Ja. Natürlich.«

»Aber der Brief, den Sie begutachtet haben, ist nicht gefälscht?«

Schweigen. Nach einer Weile, mit Nachdruck: »Ich bin der Ansicht, dass der Brief von dem Mädchen stammt.«

»Aber die Handschrift eines Menschen, gerade eines jungen Menschen, verändert sich doch im Laufe der Jahre. Ich finde es merkwürdig, dass die Schrift in dem Brief genauso aussieht wie die in ihren alten Schulheften.«

Nachdenken, dann ein neuer Vortrag. »Jede Handschrift besitzt einen ihr eigenen Stil, in dem sich die Persönlichkeit des Schreibenden ausdrückt. Einzelne Merkmale können sich zwar verändern, der Stil an sich bleibt jedoch davon unberührt.« Er hielt inne. Meine Güte, dachte Lewis, als ob er aus einem Buch ablesen würde. Peters war noch nicht fertig. »Wie ich mir habe sagen lassen, ist im Griechischen das Wort für *Charakter* identisch mit dem für *Handschrift*.«

Lewis grinste. Er amüsierte sich.

Morse stellte dem Computer eine vorletzte Frage: »Und vor Gericht? Würden Sie da aussagen, es stehe eindeutig fest, dass Valerie Taylor den Brief geschrieben habe?«

Die obligate Pause. »Ich würde dort dasselbe sagen, was ich Ihnen auch gesagt habe: Der Grad der Wahrscheinlichkeit, dass der Brief von ihr ist, liegt bei neunzig Prozent.«

An der Tür drehte Morse sich noch einmal um. »Würden Sie es sich zutrauen, ihre Schrift zu fälschen?«

Es erschien tatsächlich ein Lächeln auf Peters' eingetrocknetem Gesicht, und die Pause zum Nachdenken war äußerst kurz. »Ich habe eine Menge Erfahrung auf diesem Gebiet«, sagte er.

»Sie könnten es also?«

Eine letzte Pause. »*Ich* schon – ja.«

Zurück im Büro, setzte Morse den Sergeant über seinen gestrigen Besuch bei Phillipson ins Bild.

»Er ist Ihnen unsympathisch, habe ich recht, Sir?«

Morse verteidigte sich ein wenig gekränkt: »Das stimmt so nicht. Ich habe nur das Gefühl, dass er nicht ehrlich ist.«

»Na ja, wir behalten doch alle manche Dinge lieber für uns«, gab Lewis zu bedenken.

»Hm.« Morse sah aus dem Fenster. *Sitzt er, trifft er.* Was konnte das nur sein? Er kam einfach nicht dahinter. Genau wie hier bei dem Fall. Doch auf einmal pfiff er durch die Zähne. Sechs Buchstaben. Vorne ein »S«, vorletzter Buchstabe ein »A«. »Ich habs, Lewis. Nicht *Spinat. Schlag!*« Er schlug die *Times* auf, trug die fehlenden Buchstaben ein und packte die Zeitung dann befriedigt weg. Jetzt konnte es an die Arbeit gehen. »Rekapitulieren wir noch einmal die Fakten.«

Lewis lehnte sich zurück und hörte zu. Morse geriet in Fahrt.

»So viel lässt sich sagen: Der Brief wurde entweder von Valerie oder von einer anderen Person geschrieben. Sind wir uns da einig?«

»Mit einer Wahrscheinlichkeit von neun zu eins, dass es Valerie war«, sagte Lewis.

Morse nickte. »Einmal angenommen, der Brief stammt tatsächlich von ihr. Dann dürfen wir daraus wohl folgern, dass sie lebt, sich vermutlich in London aufgehalten hat und noch immer aufhält, ferner, dass es ihr dort gefällt und sie keine Lust hat, nach Kidlington zurückzukehren. Mit anderen Worten: Wir verschwenden nur unsere Zeit.«

»Es wäre aber schon wichtig, sie zu finden.«

»Und was dann? Wollen Sie mit ihr schimpfen, dass sie so unartig war, und sie dann zu Mami und Papi zurückbringen?«

»Wenigstens hätten wir den Fall geklärt.«

»Wenn sie den Brief geschrieben hat, gibt es keinen Fall.«

Lewis schlug sich seit gestern Abend damit herum und musste es noch einmal zur Sprache bringen: »Glauben Sie, dass das von Bedeutung war, was Mrs Gibbs mir erzählt hat – Sie wissen schon, Sir, dass Maguire ein Mädchen bei sich wohnen hatte?«

»Ich bezweifle es«, sagte Morse.

»Und wenn es nun doch Valerie war?«

»Aber Lewis! Seit wir den Fall übernommen haben, versuche ich, Ihnen klarzumachen: *Sie ist tot – und deshalb kann sie auch den Brief nicht geschrieben haben*, ganz egal, was dieser Pedant Peters sagt.«

Lewis stöhnte innerlich. Das kannte er schon bei Morse. Wenn sich in dessen Kopf eine Idee erst mal festgesetzt hatte, dann brauchte es schon ein mittleres Erdbeben, um ihn wieder davon abzubringen.

»Gehen wir zur Abwechslung also einmal davon aus, dass der Brief nicht von ihr geschrieben worden ist. In dem Fall muss jemand anderes ihre Schrift nachgemacht haben, und zwar sehr sorgfältig und geschickt. – Was ist?«

»Aber wieso …«

»Dazu wollte ich gerade kommen. Wieso sollte uns jemand glauben machen, dass Valerie noch lebt, wenn sie in Wahrheit tot ist. Nun, dafür gibt es meiner Meinung nach einen sehr einleuchtenden Grund: Jemand möchte uns glauben machen, Valerie sei noch am Leben, um so weitere Nachforschungen zu verhindern, die dazu führen könnten, dass die Wahrheit entdeckt wird, die lautet: Valerie ist ermordet worden. Dieser Jemand hat vermutlich das Gefühl gehabt, dass ihm Ainleys Beschäftigung mit dem Fall gefährlich werden könnte, und deshalb versucht, ihn mittels des gefälschten Briefes von weiteren Nachforschungen abzuhalten.«

Lewis fand Morse' Überlegungen reichlich weit hergeholt und sagte lieber nichts dazu. Morse fuhr fort.

»Wir dürfen jedoch auch die andere Möglichkeit nicht außer Acht lassen: dass der Brief nämlich aus genau dem entgegengesetzten Grund verfasst wurde, um uns sozusagen wieder auf die Fährte zu setzen. Und überlegen Sie mal, Lewis, genau das ist doch geschehen! Ainley war der Einzige, der sich noch um die Sache kümmerte, und das inoffiziell! Sein Tod hätte also normalerweise das Ende auch dieser letzten Ermittlungen bedeutet, die Akte wäre wieder in der Versenkung verschwunden. Aber dann kommt der Brief, und was passiert? Strange bestellt mich zu sich und ordnet – ganz offiziell – neue Untersuchungen an. Es erhebt sich die Frage, wer an einem Wiederaufrollen interessiert sein kann. Nicht der Mörder – so viel steht fest. Wer also dann? Vielleicht die Eltern? Aus dem Gefühl heraus, wir hätten zu früh aufgegeben ...«

Lewis war verblüfft. »Sie wollen doch nicht im Ernst behaupten, die Taylors hätten sich den Brief geschrieben ...«

»Ist Ihnen dieser Gedanke nie gekommen?«, fragte Morse ruhig.

»Nein.«

»Das hätte er aber sollen. Wie jeder andere könnten sie die Handschrift ihrer Tochter kopiert haben, es wäre für sie sogar eher leichter gewesen. Aber es gibt noch eine wesentlich interessantere Möglichkeit. Der Brief könnte auch von jemandem stammen, der weiß, dass Valerie umgebracht worden ist, den Mörder kennt und will, dass er gefasst wird.«

»Aber warum ...«

»Gleich. Ich vermute, diese Person wusste, dass Ainley dem Mörder auf der Spur war, hat vielleicht selbst durch Hinweise dazu beigetragen. Doch Ainley kommt überraschend um – alles scheint vergebens gewesen zu sein. Hier ist es meiner Ansicht nach nötig, einmal Ainleys Fahrt nach London in unsere Überlegungen einzubeziehen. Angenommen, er hat Valerie ausfindig gemacht und festgestellt, dass sie gesund und munter ist. – Können Sie mir folgen? Gut. Damit wäre die Katze also aus dem Sack – sie ist entdeckt. Am nächsten Tag schreibt sie an ihre Eltern, das Versteckspiel ist sinnlos geworden. Wenn sie sich nicht selbst meldet, erfahren sie von Ainley, dass sie noch am Leben ist.«

»Das klingt sehr einleuchtend, Sir.«

»Finden Sie? Es gibt auch eine ganz andere Lesart – die ich übrigens für die zutreffende halte. Ainley hat Valerie nicht gefunden, auch gar nicht erwartet, sie zu finden, sondern ist einer wichtigen Spur nachgegangen. Aber dann stirbt er bei einem Unfall, und irgendjemand, der möchte, dass die Ermittlungen weitergeführt werden, schreibt einen Brief ... Und so ist dieser Brief entgegen dem ersten Anschein geradezu der Beweis, dass Valerie tot ist.«

Lewis hatte es irgendwann aufgegeben, den verschlungenen Pfaden der morseschen Logik zu folgen. »Ich bin zuletzt nicht mehr ganz mitgekommen, Sir, aber ... Habe ich richtig verstanden, dass Sie daran festhalten, der Brief sei nicht von Valerie? Das hieße dann also mit anderen Worten, dass Sie Peters' Urteil ...«

Das hübsche junge Mädchen, das Morse heute Morgen die Post gebracht hatte, kam herein und gab ihm einen gelbbraunen Aktendeckel. »Von Superintendent Strange, Sir. Er meint, es würde Sie vielleicht interessieren. Es war schon im Labor – sie haben aber leider keine Fingerabdrücke gefunden.«

Morse schlug den Deckel auf. Ein neuer Brief, und wieder in einem billigen braunen Umschlag. Er war am Vortag im Zentralpostamt in London aufgegeben worden und an die *Thames Valley Police* adressiert. Strange hatte ihn bereits geöffnet. Morse zog den Bogen heraus. Auf einfachem, liniertem Papier stand dort zu lesen:

Sehr geehrte Herren,
man hat mir gesagt, dass Sie versuchen, mich ausfindig zu machen. Ich möchte das aber nicht, weil ich nicht nach Hause zurückwill.
Hochachtungsvoll
Valerie Taylor

Er gab den Brief Lewis. »Fasst sich immer kurz, unsere Valerie, was, Sergeant?«

Er griff nach dem Telefon und wählte die Nummer des Labors. Am anderen Ende hob jemand ab, doch war zunächst nichts zu hören. Da wusste er, dass er den Computer am Apparat hatte.

11

Alle Frauen werden wie ihre Mütter.
Das ist ihre Tragödie
Oscar Wilde

Zum zweiten Mal innerhalb von vierundzwanzig Stunden betrachtete Morse intensiv ein Foto. Lewis war ins Büro zurückgekehrt, um einige Anrufe zu tätigen, und er fixierte, die Arme in die Seiten gestützt, ein Mädchen, das unbewegt zurückstarrte – schlank, mit dunklen Haaren, auffordernden Augen und einer Figur, die ahnen ließ, dass es sich lohnen würde, der Aufforderung Folge zu leisten. Sie sah ungewöhnlich anziehend aus, und so wie die Ältesten von Troja, als sie Helenas ansichtig wurden, war auch Morse nicht überrascht, dass es ihretwegen Streit gab – und Schlimmeres.

»Ein hübsches Mädchen, Ihre Tochter.«

Mrs Taylor lächelte schüchtern. »Das ist nicht Valerie, das bin ich«, sagte sie.

Morse drehte sich zu ihr um, in seinen Augen lag ein Ausdruck ungläubiger Verblüffung. »Wirklich? Das hätte ich nicht gedacht. Äh – ich meine, ich hatte nicht erwartet, dass Sie sich derartig ähnlich sehen würden, ich wollte natürlich nicht sagen ...«

»Ich war früher wohl mal das, was man attraktiv nennt. Auf dem Bild da bin ich siebzehn; es ist vor zwanzig Jahren gemacht worden. Die Zeit ist so schnell vergangen.«

Morse musterte sie unauffällig, während sie sprach. Um

die Hüften herum war sie fülliger geworden, und die Beine, obwohl noch immer schlank, waren von Krampfadern durchzogen. Das Gesicht zeigte die größten Veränderungen. Die dunklen Haare waren inzwischen von grauen Strähnen durchzogen, die Zähne vom vielen Rauchen gelblich verfärbt, und ihr Hals begann, welk zu werden. Und dennoch ... Männer haben es da besser, dachte Morse. Der Alterungsprozess verläuft bei ihnen unauffälliger. Hinter ihr auf einem kleinen Schränkchen stand eine Porzellanvase von anmutiger Schönheit, und Morse ertappte sich dabei, wie er sie immer wieder ansah, jedes Mal aufs Neue darüber verwundert, in diesem karg eingerichteten Zimmer einen Gegenstand von solch vollendeter Harmonie zu finden.

Sie unterhielten sich ungefähr eine halbe Stunde, in der Hauptsache über Valerie. Mrs Taylor konnte dem, was sie schon früher gesagt hatte, nichts hinzufügen. Sie schien sich an jedes noch so kleine Ereignis jenes 10. Juni erinnern zu können und haspelte ihre Darstellung herunter wie auswendig gelernt. Aber Morse war darüber nicht allzu erstaunt. Schließlich war richtig, was Phillipson ihm gestern Abend gesagt hatte: Der Dienstag vor zwei Jahren war kein gewöhnlicher Tag gewesen. Er erkundigte sich, wie es ihr gehe, und erfuhr, dass sie angefangen hatte zu arbeiten – nur vormittags, bei Cash and Carry. Sie füllte die Regale auf. Das war zwar anstrengend, weil sie immer auf den Beinen sein musste, aber besser, als die ganze Zeit zu Hause zu sitzen. Und etwas eigenes Geld zu haben, war auch nicht schlecht. Morse fragte nicht, wie viel davon sie für Alkohol und Zigaretten ausgab, aber um eine andere Antwort musste er sie noch bitten. »Ich hoffe, es macht Ihnen nichts aus, wenn ich Ihnen noch ein, zwei sehr persönliche Fragen stelle?«

»Nein, ich glaube nicht.«

Sie lehnte sich auf dem Sofa zurück und zündete sich eine Zigarette an. Ihre Hand zitterte etwas. Morse war plötzlich, als sehe er sie mit ganz anderen Augen. Wieso fiel ihm das erst jetzt auf? Die Art, wie sie dasaß, mit leicht gespreizten Knien. Und lag in ihrem Blick nicht die Spur einer unausgesprochenen Einladung? Er holte tief Luft. »Wussten Sie, dass Valerie schwanger war, als sie verschwand?«

Ihre Augen nahmen einen gefährlichen Ausdruck an. »Das ist Unsinn. Valerie war nicht schwanger. Ich muss es ja wohl wissen, ich bin schließlich ihre Mutter. Wer Ihnen das erzählt hat, ist ein dreckiger Lügner!« Ihre Stimme klang auf einmal rau und gewöhnlich. Die Fassade bekam Risse. Morse begann, sich seine Gedanken zu machen: der Ehemann den Tag über weg, die Tochter nur kurz zum Mittagessen zu Hause, und auch das erst während ihres letzten Schuljahres …

Die nächste Frage hatte er eigentlich gar nicht vorgehabt zu stellen. Es gab Dinge, die gingen keinen Außenstehenden etwas an. Das Foto in der *Sunday Times* hatte ihn darauf gebracht. Sie und ihr Mann auf dem roten Sofa, neben sich das Tischchen mit den Gratulationskarten zum achtzehnten Hochzeitstag. Valerie wäre jetzt zwanzig, vorausgesetzt, sie lebte noch. Er holte tief Luft. »Ist Valerie von Ihrem Mann, Mrs Taylor?«

Sie blickte getroffen zur Seite. »Nein – nein, Valerie war schon da, bevor ich George kennenlernte.«

»Ich verstehe«, sagte Morse leise.

Auf dem Weg zur Tür fragte sie: »Wollen Sie sich auch mit ihm unterhalten?« Morse nickte. »Es ist mir egal, was Sie ihn fragen, nur bitte, wenn es geht … erwähnen Sie nichts von dem, was wir zuletzt besprochen haben. Er war immer wie ein richtiger Vater zu ihr … aber er hat viel durchmachen müssen. In der ersten Zeit nach unserer Heirat haben sie deswegen auf seine Kosten Witze gemacht, vor allem, weil … vor allem, weil unsere Ehe kinderlos blieb. Sie verstehen schon. Es hat ihn verletzt. Er hat sich nichts anmerken lassen, aber ich habe es gespürt, und … ich möchte nicht, dass er jetzt wieder daran erinnert wird. Er ist immer gut zu mir gewesen, ein guter Ehemann und ein guter Vater.«

Sie sprach mit großer Wärme. Die Anteilnahme für ihren Mann machte ihr Gesicht lebendig, sodass sie auf einmal wieder ganz jung und hübsch aussah. Er konnte gar nicht anders, als es ihr zu versprechen. Hoffentlich brauchte er die alten Geschichten nicht wieder aufzurühren, keine Fragen zu stellen, wer Valeries wirklicher Vater gewesen war. Falls das überhaupt jemand beantworten konnte … Vielleicht wusste Mrs Taylor es selbst nicht.

Aber während er in Gedanken durch den schmalen Vorgarten ging, beschäftigte ihn schon etwas anderes. Was hatte Mrs Taylor so nervös gemacht? Das war nicht die normale Aufgeregtheit gewesen, weil plötzlich ein Fremder ins Haus gekommen war, und sei es ein Polizist. Der Ausdruck auf ihrem Gesicht, als sie ihm die Tür öffnete, war erschrocken gewesen, als habe er sie bei etwas Unerlaubtem erwischt. Genau so sah ihn seine Sekretärin an, wenn er unvermittelt ihr Büro betrat und sie hastig etwas in ihrer Schublade verschwinden ließ – einen Brief, eine Illustrierte, irgendetwas, das bei der Arbeit nichts zu suchen hatte – und das er nicht sehen sollte. Hatte Mrs Taylor vielleicht Besuch gehabt, von dem er nichts wissen sollte? Das würde ihr Verhalten erklären. Ihm war plötzlich, als spüre er einen Blick im Rücken, und er drehte sich auf dem Absatz um und sah zum Haus zurück. An einem der oberen Fenster wurde sacht ein Gardinenzipfel fallen gelassen, eine schemenhafte Silhouette tauchte zurück in das Dunkel des Zimmers. Eine fast unmerkliche Bewegung nur, doch sie war ihm nicht entgangen. Die Gardine blieb ruhig, das Haus lag wie ausgestorben. Fast konnte er denken, er habe sich alles nur eingebildet. Ein Kohlweißling flatterte über die Ligusterhecke und war im nächsten Augenblick verschwunden, als hätte es ihn nie gegeben.

12

*Dabei wird der Deckel der
Mülltonne mechanisch geöffnet
Im letzten Moment.
Man könnte sich einer Leiche so entledigen,
Ohne den geringsten Anstoß zu erregen*
D. J. Enright, Ohne Anstoß zu erregen: Berlin

Morse wurde sich, als er die Woodstock Road hinunterfuhr, auf einmal der Tatsache bewusst, dass er zwar schon viele Dinge in seinem Leben gemacht, aber noch nie eine Müllkippe besucht hatte. Seltsamerweise wusste er trotzdem gleich, wie er zu fahren hatte. Rechts ab in die St. Bernard's Road und durch die Walton Well Road, dann auf der gewölbten Brücke über den Kanal und weiter, bis die Straße vor einem Tor, das jetzt offen stand, endete und eine schmale Betonpiste begann. Morse hielt an, um das am Tor angebrachte Verbotsschild zu studieren. Unbefugten war die Weiterfahrt untersagt; Zuwiderhandlungen würden strafrechtlich verfolgt. Der Unterzeichner führte den, wie Morse fand, reichlich hochtrabenden Titel eines *Conservator and Sheriff of Port Meadow*. Morse legte den ersten Gang ein und setzte seine Fahrt fort. Als Polizist war er befugt. Leider. Er hätte gar nichts dagegen gehabt, zurückgeschickt zu werden, aber den Gefallen tat ihm keiner. Er fuhr langsam weiter, zu seiner Linken einen lichten Waldgürtel, zu seiner Rechten die offene grüne Weite von Port Meadow. Zweimal musste er vor entgegenkommenden Müllwagen auf die Grasnarbe ausweichen. Ein hölzernes Tor über einem Weiderost zeigte ihm an, dass er am äußeren Bereich der Deponie angelangt war. Es schien ihm ratsam, den Lancia hier stehen zu lassen. Er stieg aus und ging zu Fuß weiter. Eine Warntafel wies darauf hin, dass regelmäßig Insektenvertilgungsmittel versprüht werde. Man fasste hier wohl besser nichts an. Nach ungefähr zweihundert Yards erblickte er dann den ersten Abfall. Bis dahin war weit und breit nichts zu sehen gewesen als eine wüste, von den Ketten der Raupenfahrzeuge zerfurchte Fläche, und nur einige wenige Stellen, an denen – von der Erde nicht ganz bedeckt – ein Stück Sackleinwand hervorschaute, hatten ahnen lassen, dass unter seinen Füßen Tausende von Tonnen Müll begraben waren. Bald würden hier Gras und Sträucher zu wachsen beginnen, kleine Tiere würden die Wildnis wieder in Besitz nehmen und ungestört zwischen Farnen und wilden Blumen umherhuschen. Aber nicht lange, und auch die Menschen würden kommen, Picknicks abhalten und Abfall hinterlassen – der Kreislauf würde wieder von vorn beginnen. Der Homo sapiens war in mancherlei Beziehung wirklich verabscheuungswürdig.

Er schritt auf eine Holzbude zu, der einzige Hinweis, dass sich hier möglicherweise irgendwo Menschen aufhielten. Die grüne Farbe war bis auf Reste längst abgeblättert, die Hütte wirkte, als könne sie jeden Moment in sich zusammenstürzen. Ein unglaublich schmutziger Arbeiter wies ihm den Weg tiefer hinein in das Labyrinth von Unrat. Zwei Elstern und eine düstere Krähe schwangen sich, als er näher kam, zögernd in die Luft und flogen mit langsamen Flügelschlägen über die Ödnis davon. Schließlich erreichte Morse den Teil der Kippe, der den neu anfallenden Müll aufnahm: Pepsi- und Coladosen, brüchig gewordene Gummihandschuhe, rostiger Draht, leere Waschmittelpakete und eine verrottete Dartszielscheibe, Keksbüchsen, ausgetretene Schuhe, eine Wärmflasche, ausrangierte Autositze und eine Vielzahl Pappkartons in allen Größen. Morse versuchte, die Fliegen, die seinen Kopf umschwirrten, zu verscheuchen, und war froh, als er noch eine letzte Zigarette fand. Das leere Päckchen ließ er achtlos fallen – ihm schien, als komme es hier nicht so darauf an.

Weiter vorn, neben einem Bulldozer, stand George Taylor. Das Brummen des Motors war so laut, dass er sich dem Fahrer nur schreiend verständlich machen konnte. Er deutete auf einen flachen Hügel aus Erde und Steinen, der die eine Seite des Müllfeldes wie ein Wall abschloss. Morse stellte sich vor, wie ein Archäologe in tausend Jahren darangehen würde, das Leben der heutigen Menschen zu erforschen, und bedauerte ihn schon jetzt für die erbärmlichen Überreste, die er zutage fördern würde.

George war ein untersetzter, breitschultriger Mann, vielleicht nicht besonders intelligent, aber zuverlässig und vertrauenerweckend. Er hatte sich auf einer verbeulten Öltonne niedergelassen und Morse eine ähnliche Sitzgelegenheit angeboten, aber dieser hatte mit Rücksicht auf seine Hosen dankend abgelehnt. Während sie sich unterhielten, versuchte Morse, sich die häusliche Szene zu vergegenwärtigen, wie sie sich bis vor zwei Jahren allabendlich am Hatfield Way abgespielt hatte: George, der gegen Viertel nach sechs müde und schmutzig von der Arbeit heimkehrte, Mrs Taylor beim Kochen des Abendessens und Valerie ... doch in Bezug auf sie ließ ihn seine Fantasie im Stich. War sie dazu bereit gewesen, im Haushalt mit anzufassen? Schwer zu sagen. Drei Menschen unter demselben Dach vereint, und doch jeder allein, verbunden einzig durch die Tatsache, dass sie zur selben Familie gehörten. Morse fragte George über Valerie aus – was sie zu Hause gemacht habe, wie es ihr in der Schule ergangen sei, welche Vorlieben und Abneigungen sie gehabt habe. Aber er erfuhr wenig Neues.

»Sind Sie jemals auf den Gedanken gekommen, dass Valerie fortgelaufen sein könnte, weil sie ein Baby erwartete?«

George zündete sich umständlich eine Woodbine an und starrte auf die Glasscherben zu seinen Füßen. »Eigentlich komisch; bei so was gibt es fast nichts, an das man nicht denkt ... Als sie noch jünger war, da passierte es auch schon manchmal, dass sie zu spät nach Hause kam, und ich weiß noch, wie ich dagesessen und auf sie gewartet und mir alles Mögliche ausgemalt habe, was geschehen sein könnte.« Morse nickte. »Haben Sie auch Familie, Inspector?«

Morse schüttelte den Kopf und blickte wie George zu Boden.

»Eigentlich komisch. Man stellte sich die schlimmsten Sachen vor, und dann ging die Haustür, und sie war wieder da, und ich war unheimlich froh und gleichzeitig auch sauer, wenn Sie wissen, was ich meine.«

Morse glaubte zu verstehen. Georges Worte hatten so etwas wie Mitgefühl in ihm geweckt. Zum ersten Mal hoffte er, dass Valerie Taylor noch am Leben war. »Kam sie oft zu spät nach Hause?«

George zögerte. »Ach, eigentlich nicht. Jedenfalls nicht, bevor sie sechzehn war.«

»Aber dann schon?«

»Nicht so sehr viel zu spät. Ich bin immer aufgeblieben, bis sie zurück war.«

Morse entschloss sich, deutlicher zu werden. »Ist es vorgekommen, dass sie eine ganze Nacht wegblieb?«

»Nein, nie.«

Das klang sehr bestimmt, aber Morse war trotzdem nicht ganz überzeugt. »Aber es konnte Mitternacht werden?«

George nickte resigniert. »Weit nach Mitternacht?«

»Manchmal schon.«

»Gab es dann Krach?«

»Na ja, meine Alte war jedes Mal ziemlich wütend. Und ich natürlich auch.«

»Es kam also oft vor?«

»Nein, das nun nicht. Alle paar Wochen mal. Wenn sie bei Freunden auf einer Party war oder so.« Er rieb mit dem Handrücken die Stoppeln am Kinn und schüttelte ratlos den Kopf. »Heute hat sich ja alles geändert. In meiner Jugend war vieles anders.«

Die beiden Männer sannen einen Augenblick vergangenen

Zeiten nach. George trat eine platt gedrückte Coladose zur Seite.

»Hat sie viel Taschengeld von Ihnen bekommen?«

»Ein Pfund pro Woche – manchmal auch ein bisschen mehr. Zu den Wochenenden hat sie immer als Kassiererin im Supermarkt ausgeholfen und sich was dazuverdient. Davon hat sie sich meistens etwas zum Anziehen gekauft, Schuhe, so was. Sie hatte immer so viel Geld, wie sie brauchte.«

Mit mächtigem Knurren schob der Bulldozer Erde vor sich her und verteilte sie über einen Streifen der stinkenden Abfallfläche. Dann fuhr er langsam zurück und manövrierte sich schräg hinter den Erdwall, wobei seine Ketten das zackig gefurchte Muster hinterließen, das Morse schon vorhin überall bemerkt hatte. Als sich die Zähne der Schaufel in den weichen Erdhaufen gruben, hatte Morse einen plötzlichen Einfall, als George zu reden fortfuhr.

»Dieser Inspector, der bei dem Autounfall ums Leben gekommen ist – der war vor ein paar Wochen auch hier, um mit mir zu sprechen.«

Morse stand ganz still und wagte kaum zu atmen. Er gab sich Mühe, seine Frage leichthin klingen zu lassen, und hoffte, dass George sie bloßer Neugier zuschreiben würde. »Wollte er irgendwas Besonderes wissen?«

»Tja, eigentlich komisch. Er hat dasselbe gefragt wie Sie – ob Valerie nachts oft länger weggeblieben ist.«

Morse hatte das Gefühl, als stocke ihm das Blut in den Adern. Seine Augen bekamen einen abwesenden Ausdruck, so als eröffne sich ihm ein Ausblick in die Vergangenheit, und er könne auf einmal erkennen, was damals geschehen sei ... Ein weiteres Müllauto kam herangefahren, und George stand auf, um dem Fahrer zu zeigen, wo er abladen solle.

»Ich nehme an, ich konnte Ihnen nicht viel helfen, Inspector, was?« Morse schüttelte Georges dreckige, schwielige Hand und wandte sich zum Gehen.

»Glauben Sie, dass sie noch lebt, Inspector?«

Morse sah ihn aufmerksam an. »Und was glauben Sie selbst?«

»Na ja, da ist schließlich ihr Brief.«

Morse spürte intuitiv, dass er nicht die richtige Frage gestellt hatte. Stirnrunzelnd sah er George Taylor nach, wie er zu dem Müllauto hinüberging. Ja, da war der Brief, unleugbar, und er wünschte für George, dass Valerie ihn tatsächlich geschrieben hatte, aber ...

Er blieb einen Augenblick stehen und schaute sich nachdenklich um.

Wenn nun er statt George Taylor in diesem Dreckloch steckte, und zwar wahrscheinlich für den Rest seines Lebens? Und die einzige Sitzgelegenheit, die er anzubieten hätte, wäre eine alte, vermutlich mit Insektiziden besprühte Öltonne? Er hatte seinen schwarzen Ledersessel, einen weißen Teppich und einen polierten Eichenschreibtisch.

Manche Leute haben eben mehr Glück als andere. Als er wegging, begann der gelbe Bulldozer, seine Nase erneut in einen Berg Erde zu bohren. Und bald würde eine Planierraupe die Erdoberfläche glatt streichen wie ein Konditor die Schokoladenglasur auf einem Kuchen.

13

Er sieht den Wald vor lauter Bäumen nicht
Deutsche Redensart

Als Morse gegen halb sechs in sein Büro zurückkam, hatte Lewis schon Feierabend gemacht. Das sollte ich auch tun, dachte Morse. Er hatte inzwischen eine Menge Einzelteile des Puzzles beisammen und einige wild gezackte Stücke dabei, die so aussahen, als passten sie nirgendwohin, aber er kannte das schon. Er brauchte nur Zeit, um in Ruhe nachdenken zu können, dann würde er schon herausfinden, wie sie sich einfügen ließen. Im Augenblick war er zu dicht an allem dran. Dadurch sah er zwar einzelne Bäume wunderbar deutlich, aber der Wald als Ganzes ließ sich so nicht erkennen. Was er brauchte, war ein bisschen Abstand.

Er holte sich einen Kaffee aus der Kantine und setzte sich an seinen Schreibtisch. Lewis hatte ihm – unter einem Briefbeschwerer und nicht zu übersehen – auf mehreren Zetteln die Ergebnisse seines Herumtelefonierens dagelassen, doch er schob sie beiseite. Es gab schließlich noch ein paar andere Dinge als den Fall Taylor, obwohl er die im Augenblick kaum hätte beim Namen nennen können. Er leerte seinen Posteingangskorb und überflog Berichte über neue Brandanschläge, polizeiliche Aufgaben bei Popfestivals sowie die brutalen Ausschreitungen von Fußballfans im Anschluss an das letzte Heimspiel von Oxford United. Manches davon war vermutlich ganz interessant. Morse hakte auf der Umlaufliste seine Initialen ab und steckte die Berichte zur Weitergabe in einen anderen Korb. Der Nächste auf der Liste würde dasselbe tun: schnell durchblättern, einen Haken an die Initialen und dann weg damit. Es gab eben zu viele Berichte, und je mehr eintrafen, umso aussichtsloser wurde es, sie wirklich zu lesen. Wenn es nach ihm ginge, so würde ab sofort für die nächsten fünf Jahre ein Stopp verfügt.

Er warf einen Blick in seinen Kalender. Morgen hatte er einen Termin bei Gericht. Da musste er sich heute Abend noch ein frisches Hemd bügeln. Er sah auf die Uhr und merkte auf einmal, dass er hungrig war. Schon kurz vor halb sieben. Also Schluss jetzt. Auf dem Heimweg kam er immer an einem China-Restaurant vorbei, das Mahlzeiten zum Mitnehmen anbot ... Während er sich den Mantel anzog, überlegte er, ob er lieber Hummerkrabben oder Chicken Chop Suey nehmen sollte. Er war gerade an der Tür, da klingelte das Telefon.

»Ein Mr Phillipson für Sie. Soll ich den Anruf durchstellen?« Die Stimme der Telefonistin klang müde.

»Sie machen heute Überstunden, Inspector?«, fragte Phillipson.

»Ich war gerade dabei zu gehen«, sagte Morse halb gähnend.

»Haben Sie es gut«, entgegnete Phillipson, »wir haben heute Elternabend – ich bin bestimmt nicht vor zehn zu Hause.«

Morse hatte zu oft die Nächte durchgearbeitet, als dass ihn das hätte beeindrucken können. Phillipson kam auf den Grund seines Anrufs zu sprechen.

»Ich wollte Ihnen wegen Blackwell Bescheid sagen – Sie erinnern sich? Ich habe nachgefragt, ob ich vor zwei Jahren am 10. Juni etwas bei ihnen gekauft habe, und sie haben mir bestätigt …«

Morse hatte, während er zuhörte, Lewis' Notizen unter dem Briefbeschwerer hervorgezogen und vervollständigte den Satz: »… dass Sie Momiglianos *Historiographische Studien* gekauft haben. Erschienen bei Weidenfeld & Nicholson. Preis: £ 2.50.«

»Sie haben sich also erkundigt?«

»Ja.«

»Na, egal, ich dachte bloß, äh … ich wollte Ihnen das bloß sagen.«

»Das ist sehr aufmerksam von Ihnen, ich weiß das zu schätzen, Sir. Sprechen Sie jetzt von der Schule aus?«

»Ja, ich bin in meinem Büro.«

»Haben Sie zufällig irgendwo die Nummer von Mr Acum?«

»Einen Moment, ich werde mal nachsehen.«

Morse klemmte sich den Hörer zwischen Schulter und Ohr und ging Lewis' übrige Notizen durch. Ein Anruf bei Peters hatte nichts erbracht, dieser war, was den zweiten Brief anging, noch zu keinem abschließenden Ergebnis gelangt; auch andere Nachfragen waren mehr oder weniger ergebnislos geblieben …

Man musste schon ein sehr feines Gehör haben, um das

leise Knacken überhaupt zu vernehmen. Aber Morse war es nicht entgangen. Da hatte also wieder jemand versucht zu lauschen. In Morse' Kopf begann es zu arbeiten. Dieser Jemand musste vom Apparat im Vorzimmer aus mitgehört haben …

»Sind Sie noch da, Inspector? Ich habe zwei Nummern von Acum – die von seiner Schule und seine Privatnummer.«

»Geben Sie mir beide«, sagte Morse.

Nachdem er den Hörer aufgelegt hatte, dachte er weiter nach. Wenn Phillipson telefonieren wollte, dann wählte er eine 9, um eine Amtsleitung zu bekommen, und anschließend die von ihm gewünschte Nummer. Wenn jemand aber Phillipson anrufen wollte, ging das nur über das Vorzimmer. Würde er jetzt also seine Nummer wählen, dann würde abheben, wer sich gerade im Vorzimmer aufhält … Und das würde wohl kaum Mrs Webb sein. Bei einem Elternabend wurden ihre Dienste sicher nicht benötigt.

Morse wartete ein paar Minuten und rief dann an. Schon nach dem zweiten Klingeln wurde abgehoben.

»Hier Roger-Bacon-Gesamtschule.«

»Spreche ich mit dem Schulleiter?«, fragte Morse in unschuldigem Ton.

»Nein, Baines am Apparat. Vielleicht kann ich Ihnen auch behilflich sein?«

»Ah, Mr Baines. Guten Abend, Sir. Eigentlich wollte ich sowieso Sie sprechen. Ich, äh … ich würde mich gern mal mit Ihnen zusammensetzen, möglichst bald, wenn es Ihnen recht ist. Es geht immer noch um den Fall Taylor. Es gibt da einen oder zwei Punkte, zu denen Sie mir vielleicht etwas sagen könnten.«

Baines erklärte, ab Viertel vor zehn frei zu sein, und schlug vor, sich im *White Horse* zu treffen, in unmittelbarer Nähe der Schule. Er erledige immer alles gern so schnell wie möglich. Was du heute kannst besorgen …

Morse sprach sich selbst ein Lob aus. Es wäre vermutlich

noch etwas dicker ausgefallen, wenn er den tief besorgten Gesichtsausdruck gesehen hätte, mit dem Baines jetzt in seinen akademischen Talar schlüpfte. In der Aula warteten die Eltern auf ihn.

Morse überlegte, dass es keinen Zweck habe, vorher noch nach Hause zu fahren, und ging in die Kantine. Auf einem der Tische lag ein *Telegraph,* den jemand dort vergessen hatte. Er bestellte sich Würstchen mit Kartoffelbrei, nahm sich dann den *Telegraph* und suchte nach dem Kreuzworträtsel. Er sah auf die Uhr, notierte am Rand die Zeit und begann bei eins waagerecht. *Hält dem Gegrilltwerden nicht stand* (fünf Buchstaben). Morse grinste. BAINES passte nicht. Mit leisem Bedauern schrieb er: WURST.

Zurück im Büro, reckte er die Arme. Er fühlte sich in Topform. Nur siebeneinhalb Minuten für das Kreuzworträtsel. Ein neuer Rekord – allerdings war es auch ein bisschen leichter gewesen als die in der *Times.* Vielleicht ließ sich ja der Fall Taylor ganz leicht lösen, sobald man ihn nur unter dem richtigen Blickwinkel sah! Und wie hatte Baines gesagt? (Was du heute kannst besorgen ...) Er würde sich jetzt gleich noch einmal damit befassen, einen langen, kühlen, distanzierten Blick darauf werfen ... Es funktionierte nicht. Also doch wieder die alte Methode. Er setzte sich in seinen Sessel, schloss die Augen und ließ seinen Verstand eine Stunde lang auf Hochtouren arbeiten. Ideen hatte er genug – aber daran hatte es ihm noch nie gemangelt. Was ihm fehlte, war ein Muster, nach dem er sie ordnen konnte. Oder – um auf den Vergleich mit dem Puzzle zurückzukommen – ein oder zwei Teile passten hervorragend, aber die übrigen waren alle einfarbig, lauter hellblaue Fragmente, um einen schier endlosen, leeren Himmel zusammenzusetzen, an dem es weder eine Wolke noch einen Vogel gab, die einen Anhaltspunkt hätten bieten können.

Um neun tat ihm vom vielen Denken der Kopf weh. Es

hatte keinen Zweck, die Lösung ließ sich nicht erzwingen. Bei Kreuzworträtseln war es genauso. Irgendwann kam dann die Erleuchtung. Meistens jedenfalls.

Er griff nach dem Verzeichnis der Ortsvorwahlnummern und stellte fest, dass man in Caernarfon nur über das Fernamt anrufen konnte. Acum war selbst am Apparat. So knapp und präzise wie möglich erklärte Morse ihm den Grund für seinen Anruf, und Acum gab die üblichen Laute von sich, mit denen man dem anderen zu verstehen gibt, dass man noch da ist, zuhört und mitbekommt, worum es geht. Ja, natürlich könne er sich noch an Valerie erinnern und auch an den Tag, an dem sie verschwand. Doch, sogar ziemlich gut.

»War Ihnen klar, dass Sie einer der Letzten gewesen sind, die sie gesehen haben?«

»Das war ich wohl, ja.«

»Die Französischstunde bei Ihnen war ihre allerletzte Unterrichtsstunde.«

»Ja.«

»Ich erwähne das nur, weil ich Grund habe anzunehmen, dass Sie sie gebeten haben, nach dieser Stunde zu Ihnen zu kommen.«

»Ah – ja. Das ist, glaube ich, richtig.«

»Wissen Sie noch, warum?«

Acums Antwort ließ auf sich warten, und Morse hätte viel darum gegeben, ihm jetzt gegenüberzusitzen.

»Wenn ich mich recht entsinne, Inspector, hätte sie in der Woche darauf ihre Klausuren für die mittlere Reife schreiben sollen, und ihre Leistungen waren ziemlich miserabel. Ich hatte vor, ihr noch einmal ins Gewissen zu reden, obwohl es dafür eigentlich längst zu spät war.«

»Sie haben jetzt gerade gesagt, Sie hätten vorgehabt, ihr noch einmal ins Gewissen zu reden ...«

»Ja, das ist richtig. Es ist nicht dazu gekommen. Sie sagte, sie habe keine Zeit.«

»Hat sie gesagt, was sie vorhatte?«

Die Antwort kam prompt und nahm Morse allen Wind aus den Segeln: »Sie sagte, sie müsse noch zum Direktor.«

»Ah, ich verstehe.« Wieder ein Teil, von dem er nicht wusste, wo er es hinstecken sollte. »Nun, dann danke ich Ihnen, Mr Acum. Sie haben mir sehr geholfen. Ich hoffe, mein Anruf hat Sie nicht bei etwas Wichtigem gestört?«

»Nein, nein. Ich war gerade dabei, ein paar Hefte anzusehen.«

»Dann will ich Sie nicht länger aufhalten. Und nochmals vielen Dank.«

»Nichts zu danken. Wenn Sie noch eine Frage haben sollten, dann rufen Sie ruhig wieder an.«

»Vielen Dank für das Angebot. Ich werde gern darauf zurückkommen, falls das nötig sein sollte.«

Morse stützte niedergeschlagen den Kopf in die Hände und überlegte, ob er nicht das ganze verdammte Puzzle einfach auf den Kopf stellen und die monochromen Himmelsfragmente irgendwo unten hintun sollte. Hätte er es bloß gemacht wie Lewis und wäre früh nach Hause gegangen! Und was seine Überlegung anging, den Wald aus einigem Abstand zu betrachten … Blindlings hineingestolpert war er; kein Wunder, dass er gegen einen Baum nach dem anderen rannte. Und nicht einmal jetzt konnte er nach Hause gehen. Er hatte ja noch eine Verabredung.

Baines war schon da, als Morse kam, und stand auf, um ihm einen Drink zu holen. Die Lounge Bar war fast leer, und Baines hatte einen ruhigen Ecktisch für sie ausgesucht. Sie prosteten sich zu.

Morse versuchte, sich ein Bild von ihm zu machen. Sportsakko, graue Hose, das Haar schon ein bisschen gelichtet und ein kleiner Bauch; aber kein gemütlicher Mann, die kühlen Augen ließen ahnen, dass er, wenn es darauf ankam, vermutlich eine ganze Portion Härte und Rücksichtslosigkeit besaß. Als Schüler würde ich mich vor ihm in Acht nehmen, dachte

Morse. Baines sprach mit einem leichten nördlichen Akzent; beim Zuhören schien er die Angewohnheit zu haben, an seinem Nasenloch herumzuknibbeln. Irritierend.

Morse begann, ihn auszufragen. Wie liefen die Sportnachmittage gewöhnlich ab? Warum wurde die Anwesenheit nicht kontrolliert? Konnte es sein, dass Valerie zur Schule zurückgekehrt war, am Sport teilgenommen hatte und erst hinterher verschwunden war? Wie schafften es die Schüler eigentlich, sich vorm Sport zu drücken, ohne aufzufallen? Gab es eine Art Kabuff, wo sie sich versteckten, vielleicht heimlich rauchten?

Baines lächelte erfahren. Er könne den Schülern so manchen Tipp geben, wie man sich vorm Sport drücken könne. Schuld seien die Lehrer. Das sei schon damals so gewesen und sei heute nicht anders. Sportlehrer seien faule Hunde; manche zögen sich für den Unterricht nicht mal um. Und dann das Angebot: Fechten, Judo, Tischtennis, Leichtathletik, Schlagball. Für jeden eine andere Sportart – Überschrift *Schöpferische Selbstverwirklichung*. Vollkommener Schwachsinn. Überhaupt keine Kontrolle möglich! Kein Mensch wisse, welcher Schüler wann wo zu sein habe. Der neue Direktor habe, seit er im Amt sei, versucht, ein bisschen Ordnung in das Chaos zu bringen, aber na ja ... Es war deutlich, dass Phillipson nach Baines' Ansicht noch eine ganze Menge zu lernen hatte, bevor er einen guten Schulleiter abgeben würde. Aber um auf die Frage zurückzukommen, ob es da so eine Art speziellen Raum gebe, wo sich die Drückeberger träfen – neulich habe er ein halbes Dutzend im Heizungskeller entdeckt – qualmend. Aber im Grunde stehe ihnen ja an diesem Nachmittag die ganze Schule offen ... Manche gingen sicher auch nach Hause, viele äßen daheim zu Mittag und kämen danach gar nicht erst wieder. Er persönlich habe mit dem Sportnachmittag zum Glück nichts zu tun – er und Phillipson hätten dienstags ab Mittag frei. Dieser halbe Tag ohne dienstliche Verpflichtungen sei eine Idee des

Direktors gewesen. Allerdings strebe er an, ihn auch anderen Mitgliedern des Lehrkörpers zu ermöglichen – wenn es gehe, allen. Statt einer Freistunde hier, einer Freistunde da – alles *en bloc* an einem Vor- oder Nachmittag. Aber da sehe man mal wieder, dass er von manchen Dingen wirklich keine Ahnung habe. Offenbar mache er sich überhaupt nicht klar, vor was für schier unüberwindliche Probleme das denjenigen stelle, der den Stundenplan zu machen habe, nämlich ihn! Baines tippte sich mit dem Zeigefinger an die Brust.

Morse ließ ihn reden und horchte auf Zwischentöne. Ob der stellvertretende Direktor es seinem Chef Phillipson wohl persönlich verübelt hatte, dass dieser ihm vorgezogen worden war? Und wenn ja, war dann dies Gefühl noch virulent? Wartete Baines die ganze Zeit nur auf eine Gelegenheit, um es dem Sieger von damals heimzuzahlen? Vielleicht sollte er die Sache direkt ansprechen. Baines' Reaktion könnte aufschlussreich sein. Morse unterbrach den Redefluss seines Gegenübers. Er habe gehört, dass sich Baines ebenfalls um die Stelle des Direktors beworben habe … Baines nickte. Er habe damals Pech gehabt. Ein schiefes Lächeln. Übrigens nicht zum ersten Mal. Seiner Meinung nach gebe es dafür keine plausible Erklärung. Er traue es sich durchaus zu, eine Schule zu leiten. Ja, dachte Morse. Das stimmte wohl. Egoistisch und auf seinen Vorteil bedacht, aber ohne Zweifel jemand, der sich durchzusetzen verstand und dem man, was administrative Dinge anging, Kompetenz nicht abstreiten konnte. Was ihn vor allem an dem Amt gereizt haben musste, war sicher eine gewisse Macht, die sich damit verband. Aber nach den Fehlschlägen, was war aus den frustrierten Machtgelüsten geworden?

Bezog er stattdessen eine gehässige Befriedigung daraus, die Schwächen anderer ausfindig zu machen und sich hämisch die Hände zu reiben, wenn ihnen etwas misslang? Im Deutschen gab es ein Wort dafür: Schadenfreude. Falls Phillipson seinen Posten aus irgendeinem Grund aufgab, vielleicht aufgeben musste, würde dann Baines sein Nachfolger werden? Vermutlich ja. Und Baines würde das wissen. Aber würde er so weit gehen, aktiv etwas zu unternehmen, um Phillipson zu Fall zu bringen? Er sah Baines prüfend an. Der erzählte gerade eine sehr amüsante Anekdote aus dem Schulleben, und Morse war geneigt anzunehmen, dass er ihn doch zu negativ gesehen habe. Baines wirkte jetzt und hier so gar nicht wie jemand, der insgeheim finstere Pläne schmiedete.

»Haben Sie Valerie mal unterrichtet?«

Baines lachte. »Sie war ein Jahr lang meine Schülerin. In der fünften Klasse. Aber *unterrichtet* ist zu viel gesagt, sie konnte ein Trapez nicht von einem Trampolin unterscheiden.«

Morse musste ebenfalls lachen. Dann fragte er: »Mochten Sie sie?«

Es war eine einfache Frage. Wachsamkeit blitzte in Baines' Augen auf.

»Es war nichts gegen sie zu sagen.« Eine merkwürdig nichtssagende Antwort, und Baines versuchte, davon abzulenken, indem er weitere Beispiele für Valeries mangelnde schulische Fähigkeiten aus seiner Erinnerung hervorkramte und danach, als sich dazu beim besten Willen nichts mehr sagen ließ, übergangslos anfing zu erzählen, wie er einmal bei einer Geometriearbeit auf dreizehn verschiedene Schreibweisen für *Hypotenuse* gestoßen sei.

»Kennen Sie auch Mrs Taylor?«

»Wie? Ja, doch.« Baines stand auf und nahm ihre beiden Biergläser. Es sei an der Zeit, für etwas Nachschub zu sorgen. Morse spürte, dass er nur den Fragen ausweichen wollte, und hatte nicht übel Lust, ihm zu widersprechen, ließ es dann aber. Schließlich hatte er noch ein ziemlich heikles Anliegen.

Morse fand in dieser Nacht nicht viel Schlaf. In ununterbrochener Folge stiegen zusammenhanglose Bilder in ihm auf und ließen ihn nicht zur Ruhe kommen. Gequält wälzte er sich von einer Seite auf die andere. Um drei stand er auf und machte sich eine Tasse Tee. Zurück im Bett, das Licht war noch eingeschaltet, versuchte er, sich mit geschlossenen Augen auf einen imaginären Punkt vor seiner Nase zu konzentrieren. Das half. Das Bilderkarussell drehte sich langsamer, blieb schließlich stehen. Er schlief ein. Im Traum erschien ihm ein hinreißendes Mädchen, das, sich verführerisch in den Hüften wiegend, über ihn gebeugt stand und Knopf um Knopf ihrer tief ausgeschnittenen Bluse für ihn öffnete. Gerade wollte er die Hand ausstrecken, um den Reißverschluss an ihrem Rock herunterzuziehen, da hob sie die Hand ans Gesicht und streifte ihre Maske ab. Er blickte in das Gesicht von Valerie Taylor.

14

*Denn ich bin ein Mensch,
der Obrigkeit untertan*
Matthäus 8,9

Mit Morse zu arbeiten, war gar nicht so schlecht. Manchmal war er zwar ein bisschen merkwürdig – das kam vielleicht daher, dass er allein lebte, hätte schon längst heiraten sollen, das sagten die meisten –, aber alles in allem ließ es sich mit ihm auskommen. Sie hatten schon einmal zusammengearbeitet, und er hatte die Zeit damals in recht guter Erinnerung. Ab und zu war der Inspector auch völlig normal und benahm sich genau wie andere Leute. Das Problem mit ihm war, dass er sich nie mit einfachen Lösungen zufriedengab, und Lewis hatte genügend Erfahrung als Kriminalbeamter, um zu wissen, dass die meisten Straftaten ihren Ursprung in ganz einfachen – billigen und schäbigen – Motiven hatten und die wenigsten Verbrecher intelligent genug waren, um derartig raffiniert und fintenreich zu planen, wie Morse ihnen gewöhnlich unterstellte. Wenn Morse einen Fall bearbeitete, wurde dieser immer komplizierter, und die simpelsten Tatsachen veranlassten ihn zu endlosen abenteuerlichen Gedankenspielen. Aber dem Chef schien es bei aller Klugheit unmöglich zu sein, eins und eins zusammenzuzählen und als Ergebnis zwei zu erhalten. Die Briefe, die Valerie geschickt hatte, waren da ein Beispiel. Peters hatte doch gesagt, dass der erste fast sicher von ihr selbst geschrieben worden war. Warum ging er dann bei den Ermittlungen nicht von dieser Tatsache aus? Aber nein, Morse konnte nicht anders, als ihn für eine Fälschung zu halten. Und zwar einzig aus dem Grund, weil sich das besser mit irgendeinem seiner fantastischen Hirngespinste vertrug. Und dann der zweite Brief. Über den hatte Morse sich noch kaum geäußert; vielleicht waren ja Peters' Erläuterungen doch nicht ohne Eindruck auf ihn geblieben. Aber selbst wenn er es hinnehmen musste, dass Valerie Taylor die Briefe geschrieben hatte, würde er sich niemals mit einer so einfachen Tatsache abfinden wie der, dass ein Mädchen die Nase schlicht voll hatte von den Eltern und der Schule. Das wäre ihm alles viel zu leicht, keine Herausforderung mehr an seinen hochgezüchteten Verstand.

Lewis begann zu wünschen, er könnte ein paar Tage auf eigene Faust in London ermitteln. Er würde schon etwas finden. Ainley hatte ja wohl auch etwas gefunden – Morse behauptete das jedenfalls. Aber das war vielleicht auch wieder nur so eine von seinen Mutmaßungen. Beweise gab es dafür nicht. Eigentlich war es doch viel wahrscheinlicher, dass Ainleys Suche ergebnislos geblieben war. Das müsste wirklich schon ein Riesenzufall gewesen sein, wenn er ausgerechnet an *dem* Tag umkam, an dem er auf eine entscheidende Spur gestoßen sein sollte – nachdem er zwei Jahre lang vergeblich gesucht hatte! Aber wenn Morse erst mal in Fahrt war, gab es für ihn so etwas wie wahrscheinlich und unwahrscheinlich nicht mehr.

Er ging in die Kantine, um eine Tasse Tee zu trinken, und setzte sich zu Constable Dickson an den Tisch.

»Na, den Mord schon gelöst, Sarge?«

»Welchen Mord?«

Dickson grinste. »Du willst mir doch nicht weismachen, dass sie Morse mit einer Vermisstensache beauftragt hätten. Das glaubst du doch selber nicht. Komm schon, verrat mal, was habt ihr rausgekriegt?«

»Da gibt es nichts zu verraten«, sagte Lewis.

»Nun zier dich nicht so. Ich habe damals selbst mit dem Fall zu tun gehabt. War bei der Suche dabei. Wir haben die ganze Nachbarschaft umgekrempelt. Selbst das Reservoir haben wir uns vorgenommen.«

»Ich weiß. Aber ihre Leiche habt ihr nicht gefunden. Und ohne Leiche kein Mord – das solltest du inzwischen eigentlich kapiert haben, Dickson, mein Junge.«

»Ainley war auch der Meinung, dass sie ermordet worden ist, oder etwa nicht?«

»Na ja, man darf das als Möglichkeit natürlich nie ganz außer Acht lassen. Aber überleg doch mal selbst ...« Er beugte sich über den Tisch und sah den Constable eindringlich an. »Du bringst jemanden um. So weit, so gut. Jetzt stehst du da mit 'ner Leiche, und was nun? Mach mal 'nen Vorschlag.«

»Ach, da gibts doch tausend Möglichkeiten.«

»Ich höre.«

»Da ist erst mal das Reservoir.«

»Das scheidet aus. Du hast doch gerade selbst erzählt, dass ihr das abgesucht habt. Ohne Erfolg.«

Dickson machte eine wegwerfende Handbewegung. »Die Aktion war doch ein Witz. Kannste vergessen. So ein Riesending. Da hätte man schon unverschämtes Schwein haben müssen, um sie zu finden.«

»Fällt dir sonst noch was ein?«

»Aber klar. Der Heizkessel in der Schule, wo sie war. Wenn

jemand sie da reingesteckt hat, dann ist nicht viel von ihr übrig geblieben.«

»Der Heizungskeller ist immer abgeschlossen.«

»Dass ich nicht lache ... *Sollte* immer abgeschlossen sein, meinst du wohl. Und ob nun abgeschlossen oder nicht – irgendjemand muss ja einen Schlüssel haben.«

»Das überzeugt mich alles noch nicht sehr, Dickson.«

»Oder sie liegt unter der Erde. Da liegen Tote ja meistens.«

Er schien sich über seinen Witz königlich zu amüsieren. Lewis mochte sich das nicht mit ansehen und ging. In Morse' Büro setzte er sich und starrte auf den verwaisten Sessel des Chief Inspector; Morse konnte einen manchmal ganz schön auf die Palme bringen, aber ohne ihn machte es auch keinen Spaß ...

Er dachte an Ainley. Von den Briefen hatte er nichts mehr erfahren. Und wenn –? Hätte er dann seine Meinung geändert? Lewis runzelte die Stirn. Wieso interessierte sich Morse nicht mehr für sie? Das war doch eine Spur. Es wäre bestimmt sinnvoller, sich einmal in London umzusehen, als hier in Kidlington herumzusitzen. Da tönte Morse immer, sie seien ein Team und so, aber bei der täglichen Arbeit war davon nicht viel zu merken. Morse bestimmte ganz allein, was getan wurde. Dagegen war ja auch nichts einzuwenden, dafür war er der Chef. Aber ab und zu könnte er ihm schon etwas mehr freie Hand lassen. Zum Beispiel jetzt in Bezug auf London. Warum schlug er es ihm nicht einfach vor? Wenn er Valerie dann tatsächlich fand, so wäre das für Morse hoffentlich endlich eine Lehre. Lewis kam es nicht darauf an, als der Klügere dazustehen, aber der Chief Inspector konnte so verdammt stur und uneinsichtig sein, und wenn es ihm, Lewis, einmal gelänge, dem Chef zu beweisen, dass er sich auch irren konnte, vielleicht ließ er sich dann in Zukunft eher etwas sagen.

Er sah, dass Morse seine Notizen vom Vortag gefunden und offenbar auch gelesen hatte, und freute sich darüber. Der

Inspector musste, nachdem er sich mit den Taylors unterhalten hatte, noch einmal hier gewesen sein. Lewis' Mund verzog sich zu einem liebevollen Grienen. Die Gespräche gestern hatten ihn bestimmt wieder auf neue Ideen gebracht.

Das Telefon klingelte, und er nahm den Hörer ab. Es war Peters.

»Sie können Inspector Morse ausrichten, dass ich zum gleichen Ergebnis gekommen bin wie beim ersten Brief. Anderer Kuli, anderes Papier, anderer Umschlag, anderes Postamt – aber dasselbe Ergebnis.«

»Das heißt also, diese zweite Mitteilung stammt ebenfalls von Valerie Taylor?«

Pause. »Das ist eine unzulässige Interpretation. Ich habe gesagt, das Ergebnis sei dasselbe.«

Lewis seufzte heimlich. »Also die Wahrscheinlichkeit beträgt neunzig Prozent.«

Wieder eine Pause. »Ja, fast.«

Lewis bedankte sich und beschloss, die Information sofort an Morse weiterzuleiten. Dieser hatte ihm gesagt, dass er ihn, falls etwas Wichtiges sei, im Gericht erreichen könne. Und Peters war doch wohl wichtig, oder? Wenn er mit Morse sprach, konnte er ihm auch gleich seinen Vorschlag mit London unterbreiten. Am Telefon war so etwas manchmal leichter, als wenn man einander gegenübersaß.

Er erfuhr, dass Morse gerade im Zeugenstand sei; es könne aber nicht mehr allzu lange dauern. Man werde ihm ausrichten, dass er im Präsidium zurückrufen möge.

Morse meldete sich eine Stunde später. »Was ist los, Lewis? Haben Sie die Leiche gefunden?«

»Nein, das nicht, Sir, aber Peters hat das Ergebnis.«

»Na endlich – und?« Es klang neugierig. »Wie lautet diesmal das Urteil unseres Mr Neunmalklug?«

Lewis berichtete und war erstaunt, dass Morse es so ruhig aufnahm. »Vielen Dank, dass Sie mir Bescheid gegeben haben, Sergeant. Ich bin jetzt hier fertig, aber ich komme heute nicht mehr ins Büro. Letzte Nacht habe ich schlecht geschlafen und möchte mich etwas hinlegen. Passen Sie auf, dass inzwischen nichts wegkommt.«

Es schien Lewis, als habe der Inspector endgültig das Interesse verloren. Erst hatte er versucht, das Ganze zu einem Mordfall aufzubauschen, und jetzt, wo er sah, dass er damit nicht durchkam, verzog er sich ins Bett. Aber in dieser Situation war es ihm vielleicht egal, was sein Sergeant machte. Dann konnte es unter Umständen doch noch klappen mit London.

Er fasste sich ein Herz. »Ich habe auch ein bisschen über den Fall nachgedacht, Sir. Wäre es nicht eine gute Idee, wenn ich nach London führe und mich dort mal umsehen und ein paar Erkundigungen ...«

Morse unterbrach ihn unfreundlich: »Was reden Sie da, Mann? Wenn Ihnen daran liegt, weiter mit mir zusammenzuarbeiten, dann wird es Zeit für Sie, endlich zu begreifen, dass es völlig unsinnig ist, nach Valerie Taylor zu suchen – in London oder sonst wo. Das Mädchen ist tot. Wann geht das endlich in Ihren dicken Schädel?« Er legte auf, ohne sich zu verabschieden.

Lewis verließ das Büro und knallte die Tür hinter sich zu. Er brauchte jetzt einen Kaffee. In der Kantine saß Dickson. Man hätte meinen können, er lebe hier.

»Na, den Mord gelöst, Sarge?«

»Nein. Und auch nicht der verdammte Inspector Morse.« Er setzte sich allein an einen der hinteren Tische und rührte mit genau dosierter Wut in seiner Tasse.

15

*Es ist doch seltsam,
Sam, dass die Leute die ganze Woche
über in Unfrieden miteinander leben,
bloß weil sie sonntags getrennte Wege gehen*
George Farquhar

Der kurze, strahlende Altweibersommer ging zu Ende. Am Freitag wurde für das Wochenende unbeständiges und wechselhaftes Wetter vorhergesagt, mit starkem Wind und einzelnen schauerartigen Niederschlägen. Der Samstag war merklich kühler, und von Westen her zogen dunkle Wolken über Nord-Oxfordshire auf. Der Fernsehmeteorologe zeigte der Nation nach den Spätnachrichten mit düsterem Gesichtsausdruck eine Karte, auf der die Britischen Inseln unter den dicht nebeneinanderliegenden konzentrischen Isobaren, deren Zentrum irgendwo bei Birmingham lag, nahezu verschwanden. In drohendem Ton sprach er von einem beweglichen Frontensystem mit den dazugehörigen Tiefausläufern. Der Sonntag begann unfreundlich und nasskalt, aber der angedrohte Sturm mit heftigen Regenfällen ließ noch auf sich warten. Es war, als halte die Natur den Atem an; morgens um neun herrschte eine seltsam gedämpfte Stimmung, und die wenigen Menschen auf den Straßen schienen sich wie in einem Stummfilm zu bewegen.

Vom Carfax, der großen Kreuzung im Herzen Oxfords, verläuft in westlicher Richtung die Queen Street, die später Park End Street heißt. Links ab davon, direkt gegenüber dem Bahnhof, liegt die Kempis Street, eine kleine, unscheinbare Straße, die auf beiden Seiten von altmodischen Reihenhäusern gesäumt wird. An diesem Morgen tritt um fünf nach neun ein Mann aus einem der Häuser und geht die Straße hinunter zu seiner Garage. Er öffnet das Tor, dessen grüner Anstrich schon lange verblichen ist, und steigt in einen Wagen von mattdunkler Farbe. Seine einstmals glänzenden Chromteile sind im Laufe der Jahre durch Rost unansehnlich geworden; ein neues Auto ist längst überfällig. Am fehlenden Geld liegt es nicht, dass er die Anschaffung immer wieder verschiebt. Er setzt rückwärts hinaus, fährt Richtung Zentrum, dann die St. Giles Street entlang. An der Gabelung hält er sich links und nimmt die Woodstock Road. Die Banbury Road wäre direkter und auch ein bisschen schneller, aber er hat seine Gründe, sie zu meiden. Wo die Woodstock Road auf die große Umgehungsstraße trifft, wendet er sich nach rechts und folgt ihr bis zum Kreisverkehr oberhalb der Banbury Road. Hier biegt er gleich bei der ersten Ausfahrt nach links. Er erhöht seine Geschwindigkeit, jedoch auf nicht mehr als moderate fünfundvierzig Meilen pro Stunde, lässt Oxford hinter sich und gelangt auf einer sanft abfallenden Straße nach Kidlington. Er parkt das Auto ein paar Minuten Fußweg von der Roger-Bacon-Schule entfernt in einer Seitenstraße und hofft, dass es dort niemandem auffällt. Es ist eine merkwürdige, um nicht zu sagen, befremdliche Entscheidung. Mit schnellen Schritten, den Hut tief in die Stirn gedrückt und mit hochgezogenen Schultern, so als wolle er am liebsten ganz in seinem schweren Mantel verschwinden, hastet er die Auffahrt zur Schule hinauf, vorbei an der aus Fertigteilen erstellten Baracke des Bauleiters, der die anscheinend nie mehr endenden Umbau- und Erweiterungsmaßnahmen am Schulkomplex beaufsichtigt, und schleicht sich verstohlen zwischen den zahlreichen teils permanenten, teils provisorischen Pavillons hindurch, in denen Schüler aller Altersklassen in die Geheimnisse der Natur- und Geisteswissenschaften eingeweiht werden. Die offen daliegende Fläche lässt ihn einen Moment zögern, wachsam sieht er erst nach rechts und links, bevor er eilig auf das niedrige Hauptgebäude zugeht. Der Eingang ist heute natürlich nicht offen, aber er hat einen Schlüssel. Drinnen herrscht ungewohnte Stille. Seine Schritte hallen auf dem gebohnerten Parkett; der Wachsgeruch ruft auch jetzt wieder Erinnerungen an seine Kindheit in ihm wach. Bevor er die Treppe zum ersten Stockwerk hinaufgeht, wirft er noch einen Blick über die Schulter. Mrs Webbs Zimmer ist ebenfalls abgesperrt, doch hat er auch für diese Tür einen Schlüssel. Sofort nachdem er den kleinen Raum betreten hat, schließt er hinter sich ab. Die Tür zum Büro des Direktors – abgeschlossen, doch er hat den passenden Schlüssel schon in der Hand und auch gleich den für den Aktenschrank. Als er davorsteht, empfindet er auf einmal so etwas wie Angst. Auch wenn dazu kein Anlass besteht. Er gibt sich einen Ruck und schließt auf, entnimmt dem Schrank einen Ordner mit der Aufschrift *Einstellungen/Lehrkörper,* blättert ihn hastig durch, stellt ihn dann zurück, greift nach einem zweiten, einem dritten Ordner. Endlich hat er gefunden, wonach er sucht. Ein Blatt Papier, das er vorher noch nie gesehen hat, obwohl, was darauf steht, keine Überraschung für ihn ist. Etwas Ähnliches hat er erwartet. Im Vorzimmer schaltet er den Kopierer an; er braucht eine Weile, bis er warm gelaufen ist. Die zwei Kopien dauern nur wenige Sekunden. Man hat ihn zwar nur um eine gebeten … Sorgfältig legt er das Original zurück, stellt den Ordner wieder an seinen Platz, verschließt den Aktenschrank, sperrt auch das Büro wieder hinter sich ab. Die Tür zum Flur muss er erst aufschließen, er tritt hinaus, schließt wieder ab. Dasselbe wiederholt sich an der Eingangstür. Er überquert den Schulhof fast im Laufschritt; erst als er das Schulgebäude hinter sich hat, atmet er auf. Er hat Glück gehabt. Niemand hat ihn beobachtet. Ein Mann steht auf dem Bürgersteig neben seinem Auto. Doch als er ihn näher kommen sieht, zieht der Mann seinen Hund schuldbewusst weiter – das kleine weiße Tier muss die Erledigung seines Geschäfts noch ein bisschen verschieben.

Sheila Phillipson ist an diesem Morgen im Garten und sammelt die über Nacht von den Bäumen gefallenen Äpfel auf. Der Rasen müsste auch mal wieder gemäht werden; an einigen Stellen ist das Gras stark in die Höhe geschossen und hebt sich als unregelmäßiger dunkelgrüner Kamm von der übrigen Fläche ab. Für heute ist Regen angekündigt, da ist es wohl besser, sie sagt Donald Bescheid, damit er gleich anfängt. Oder soll sie ihn lieber in Ruhe lassen? Er ist in der vergangenen Woche so reizbar und verschlossen gewesen, bestimmt wegen dieser Sache mit dem Mädchen. Aber eigentlich sieht es ihm gar nicht ähnlich, sich von einem Problem so niederdrücken zu lassen. Wenn sie an die vielen großen und kleinen Schwierigkeiten denkt, mit denen er in der ersten Zeit an der Schule zu kämpfen hatte … Der Schwung und das Selbstvertrauen, mit denen er sie angepackt und gemeistert hat, haben selbst sie überrascht. Nein, das Mädchen allein kann es nicht sein; es muss noch etwas anderes dahinterstecken.

Bevor sie mit dem gefüllten Korb am Arm wieder hineingeht, bleibt sie noch einen Moment stehen und lässt ihren Blick wandern: zu dem hohen Zaun, der sie gegen die Außenwelt abschirmt und ihnen ungestörte Privatheit sichert, über die Sträucher und Büsche, deren vielfältige Schattierungen zu einem harmonischen Hintergrund von intensivem Grün verschmelzen. Sie erlebt diese Vollkommenheit manchmal fast schmerzlich. Und dicht daneben liegt die Angst, dies alles könne ihnen wieder genommen werden, könne eines Tages verloren gehen. Während sie noch immer unter dem Apfelbaum steht, dessen Zweige von der Fülle der Früchte nach unten gezogen werden, bekommt ihr Gesicht auf einmal einen Ausdruck von Entschlossenheit, fast Härte. Nein, dies alles gehört ihr und ihrer Familie, und sie wird es nicht wieder hergeben.

Donald kommt aus dem Haus, stellt sich neben sie und meint nach einem Blick in die Runde, dass es höchste Zeit sei, wieder einmal den Rasen zu mähen. Gott sei Dank! Die

Aussicht auf Apfelkuchen zum Kaffee stimmt ihn fröhlich, und gut gelaunt gibt er ihr einen Kuss auf die Wange. Ihr scheint auf einmal, als habe sie sich umsonst Gedanken gemacht.

Kurz vor Mittag, der Braten und der Auflauf sind im Ofen, steht sie am Küchentisch und putzt das Gemüse. Ab und zu wirft sie einen Blick nach draußen, wo Donald beim Mähen ist. Seine Bahnen sind unregelmäßiger als sonst, denkt sie und läuft im nächsten Augenblick zum Fenster, schlägt außer sich mit der flachen Hand gegen die Scheibe: »Um Gottes willen, Donald …!« Um ein Haar hätte er mit dem Messer des Rasenmähers das elektrische Kabel durchtrennt. Gerade kürzlich erst hat sie von einem Jungen gelesen, dem das passiert ist – er war sofort tot.

Der Sekretärin des Lehrstuhls für Französisch am Lonsdale College passt es gar nicht, dass sie an einem Sonntagmorgen ins Büro muss. Bloß wegen dieses Kongresses! Sie findet, die nähmen jetzt allmählich überhand – eine Ansicht, mit der sie nicht allein steht. Und insbesondere der heute beginnenden Tagung steht sie skeptisch gegenüber. Sie hält es für sinnlos, über *Verbesserungen des Französischunterrichts an weiterführenden Schulen* zu diskutieren; die notorische Unfähigkeit englischer Kinder, eine Fremdsprache zu lernen, wird sich ohnehin nicht beheben lassen. Obwohl sie – wie immer vor Beginn des Herbsttrimesters – in der letzten Woche besonders viel zu tun gehabt hat, liegt fast alles schon fertig vorbereitet da: die Liste der Teilnehmer, eine kurze Charakteristik ihrer Schulen, die Programme, in denen jeder nachlesen kann, was für die nächsten zwei Tage geplant ist, die Teilnahmebescheinigungen sowie die Speisekarten für das Bankett heute Abend. Nur die Namensschilder fehlen noch. Sie setzt sich an die Schreibmaschine, schaltet das Farbband auf Rot und beginnt zu tippen. Die Arbeit ist schnell erledigt, und sie geht daran, die einzelnen Namen auszuschneiden und die rechteckigen Schildchen in kleine Plexiglashalter zu schieben. MR J. ABBOTT, The Royal Grammar School, Chelmsford; MISS P. ACKROYD, High Wycombe Technical College; MR D. ACUM, City of Caernarfon School ... und so weiter.

Gegen Mittag ist sie fertig und trägt alles hinunter in den großen Sitzungssaal. Der Kongress soll heute Abend um halb sieben beginnen. Sie wird zu Anfang dabei sein und, an einem Tisch neben dem Eingang sitzend, die Teilnehmer begrüßen. Es ist eine Aufgabe, die sie gern übernimmt und für die sie sich jedes Mal sorgfältig vorher zurechtmacht. Ihr Namensschild trägt den Zusatz *Lonsdale College,* was ja auch in gewisser Weise stimmt.

Seit der über die Chilterns geführte Abschnitt der M40 eröffnet worden ist, ist die Strecke nach London noch kürzer, und Morse ist schon vor vier nachmittags wieder zurück in Oxford. Die Fahrt hat sich gelohnt. Lewis hat recht gehabt, ein oder zwei Dinge ließen sich nur an Ort und Stelle klären. In seinem Büro im Präsidium wartet ein Umschlag auf ihn, zur Sicherheit noch mit Klebestreifen verschlossen. CHIEF INSPECTOR MORSE – PERSÖNLICH. Er öffnet ihn, zieht ein einzelnes Blatt heraus, überfliegt es und nickt – die Teile des Puzzles beginnen, sich zusammenzufügen. Er lässt sich vom Fernamt mit Acums Anschluss in Caernarfon verbinden.

»Ja?« Die Stimme einer Frau.
»Mrs Acum?«
»Ja.«
»Ich hätte gern Ihren Mann gesprochen.«
»Der ist leider nicht da.«
»Kann ich später noch mal anrufen?«
»Das hat wenig Sinn. Er ist auf einer Tagung.«
»Ah so. Und wann erwarten Sie ihn zurück?«
»Dienstagabend – aber wohl erst ziemlich spät.«
»Hm.«

»Soll ich ihm etwas ausrichten?«

»Äh ... nein. Es ist nicht so wichtig. Ich rufe dann im Laufe der Woche noch einmal an.«

»Es würde mir nichts ausmachen ...«

»Nein, nicht nötig. Und vielen Dank. Tut mir leid, dass ich Sie belästigen musste.«

»Das macht nichts.«

Morse legt den Hörer auf und zuckt die Achseln. Wie er eben gerade Mrs Acum erklärt hat, es ist nicht so wichtig.

Baines ist kein Mann der regelmäßigen Gewohnheiten und hat keine festen Vorlieben. Manchmal trinkt er Bier und manchmal Guinness. Bisweilen, wenn der Tag unangenehm gewesen ist, bestellt er Whisky. Er frequentiert sowohl die Lounge als auch die *Public Bar*, mal geht er ins Bahnhofshotel, mal ins *Royal Oxford* – beide sind gleich bei ihm um die Ecke. Es kommt auch vor, dass er zu Hause bleibt.

Heute Abend braucht er einen Whisky. Er sitzt in der Lounge des Bahnhofshotels, einem Ort, mit dem sich für ihn eine ganz spezielle Erinnerung verbindet. Der Raum ist nicht besonders groß, und häufig macht er sich einen Spaß daraus, den Gesprächen an den Nebentischen zuzuhören; aber heute steht ihm danach nicht der Sinn. Er ist – nein, nicht beunruhigt, das wäre ein zu starkes Wort –, er ist angespannt. Diesen Morse sollte man nicht unterschätzen.

Die Mehrzahl der Gäste wartet auf den Zug nach London – gut gekleidete Männer, offenbar wohlhabend. Sind sie weg, kommen die, die den Zug verpasst haben und sich für die Nacht ein Zimmer nehmen. Baines beobachtet sie jedes Mal mit Neid – unbekümmert, gewandt, mit einem dicken Spesenkonto und einem unerschöpflichen Vorrat pikanter Anekdoten. Gelegentlich ist einer darunter, der den Zug mit Absicht hat fahren lassen und dann ans Telefon geht, um seiner Frau zu Hause irgendeine Geschichte zu erzählen.

Die Chance, Phillipson an jenem Abend hier wiederzusehen, ist eins zu tausend gewesen. Phillipson, einer der fünf Mitbewerber! Kurz nach halb neun ist er hereingekommen – mit *ihr* am Arm. Keiner von beiden hat ihn bemerkt. Phillipson hat das Rennen gemacht. Ausgerechnet. Und *er* hat von da an sein schmutziges kleines Geheimnis gehabt.

Phillipson, Baines, Acum – Direktor, stellvertretender Direktor, ehemaliger Lehrer an der Roger-Bacon-Gesamtschule. Und während draußen der Wind heult und der Regen gegen die Scheiben klatscht und sie sich ruhelos in dieser Sonntagnacht im Bett wälzen, denken alle drei an Valerie Taylor. Irgendwann überkommt jeden von ihnen der Schlaf, aber ein Schlaf mit unruhigen, ja bedrohlichen Träumen. Phillipson, Baines, Acum. Morgen Nacht wird einer der drei einen langen und ungestörten Schlaf finden; denn morgen Nacht zur selben Zeit wird einer der drei tot sein.

16

*Erfahren wollen sie die Geheimnisse des Hauses
und dafür gefürchtet werden*
Juvenal, 3. Satire, 113

Morse wachte Montag früh gegen halb acht frisch und munter auf und schaltete Radio Oxford ein. Der Sturm der vergangenen Nacht hatte entwurzelte Bäume, überflutete Keller und – vor allem in der ländlichen Umgebung Oxfords – zerstörte Nebengebäude zurückgelassen, die zum Teil wie Streichholzschachteln zusammengedrückt worden waren. Beim Waschen und Rasieren pfiff er fröhlich vor sich hin. Zum ersten Mal, seit er den Fall übernommen hatte, fühlte er so etwas wie Zuversicht. Er sah die Dinge jetzt entschieden deutlicher. Natürlich blieben noch eine Menge Kleinigkeiten zu klären, aber der Tag gestern hatte ihm einen Durchbruch gebracht. Sobald er ins Büro kam, würde er sich gleich als Erstes bei Lewis dafür entschuldigen, dass er ihn so angeraunzt hatte. Lewis würde dafür Verständnis haben. Er fuhr den Lancia aus der Garage und stieg aus, um das Tor hinter sich abzuschließen. Irgendwann gegen Morgen hatte es zu regnen aufgehört, und alles sah blank und wie neu aus. Er atmete tief ein und genoss es zu spüren, dass er lebte.

Im Büro angekommen, rief er sofort Lewis zu sich. Während er auf ihn wartete, räumte er ein bisschen auf seinem Schreibtisch auf und linste unerlaubterweise schon mal in das Kreuzworträtsel, eins waagerecht: *Kurve, die die Kurve nicht kriegt* – sieben Buchstaben. Na, das war ja nun wirklich kinderleicht. Heute schien sein Glückstag zu sein.

Lewis begrüßte ihn mit vorsichtiger Zurückhaltung. Seit dem unerfreulichen Telefongespräch letzte Woche hatte er nichts mehr von Morse gehört. Er wusste nicht, was er in der Zwischenzeit gemacht hatte, war allerdings auch nicht besonders scharf darauf, es zu erfahren.

»Lewis, es tut mir leid, dass ich am Freitag so ausfallend geworden bin«, begann Morse. »Ich weiß, dass Sie so etwas nicht krummnehmen, aber ich mir selbst dafür hinterher umso mehr.«

Eine neue Taktik, sieh mal an, dachte Lewis.

»Ich möchte Sie hiermit in aller Form um Entschuldigung bitten. Ich weiß selbst nicht, was da mit mir los war; so etwas ist sonst gar nicht meine Art.«

Da dies eine Feststellung zu sein schien, sagte Lewis nichts dazu.

»Und schließlich«, fuhr Morse fort, »wie ich immer sage, Sie und ich, wir sind ein Team, und da haben Sie natürlich auch das Recht, ab und zu mal ein Wörtchen mitzureden ...« Lewis vernahm die Worte mit Verblüffung, merkte aber, wie es ihm trotz eines gewissen Zweifels von Minute zu Minute besser ging. »Um es kurz zu machen, Lewis, Sie hatten recht, und ich hatte unrecht. Ich hätte gleich auf Sie hören sollen ...« Lewis fühlte sich wie jemand, der erfährt, er habe mit Auszeichnung bestanden, ohne bis dahin gewusst zu haben, dass er überhaupt eine Prüfung gemacht hat.

»Aber«, hob Morse erneut an, »zum Glück hatte ich ja jetzt übers Wochenende Zeit, in Ruhe noch einmal über alles nachzudenken und die Dinge mit ein bisschen mehr Abstand zu betrachten; und ich glaube«, seine Stimme klang auf einmal um mindestens eine Oktave tiefer, »dass ich jetzt allmählich dahinterkomme, was wirklich geschehen ist.«

Lewis machte mit feinem Gespür bei Morse erneut erste Anzeichen von Selbstüberschätzung aus und versuchte, ihn wieder auf den Teppich zu bringen. Vielleicht war es ja noch rechtzeitig. »Peters hat inzwischen einen schriftlichen Bericht geschickt, Sir – wegen des zweiten Briefs. Ich hatte Ihnen am Freitag das Ergebnis schon vorweg am Telefon gesagt.«

Die Bemerkung schien keinerlei dämpfende Wirkung auf Morse zu haben, eher im Gegenteil. »Den Bericht können Sie vergessen, Lewis. Hören Sie lieber zu, was ich Ihnen zu sagen habe.« Er lehnte sich in seinem Sessel zurück und begann mit einer umfassenden Analyse des Falls Taylor. Lewis lauschte ihm, hin- und hergerissen zwischen Staunen und Verzweiflung.

»Die Person, die mir die ganze Zeit über am meisten Kopfzerbrechen bereitet hat, war Phillipson. Warum? Weil von Anfang an zu erkennen war, dass er etwas zu verbergen hatte. Warum hätte er sich sonst die Mühe machen sollen, mich anzulügen?«

»Dass er am Nachmittag des 10. Juni bei Blackwell war, stimmte aber«, warf Lewis ein.

»Ja, aber dieser Nachmittag, an dem Valerie verschwand, ist relativ unwichtig. Es war ein Fehler, dass wir uns so darauf konzentriert haben. Wir hätten uns lieber für das interessieren sollen, was vorher war, und hätten ihre Vergangenheit durchleuchten müssen, um *das* Ereignis, *die* Begegnung oder was

auch immer aufzuspüren, aus dem sich alles, was später passiert ist, entwickelt hat. Dieses eine Moment ist gleichsam der Schlüssel, Lewis – er lässt sich ohne Widerstand ins Schloss einführen und schließt problemlos. Die Tür öffnet sich …
Kümmern wir uns also vorerst nicht mehr darum, wer Valerie wann zuletzt gesehen hat und von welcher Farbe das Höschen war, das sie am 10. Juni trug. Gehen wir mit unseren Nachforschungen hinter diesen Tag zurück.«

»Und Sie denken, Sie haben den äh … Schlüssel gefunden?«

Morse wurde auf einmal sehr ernst. »Ja, ich halte es jedenfalls für sehr wahrscheinlich. Und er hat mir, wie ich glaube, geholfen, den Angelpunkt dieses Falles zu erkennen: Macht. Irgendwo im Hintergrund gibt es jemanden, der einen andern mit irgendetwas in der Hand hat und unter Druck setzt.«

»Sie meinen, Erpressung?«

Morse antwortete nicht gleich. »Ich bin mir noch nicht sicher, ob man es wirklich so nennen kann, aber möglich ist es schon.«

»Und Sie halten Phillipson für das Opfer?«

»Einen Schritt nach dem andern, Lewis! Versuchen wir, uns erst einmal klarzumachen, wie so eine Konstellation überhaupt entstehen kann. Stellen Sie sich vor, Sie haben etwas getan, was nicht ganz koscher ist. Sie sind damit durchgekommen; niemand weiß etwas – bis auf diese eine Person. Nun zu Ihrem Delikt. Sie haben also – sagen wir mal – einen Zeugen bestochen oder Beweise manipuliert, irgendetwas in der Richtung. So weit einverstanden? Gut. Wenn die Geschichte herauskäme, müssten Sie mit Ihrer Entlassung rechnen und außerdem mit einem Gerichtsverfahren. Ihr Leben wäre ruiniert und das Ihrer Familie dazu. Sie würden also vermutlich eine ganze Menge tun, dass niemand etwas davon erfährt. Jetzt nehmen Sie einmal an, ich sei derjenige, der von der Sache Wind bekommen hat …«

»Da hätten Sie mich ganz schön an den …«

»Ja, in der Tat. Und mehr, als Sie vielleicht ahnen. Ich

könnte jetzt ohne Weiteres irgendwelche krummen Dinger drehen und Sie zwingen, mir beim Vertuschen zu helfen. Das wäre zwar für Sie gefährlich, aber Sie kommen nicht umhin zu akzeptieren, was ich Ihnen vorschlage. Ich wäre also Ursache, dass sich Ihre ohnehin unangenehme Situation weiter verschlimmert, indem ich Ihnen keine Wahl lasse, als Ihrem ersten Vergehen noch ein weiteres hinzuzufügen – für mich. Von nun an sind unser beider Geschicke untrennbar miteinander verbunden; jeder Versuch, den anderen zu verraten, würde bedeuten, sich selbst ans Messer zu liefern.«

Lewis nickte höflich. Morse' Ausführungen begannen, ihn zu langweilen.

»Kehren wir zurück zu unserem ersten Mann – dem, mit dessen Vergehen die Geschichte ihren Anfang genommen hat. So ein kleiner Schritt vom Wege, Lewis, das geht sehr schnell. Da muss einer kein notorischer Krimineller sein. Was er sich hat zuschulden kommen lassen, ist möglicherweise eine Bagatelle, vielleicht nicht einmal strafrechtlich von Belang, aber gerade weil unser Mann kein Verbrecher ist, fürchtet er sich davor, dass etwas herauskommt – weil er sich schämt.«

»Wie wenn einer im Supermarkt ein Päckchen Zucker hat mitgehen lassen ...« Morse lachte.

»Sie denken natürlich gleich an das Allerschlimmste. Im siebten Kreis von Dantes Hölle finden sich neben den Verrätern, den Massenmördern und den Kinderschändern bestimmt auch die Zuckerdiebe.« Er beugte sich vor. »Sie sind ja schon auf dem richtigen Weg, Lewis, aber es wäre sehr nützlich, wenn Sie sich vielleicht dazu bereitfinden könnten, sich auf eine noch tiefere Stufe menschlicher – oder besser männlicher – Schwäche und Unvollkommenheit zu begeben, rein gedanklich natürlich.«

»Denken Sie an so etwas wie ein außereheliches Verhältnis, Sir?«

»Mein Gott, Lewis, ich bewundere, wie delikat Sie zu formulieren verstehen. Ein außereheliches Verhältnis – ja, ganz genau. Mit einem knackigen jungen Ding ins Bett – Ehe, Familie, Beruf, alles ist vergessen; das Einzige, was zählt, ist der Schwanz. Während die brave Frau zu Hause die Socken wäscht und die Hemden bügelt. In Ihren Worten eben, Lewis, da klang das so harmlos und ungefährlich, so ordentlich, fast wohlanständig, so wie ›einen über den Durst trinken‹. Und vielleicht ist es oft auch tatsächlich harmlos. Einmal schnell rein und wieder raus, danach ein paar Gewissensbisse beim Gedanken an die Frau zu Hause, einige Tage etwas Angst, und dann ist auch schon alles vergessen. Man hat sich hinreißen lassen und beschließt, dass so etwas in Zukunft nicht mehr vorkommen wird. Nur, Lewis, was ist, wenn jemand etwas mitbekommen hat?«

»Das wäre schrecklich, Sir.« Es schien ihm so aus tiefstem Herzen zu kommen, dass Morse ihn überrascht ansah.

»Haben Sie mal …?«

Lewis neigte leicht den Kopf und lächelte versonnen. Wie lange er daran schon nicht mehr gedacht hatte … »Ich traue mich nicht, es Ihnen zu erzählen, Sir. Ich will doch nicht, dass Sie mich rausschmeißen.«

Das Telefon klingelte. Morse hob ab. »Wie? Ja, gut … gut … sehr gut …« Er legte auf. Seine einsilbigen Äußerungen waren für Lewis nicht sehr erhellend gewesen, und so fragte er den Chief Inspector, mit wem er gesprochen habe. »Dazu komme ich gleich, Sergeant. – Wo war ich eben stehen geblieben? Ah ja, ich weiß schon. Was ich noch sagen wollte, war Folgendes: Ich habe seit Langem den Verdacht, und Ihr halbes Eingeständnis – ich hoffe, ich trete Ihnen damit nicht zu nahe – hat mich darin bestärkt, dass Ehebruch noch sehr viel häufiger ist, als selbst unsere streitbaren öffentlichen Moralapostel gemeinhin behaupten. Man erfährt doch sowieso immer nur von den paar Unglücklichen, die in flagranti erwischt werden. Die Mehrzahl kommt ungeschoren davon.«

»Ich sehe nicht ganz, worauf Sie eigentlich hinauswollen, Sir.«

»Ganz einfach.« Morse holte tief Luft und musste sich bemühen, es nicht allzu dramatisch klingen zu lassen. »Ich bin zu der Überzeugung gelangt, dass Phillipson Ehebruch begangen hat – und zwar mit Valerie Taylor.«

Lewis pfiff leise durch die Zähne. Es brauchte einen Moment, bis er die Mitteilung verdaut hatte, dann fragte er: »Wie sind Sie darauf gekommen, Sir?«

»Durch mehrere Kleinigkeiten, und weil es das Einzige ist, was Sinn macht.«

»Ich kann das einfach nicht glauben, Sir. Es gibt da so eine Redensart. Ich bitte um Verzeihung, sie ist vielleicht etwas drastisch: *Man scheißt nicht auf seine eigene Türschwelle.* Sich mit Valerie Taylor einzulassen, wäre für ihn doch viel zu riskant gewesen! Er der Direktor und sie eine Schülerin! Also das kann ich mir nicht vorstellen. So etwas täte nur ein Verrückter.«

»Nein, nein, verrückt ist er nicht«, bestätigte Morse. »Aber wie ich Ihnen schon zu Anfang sagte, wir müssen, um verstehen zu können, was passiert ist, in die Vergangenheit zurückgehen, zum Beispiel in die Zeit, ehe er Direktor wurde.«

»Aber da hat er sie noch gar nicht gekannt! Er hat doch vorher in Surrey gelebt.«

»Schon richtig. Aber einem Amtsantritt geht in der Regel ein Vorstellungsgespräch voraus. Er muss also mindestens einmal schon vorher hier gewesen sein. Und wenn sich da zwischen den beiden etwas abgespielt hätte, nun, dann könnte gar keine Rede mehr davon sein, dass er – um bei Ihrer so anschaulichen Redensart zu bleiben – auf seine eigene Türschwelle geschissen hätte, oder?«

»Aber Sie können doch so etwas nicht einfach behaupten. Haben Sie denn für all das überhaupt irgendwelche Beweise?«

Morse zog den Kopf etwas ein. »Ja. Wir brauchen schon so etwas wie Beweise. Aber diese Frage möchte ich noch zurückstellen. Was mich im Augenblick viel mehr interessiert, ist, ob es stimmt. Und ich glaube, dass uns bei unserem jetzigen

Wissensstand gar nichts anderes übrig bleibt, als davon auszugehen, dass es das tut. Die Beweise werden sich schon noch finden. Da bin ich mir sehr sicher. Wenn ich es für nötig halte, kann ich Phillipson jederzeit dazu bringen, den Mund aufzumachen; und ich denke, dass es noch ein oder zwei andere Personen gibt, die uns eine Menge erzählen könnten – wenn sie wollten.«

»Das heißt also, das alles sind nichts als Mutmaßungen?«

»Das finde ich ein bisschen hart ausgedrückt«, sagte Morse. »Es existieren durchaus ein oder zwei Hinweise.«

»Und welche?«

»Na, zunächst mal ganz klar Phillipsons Verhalten. Sie wissen doch genauso wie ich, dass der Kerl etwas verheimlicht.« Wie gewöhnlich, wenn er der Tragfähigkeit seiner Argumente nicht so ganz traute, plusterte Morse sich auf. »Allein schon die Art, wie er über sie spricht – als ob er sie nur vom Hörensagen kennen würde. Wahrscheinlich versucht er, sich innerlich von ihr zu distanzieren, die Geschichte möglichst weit wegzuschieben, denn natürlich hat er ein mordsschlechtes Gewissen deswegen.« Lewis schien das alles nicht überzeugend zu finden, und Morse sah ein, dass es wenig Sinn hatte, seine Überlegungen in dieser Richtung noch weiter auszuführen. »Und dann, nicht zu vergessen, ist da Maguire und seine auffallende Reaktion bei unserem Gespräch, als der Name Phillipson fiel. – Ich habe gestern noch ein zweites Mal mit ihm geredet«, fügte er schnell hinzu.

Lewis sah ihn verblüfft an. »Wo? Hier?«

»Ich – äh … habe im Laufe des Samstags überlegt, dass ich, äh … also, ich fand Ihren Vorschlag, sich noch mal in London umzusehen, plötzlich gar nicht mehr so schlecht. Es waren ja dort wirklich noch ein oder zwei Fragen zu klären.«

Lewis machte den Mund auf, aber Morse gab ihm keine Chance.

»Als ich ihn letzte Woche befragte, fiel mir auf, dass er eifersüchtig war, einfach jämmerlich eifersüchtig. Vielleicht hat Valerie mal irgendetwas gesagt ... Keine Einzelheiten, nur so eine Andeutung. Gestern habe ich ihn darauf noch einmal angesprochen. Es scheint, dass zumindest unter einigen Schülern über Phillipson und Valerie geredet wurde.«

Lewis verharrte weiterhin in verdrießlichem Schweigen.

»Zu alldem passt auch, was George Taylor mir erzählt hat. Ihm zufolge begann Valerie genau zu der Zeit, als Phillipson seine Stelle antrat, abends lange auszubleiben. Das beweist natürlich gar nichts, aber es ist ein Mosaiksteinchen mehr. Geben Sie mir da recht?«

»Um ganz ehrlich zu sein, nein, Sir. Was Sie eben gesagt haben, klingt für mich alles ein bisschen an den Haaren herbeigezogen.«

»Na schön. Ich will mich jetzt gar nicht mit Ihnen darüber streiten. Vielleicht ändern Sie ja Ihre Meinung, wenn ich Ihnen das hier gezeigt habe.« Er reichte Lewis die Fotokopie, die ihm Baines inzwischen hatte zukommen lassen. Es war eine Aufstellung der von Phillipson nach seinem Vorstellungsgespräch bei der Schulbehörde abgerechneten Spesen, aus der hervorging, dass er an jenem Abend nicht mehr nach Hause gefahren war, sondern im *Royal Oxford* übernachtet hatte.

»Na und?«, fragte Lewis aufmüpfig. »Vielleicht hat er keinen Zug mehr bekommen.«

»Hätte er aber eigentlich«, sagte Morse. »Ich habe mich erkundigt. Das letzte Bewerbergespräch war um Viertel vor sechs beendet. Um 20.35 Uhr geht ein Zug nach London; er hätte also reichlich Zeit gehabt. Und selbst wenn er den verpasst hätte – um 21.45 Uhr fährt noch einer. Aber ich kann mir nicht vorstellen, wie er es angestellt haben soll, den ersten *nicht* zu kriegen. Viertel vor sechs bis halb neun, das sind zweidreiviertel Stunden für den Weg von Kidlington nach Oxford. Man sollte annehmen, das wäre zu schaffen.«

»Vielleicht war er müde und wollte möglichst schnell ins Bett.«

»Ja, mit Valerie Taylor«, sagte Morse bissig.

»So etwas einfach zu behaupten, ist unfair, Sir.«

»Unfair? So. Dann werde ich Ihnen mal erzählen, was ich gestern noch gemacht habe, Lewis. Ich war im *Royal Oxford* und habe mir das alte Meldebuch dort angesehen. Und jetzt hören und staunen Sie: Der Name Phillipson taucht darin nirgends auf.«

Lewis zuckte die Achseln. »Dann ist er eben doch nach Hause gefahren und hat bei der Abrechnung geschummelt, um ein paar Pfund mehr herauszuschlagen.«

Morse gewann wieder Boden. »Das ließe sich leicht feststellen. Ich brauchte bloß seine Frau zu fragen. Aber ich gehe mit Ihnen jede Wette ein, dass ihm das gar nicht recht wäre.«

»Sie waren noch nicht bei ihr?«

»Nein. Aber ich habe etwas anderes getan. Direkt gegenüber vom *Royal Oxford* liegt das Bahnhofshotel. Ich habe mir dort ebenfalls das Meldebuch geben lassen; und darin habe ich etwas sehr Merkwürdiges entdeckt.«

»Er war also im Bahnhofshotel und hat nur die Namen verwechselt, so was kommt doch vor.«

»Na, sehen Sie sichs erst mal an.« Er schob Lewis die Kopie einer Seite des Meldebuchs über den Schreibtisch. Ganz unten stand: *Mr E. Phillips, Longmead Road 41, Farnborough.*

Das fand Lewis nun allerdings auch seltsam. Er warf einen Blick auf die Spesenabrechnung. Sehr seltsam.

»Aber«, fuhr Morse fort, »ich wollte ganz sichergehen und habe noch weitere Nachforschungen angestellt. Ein Mr E. Phillips, Longmead Road, ist in Farnborough unbekannt. Kein Wunder, sie haben dort gar keine Straße dieses Namens.«

Lewis grübelte über dem Eintrag. E. Phillips. Von D wie Donald zu E. Um einen Buchstaben im Alphabet weitergehen. Beim Nachnamen die letzten beiden weglassen. Ja, möglich war das schon, dass sich hinter E. Phillips D. Phillipson verbarg. Noch viel auffälliger waren eigentlich die Adressen. Aus Phillipsons Spesenabrechnung ging hervor, dass er damals in Epsom gewohnt hatte, Longmead Road 14. Longmead Road – die Straße, die es in Farnborough nicht gab. Und bei der Hausnummer einfach die Ziffern umgestellt.

»Wir könnten Peters hinzuziehen, Sir. Vielleicht kann er uns etwas über die Handschrift ...«

»Ich bin an Peters' Urteil nicht interessiert.« Es klang endgültig.

»Ein bisschen verdächtig ist das alles schon«, musste Lewis zugeben. »Aber das heißt doch noch lange nicht, dass er mit Valerie Taylor ...«

»Aber es muss Valerie gewesen sein. Alles andere ergäbe keinen Sinn. Leuchtet Ihnen das nicht ein?«

»Nein.«

Morse seufzte genervt. »Tun wir trotzdem mal so, als ob meine Vermutungen tatsächlich der Wahrheit entsprechen. Wohlgemerkt – *Vermutungen*. Also. Phillipson ist zu einem Vorstellungsgespräch hier. Irgendwann danach begegnet er zufällig Valerie Taylor. Vielleicht ist sie im selben Bus nach Oxford gefahren. Egal. Er spricht sie an. Valerie ist nicht gerade abweisend, und schon sind die beiden auf dem Weg ins Bahnhofshotel und verbringen ein paar Stunden im Bett miteinander. Als sie geht, gibt er ihr noch ein bisschen Geld, und sie zieht glücklich ab. Das dürfte irgendwann vor Mitternacht gewesen sein. Ich halte es für sehr unwahrscheinlich, dass sie die ganze Nacht zusammengeblieben sind. Valerie hat vermutlich zu große Angst gehabt vor dem Krach, den es dann zu Hause gegeben hätte.«

»Sagen wir mal, er war wirklich in der Nacht mit Valerie zusammen – was hat das mit ihrem Verschwinden zu tun?«

Morse nickte. »Später. Erst beantworten Sie mir mal eine Frage, Lewis. Mal angenommen, es gibt außer ihm und Valerie noch einen Dritten, der von seinem Seitensprung weiß. Wer, würden Sie denken, könnte das sein?«

»Möglicherweise Phillipsons Frau. Vielleicht hat er solche Gewissensbisse gehabt, dass er zu ihr gegangen ist und ...«

»Hm.« Nun war es an Morse, mangelnden Enthusiasmus zu zeigen.

Lewis versuchte es noch einmal. »Oder jemand, dem Valerie davon erzählt hat.«

»Wem zum Beispiel?«

»Ihrer Mutter?«

»Sie hatte Angst vor ihrer Mutter.«

»Dann vielleicht ihrem Vater?«

»Schon eher.«

»Es kann natürlich auch sein, dass jemand sie beobachtet hat«, sagte Lewis auf einmal.

Morse nickte ihm anerkennend zu. »Genau das denke ich auch.«

»Und können Sie auch schon sagen, wer?«

Morse nickte erneut. »Sie übrigens auch. Sie brauchen bloß mal zu überlegen.«

Lewis lag sehr daran, sich Morse' momentane gute Meinung über ihn zu erhalten, und so tastete er sich behutsam näher. »Sie meinen …« Er versuchte, möglichst verständnisinnig auszusehen, was ihm aufgrund der Tatsache, dass er völlig im Dunkeln tappte, nur sehr unvollkommen gelang. Zum Glück redete Morse lieber, als dass er zuhörte, und lieferte gleich selbst die Erklärung.

»Ja. Er ist von allen, mit denen wir uns im Laufe der Ermittlungen befasst haben, der Einzige, der ganz in der Nähe wohnt. Und in Kidlington wird wohl kaum einer auf die Idee kommen, extra nach Oxford zu fahren, um dem Bahnhofshotel einen Besuch abzustatten. Das Bier dort ist lausig.«

Lewis wusste jetzt zwar, von wem Morse sprach, war aber darüber beunruhigt, mittels welch äußerst fragwürdiger, durch nichts bewiesener Annahmen der Chief Inspector dem Mann plötzlich die Rolle des Schurken verpasste. »Er hat es herausgefunden?«

»Er hat sie gesehen, das ist am wahrscheinlichsten.«

»Haben Sie ihn schon dazu befragt?«

»Nein, ich muss vorher noch einiges klären. Aber ich werde ihn mir schon noch vornehmen – keine Angst.«

»Mir ist immer noch nicht klar, wie Sie darauf kommen, dass Phillipson damals ausgerechnet mit Valerie ...«, fing Lewis von Neuem an.

»Nun, lassen Sie uns die Dinge doch mal von ihrer Warte aus betrachten. Sie war schwanger, richtig?«

»Das behaupten Sie«, sagte Lewis.

»Nun, das sagt auch Maguire.«

»Das ist aber trotzdem kein Beweis«, beharrte Lewis.

»Nein, das ist es nicht«, gab Morse widerwillig zu. »Aber die werden wir schon sehr bald haben, Sie werden sehen. Also, halten wir fest, dass sie schwanger gewesen ist, und benutzen dies als Ausgangspunkt. Ich bin ziemlich sicher, dass nicht Phillipson der Vater war. Er hat sie bestimmt nicht mehr angerührt. Aber eines Tages gerät Valerie in Schwierigkeiten. Ihren Eltern wagt sie sich nicht anzuvertrauen ... Wer käme also infrage? Meiner Meinung nach jemand, vor dem sie keine Angst zu haben brauchte, der kompetent war und mit Krisen umzugehen wusste und vor allem – jemand, der es sich nicht leisten konnte, ihr *nicht* zu helfen. Mit einem Wort: Phillipson. Sie überlegen gemeinsam, und als feststeht, was zu tun ist, werden auch Valeries Eltern eingeweiht. Das Ehepaar Taylor, Phillipson, Valerie – sie alle hängen in dieser Geschichte drin. Vermutlich hat Phillipson ihr in einer der Londoner Abtreibungskliniken einen Platz besorgt und ihr auch das nötige Geld gegeben. Und damit der wahre Grund für ihre Abwesenheit nicht ans Tageslicht kommt, erfindet man das Märchen von ihrem ›Verschwinden‹. Unterm Strich haben alle Beteiligten durch das Unternehmen gewonnen: Den Taylors ist der Klatsch und Tratsch der Nachbarn erspart geblieben; Phillipson hat etwas für Valerie getan und kann das Gefühl haben, eine potenzielle Gefahr beseitigt zu haben, weil sie ihm nun Dankbarkeit schuldet; Valerie selbst ist noch einmal den Schwierigkeiten und Komplikationen entgangen, mit achtzehn eine ledige Mutter zu sein. So könnte es sich abgespielt haben.«

»Und ihr Verschwinden? Wie lief das ab?«

»Da kann ich natürlich wieder nur Vermutungen anstellen. Ich nehme an, dass sie, als sie nach dem Mittagessen von zu Hause fortging, ein paar Sachen eingepackt hatte, einen Rock, eine Bluse ... Joe Godberry meinte sich ja erinnern zu können, dass sie eine Tasche dabeihatte. Sehr groß kann sie nicht gewesen sein, das wäre aufgefallen. Die Nachbarn, falls einer von ihnen aus dem Fenster schaute, sollten ja denken, sie sei auf dem Weg zur Schule. Wie sich herausgestellt hat, ist sie beim Verlassen ihres Elternhauses von niemandem gesehen worden, aber das war reiner Zufall. Ich denke, sie wird, nachdem sie an Godberrys Zebrastreifen vorbei war, weiter die Hauptstraße hinuntergegangen sein. Dort, wo die Geschäfte anfangen, gibt es eine öffentliche Toilette. Ich könnte mir vorstellen, dass sie sich da umgezogen, ihre Schuluniform gegen etwas Schickeres eingetauscht hat. Erinnern Sie sich an die Tasche. Ein paar Ecken weiter, kurz vor dem Kreisverkehr, wartete dann vermutlich Phillipson mit dem Wagen auf sie. Sie wird sicherlich außer der kleinen Tasche noch ein größeres Gepäckstück mitgenommen haben, einen Koffer oder eine Reisetasche, die schon irgendwann am Vortag eingeladen worden war. Er hat sie nach Oxford zum Bahnhof gefahren, dort abgesetzt, Blackwell einen Besuch abgestattet und den Momigliano erstanden. Um drei war er wieder zu Hause.« Morse hielt inne und sah Lewis erwartungsvoll an. »So ungefähr, denke ich, wird es gewesen sein. Na?«

»Und dann, nachdem sie die Klinik hinter sich hat, stellt sie fest, dass es ihr in London gefällt, lernt ein paar von den Leuten kennen, die sich da ein flottes Leben machen, und beschließt, nicht mehr nach Hause zurückzukehren?«

»So ungefähr«, sagte Morse. Es klang auf einmal sehr viel weniger überzeugt.

»Dann haben die uns also für nichts und wieder nichts

eingeschaltet? Die ganze Suchaktion …« Lewis konnte es nicht glauben.

»Sie haben sich wahrscheinlich nicht klargemacht, was ihre Anzeige auslösen würde.«

»Na, jetzt wissen sies.«

Morse schien sich zunehmend unbehaglich zu fühlen. »Wie ich Ihnen eben schon sagte – vieles von dem, was ich jetzt geschildert habe, ist natürlich nur Vermutung. Fest steht meiner Ansicht nach nur zweierlei. Das Erste ist, dass Valerie Phillipsons Karriere hätte zerstören können. Geschlechtsverkehr mit einer minderjährigen Schülerin, auch wenn sie damals noch gar nicht *seine* Schülerin war, das ist doch reinstes Dynamit. Was meinen Sie, was das für Schlagzeilen gegeben hätte! Und das Zweite ist, dass Valerie ein Kind erwartete, das sie ganz sicher nicht haben wollte. In ihrem Alter! Und ihre Eltern werden auch nicht gerade erbaut davon gewesen sein.«

»Aber heute sieht man das doch alles viel großzügiger«, sagte Lewis. »Es gibt doch schon eine Menge Eltern, die sich vielleicht sogar auf einen Enkel freuen würden.«

Morse ärgerte sich über Lewis' Einwand und sagte schroff: »Die Taylors gehören offenbar nicht dazu. Sonst hätten sie dieses verdammte Versteckspiel wohl kaum mitgemacht. Das tun sie ja bis heute.« Seine Zuversicht war inzwischen umgeschlagen in ein Gefühl bitteren Ungenügens an sich selbst. Er vermochte sehr viel genauer, als Lewis es gekonnt hätte, die Punkte anzugeben, an denen sich zeigte, dass er den Fall noch nicht genügend durchdacht hatte, dass es noch viel zu viele Widersprüche und Ungereimtheiten gab. »Wissen Sie, Lewis, ich glaube, in meinen Überlegungen ist der Wurm drin. Ich muss irgendwo einen Fehler gemacht haben …« Plötzlich strafften sich seine Schultern. »Wir werden versuchen, ihn zu finden.«

»Sie sind jetzt also auch der Ansicht, dass Valerie noch lebt, Sir?«

Morse trat mit bemerkenswerter Haltung den Rückzug an.

»Ja, ich denke schon. Wenn sie den Brief geschrieben hat, und das ist es ja schließlich, wovon Sie mich von Anfang an immer wieder zu überzeugen versucht haben ...«

Da konnte Lewis nur staunen. Der Chef hatte manchmal wirklich Nerven! Die ganze Zeit über war für jeden, der den Fall halbwegs nüchtern betrachtete, klar gewesen, dass es darum ging, ein vermisstes Mädchen wiederzufinden. Solche Fälle gab es jeden Tag etliche. Das hatte Morse selbst zugegeben. Und was hatte er dann aus der Sache gemacht?

Aber vielleicht ließ sich aus dem Wust von spinnerten Hypothesen, irrigen Annahmen, verrückten Mutmaßungen noch irgendein Bruchstück retten. Valerie und Phillipson ... Ja, schon möglich, aber warum das ganze fantastische Drumherum? Der Kleiderwechsel auf der Damentoilette und ähnliche abstruse Einzelheiten. Er seufzte. Und was war nun eigentlich mit Baines? »Sie haben eben gesagt, Sir, dass Baines möglicherweise Phillipson und dieses Mädchen – ob das Valerie war oder nicht, ist ja erst mal egal – gesehen hat, wie sie ...«

»Ja. Und ich glaube auch immer noch, dass das stimmt. Baines ist übrigens meiner Meinung nach derjenige, der die ganzen Zusammenhänge am besten überblickt.«

»Besser als Sie, Sir?«

»O ja! Baines steht seit Jahren geduldig beobachtend im Hintergrund und sammelt Informationen in der Hoffnung, dass er sie eines Tages zu seinem Vorteil wird einsetzen können. Ich habe ihn im Verdacht, dass es ihm sehr gut passen würde, wenn alles, oder jedenfalls das Wesentliche, herauskommen würde. Phillipson wäre dann sofort erledigt, und die Schule würde sich nach einem neuen Direktor umsehen müssen. Sehr wahrscheinlich würde man in dieser Situation auf Baines zurückgreifen – den vertrauenswürdigen, zuverlässigen Stellvertreter, der beim letzten Mal ohnehin die Stelle fast bekommen hätte. Sie würden vermutlich nicht einmal eine Ausschreibung machen.«

»Ohne Ausschreibung geht es nicht. Die ist gesetzlich vorgeschrieben.«

»Na schön, das Amt wäre ihm jedenfalls sicher – so oder so. Ich kann mir richtig vorstellen, wie Baines innerlich frohlocken würde. Der Gedanke an das Ansehen und die Macht – vor allem die Macht, die reizt ihn, glaube ich, am meisten.«

»Meinen Sie nicht«, schlug Lewis behutsam vor, »dass es ganz gut wäre, wenn wir versuchten, Ihre Vermutungen durch ein paar Fakten zu untermauern? Wir könnten doch die Taylors, Phillipson und Baines noch einmal befragen. Einer von ihnen wird bestimmt reden.«

»Ja, der Gedanke ist mir auch schon gekommen.« Morse stand auf und reckte sich. »Von jetzt an werden Sie keinen Grund mehr haben zu klagen, Lewis. Als ich den Fall übernahm, hatte ich mir vorgenommen, mich an Tatsachen zu halten; wie ich leider zugeben muss, habe ich diesen Vorsatz wiederholt missachtet. Aber aus dem Saulus ist jetzt ein Paulus geworden. Für morgen Nachmittag habe ich mich mit Phillipson und Baines verabredet, mit beiden gleichzeitig wohlgemerkt. Ich hoffe, dass sich die Unterhaltung dadurch etwas lebendiger gestaltet; und dass es gerade wieder ein Dienstagnachmittag ist, gibt dem Ganzen noch zusätzlich etwas Würze. Der Anruf eben kam übrigens von der Londoner Polizei. Ich habe die Kollegen um Unterstützung gebeten, und sie waren gerne bereit, uns zu helfen, halten die Aussichten auch für nicht schlecht. Wenn Valerie tatsächlich eine der dortigen Kliniken aufgesucht hat, dann lässt sich auch feststellen, welche. Zum Glück können wir ja den Zeitraum ziemlich genau angeben; und selbst wenn sie sich unter einem anderen Namen hat aufnehmen lassen, sollte das keine unüberwindliche Schwierigkeit darstellen – die Burschen in London sind derlei ja gewohnt. Es kann natürlich sein, dass sie in einer dieser drittklassigen Einrichtungen gelandet ist, dann werden die Nachforschungen etwas länger dauern. Aber grundsätzlich erwarte ich eine positive Nachricht. Falls nicht, tja, dann wird uns wohl nichts anderes übrig bleiben, als alles noch einmal neu zu überdenken, aber damit rechne ich eigentlich nicht. Wenn wir erst den Beweis haben, dass sie tatsächlich hat abtreiben lassen, dann heißt das, dass ich mit meiner Vermutung recht hatte, und dann werden wir bei der Frage einhaken, wer den Eingriff bezahlt hat. Valerie selbst konnte das Geld dafür bestimmt nicht aufbringen. Aber irgendjemand ist für die Kosten aufgekommen.« Morse setzte sich erschöpft. Doch sosehr er sich auch angestrengt hatte, er hatte niemanden überzeugt – am wenigsten sich selbst.

»Es liegt Ihnen eigentlich nichts daran, sie zu finden, oder?«, stellte Lewis hellsichtig fest.

Morse nickte und sah ihn aus matten Augen an. Lewis hatte natürlich recht. »Um die Wahrheit zu sagen, Lewis, es schert mich einen Dreck, ob wir sie finden oder nicht. Vielleicht haben wir sie sogar schon gefunden – möglicherweise war sie das Mädchen, dem Maguire einige Tage Unterkunft gewährt hat, obwohl mir das nach wie vor eher unwahrscheinlich erscheint. Aber wer weiß? Es könnte sein, dass sie versucht hat, sich als Stripperin im *Penthouse* ihr Geld zu verdienen. Das Mädchen mit den wippenden Brüsten, dessen Gesicht hinter einer Maske verborgen war, wer sagt uns denn, dass wir da nicht Valerie Taylor vor uns hatten. Und falls sie es tatsächlich war? Wissen Sie, Lewis, dieser Fall nervt mich. Ich habe das Gefühl, wir tun nichts, als alte Geschichten, die besser begraben bleiben sollten, wieder aufzurühren, und am Ende werden wir noch dazu beigetragen haben, dass Phillipson seinen Posten verliert. Nein, Lewis, ich hätte nicht übel Lust, das Ganze hinzuschmeißen.«

»Das sähe Ihnen aber nicht ähnlich.«

Morse starrte mürrisch vor sich auf die Schreibunterlage. »Für Fälle wie diesen bin ich nicht der richtige Mann, Lewis. Ich weiß, es klingt ein bisschen makaber, aber ich komme besser klar, wenn ich eine Leiche habe, wenn wir wegen eines

Toten ermitteln, der auf irgendeine Weise gewaltsam umgekommen ist.«

»Aber wir haben einen lebenden Menschen«, sagte Lewis ruhig.

Morse hob resigniert die Hand. »Ich verstehe schon, was Sie sagen wollen, Lewis.« Er stand auf und ging zur Tür. Der Sergeant saß noch immer an seinem Platz. »Was ist, Lewis, kommen Sie nicht?«

»Ich denke die ganze Zeit darüber nach, wo sie sich jetzt wohl aufhält. Irgendwo muss sie ja stecken; und wenn wir wüssten, wo, dann könnten wir hingehen, und der Fall wäre geklärt. Und dass wir es nicht wissen, das macht den ganzen Unterschied. Schon komisch. Aber ich möchte weitersuchen und sie finden und die Sache zu einem richtigen Ende bringen. So einfach mittendrin aufzuhören, das liegt mir nicht.«

Morse kam zurück und setzte sich wieder hin. »Hm. So habe ich das bisher noch gar nicht gesehen ... Ich war mir so absolut sicher, dass sie tot war, dass ich mir überhaupt nicht richtig vorgestellt habe, sie könnte auch am Leben sein. Aber wenn sie lebt, dann lässt sie sich auch finden.« In seine Augen trat ein Ausdruck von neu erwachendem Interesse. Lewis atmete auf.

»Ist doch durchaus eine Herausforderung, Sir.«

»Na ja. Aber vielleicht ist es zur Abwechslung wirklich ganz spannend, mal so einen frühreifen kleinen Vamp zu jagen.«

»Sie denken also, wir sollten es versuchen?«

»Ich beginne, mich mit dem Gedanken anzufreunden.«

»Und wo glauben Sie, dass sie sein könnte?«

»Na, wo wohl? Dumme Frage. Sie hockt in irgendeiner Luxuswohnung und zupft sich die Augenbrauen.«

»Aber *wo?*«, wiederholte Lewis drängend.

»Ach so – na, in London natürlich. Wie lautete der Poststempel? EC4, oder? Da irgendwo in der Gegend wird sie untergeschlüpft sein. So sicher wie das Amen in der Kirche.«

»Der zweite Brief trug aber einen anderen Stempel.«

»Der zweite Brief? Ach ja. Und wo war der abgestempelt?«
Lewis runzelte irritiert die Stirn. »In W1. Das können Sie doch nicht schon vergessen haben.«
»W1 war das also? Wenn Sie es sagen, wirds wohl stimmen. Aber ich würde mir an Ihrer Stelle über den zweiten Brief nicht allzu sehr den Kopf zerbrechen.«
»Wieso denn nicht, Sir?«
»Wenn ich Sie wäre, würde ich den zweiten Brief einfach ignorieren. Der führt Sie nur in die Irre. Ich muss Ihnen nämlich ein Geständnis machen, Lewis: Der Brief stammt von mir.«

17

Und all das Leid, das ihn so bewegt,
Dass bitter der Schrei aus ihm bricht,
Und den blutigen Schweiß und die Reue so heiß –
Wer kannte das besser als ich:
Der Mann, der mehr Leben durchlebt als eins,
Schaut mehrmals dem Tod ins Gesicht
Oscar Wilde, Die Ballade vom Zuchthaus zu Reading

Hundertzwanzig – das waren viel zu viele. Wenn jeder von ihnen auch nur eine Minute spräche, dann wären das schon zwei volle Stunden. Na egal, Acum wollte sowieso nicht das Wort ergreifen. Die meisten Kongressteilnehmer waren dienstältere Kolleginnen und Kollegen in den Vierzigern und Fünfzigern, die – wenn man ihren Diskussionsbeiträgen glauben durfte – jedes Jahr eine beträchtliche Anzahl junger Fremdsprachengenies nach Oxbridge entließen.

Nach der Fünfeinhalb-Stunden-Autofahrt hatte er sich am Sonntag doch recht zerschlagen gefühlt, und das Tagungsprogramm, das am heutigen Montagmorgen in hochkultivierter und intellektuell anspruchsvoller Atmosphäre anzulaufen begann, war kaum dazu angetan gewesen, Begeisterung zu wecken. Der Lehrstuhlinhaber für Französisch am gastgebenden Lonsdale College hielt das Eröffnungsreferat über *Textlektüre in der Oberstufe* und zitierte dabei mit angenehmer Stimme und schönem Pathos die eleganten Verse Racines. Acum begann, sich zu fragen, ob die Eliteuniversitäten nicht zunehmend den Kontakt verloren zu der ganz normalen Schulpraxis. Sein eigenes Hauptproblem bestand zum Beispiel darin, überhaupt erst einmal eine Handvoll Schüler zusammenzubekommen, die in Französisch die Mindestanforderungen erfüllten, um in die Oberstufe zu kommen. Wenn sie sich dann glücklich qualifiziert hatten, ruhten sie sich auf ihren Lorbeeren aus. Nach den langen Sommerferien hatten sie dann das meiste vergessen. Er hätte gern gewusst, ob das an anderen Schulen anders war oder ob er vielleicht irgendetwas falsch machte.

Die Aussprache nach dem Mittagessen über die Vorteile des Nuffield-Modells für den Französischunterricht war zum Glück wesentlich ungezwungener, und Acum fühlte sich schon etwas wohler. Der Professor, der vorhin Racine auf den Schild gehoben hatte, votierte nachdrücklich für die unbezweifelbare Notwendigkeit einer gründlichen formalgrammatischen Schulung in den Fremdsprachen – auch und gerade in den neueren Sprachen! Denn wenn man an der Schule nicht mehr bereit und in der Lage war, Racine und Molière zu lesen, er betone, ohne die Gefahr auch nur des geringsten Übersetzungsfehlers, dann konnten sie alle die Literatur gleich vergessen, ja, er stehe nicht an zu sagen: alle Bildungswerte vergessen! Es klang überaus beeindruckend. Und dann war dieser untersetzte Typ aus Bradford aufgestanden und hatte die ganze akademische Diskussion mit einem Paukenschlag wieder auf den Boden zurückgeholt: Ihm persönlich würde es völlig reichen, wenn seine Schüler es schafften, bei einem französischen Gemüsehändler ein Pfund Möhren einzukaufen. Mit diesem ehrlichen Bekenntnis hatte er der schweigenden Mehrheit des Kongresses offenbar aus dem Herzen gesprochen, denn im Saal brach geradezu ein Sturm des Beifalls und erleichterten Gelächters los. Ein würdiger alter Graubart hieb in dieselbe Kerbe. Ironisch gab er zu bedenken, dass kein Engländer, nicht einmal einer, der das Glück gehabt hätte, seine Muttersprache in Yorkshire zu erlernen, auf seiner Suche nach einem Pissoir in Paris jemals an unüberschreitbaren Sprachbarrieren gescheitert sei.

Von jetzt an war das Eis gebrochen. Der Kongress hätte eigentlich eine ganz offizielle Danksagung an den stämmigen Mann aus Bradford mit seinem Pfund Möhren beschließen müssen. Die Beteiligung war auf einmal viel lebhafter, und auch Acum war manchmal drauf und dran, sich zu Wort zu melden. Aber die Rednerliste war schon ellenlang. Die Teilnehmerzahl war eben einfach zu hoch. Es würde überhaupt nicht auffallen, wenn der eine oder andere fehlte. Er wollte jedenfalls heute Abend schwänzen und ausgehen. Niemand würde ihn vermissen, und bis elf, wenn der Pförtner den Collegeeingang abschloss, war er längst zurück.

Um vier klingelte es. Die letzte Schulstunde war beendet. Gleich darauf flogen die Klassentüren auf, und im Nu waren die Flure von umherwimmelnden Schülern erfüllt – die einen wollten zur Garderobe, andere zum Fahrradschuppen, wieder andere hatten noch Arbeitsgemeinschaften. Immun gegen den Lärm und das Gerenne und Geschiebe um sie herum, bahnten sich die Lehrer gemächlich ihren Weg zum Lehrerzimmer, um zur Entspannung eine Zigarette zu rauchen, mit Kollegen zu reden oder sich hinzusetzen und Hefte zu korrigieren. Nach und nach würde sich das Gebäude leeren. Wieder war ein Schultag vorbei.

Baines kam ins Lehrerzimmer, einen Stapel Hefte unter dem Arm. Gerade hatte er Schüler aus den achten Klassen in seinem Mathematikkurs eine Übungsarbeit schreiben lassen. Es waren an die dreißig Hefte. Er packte sie auf den Tisch. Für jedes Heft zwanzig Sekunden – nicht mehr. Alle zusammen zehn Minuten. Eigentlich konnte er das sofort hinter sich bringen. Gut, dass er nicht Englisch- oder Geschichtsarbeiten nachzusehen hatte, da musste man immer so viel lesen. Er hatte sich über die Jahre darin geübt, mit einem einzigen Blick eine ganze Seite zu erfassen. Ja, er würde es gleich erledigen.

»Mr Phillipson hätte Sie gern gesprochen«, sagte Mrs Webb.

»Oh – jetzt sofort?«

»Sobald Sie vom Unterricht zurück wären, sagte er.«

Baines klopfte flüchtig an und trat ein.

»Nehmen Sie bitte Platz.«

Baines ließ sich zögernd nieder. Der Unterton in Phillipsons Stimme gefiel ihm nicht. Er klang wie ein Arzt, der einem in den nächsten fünf Minuten eröffnet, dass man nur noch ein paar Monate zu leben hat.

»Inspector Morse will morgen noch einmal hier vorbeikommen. Ich nehme an, Sie wussten das schon?« Baines nickte. »Er möchte mit uns beiden sprechen – und zwar zusammen.«

»Davon hat er mir gegenüber nichts erwähnt.«

»Dann hat er es wohl nicht für nötig gehalten.« Baines schwieg. »Sie wissen, was das vermutlich bedeutet?«

»Er ist gewieft.«

»Zweifellos. Aber Sie werden zusehen, dass er nichts erfährt.« Phillipsons Stimme klang hart, duldete keinen Widerspruch. So sprach ein Lehrer zu einem unbotmäßigen Schüler. »Ich hoffe, die Bedeutung meiner Worte ist Ihnen klar, Baines. Sie halten auf jeden Fall den Mund!«

»Kann ich mir vorstellen, dass Ihnen das lieb wäre.«

»Ich warne Sie, Baines!« Phillipsons Augen hatten sich zu Schlitzen verengt. Auch der letzte Anschein von gerade noch gewahrter Form ging verloren, und was dahinter hervorkam, war der blanke Hass.

Baines stand langsam auf, diesen Augenblick absoluter

Macht über den anderen voll auskostend. »Treiben Sie mich nicht zu weit, Phillipson. Und vergessen Sie nicht, wen Sie vor sich haben!«

»Machen Sie, dass Sie rauskommen!«, zischte Phillipson. Das Blut pochte ihm in den Schläfen. Er war Nichtraucher, doch jetzt hatte er das dringende Bedürfnis nach einer Zigarette. Mehrere Minuten saß er bewegungslos an seinem Schreibtisch, unfähig, sich zu rühren. Wie lange würde er noch mit diesem Albtraum leben müssen? Was für eine Erleichterung wäre es, dem allem ein Ende zu machen – so oder so.

Allmählich wurde er ruhiger. Wieder stieg die Erinnerung an den Tag seiner Vorstellung in ihm auf. Wie lange war das jetzt her? Fast vier Jahre. Und noch immer quälten ihn schuldbeladene Gedanken, wenn er an die Nacht dachte, die dem Tag gefolgt war. Diese Nacht ... er würde sie wohl nie mehr vergessen.

Er fühlte sich so optimistisch und mit sich zufrieden. Natürlich ließ sich noch nichts Bestimmtes sagen, aber doch, ja – er hatte seine Sache gut gemacht. Er rief sich die einzelnen Phasen des Gesprächs noch einmal ins Gedächtnis zurück: ihre Fragen – klug und zugleich auch wieder töricht – und seine sorgfältig überlegten und, da war er sicher, gut formulierten Antworten ...

18

*In philologischen Werken bezeichnet das Kreuz † ein
obsoletes Wort. Dasselbe Zeichen, vor den Namen
einer Person gesetzt, bedeutet »verstorben«*
Regeln für Setzer und Korrektoren,
Oxford University Press

In dieser Montagnacht, genauer gesagt, war es Dienstag früh, kam Morse nicht vor zwei ins Bett. Er fühlte sich, als hätte er zu viel gearbeitet und zu wenig getrunken. Die Euphorie vom Vormittag war vollständig verflogen; nicht nur, weil Lewis so skeptisch gewesen war, sondern vor allem, weil Morse kein Talent hatte, sich lange selbst etwas vorzumachen. Einige Stücke des Puzzles hatte er zwar einordnen können, aber viele passten überhaupt noch nicht, und ein paar schienen gar nicht hineinzugehören. Ihm fiel ein, wie er bei der Armee auf Farbenblindheit getestet worden war. Ein Blatt Papier mit einem chaotischen Durcheinander bunter Flächen und Linien hatte sich auf magische Weise verwandelt, wenn man es durch verschieden gefärbte kleine Glasscheiben betrachtete; ein roter Filter, und es erschien ein Elefant; ein blauer Filter, ein Löwe sprang einem entgegen; ein grüner Filter, sieh da, ein Esel! Esel … Hatte er nicht vor ein paar Tagen erst etwas über einen Esel gelesen? Aber wo? Morse gehörte nicht zu den Leuten, die Bücher systematisch von vorne bis hinten durchlasen; er blätterte mal hier, mal da und blieb hängen, wo ihn gerade etwas reizte. Er sah sich den kleinen Bücherstapel auf dem Nachttisch an: Lowes' *Straße nach Xanadu*, *Ausgewählte Short Storys* von Kipling, *Richard Wagners Leben* und einen Band *Prosawerke* von A. E. Housman. Es musste wohl bei Housman gewesen sein. Er zog das Buch heraus und begann, die Seiten zu überfliegen. Soweit er sich erinnerte, ging es um einen Esel, der sich nicht entscheiden konnte, welchen Heuhaufen er zuerst fressen sollte. War das dumme Tier nicht zuletzt sogar gestorben? Schließlich fand er, was er suchte: *Ein Redakteur, der sich zwei Manuskripten gegenübersieht und, ohne zu einem Urteil zu kommen, unaufhörlich zwischen ihnen schwankt, muss mit jeder Faser seines Wesens fühlen, dass er ein Esel zwischen zwei Heubündeln ist.*

Zwei Manuskripte und unaufhörliches Schwanken – das traf es genau! In dem einen stand, dass Valerie Taylor lebte, und in dem andern, dass sie tot war. Und er wusste immer noch nicht, für welches er sich entscheiden sollte. Großer Gott! Welches der verdammten Manuskripte enthielt die Wahrheit? Möglicherweise keines von beiden.

Wenn er weiter so grübelte, würde er heute gar nicht mehr zum Schlafen kommen. Er entschloss sich, alles zu vergessen, nahm sich den Band Kipling und schlug die Erzählung *Liebling der Frauen* auf, die er am meisten schätzte. Morse war fest davon überzeugt, dass dieser Autor bei Weitem mehr über Frauen wusste als Kinsey. Eine Stelle hatte er sich am Rand dick angestrichen: *... es ist, wie Sie sagen, Sir, er war ein Mann mit einer Bildung, und die hat er für sich benutzt; und dass er was wusste und reden konnte und alles, das hat ihm zuerst geholfen, dass er alle Frauen dahin gekriegt hat, wo er sie haben wollte, aber später hat es sich gegen ihn gekehrt und hat ihn auseinandergerissen.*

Morse holte tief Luft; das haute ihn immer wieder um.

Er überdachte, was er von Valeries Liebesleben erfahren hatte. Eigentlich nicht viel. Maguire war ja eher zugeknöpft gewesen, als er ihn um Auskunft gebeten hatte. Irgendetwas war ihm doch damals bei ihrem ersten Gespräch merkwürdig erschienen ... Die Erinnerung saß ihm im Hinterkopf, entglitt ihm aber immer wieder wie ein Stück Seife in der Badewanne.

Bildung ... Die meisten Menschen wurden dadurch interessanter. Gebildete Männer hatten mehr Erfolg beim anderen Geschlecht. Selbst junge Mädchen wurden des seichten, oberflächlichen Geredes, das sie sich so oft von gleichaltrigen Burschen anhören mussten, bald überdrüssig. Wohl deswegen zogen manche von ihnen ältere Männer vor, Männer, die im Laufe der Jahre zumindest gelernt hatten, so zu tun, als ob ihnen das gepflegte Gespräch mehr bedeute als der Griff in die Bluse.

Wie war das bei Valerie gewesen? Hatte sie eine Vorliebe für ältere Männer gehabt? Phillipson? Baines? Nein, sicher nicht Baines. Einer ihrer Lehrer? Acum? Er erinnerte sich an keinen anderen Lehrernamen. Plötzlich hatte er das Stück Seife in der Hand, bekam er die Erinnerung zu fassen. Er hatte Maguire gefragt, wie oft er und Valerie miteinander geschlafen hätten, und Maguire hatte geantwortet, »ein Dutzend Mal ungefähr«, und er hatte ihn gemahnt, er solle bei der Wahrheit bleiben, in der Erwartung, dass Maguire die Zahl erhöhen würde. Aber nein, im Gegenteil, Maguire war heruntergegangen, »drei-, viermal« hatte er gesagt. War er vielleicht gar nicht mit ihr im Bett gewesen?

Warum nur war ihm nicht gestern die Frage schon gekommen? Da hätte er Gelegenheit gehabt, von Maguire die Wahrheit zu erfahren. Ob das mit ihrer Schwangerschaft dann auch nur seine Erfindung war? Er hatte angenommen, dass die Information stimmte; aber wohl vor allem deshalb, weil es seine eigene Vermutung bestätigt hatte. Und wie war er darauf gekommen? Weil es Sinn ergab. Und zwar in seiner Theorie, in die er, wie er sich selbstkritisch eingestand, alles, was ihm an Erkenntnisfragmenten zufiel, hineinpresste, ob sie nun passten oder nicht.

Wenn er wenigstens imstande gewesen wäre zu sagen, worin das Problem bestand. Dann wäre er schon nicht mehr ganz so kribbelig; selbst wenn es nicht in seiner Macht lag, es zu lösen. Plötzlich fiel ihm sein alter Lateinlehrer ein. *Problem* war wohl das Stichwort gewesen. Wann immer dieser vor einer nicht zu bewältigenden Schwierigkeit gestanden hatte – einer komplizierten Textstelle, einem unentwirrbaren Bandwurmsatz –, hatte er sich mit ernstem Gesicht an seine Schüler gewandt: »Meine Herren, nachdem wir nun diesem Problem furchtlos ins Antlitz geschaut haben, ist es, denke ich, an der Zeit weiterzugehen.« Morse lächelte wehmütig in der Erinnerung daran. Er schloss die Augen. Eine Textstelle, die mit einem Kreuz gekennzeichnet ist ... der gekreuzte Text ... seine Glieder begannen zu zucken. Texte, Manuskripte und mittendrin ein Esel, schrille Schreie ausstoßend, weil er nicht wusste, für welche von zwei Möglichkeiten er sich entscheiden sollte. Wie er selber ... Der Kopf fiel ihm zur Seite, und er schlief ein. Das Licht brannte noch, der Kipling lag aufgeschlagen auf seiner Brust.

Etliche Stunden früher am Montagabend hatte Baines die Haustür geöffnet. Vor ihm stand unerwarteter Besuch.

»Na, so was! Das ist aber eine Überraschung. Wollen Sie nicht hereinkommen? Sie können mir Ihren Mantel geben.«

»Nein, den lasse ich an.«

»Aber ich darf Ihnen etwas zu trinken anbieten? Viel Auswahl habe ich leider nicht.«

»Bitte. Wenn Sie wollen.«

Baines ging seinem Gast voran in die kleine Küche, öffnete den Kühlschrank und sah hinein. »Ich habe Bier da. Ein Lager?«

»Ja, gut.«

Baines ging in die Hocke. Seine linke Hand lag oben auf dem Kühlschrank. Die Fingernägel waren nicht ganz sauber. Er beugte sich vor, um mit der Rechten nach der weiter hinten stehenden Bierdose zu greifen. Auf seinem Hinterkopf zeichneten sich hell zwei haarlose Stellen ab, nur einige spärliche graue Büschel verhinderten, dass sie sich zu einer großen kahlen Fläche vereinigten. Sein Hemd stand oben offen, der Kragen war schon angeschmutzt. Morgen hätte er es gewechselt.

19

*Eines Morgens vermisste ich ihn
auf dem gewohnten Hügel*
Thomas Gray, Elegie, geschrieben
auf einem ländlichen Kirchhof

Die Morgenandacht, zu der sich immer die ganze Roger-Bacon-Gesamtschule versammelte, begann um zehn vor neun. Die Lehrer standen an der Rückwand der großen Aula. Sie trugen die akademischen Talare mit den Insignien ihrer jeweiligen Universitäten – jedenfalls die unter ihnen, die das Recht dazu erworben hatten. Der Direktor legte darauf großen Wert. Pünktlich auf die Sekunde schritt die Dreierformation aus Direktor und – gleich hinter ihm – seinem Stellvertreter und der dienstältesten Lehrerin, ebenfalls alle im feierlichen Talar, durch den Mittelgang. Die Schüler erhoben sich von ihren Plätzen. Die kleine Prozession stieg die Stufen zum Podium empor. Das Ritual, das nun folgte, war immer dasselbe: Ein Choral wurde gesungen, ein gemeinsames Gebet gesprochen, ein Abschnitt aus der Heiligen Schrift vorgelesen – und für einen weiteren Tag hatte man dem Allmächtigen den schuldigen Respekt erwiesen. Das letzte *Amen,* bei dem der Einsatz nie ganz klappte, beendete den geistlichen Teil und war für den stellvertretenden Schulleiter das Stichwort, die Aufmerksamkeit der Versammlung auf irdischere Gegenstände zu lenken. Klar und gemessen machte er jeden Morgen seine Ankündigungen. Es ging um Änderungen des Stundenplans, die durch das Fehlen von Lehrern notwendig wurden, um die Aktivitäten der »Häuser«, in die die Schülerschaft eingeteilt war, um die Termine der Arbeitsgemeinschaften und die Ergebnisse der sportlichen Wettkämpfe, an denen die Schule sich beteiligt hatte. Ganz zum Schluss las er immer mit Grabesstimme eine Liste mit den Namen der Schüler vor, die sich gleich im Anschluss an die Andacht vor dem Lehrerzimmer einzufinden hatten: die Widerspenstigen, die Rebellen, die Störer, die Bummelanten, die Schwänzer – alle, die von den geheiligten Regeln des Gemeinschaftslebens abwichen.

Als an diesem Dienstagmorgen die Prozession den Mittelgang hinabschritt und alle von ihren Sitzen aufstanden, steckten viele die Köpfe zusammen und fragten flüsternd, wo Baines denn heute bleibe. Nicht einmal die Schüler der Abschlussklassen konnten sich erinnern, dass er je auch nur einen Tag gefehlt hatte. Die dienstälteste Lehrerin wirkte, wie sie da ohne ihren gewohnten Begleiter seitlich hinter dem Direktor ging, unglücklich und verloren; es war fast wie die Auflösung der Dreieinigkeit. Phillipson übernahm es heute selbst, die Ankündigungen zu verlesen; auf die Abwesenheit seines Stellvertreters ging er mit keinem Wort ein. Die Hockeymannschaft der Mädchen hatte überraschend einen entscheidenden Sieg errungen, und die versammelten Schüler nahmen die Nachricht mit Begeisterung auf. Der Schachklub traf sich heute im Physikraum, und die gesamte 4c musste wegen nicht näher bezeichneter Missetaten nachsitzen. Folgende Schüler hatten sich nachher vor dem Lehrerzimmer ... usw. usw. Phillipson trat vom Rednerpult zurück und verließ die Schulversammlung durch einen Seitenausgang. Die Schüler begannen, laut zu schwatzen, und machten sich auf den Weg in ihre Klassenräume.

Gegen Mittag erkundigte sich Phillipson bei Mrs Webb: »Hat Mr Baines immer noch nichts von sich hören lassen?«

»Nein. Soll ich nicht mal versuchen, ihn zu Hause zu erreichen?«

Phillipson überlegte einen Augenblick. »Das wäre vielleicht ganz gut. Sie kennen ihn doch länger als ich. Ist so etwas früher schon einmal vorgekommen?«

»Nein, nie. Es sieht ihm auch gar nicht ähnlich.«
»Ich bin auch erstaunt. Rufen Sie am besten jetzt gleich an.«
Mrs Webb wählte Baines' Nummer. Das Tuut-tuut schien sich in einer unendlichen, nicht zu durchdringenden Stille zu verlieren. »Es hebt keiner ab«, sagte sie.

Um Viertel nach zwei erschien vor Baines' Haus eine Frau von Anfang fünfzig und zog einen Schlüssel aus der Tasche. Baines leistete sich dreimal in der Woche eine Putzhilfe. Sie wunderte sich, dass die Tür nicht verschlossen war, schob sie auf und trat ein. Die Vorhänge waren noch zugezogen, im Arbeitszimmer und in der Küche brannte Licht. Sie machte ein paar Schritte auf die offene Küchentür zu. Noch vom Flur aus sah sie die zusammengesunkene Gestalt von Baines vor dem Kühlschrank. Aus seinem Rücken ragte der Griff eines Küchenmessers, das getrocknete Blut bildete einen hässlichen dunklen Fleck auf seinem Baumwollhemd. Die Szene hatte etwas Irreales.
Sie öffnete den Mund und begann zu schreien.

Es war halb fünf, ehe die Leute von der Spurensicherung und der Fotograf ihre Arbeit beendet hatten. Der bucklige Polizeiarzt erhob sich aus seiner unbequemen Stellung und streckte seine strapazierte Wirbelsäule, soweit sein Leiden ihm dies gestattete.
»Nun?«, fragte Morse.
»Schwer zu sagen. Zwischen sechzehn und zwanzig Stunden.«
»Gehts nicht genauer?«
»Nein.«
Morse war noch nicht lange da. Die meiste Zeit hatte er in einem Sessel im Arbeitszimmer gesessen und abwesend vor sich hingestarrt. Er wartete darauf, dass die anderen das Haus verließen und er sich in Ruhe umsehen konnte. Dass ihm die

Experten hier viel weiterhelfen konnten, bezweifelte er. Es gab kein Anzeichen dafür, dass sich der Mörder gewaltsam Zutritt verschafft hatte, keine Fingerabdrücke, keine blutigen Fußspuren – nur einen Toten, eine Blutlache und einen Kühlschrank mit einer offenen Tür.

Draußen hielt mit quietschenden Bremsen ein Polizeiwagen, und Lewis kam herein. »Er war heute Morgen nicht in der Schule, Sir.«

»Hätte mich auch gewundert«, sagte Morse. Es war nicht als Witz gemeint.

»Wissen wir, wann er umgebracht wurde?«

»Zwischen acht Uhr und Mitternacht.«

»Ziemlich vage.«

Morse nickte. »Ja, leider ziemlich vage.«

»Haben Sie mit so etwas gerechnet?«

Morse schüttelte den Kopf. »Nein, überhaupt nicht.«

»Glauben Sie, dass sein Tod mit unserem Fall zusammenhängt?«

»Was glauben Sie denn selbst?«

»Irgendjemand hat vermutlich befürchtet, dass Baines uns etwas mitteilen würde.« Morse ließ ein unverbindliches Grunzen hören. »Wenn man so denkt ...« Lewis sah auf seine Uhr. »Jetzt hätte er es uns schon erzählt. Ich habe vorhin längere Zeit überlegt, Sir.« Er warf Morse einen bedeutungsschweren Blick zu. »Eigentlich können überhaupt nur zwei Personen gewusst haben, dass wir heute mit ihm sprechen wollten. Er selbst und – Phillipson.«

»Jeder der beiden hat es vielleicht noch einem Dutzend anderer gesagt.«

»Schon, aber ...«

»Sie haben ganz recht, darauf hinzuweisen, Lewis. Ich sehe schon, worauf Sie hinauswollen. Wie hat Phillipson die Nachricht übrigens aufgenommen?«

»Scheint ihn ziemlich erschüttert zu haben.«

»Es wäre interessant zu erfahren, was er zwischen acht Uhr

und Mitternacht gemacht hat«, murmelte Morse mehr zu sich selbst, während er sich langsam aus dem Sessel erhob. »Na, dann lassen Sie uns mal so tun, als seien wir Detektive.«

Die Männer von der Ambulanz wollten wissen, ob sie die Leiche mitnehmen konnten. Morse begleitete sie in die Küche. Man hatte Baines behutsam auf die rechte Seite gedreht. Morse beugte sich herunter und zog langsam das Messer aus dem Rücken. Aufs Neue wurde ihm bewusst, was für ein scheußliches Verbrechen Mord war. Das Messer, ein englisches Fabrikat der Marke Prestige, hatte einen Holzgriff und war ungefähr 35 cm lang, die Schneide war scharf wie bei einem Rasiermesser. Aus der Wunde trat etwas hellrotes Blut und sickerte in den schwärzlich verklebten Stoff des Hemdes. Mit einem weißen Tuch bedeckt, wurde Baines' Leiche hinausgetragen.

»Wissen Sie, Lewis, der Mörder hat – wenn man so will – unglaubliches Glück gehabt. Es ist nämlich alles andere als einfach, jemanden mit einem Messer von hinten zu erstechen. Man trifft sehr leicht die Wirbelsäule, oder die Klinge gleitet an den Schulterblättern oder den Rippen ab, aber selbst wenn das nicht geschieht, ist es noch längst nicht gesagt, dass man ihn so schwer verletzt, dass er stirbt. Baines muss sich im Augenblick des Angriffs mit der rechten Schulter etwas nach vorn gebeugt und seinem Mörder damit die einzige Stelle dargeboten haben, auf die ein tödlicher Stich geführt werden kann. Hier konnte das Messer glatt eindringen.«

Lewis hasste den Anblick des Todes und merkte, wie sich sein Magen zusammenkrampfte. Er ging zum Spülbecken, um sich ein Glas Wasser zu holen. Baines hatte nach seiner letzten Mahlzeit Besteck und Teller abgewaschen und zum Trocknen in den Geschirrkorb gestellt; der Lappen war ausgewrungen und lag ordentlich über den Beckenrand gebreitet.

»Vielleicht lässt sich durch die Autopsie feststellen, wann er Abendbrot gegessen hat«, sagte Lewis.

Morse wiegte zweifelnd den Kopf. Er trat neben den

Sergeant an den Spülstein und schaute sich um, ging dann zu dem kleinen Schränkchen direkt daneben und öffnete die oberste Schublade. Bestecke und Küchengerät – das Übliche. Tee- und Esslöffel, eine Kelle, ein Pfannenwender, zwei Korkenzieher, eine Schere, ein Kartoffelschäler, ein paar Fleischspieße, ein Wetzstahl und – ein großes Messer. Morse nahm es heraus und betrachtete es gründlich von allen Seiten. Der Griff war aus Bein, die Klinge vom vielen Schleifen schon ganz dünn. »Das sieht so aus, als hätte er es schon eine ganze Weile gehabt«, sagte Morse. Er fuhr mit dem Finger über die Schneide. Sie war von genau derselben gefährlichen Schärfe wie die des anderen Messers, das ihm ins Herz gedrungen war. »Wie viele große Messer zum Fleisch schneiden haben Sie bei sich zu Hause, Lewis?«

»Nur eins.«

»Haben Sie mal daran gedacht, sich noch ein zweites dazuzukaufen?«

»Nein, ich wüsste nicht, warum.«

Morse nickte. Er legte das Messer auf den Küchentisch und warf einen Blick in die enge Speisekammer. Obst- und Gemüsekonserven. Er konnte sich nicht vorstellen, dass eine noch so überlegt geführte Durchsuchung hier etwas Wesentliches zutage fördern würde.

»Gehen wir mal rüber in sein Arbeitszimmer, Lewis. Sie nehmen sich den Schreibtisch vor, ich sehe mich bei seinen Büchern um.«

Die hohen Regale waren angefüllt mit mathematischer Fachliteratur. Vor einer Reihe gleich eingebundener Bücher blieb Morse stehen. *Neue Schulmathematik*. Zehn Bände. Die entsprechenden Lehrerbände gleich dahinter. Morse griff mit ungewohntem Respekt nach Band 1 der Lehrbücher. »Kennen Sie sich aus mit moderner Mathematik, Lewis?«

»Moderne Mathematik? Und ob! Da bin ich inzwischen Experte. Was glauben Sie, wer den Kindern die Hausaufgaben macht?«

»Ah, so ist das.« Morse stellte etwas gekränkt fest, dass selbst der Inhalt von Band 1 für ihn noch zu hoch war, und machte sich daran herauszufinden, welche Bücher Baines sonst noch besaß. Er war ohne Zweifel auf seinem Fachgebiet gebildet gewesen, schien aber an Literatur kein Interesse gehabt zu haben. Da war ihm Maguires krude Sammlung fast noch lieber. Dessen Bücher rührten wenigstens an Emotionen.

Während er langsam von Regal zu Regal schritt, begann die Tatsache, dass Baines tot war – brutal ermordet –, allmählich mit all ihren Implikationen in sein Bewusstsein zu dringen. Bis dahin hatte er nur den Mord an sich gesehen, war gar nicht dazu gekommen, sich darüber hinaus weitere Gedanken zu machen. Aber damit würde er schon bald anfangen. Bestimmte Dinge lagen bereits jetzt klar auf der Hand, oder machte er sich da nur wieder etwas vor? Nein, wohl nicht. So hatte Baines' Tod ganz nebenbei die Entscheidung gebracht, welchem Bündel Heu der Esel sich zuwenden würde, und auch das war ohne Zweifel schon ein Fortschritt. Als weitere berechtigte Schlussfolgerung ergab sich, dass Baines etwas gewusst haben musste. Oder nein, stopp, das war nicht ganz richtig. Baines hatte vermutlich *alles* gewusst. Doch war das der Grund für seine Ermordung? Es schien immerhin die plausibelste Erklärung zu sein. Aber wer hatte ihn umgebracht? Wer? Wie es aussah, musste Baines seinen Mörder gekannt haben. Ziemlich gut sogar; denn dieser war ihm, offenbar mit seinem Einverständnis, in die Küche gefolgt und hatte dicht hinter ihm gestanden, als er in den Kühlschrank gegriffen hatte, um irgendetwas herauszuholen. Und schließlich konnte man wohl davon ausgehen, dass der Täter die Waffe mitgebracht hatte. Aber wie transportierte man ein Messer dieser Größe, ohne aufzufallen? Hatte er es im Strumpf stecken gehabt? Es war natürlich auch möglich, dass ...

Ein leiser, durchdringender Pfiff unterbrach ihn in seinen Überlegungen. Die Miene des Sergeants zeigte, dass er gerade eine aufregende Entdeckung gemacht haben musste.

»Ich glaube, Sie sollten besser mal kommen, Sir.«

Morse ging hinüber zum Schreibtisch, warf einen Blick in die unterste rechte Schublade und fühlte, wie sich seine Nackenhaare sträubten. Da lag ein Heft, ein Schulheft, auf dessen Vorderseite in Großbuchstaben ein Morse nur allzu vertrauter Name stand: VALERIE TAYLOR. Darunter: *Technisch-naturwissenschaftlicher Unterricht.* Die beiden Männer sahen sich stumm an. Schließlich nahm Morse den Rücken des Hefts vorsichtig zwischen die Kuppen beider Zeigefinger und hob es in die Höhe. Dabei fielen zwei lose Blätter heraus und flatterten zu Boden. Morse bückte sich nach ihnen und legte sie auf den Schreibtisch. Es waren Briefentwürfe. Der eine begann mit *Liebe Mami, lieber Papi* und schloss *Viele liebe Grüße, eure Valerie.* Manche Wörter waren durchgestrichen und mit kleinen Abweichungen in der Schreibung einzelner Buchstaben noch einmal darüber gesetzt worden. Dazwischen ganze Reihen mit bestimmten Buchstaben, m, v und t, erst noch unbeholfen, dann allmählich immer gelungener, die letzten so perfekt, dass man hätte meinen können, sie seien von Valerie selbst geschrieben worden. Noch immer hatte keiner von ihnen ein Wort gesprochen.

Schließlich war es Lewis, der das Schweigen brach. »Sieht ganz danach aus, als sei außer Ihnen noch ein Fälscher am Werk gewesen, Sir.« Morse antwortete ihm nicht darauf. Irgendwo in seinem Hinterkopf hatte es geklickt – ein Puzzlestück war wie von selbst an seinen Platz gerutscht. Bisher hatte er, was geschehen war, aus Annahmen und Vermutungen rekonstruieren müssen, da die Tatsachen nur schemenhaft zu erkennen gewesen waren. Aber nun sprangen sie ihn geradezu an.

Es war klar, dass Baines den Brief an Valerie Taylors Eltern geschrieben hatte – und das bedeutete gleichzeitig, dass Valerie wahrscheinlich tot war. In gewisser Weise war Morse erleichtert, da er das Gefühl hatte, nun endlich zu wissen, woran er war; gleichzeitig spürte er jedoch auch eine tiefe Traurigkeit.

Das Leben war etwas Unersetzliches, und fast jeder hatte seine kleinen Hoffnungen und Freuden, von denen Abschied zu nehmen schwerfiel. Jeder Mensch hatte ein Recht auf Leben. Genau wie er selbst, wie Lewis – und wie Baines? Ja, doch, Baines war da keine Ausnahme. Aber irgendjemand war in diesem Punkt anderer Ansicht gewesen, war der Überzeugung, Baines habe dieses Recht verwirkt, und hatte ihn mit einem Messer durchbohrt. Und von ihm, Morse, wurde nun erwartet, dass er herausfand, wer das getan hatte. Was ihm unter Umständen auch tatsächlich gelingen würde, jedenfalls wenn es in diesem Tempo weiterging. Vielleicht reichte es, die übrigen Schubladen durchzusehen. Möglicherweise lag die Lösung da schon fix und fertig parat. Obwohl – so ganz glaubte Morse nicht daran. Und er sollte recht behalten. Lewis und er machten sich in der nächsten halben Stunde mit Fleiß und Akribie über den Schreibtisch her, aber ohne etwas Wichtiges zu entdecken. Nur als sie auf eine Fotokopie von Phillipsons Spesenabrechnung stießen, hielten sie einen Augenblick inne und warfen sich einen vielsagenden Blick zu.

Auf der rechten oberen Seite des Schreibtisches, gleich neben dem weißen Telefon, lag ein flaches rechteckiges Plastikkästchen: ein Telefonregister. Morse hatte ihm keine Beachtung geschenkt, hatte es übersehen, weil es so unauffällig und alltäglich war. Doch plötzlich, als er sich schon abwenden wollte, blieb sein Blick daran hängen. Er drückte in der unbestimmten Erwartung, dass Baines seine Nummer vielleicht eines Eintrags für würdig befunden hatte, den Buchstaben M, und das Kästchen klappte bei der entsprechenden Karte auf; sie war jedoch leer. Offenbar hatte Baines keine Bekannten, deren Namen mit diesem Buchstaben begannen. Dasselbe schien für N und O zu gelten. Baines hatte sich wahrscheinlich das Register erst kürzlich zugelegt und war noch nicht dazu gekommen, die Namen und Nummern von einer früheren Liste zu übertragen. Allerdings hatten sie eine solche Liste bei ihrer Suche bisher nicht gefunden. Morse tippte mit dem Zeigefinger den nächsten Buchstaben und hielt unwillkürlich den Atem an. Unter P stand der Name *Phillipson* und dahinter seine Privatnummer in Oxford. Morse ging nun systematisch die weiteren Karten durch. Bei R hatte Baines die Nummer des *Royal Automobile Club* eingetragen, unter S eine Versicherungsfirma. Dann T. Und wieder spürte er seine innere Erregung. Taylor – und dahinter die Nummer. Morse legte nachdenklich den Kopf zur Seite. Es schien ihm, als habe sich soeben ein weiteres Puzzlestück eingefügt. U und V – nichts. Unter W der Name Wright, dann die Nummer und in Klammern *Maler und Tapezierer.* Die Karten für X, Y und Z waren wieder leer. Was noch fehlte, war die erste Hälfte des Alphabets bis L. Mit einiger Spannung drückte er auf die Taste für die Eintragungen unter A und richtig – A wie Acum, die Privatnummer.

Morse ging das Register noch einmal ganz durch. Es waren insgesamt nur vierzehn Eintragungen, die meisten davon völlig unverdächtig – Handwerker, eine Buchhandlung, die Nummer eines Arztes. Und dann die drei Namen, denen er im Laufe seiner Ermittlung begegnet war, Acum, Phillipson, Taylor. Merkwürdig, wie sich bei diesem Fall immer Dreierkonstellationen zu bilden schienen. Die erste hatte gelautet: Acum, Phillipson, Baines; und nun, da Baines ausgeschieden war, gab es sofort eine neue, mit dem Namen *Taylor* als Ersatz. Irgendwo in Morse' Hinterkopf machte es zum dritten Mal *klick.*

Die Leute von der Spurensicherung hatten zwar die Vorhänge zurückgezogen, das Licht aber brennen lassen. Morse knipste es beim Hinausgehen aus. Es war halb sechs.

»Und was jetzt als Nächstes?«, fragte Lewis.

Morse überlegte einen Moment. »Hat Ihre bessere Hälfte schon die Kartoffeln in den Ofen geschoben, Lewis?«

»Wahrscheinlich, Sir. Aber ich mag kalte Chips inzwischen ganz gerne.«

20

> *Alibi (lat. alibi, anderswo);*
> *Nachweis der Abwesenheit*
> *vom Tatort zur Tatzeit*
> Konversationslexikon

Es wird ihm nicht gefallen.«
»Natürlich wird es ihm nicht gefallen.«
»Es muss für ihn so aussehen, als hätten wir ihn in Verdacht.«
»Das haben wir ja auch, oder etwa nicht?«
»Aber nicht ihn allein.«
»Nein, ihn und noch ein paar andere.«
»Es wäre besser, wenn wir die genaue Todeszeit wüssten.« Es klang bedrückt.
»Darüber machen Sie sich mal keine Gedanken. Ihre Aufgabe ist lediglich, uns von ihm eine Aufstellung zu besorgen, was er gestern gemacht hat, und zwar angefangen von dem Zeitpunkt, als er die Schule verließ, bis zum Schlafengehen.«
»Es wird ihm nicht gefallen.« Lewis schüttelte bedenklich den Kopf.
Morse stand auf und brachte die Unterhaltung etwas abrupt zu Ende: »Er wird sich damit verdammt noch mal abfinden müssen.«

Kurz nach halb sieben verließ Morse das Präsidium und machte sich auf den Weg zu den Taylors. Genau wie Lewis empfand auch er die vor ihm liegende Aufgabe nicht als besonders angenehm. George Taylor würde bestimmt sofort annehmen, dass er ihn verdächtigte, und so ganz falsch war diese Vermutung ja nicht.

Vor dem Reihenhaus stand der grüne Morris Oxford. Auf sein Klingeln öffnete ihm George in Hemdsärmeln die Tür, eilig noch einen Bissen seines Abendessens herunterschluckend.

»Ich schaue wohl besser in einer halben Stunde noch mal vorbei.«

»Das ist nicht nötig, ich war sowieso fast fertig. Kommen Sie rein.« George hatte allein in der Küche gegessen. Auf dem Tisch stand ein fast leerer Teller mit Eintopf. »Möchten Sie einen Tee?«

Morse lehnte dankend ab und setzte sich George gegenüber an den altersschwachen Küchentisch.

»Womit kann ich Ihnen helfen, Inspector?« Er füllte eine große Steinguttasse mit dunkelbraunem Tee und zündete sich eine Woodbine an. Morse teilte ihm mit, dass Baines ermordet worden sei. Aus der Zeitung konnte er es noch nicht erfahren haben – Baines' Tod war zu spät am Nachmittag bekannt geworden, als dass in der Abendausgabe der *Oxford Mail*, die auf dem Tisch lag, schon ein Bericht darüber hätte erscheinen können.

George nahm die Nachricht eher gleichgültig auf und äußerte auch kein Wort des Bedauerns. Er hatte Baines zwar von Elternabenden und Schulveranstaltungen her gekannt, aber eben nur vom Sehen. Morse war befremdet, dass sich jemand dem Tod eines anderen Menschen gegenüber derartig teilnahmslos verhalten konnte, doch andererseits mochte er den Mann, weil so deutlich war, dass ihm jegliche Bosheit und Heuchelei abgingen. Trotzdem – früher oder später würde er ihn auffordern müssen, ihm darüber Rechenschaft abzulegen, wo er sich gestern Abend aufgehalten hatte, doch schob er diesen Moment noch hinaus. Zum Glück war George gesprächig, das erleichterte ihm seine Arbeit.

»Meine Alte kennt ihn besser als ich. Wenn sie zurückkommt, muss ich es ihr gleich erzählen. Montag- und dienstagabends ist sie immer in Oxford – zum Bingospielen.«

»Gewinnt sie denn auch manchmal?« Was hatte ihn nur zu dieser unwesentlichen Frage veranlasst?

»Hin und wieder ein paar Pfund. Gestern Abend wohl ausnahmsweise sogar ziemlich viel. Aber Sie wissen ja, wie das ist – alles, was man gewinnt, wird früher oder später wieder verspielt. Aber sie ist eben verrückt danach.«

»Wie kommt sie denn hin? Mit dem Bus?«

»Ja, meistens. Gestern allerdings nicht. Meine Mannschaft hatte in Oxford im *Jericho Arms* einen Dartswettkampf. Ich bin mit dem Auto hin und hab sie mitgenommen. Sie war früher fertig als ich und ist dann im Pub vorbeigekommen, und wir sind zusammen zurückgefahren. Aber das war eine Ausnahme. Sonst nimmt sie gewöhnlich den Bus.«

Morse räusperte sich. »Mr Taylor, es ist eine reine Formalität – ich bin sicher, Sie verstehen das –, aber ich muss von Ihnen ganz genau wissen, was Sie gestern Abend gemacht haben.«

George schien weder verärgert noch irgendwie beunruhigt zu sein. Wenn ihn nicht alles täuschte, war da einen Moment lang sogar etwas wie Erleichterung in seinen freundlichen Augen zu lesen gewesen. Aber da konnte er sich irren.

Als Morse gegen halb acht wieder im Büro eintraf, wartete Lewis dort schon auf ihn. Die beiden Männer tauschten aus, was sie in Erfahrung gebracht hatten. Sie waren sich insofern einig, als jeder von ihnen den Verdächtigen, den er aufgesucht hatte, eigentlich nicht für fähig hielt, einem andern kurz entschlossen ein Messer in den Rücken zu rammen. Die beiden Alibis waren zwar nicht perfekt, aber auf den ersten Blick akzeptabel. Phillipson war laut eigener Aussage gegen Viertel nach fünf von der Schule nach Hause zurückgekehrt, hatte etwas gegessen und war um kurz nach halb sieben wieder aufgebrochen, um sich im *Playhouse* in Oxford eine Aufführung der *Heiligen Johanna* anzusehen. Er hatte seinen Wagen auf dem Parkplatz am Gloucester Green abgestellt und war gegen zehn vor sieben im Theater gewesen. Das Stück hatte bis halb elf gedauert. Er hatte seinen Platz nur einmal, und zwar während der ersten Pause verlassen, um an der Bar ein Guinness zu trinken. Nach der Vorstellung war er sofort nach Hause gefahren. Er erinnerte sich, dass er auf BBC 2 die Elf-Uhr-Nachrichten gesehen hatte.

»Was schätzen Sie, wie weit ist es vom *Playhouse* bis zur Kempis Street?«

Lewis überlegte. »So zwei-, dreihundert Yards.«

Morse griff nach dem Telefon und wählte die Nummer des gerichtsmedizinischen Labors. Nein, leider noch nicht. Der bucklige Pathologe war mit der Untersuchung von Baines' Eingeweiden noch nicht fertig. Nein, einen genaueren Zeitpunkt anzugeben, sei ihm leider nicht möglich. Zwischen acht und Mitternacht, damit müsse er sich leider zufriedengeben. Ja, also eigentlich grenze das ja schon an Nötigung – aber gut. Also zwischen halb neun und halb zwölf, vielleicht sogar elf. Weiter einengen könne er den Zeitraum nun aber wirklich nicht. Morse legte den Hörer auf, starrte eine Zeit lang an die Decke und nickte dann ein paar Mal abwesend mit dem Kopf. »Wissen Sie, Lewis, das Problem des Alibis ist nicht, dass die einen eins haben und die anderen nicht. Das Problem ist, dass kaum je eins wirklich hundertprozentig wasserdicht ist. Es sei denn, jemand hat zufällig in der fraglichen Zeit in einer Zelle auf dem Polizeirevier gesessen.«

»Sie glauben also, dass Phillipson Baines ermordet haben könnte?«

»Natürlich.«

Lewis legte sein Notizbuch zur Seite. »Und wie ist es Ihnen bei den Taylors ergangen?«

Morse berichtete von seiner Unterredung, und Lewis hörte aufmerksam zu.

»Also hätte er auch Baines ermordet haben können?«

Morse zuckte unentschlossen mit den Achseln. »Vom *Jericho Arms* zu Baines' Haus, wie groß ist da die Entfernung?«

»Höchstens eine viertel Meile.«

»Die Verdächtigen werden ja von Minute zu Minute mehr.«

»Was ist eigentlich mit Mrs Taylor? Müssen wir sie auch zu den Verdächtigen zählen?«, fragte Lewis.

»Ich denke schon. So wie es aussieht, wäre es ihr ein Leichtes gewesen, Baines zu töten. Sie ist gegen neun vom Bingo weggegangen und war ungefähr um halb zehn im *Jericho Arms*. Die Zeit hätte durchaus zu einem Abstecher in die Kempis Street gereicht. Für uns bedeutet das: Wenn Baines gegen halb zehn ermordet wurde, dann haben wir auf einen Schlag gleich drei Personen, die als Täter infrage kämen. Und sowohl Phillipson als auch Taylor standen in Baines' Telefonregister – das macht es auch nicht gerade einfacher.«

»Und Acum auch, Sir. Vergessen Sie ihn nicht.«

Morse sah auf die Uhr. Es war genau acht. »Ja, Acum. Das wäre ein Ding, was, Lewis, wenn sich herausstellen sollte, dass er gestern Darts in *Jericho Arms* oder Bingo in der Town Hall gespielt hätte.«

»Von Caernarfon nach Oxford – das ist aber schon ein ziemlicher Umstand.«

»Sie gehen von einer falschen Voraussetzung aus, Lewis. Denn so viel steht fest: Wo immer Acum gestern Abend auch war – ganz sicher nicht in Caernarfon.«

Morse nahm den Telefonhörer ab und wählte eine Nummer. Am anderen Ende wurde gleich nach dem ersten Klingeln abgehoben.

»Ja?« Es rauschte fürchterlich in der Leitung, aber Morse erkannte die Stimme trotzdem sofort.

»Mrs Acum?«

»Ja. Wer spricht da, bitte?«

»Morse. Inspector Morse. Sie erinnern sich vielleicht … Ich habe schon einmal angerufen.«

»Ja, natürlich.«

»Ist Ihr Mann wieder zurück?«

»Nein. Ich glaube, ich habe Ihnen schon am Sonntag gesagt, dass es vermutlich spät werden würde.«
»Wie spät?«
»Das weiß ich selbst nicht genau.«
»Vor zehn?«
»Ich hoffe.«
»Hat er weit zu fahren?«
»Ja, ziemlich.«
»Mrs Acum, ich wüsste gern von Ihnen, wo Ihr Mann sich von Sonntag bis heute aufgehalten hat.«
»Das habe ich Ihnen doch schon gesagt. Auf einer Tagung von Französischlehrern.«
»Ja, das weiß ich. Wenn Sie mir jetzt vielleicht noch sagen könnten, wo.« Morse wurde allmählich ungeduldig.
»Also, wo er gewohnt hat, da bin ich nun wirklich überfragt.«
»Mrs Acum, Sie wissen doch genau, was ich meine. Ich möchte, dass Sie mir den Tagungsort nennen. Birmingham, Manchester …?«
»Ach, jetzt verstehe ich, worauf Sie hinauswollen. Nein, nein, die Tagung war in Oxford.«
Morse wandte sich zu Lewis und bedeutete ihm durch eine Handbewegung zuzuhören. »In Oxford, sagen Sie?«
»Ja, im Lonsdale College.«
»Ah so. Nun, ich werde mich dann später noch mal melden. So gegen zehn. Ich hoffe, dass ich Sie dann nicht störe.«
»Ist es so dringend, Inspector?«
»Nun, sagen wir mal, es ist wichtig, Mrs Acum.«
»Alles klar. Ich werde ihm sagen, dass Sie ihn sprechen wollten. Und wenn er vor zehn zurück ist, kann er Sie ja zurückrufen.«
Morse gab ihr seine Nummer, legte auf und wiegte nachdenklich den Kopf. »Es wird immer interessanter, Lewis. Finden Sie nicht? Vom Lonsdale College zu Baines – ist das ein weiter Weg?«

»Eine halbe Meile.«

»Die Liste der Verdächtigen wird immer länger. Acum wird vermutlich auch kein hieb- und stichfestes Alibi vorweisen können, das ihn sofort entlastete. Jetzt sind es also schon vier.«

»Ich komme auf fünf, Sir.«

»So?« Morse sah ihn überrascht an.

»Mrs Phillipson, Sir. Zwei Kinder, die früh ins Bett müssen und bald schlafen. Der Ehemann für drei, vier Stunden nicht da. Und sie hat ein genauso starkes Motiv wie die anderen.«

Morse nickte. »Vielleicht sogar ein stärkeres.« Er nickte ein zweites Mal und blickte deprimiert zu Boden.

Plötzlich kam unter einem Schrank eine Spinne hervor, flitzte wie angestochen weiter, hielt dann unvermittelt an und verharrte völlig still. Dann ein erneutes schnelles Huschen und anschließend wieder Regungslosigkeit. Fett, mit langen, haarigen Beinen, deren eckige Gelenke den Körper überragten. Dann war es schon besser, sie bewegte sich. Morse fiel ein Spiel aus seiner Kindheit ein, das *Ochs am Berg* geheißen hatte. Man lief zu den Klängen irgendeiner Musik umher, und wenn sie abrupt aufhörte, musste man stehen bleiben, wo man war, und durfte sich nicht rühren. Die Spinne war jetzt fast an der gegenüberliegenden Wand angekommen. Morse sah ihr zu wie hypnotisiert. Er hatte eine Spinnenphobie.

»Haben Sie heute Nachmittag das Mordsding gesehen, das in Baines' Badewanne gesessen hat?«, fragte Lewis.

»Halten Sie augenblicklich den Mund, Sergeant. Ich verbiete Ihnen, von so etwas zu reden. Und jetzt treten Sie das grässliche Biest endlich tot!«

»Aber, Sir! Das darf man nicht. Der hat bestimmt irgendwo Frau und Kinder, die auf ihn warten.« Er beugte sich herunter und bewegte langsam seine geöffnete Hand auf die Spinne zu. Morse schloss die Augen.

21

John und Mary bekommen jeder 20 Pence.
John gibt Mary einen Penny ab.
Wie viel Geld mehr als John hat Mary?
Aufgabe bei der Aufnahmeprüfung
für die Oberschule

Der Hang zum Glücksspiel ist so universell, so tief steckt er in der sündigen Natur des Menschen, dass Philosophen und Sittenlehrer ihn seit den frühesten Zeiten als böse ansehen. Die Römer sprachen von *cupiditas,* dem Verlangen nach den Dingen dieser Welt, der nackten, schamlosen Habsucht. Und vielleicht ist sie die Ursache all unseren Übels. Doch wie gut versteht man den brennenden Neid der Armen auf die Reichen; das Glücksspiel scheint oft der einzige Weg zu sein, an Besitz zu kommen. Aber dieser Erklärungsversuch ist nur oberflächlich; denn einige finden grenzenloses Vergnügen im Glücksspiel selbst, in seiner bloßen Ausübung. Ihnen geht es nicht um die Aussicht auf den Hauptgewinn, auf plötzlichen Reichtum, auf Wochenenden in der Karibik. Ihnen geht es um das Spiel an sich, das erregende Auf und Ab, das ihnen zu Kopf steigt wie ein schweres Rauschmittel. Sie könnten heute Abend eine Million an dem tückischen Glücksrad gewinnen und würden sie doch morgen wieder aufs Spiel setzen.

Jede Gesellschaft hat ihre eigenen Spiele, und die Spiele sagen ebenso viel über sie aus wie ihre Bräuche – denn in gewisser Weise sind die Spiele die Bräuche einer Gesellschaft: Kopf oder Zahl; *rouge ou noir;* Verdoppeln oder Aufgeben; das Scheppern der Münzen, wenn der einarmige Bandit drei Orangen nebeneinander anzeigt; eine Quote von zehn zu eins, und der starke Außenseiter passiert in gestrecktem

Galopp die Ziellinie in Kempton Park; *da trat herzu, der fünf Zentner empfangen hatte, und legte andere fünf Zentner dar und sprach: Herr, du hast mir fünf Zentner ausgetan; siehe da, ich habe damit andere fünf Zentner gewonnen. Da sprach sein Herr zu ihm: Ei, du frommer und getreuer Knecht, du bist über wenigem getreu gewesen, ich will dich über viel setzen.* Und einmal in der Woche winkt einem das Glück aus lichtjahreweiter Entfernung. Eine halbe Million Pfund für den Einsatz eines halben Penny. Man beschwört es mit einer Reihe von Kreuzen auf einem Vordruck, und es fällt einem zu unter den Küssen einer vollbusigen Schönheitskönigin. Denn einige haben Glück beim Spiel. Andere verlieren mehr, als sie sich eigentlich leisten können, und versuchen, ihre Verluste wettzumachen, und verlieren noch das Letzte; und am Ende – weh ihnen! – lassen sie alle Hoffnung fahren, setzen sich in dunkle Garagen, neben einen Gasherd oder schneiden sich die Kehle auf und sterben. Und manche rauchen fünfzig Zigaretten am Tag, und manche trinken Gin oder Whisky; und manche gehen in den Wettbüros ein und aus, und die Reicheren greifen nur zum Telefon.

Aber welche Frau kann es ertragen, wenn ihr Mann spielt, es sei denn, er gewönne dauernd. Und welcher Ehemann wird je glauben, dass seine Frau dem Glücksspiel verfallen ist, es sei denn, sie wäre eine unbegabtere Lügnerin als Mrs Taylor. Aber Mrs Taylors Traumwelt ist die Bingohalle.

Es hatte vor einigen Jahren im Gemeindesaal in Kidlington begonnen. Dort hatten sie zu zwölft, nicht mehr, auf wackligen Stühlen gesessen, und der Pfarrer, ein etwas wunderlicher, düsterer Mensch, hatte mit geschulter Predigerstimme die Zahlen ausgerufen. Die nächste Station war für sie das *Ritz* in Oxford, wo die Binggläubigen bequem in den geschwungenen Reihen der Kinosessel Platz nahmen und eine metallisch schrille Lautsprecheranlage den Riesensaal mit dem Geschehen auf der Bühne verband. Hier ist jeder Anschein menschlicher Anteilnahme getilgt; niemand wechselt auch nur ein Wort mit der Nachbarin. »Augen auf die Karte!«, heißt die Devise, und das Einzige, was zählt, ist, wer die erste Waagerechte, die erste Senkrechte, die erste Diagonale komplett hat. Viele der Spielerinnen haben mehrere Karten gleichzeitig vor sich; mit kalter Ausschließlichkeit richten sie ihre ganze Aufmerksamkeit auf die Zahlenfelder. Das Spiel erfordert nur ein sehr eingeschränktes Verständnis für den Umgang mit Zahlen, die geringste individuelle Initiative oder Originalität ist nicht nur unerwünscht, sondern wäre sogar hinderlich. Immer ist es so, dass alle Spielerinnen beinahe gewinnen; die Reihe ist beinahe komplett, und die Karte ist beinahe voll. Ihr Götter! Blickt herab und lächelt noch einmal! Komm, meine kleine Zahl, komm! Hier bin ich – wenn nur du, nur du, nur du ...! Und da sitzen all die Frauen und hoffen und beten und klagen, wie wenig ihnen eben gefehlt hat, und verfluchen ihr Unglück und sagen und denken, *wenn nur ...*

Heute Abend nahm Mrs Taylor draußen vor dem *Ritz* den 2er Bus und war um fünf nach halb zehn in Kidlington; sie beschloss, noch kurz in den Pub hereinzusehen.

Acum meldete sich um kurz nach halb zehn. Früher als erwartet. Er habe Glück gehabt mit dem Verkehr, es sei wenig los gewesen. Bei Towcester sei er auf die A5 gefahren, und von da an sei es glattgegangen. Er war um Viertel nach drei in Oxford aufgebrochen, kurz vor dem offiziellen Ende der Tagung. Ja, doch, es sei sehr anregend gewesen. Am Montagabend, Moment, er müsse erst einmal nachdenken – also, da sei zuerst das gemeinsame Abendessen gewesen, und anschließend habe man in lockerer Runde zusammengesessen und Fragen an die Referenten stellen können. Dabei seien einige interessante Dinge zur Sprache gekommen. Gegen halb elf sei er im Bett gewesen; so ein volles Programm den ganzen Tag, das mache schon müde. Nein, soweit er sich erinnere – und eigentlich erinnere er sich ziemlich gut an den Abend –, sei er nicht aus gewesen. Baines tot? Was? Ob Morse das bitte wiederholen könne. O mein Gott, das sei ja furchtbar. Natürlich habe er ihn gekannt – sehr gut sogar. Wann es denn passiert sei? Am Montag? Montagabend? Also deswegen die Fragen?! Allmählich fange er an zu begreifen. Nun, er habe alles gesagt, was er wisse; es tue ihm leid, dass er nicht mehr helfen könne.

Morse legte den Hörer auf. Er kam immer mehr zu der Überzeugung, dass eine Befragung per Telefon etwa so sinnvoll war wie zu versuchen, in Taucherausrüstung zu einem Hundertmeterlauf zu starten. Es würde ihm wohl nichts anderes übrig bleiben, als selbst nach Caernarfon zu fahren, wenn er zu dem Schluss kam ... Zu welchem Schluss? War es wirklich wahrscheinlich, dass Acum bei Baines' Tod seine Finger im Spiel gehabt hatte? Wenn ja, dann hatte er jedenfalls alles getan, um möglichst viel Aufmerksamkeit auf sich zu lenken. Also eher ein Punkt zu seinen Gunsten. Andererseits – sein Name war die ganzen Ermittlungen hindurch immer wieder aufgetaucht, nicht spektakulär, aber dafür mit einer erstaunlichen Regelmäßigkeit. Und seine Telefonnummer gehörte zu den wenigen, die der ermordete Baines aufzuschreiben für notwendig erachtet hatte. Hm. Das alles war schon irgendwie merkwürdig. Aber war es vorstellbar, dass jemand zu einem Kongress nach Oxford kam und sich dann plötzlich entschloss, einen ehemaligen Kollegen umzubringen? Oder war es gar nicht so plötzlich gewesen, sondern im Gegenteil sogar besonders raffiniert geplant, weil in der Planung von Anfang an mit einbezogen worden war, dass es niemandem einfallen würde, ihn überhaupt erst zu verdächtigen? Schließlich war es mehr oder weniger Zufall gewesen, dass er die Idee gehabt hatte nachzufragen, an welchem Ort denn nun Mr Acums Kongress eigentlich stattgefunden habe. Hatte Acum darauf gebaut, dass ihn keiner in Oxford vermuten würde? Morse seufzte. Die Reise nach Caernarfon blieb ihm wohl nicht erspart. Brrr! Es war auf einmal kalt im Büro, und Morse fühlte sich müde. Schluss für heute! Er sah auf die Uhr. Gleich zehn. Wenn er sich beeilte, konnte er noch ein paar Bier trinken.

Der Pub war – wie zu erwarten – sehr voll, und Morse musste sich mühsam einen Weg durch die Menge bahnen. Blaue Schwaden von Zigarettenrauch in Augenhöhe versperrten die Sicht wie morgendliche Herbstnebel. Es herrschte lautes Stimmengewirr; jeder schien möglichst viel möglichst laut reden zu müssen; so etwas wie Gesprächspausen gab es nicht. An einigen der Tische wurde *Cribbage* gespielt, an anderen Domino. Die Dartswerfer bildeten eine lange Schlange. Alle nur irgendwie erreichbaren waagerechten Flächen waren vollgestellt. Gläser mit und ohne Henkel, fast volle Gläser, halb volle Gläser, leere Gläser – Letztere hatten den Vorzug, dass man sie aufs Neue mit der unübertrefflichen bernsteinfarbigen Flüssigkeit füllen konnte, die da Bier hieß. Morse entdeckte eine Lücke an der Bar und quetschte sich, Entschuldigungen murmelnd, nach vorne durch. Während er darauf wartete, bedient zu werden, hörte er rechts von sich das Rattern eines Spielautomaten und von Zeit zu Zeit das helle metallische Klappern, wenn er Münzen ausspie. Er beugte sich vor, um besser sehen zu können. Die Frau an dem Automaten drehte ihm den Rücken zu, doch er erkannte sie sofort.

Der Wirt unterbrach ihn, als sich in seinem Kopf gerade eine völlig neue, sehr interessante Idee zu formen begann.
»Was darfs sein?«

Morse bestellte ein Pint Bitter und drängte sich beharrlich weiter seitwärts, bis er nur noch wenige Schritte hinter ihr stand. Sie schob gerade dem Wirt ihr Glas über den Tresen.

»Noch einen Doppelten, Bert.«

Sie öffnete eine auffallend große lederne Handtasche, und Morse, der neugierig den Hals reckte, konnte sehen, dass sie ein dickes Bündel Geldscheine enthielt. Fünfzig Pfund? Vielleicht sogar mehr. Hatte sie heute Abend beim Bingo gewonnen?

Morse war sicher, dass sie ihn bei dem Gewühl, das im

Pub herrschte, nicht bemerkt hatte, und beobachtete sie unauffällig. Sie trank Whisky und tauschte mit mehreren der Stammgäste anzügliche Bemerkungen aus. Und dann lachte sie plötzlich. Ein raues, etwas gewöhnliches Lachen, und Morse stellte bei sich fest, dass er sie merkwürdigerweise sehr anziehend fand. Also wirklich! Er betrachtete sie genauer. Zugegeben, sie war nicht mehr das, was man eine Schönheit nennt, das war unübersehbar. Er bemerkte, dass sie abgekaute und gesplitterte Fingernägel hatte, dass der Zeigefinger ihrer rechten Hand von Nikotin dunkelbraun verfärbt war. Aber kam es darauf an? Morse leerte sein Glas und bestellte sich gleich ein zweites. Mit der Idee, die er da vorhin gehabt hatte, würde es heute Abend doch nichts mehr werden. Er wusste natürlich auch, warum. Es war sehr einfach: Er brauchte eine Frau – er hatte aber keine. Er ging in eine der hinteren Ecken des Raums, suchte sich dort einen Platz und dachte, wie er das oft tat, nach über die geheimnisvolle Anziehungskraft von Frauen. In seinem Leben hatte es viele Frauen gegeben – vielleicht zu viele. Eine oder zwei tauchten sogar heute noch bisweilen in seinen Träumen auf und erinnerten ihn schmerzhaft an die Zeit, als er noch jung und voller Hoffnung gewesen war. Eine Zeit, die ein für alle Mal vergangen war. Er war jetzt Mitte vierzig, unverheiratet und allein. Und saß verloren hier in dieser schäbigen Bar, wo die Genüsse des Lebens sich auf Bier, Zigaretten, Kartoffelchips, Salznüsse und das Spiel am Automaten reduzierten … Der Aschenbecher vor ihm auf dem Tisch quoll über von Kippen und Asche, und er schob ihn angewidert beiseite. Dann trank er sein Glas leer und ging hinaus in die Nacht.

Er befand sich in der Bar des *Randolph Hotel*. Ihm gegenüber saß ein Architekt, ein älterer Mann, der schwärmerisch von Raum, Licht und Schönheit sprach. Er hatte Griechisch und Latein studiert, trug ständig eine Melone und schlief unter einer Eisenbahnbrücke. Sie plauderten über Gott und die Welt, und während sie miteinander sprachen, schritt eine anmutige junge Frau an ihnen vorbei zur Bar und bestellte sich dort einen Drink.

Der Architekt sah ihr mit einem Blick sehnsüchtiger Bewunderung nach. »Ist sie nicht hinreißend?«

Auch Morse spürte einen Schauer angesichts ihrer naturhaften Schönheit durch sich hindurchgehen. Doch er fand keine Worte dafür.

Auf dem Rückweg von der Bar kam sie wieder an ihrem Tisch vorbei, und sie sahen ihr Profil und die verführerische Silhouette unter dem engen schwarzen Pullover. Und der alternde Architekt, der Liebhaber der klassischen Dichtkunst, der Schläfer unter Eisenbahnbrücken, stand auf und richtete mit ehrerbietiger Höflichkeit das Wort an sie. »Meine verehrte junge Dame, bitte fassen Sie es nicht als Zudringlichkeit auf, aber mein junger Freund hier und ich, wir möchten Ihnen sagen, dass wir Sie unbeschreiblich schön finden.«

Für einen Augenblick schienen ihre Augen aufzuleuchten. Doch dann öffnete sie den Mund zu einem rauen Lachen. »Danke, Jungs. Aber ihr solltet mich mal sehen, wenn die Schminke ab ist!« Sie legte dem Architekten ihre rechte Hand auf die Schulter, sodass ihre abgekauten Nägel und der nikotinverfärbte Zeigefinger zu sehen waren.

Morse erwachte schweißgebadet. Draußen dämmerte kalt und unfreundlich ein neuer Tag herauf. Er hatte das Gefühl, von einer Geisterhand berührt worden zu sein.

22

*Verstehen lässt sich das Leben nur im Rückblick,
leben muss man es nach vorn*
Søren Kierkegaard

Morse war morgens um halb acht in seinem Büro.

Als kleiner Junge hatte er keine größere Wonne gekannt, als lange im Bett liegen zu können. Aber die Zeiten waren vorbei – das war ihm heute besonders schmerzhaft bewusst, denn der kurze, unruhige Schlaf der letzten Nacht hatte ihn nicht erfrischt. Müde und gereizt saß er am Schreibtisch und versuchte vergeblich, einen klaren Gedanken zu fassen. Die Fahrt zum Dienst hatte ihm gutgetan, und ein kleiner Trost war es, die *Times* zu lesen. Die Führer der Supermächte hatten ein Treffen in Wladiwostok vereinbart; und die Wirtschaft setzte ihre Talfahrt fort, ein Desaster schien unvermeidlich. Aber Morse las nur die Schlagzeilen. Über die Lage der Nation und das Kommen und Gehen der Mächtigen war er immer schlechter informiert. Man konnte das Feigheit nennen, für ihn war es eine Art Selbstschutz. Über manche Dinge wollte er einfach nicht zu gut Bescheid wissen, das hielt er für sein gutes Recht, denn er nahm sich immer gleich alles so zu Herzen. Schon eine beiläufige Bemerkung, dass Nervenzusammenbrüche in unserer Gesellschaft keine Seltenheit seien, konnte ihn in die Angst versetzen, er werde schon morgen in der Psychiatrie landen. Neulich zum Beispiel hatte er allen Mut zusammengenommen und einen ausführlichen Artikel über die Ursachen des Infarkts gelesen. Prompt hatte er fast alle wichtigen Symptome an sich selbst beobachtet und sich in Panik hineingesteigert. Ärzte mussten eigentlich die Superhypochonder sein. Er wandte sich der letzten Seite der *Times* zu und nahm seinen Kuli heraus. Hoffentlich war das Kreuzworträtsel heute mal richtig eklig! – Doch nein, nur neuneinhalb Minuten.

Er nahm sich einen Block und fing an zu schreiben und schrieb noch, als eine Stunde später das Telefon klingelte. Es war Mrs Lewis. Ihr Mann liege mit hohem Fieber im Bett, es sei wohl eine Grippe. Er habe unbedingt kommen wollen, aber sie habe ihn davon abgehalten und gegen seinen Protest den Arzt gerufen. Morse, ganz Mitgefühl, gab ihr völlig recht und legte ihr dringend ans Herz, ja auf den sturen alten Na-sie-wisse-schon aufzupassen – der solle gefälligst auf sie hören. Er werde versuchen, etwas später mal vorbeizukommen.

Morse lächelte resigniert, als er seine eilig geschriebenen Notizen durchsah. Es waren Anweisungen für Lewis. Und wie hätte der sich darüber gefreut. Alles Routineaufgaben. *Phillipson: Kasse* Playhouse *nach Reihe und Platz fragen, Nachbarn rechts und links?* Aufsuchen, nachfragen. Entsprechend war mit Acums Alibi und dem der Taylors zu verfahren. Lonsdale College, *Ritz, Jericho Arms.* Wieder nachfragen, systematisch sondieren und rekonstruieren. Ja, das hätte dem Sergeant Spaß gemacht! Und – wer weiß, vielleicht wäre dabei sogar etwas herausgekommen. Es wäre jedenfalls unverantwortlich, diese naheliegenden Untersuchungsmethoden außer Acht zu lassen. Morse zerriss die Zettel und warf sie in den Papierkorb.

Vielleicht sollte er seine Aufmerksamkeit auf das Messer richten. Ja, genau – das Messer! Aber was, zum Teufel, sollte er mit dem Messer? Wenn Sherlock Holmes hier wäre, würde der sicherlich deduzieren, dass der Mörder fünf Fuß, sechs Inches groß sei, an einem Tennisarm leide und jeden zweiten Sonntag Roastbeef esse – und zwar zweifelsfrei. Aber er besaß keine derartigen Fähigkeiten. Morse ging zum Schrank und nahm das Messer heraus. Er schloss die Augen, versuchte, sich mit aller Kraft zu konzentrieren, öffnete sie wieder, fixierte das Messer mit äußerster Intensität und machte die

Erfahrung, dass sein überwaches und völlig auf Empfang geschaltetes Gehirn – nichts wahrnahm. Er sah ein Messer, und das wars. Irgendwo im Lande, wahrscheinlich hier in der näheren Umgebung, fehlte in einer Küchenschublade das große Fleischmesser. Aber diese Erkenntnis bewegte die Ermittlungen nicht einen Millimeter nach vorn, oder? Konnte man vielleicht feststellen, ob ein Messer von einem Links- oder Rechtshänder gewetzt worden war? Lohnte es sich, das herauszufinden? Die Sache wurde allmählich albern. Da wäre es schon interessanter zu erfahren, *wie* es dort hingekommen war. Morse packte das Messer wieder weg, setzte sich in seinen schwarzen Ledersessel und begann, noch einmal über alles nachzudenken.

Um halb elf klingelte wieder das Telefon. Morse fuhr zusammen und sah etwas erschrocken, wie spät es schon war.

Es war wieder Mrs Lewis. Der Arzt sei da gewesen. Es sei eine Halsentzündung. Wenigstens drei oder vier Tage Bettruhe. Ob Morse vorbeikommen könne. Der Kranke wolle ihn unbedingt sprechen.

Es ging ihm wirklich schlecht. Unrasiert, das Gesicht bleich und die Stimme nicht mehr als ein Krächzen. »Ich lasse Sie hängen, Chef.«

»Reden Sie keinen Unsinn, Lewis! Sehen Sie zu, dass Sie bald wieder gesund sind. Und immer schön tun, was der Quacksalber sagt!«

»Dazu habe ich ja gar keine Gelegenheit, dafür sorgt schon meine bessere Hälfte.« Lewis lächelte schwach, setzte sich, auf seinen Ellbogen gestützt, im Bett auf und griff nach einem Glas blassem Orangensaft, das neben ihm auf dem Nachttisch stand.

»Aber ich bin froh, dass Sie gekommen sind, Sir. Letzte Nacht, da hatte ich so schreckliche Kopfschmerzen und konnte gar nicht richtig sehen. Irgendwie verschob sich immer alles.«

»Es hat Sie offenbar ganz schön erwischt.«

»Und da musste ich auf einmal an den alten Joe Godberry denken. Ich habe es damals, als ich Ihnen von meinem Gespräch mit ihm erzählte, gar nicht erwähnt, aber gestern Nacht fiel es mir wieder ein.«

»Reden Sie weiter«, sagte Morse ruhig.

»Also, ich hatte, als ich damals neben ihm gesessen habe, den Eindruck, dass er nicht mehr besonders gut sehen konnte. Deswegen hat er wahrscheinlich auch den Unfall gehabt. Und was ich mir jetzt überlegt habe, ist …«

Er sah den Inspector an, und auch ohne dass dieser etwas sagte, erkannte Lewis an seinem Gesichtsausdruck, dass es richtig gewesen war, ihn herzubitten. Morse nickte nachdenklich mehrere Male mit dem Kopf und starrte abwesend durch das Schlafzimmerfenster auf das propere Stück Garten: die gepflegte kleine Rasenfläche, die Blumenbeete, aus denen jedes Unkraut offenbar sofort entfernt wurde. Noch immer blühten einige späte Rosen.

Joe lag im Bett, den Oberkörper und den Kopf durch ein Kissen abgestützt. Sein zahnloser Mund war leicht geöffnet, er hatte die Augen geschlossen. Die Schwester, die Morse begleitet hatte, fasste den Alten sanft an der Schulter. »Besuch für Sie, Mr Godberry.«

Joe blinzelte zuerst verwirrt, kam dann langsam zu sich und lächelte Morse freundlich an.

»Der Herr ist von der Polizei, Mr Godberry. Ich hoffe, Sie haben nichts angestellt.« Sie drehte sich zu Morse um und zwinkerte ihm zu.

Joe grinste und stieß ein meckerndes kleines Altmännerlachen aus. Mit zittriger Hand tastete er nach seiner Brille, die auf dem Nachttisch lag. Umständlich klemmte er sich erst den einen, dann den anderen Nickelbügel hinter die Ohren. »Ah, jetzt erkenne ich Sie, Sergeant! Schön, Sie wiederzusehen, haben Sie noch mehr Fragen?«

Morse blieb etwa eine Viertelstunde und stellte deprimiert fest, wie traurig es für manche Menschen war, alt zu werden.

»Sie haben mir wirklich geholfen, Joe, und ich bin Ihnen sehr dankbar.«

»Und nicht vergessen, Sergeant: diesen Monat die Uhr zurückstellen! Die meisten denken nicht rechtzeitig dran. Das kann mitunter böse Folgen haben. Ich weiß noch, einmal ...«

Morse hörte ihm zu, bis er mit seiner Geschichte zu Ende war. Schließlich konnte er sich loseisen. Auf dem Flur traf er die Schwester von vorhin. »Sein Gedächtnis scheint nicht mehr besonders gut zu sein.«

»Ja, da ist er hier leider nicht der Einzige. Aber er ist ein lieber alter Mann. Hat er Sie auch daran erinnert, die Uhr zurückzustellen?«

Morse nickte. »Tut er das bei allen?«

»Ja. Viele unserer Alten haben einen kleinen, harmlosen Tick. Aber eigentlich hat er ja sogar recht, und man vergisst es wirklich leicht.« Sie lachte voll Wärme. Morse warf einen Blick auf ihre Hand. Offenbar war sie nicht verheiratet, sie trug keinen Ring. *Fassen Sie es nicht als Zudringlichkeit auf, aber ich möchte Ihnen sagen, dass Sie unbeschreiblich schön sind.*

Aber er wagte natürlich wieder einmal nicht, die Worte tatsächlich zu sagen. Er war eben nicht jemand, dem so etwas leichtfiel, kein Architekt, der unter Brückenbögen übernachtete. Manche Gefühle konnte er einfach nicht aussprechen. Morse fragte sich, ob es ihr wohl genauso ging wie ihm, ob sie auch zu schüchtern war, um zu sagen, dass er ihr gefiel. Er würde es nie erfahren. Da konnte man nichts machen. Er zog seine Brieftasche hervor und gab ihr eine Pfundnote. »Für die Weihnachtsfeier.«

Einen Moment trafen sich ihre Blicke. Sie hatte sanfte, liebevolle Augen. Dann bedankte sie sich und ging mit schnellen Schritten den Gang hinunter. Morse dachte, wie gut es doch sei, dass es Pubs gab. Der nächste, mit dem tröstlichen Namen *Cape of Good Hope,* lag gleich um die Ecke.

Die Uhren zurückstellen ... Morse lächelte. In Oxford erzählte man sich dazu eine gute Geschichte. Die Kirche von St. Benedict hatte eine elektrisch betriebene Turmuhr, und jahrelang hatte das Problem, wie man diese um eine Stunde zurückstellte, den Witz und den Einfallsreichtum des Klerus wie der Laien gleichermaßen auf die Probe gestellt. Die Uhr zierte die Nordseite des Turms. Ihre langen Zeiger wurden mittels eines ausgeklügelten Systems von Hebeln und Wellen hinter dem quadratischen, blau lackierten Zifferblatt bewegt. Man konnte sie nur über eine enge Wendeltreppe erreichen, die zur Turmspitze hinaufführte. Die Schwierigkeit war nun die folgende: Keiner, der den Haupthebel hinter dem Zifferblatt betätigte, konnte gleichzeitig die Wirkung seines Tuns verfolgen; und die Wände des Kirchturms waren so dick, dass auch kein Gehilfe, der draußen stand, ihn über diese, etwa durch ein Megafon, hätte unterrichten können. Deshalb hatte es jedes Jahr einer der Kirchengemeindeältesten auf sich genommen, selbst die Wendeltreppe hochzuklettern, den Hebel so weit zu verstellen, wie er es etwa für richtig hielt, wieder hinunterzugehen, um sich vom Zeigerstand zu überzeugen, erneut hinaufzusteigen, den Hebel ein paar Mal weiterzudrehen, dann wieder hinunter usw. usw., bis die Uhr mit viel Geduld schließlich dazu gebracht worden war, die richtige Zeit anzuzeigen. Das war schon einige Jahre die langwierige und schweißtreibende Praxis, als ein kindlich aussehender Weihrauchfass-Schwinger – er galt übrigens als einer der besten in der Branche – dem Pastor mit geziemender Ehrerbietung den Vorschlag unterbreitete, doch die Sicherung herauszunehmen und sie nach genau sechzig Minuten wieder einzuschrauben. Das sei auch eine gute Methode, und sie habe den Vorteil, dem Gemeindeältesten die Strapazen zu ersparen. Der Gedanke wurde des Langen und Breiten erörtert und schließlich vom Gemeindekirchenrat gebilligt. Die neue Vorgehensweise erwies sich als wunderbar einfach und wurde seither zum geübten Brauch. Irgendjemand hatte Morse diese Geschichte in einem Pub erzählt, und jetzt erinnerte er sich daran. Sie gefiel ihm. Lewis, wäre er nicht krank gewesen, würde jetzt die Wendeltreppe hoch- und runterrennen, um die Alibis zu überprüfen. Nun musste Morse die Sicherung herausnehmen und wieder einschrauben. Aber nicht nur für eine Stunde – für einen erheblich längeren Zeitraum. Für zwei Jahre, drei Monate und ein paar Tage. Bis zu dem Tag, an dem Valerie Taylor verschwunden war.

23

Wenn er das Nachdenken über Gott und sich selbst abgeschlossen hat, wird er Betrachtungen über seinen Nachbarn anstellen
Christopher Smart, Mein Kater Jeoffrey

Detective Constable Dickson hatte bald das Gefühl, einer wichtigen Sache auf der Spur zu sein, und war deshalb genauso aufgeregt wie sein Gegenüber. Es war die sechste Tür, an der er geklingelt hatte. Das Haus lag dem von Baines schräg gegenüber auf der anderen Straßenseite, etwas näher zur Hauptstraße hin.

»Sie haben von dem Mord gelesen?« Mrs Thomas sah ihn ängstlich an. »Äh, kannten Sie Mr Baines?«

»Ja. Er wohnte, genau wie ich auch, schon seit Jahren hier.«

»Ich … äh, ich meine, wir sind natürlich sehr daran interessiert, einen Zeugen zu finden, der an dem Abend möglicherweise beobachtet hat, wie jemand Mr Baines' Haus betrat – oder auch verließ, natürlich.« Dickson hielt inne und sah sie erwartungsvoll an.

Mrs Thomas war Mitte bis Ende sechzig, hatte einen dünnen, faltigen Hals und war überhaupt unglaublich mager. Seitdem ihr Mann vor mehreren Jahren gestorben war, galt ihre ganze Fürsorge und Liebe ihrer weißen Katze, die ihr, während sie, die Arme vor der Brust gekreuzt, unter dem Eingang stand, unablässig laut schnurrend um die Beine strich. Fast war die alte Dame froh, dass jemand von der Polizei vorbeikam und sie danach fragte; denn sie hatte tatsächlich jemanden gesehen. Seit gestern Abend, als es in der Straße von Polizei nur so gewimmelt hatte, als überall Halteverbotsschilder aufgestellt worden waren und es sich wie ein Lauffeuer unter den Nachbarn herumgesprochen hatte, dass Mr Baines umgebracht worden war, hatte sie versucht, sich zu der Entscheidung durchzuringen, ihnen ihre Beobachtung mitzuteilen. Aber es war ja nicht eben viel gewesen, was sie bemerkt hatte, und alles war sehr schnell gegangen, sodass sie sich immer wieder die Frage stellte, ob sie es sich vielleicht nur eingebildet habe. Sie würde vor Scham im Boden versinken, wenn sich herausstellen sollte, dass sie sich geirrt hatte und die Polizei ihretwegen auf eine falsche Fährte geraten war. Diese übergroße Vorsicht und Rücksichtnahme hatten Mrs Thomas' ganzen Lebensweg geprägt; immer hatte sie unauffällig in den Kulissen gestanden und war nie ins Rampenlicht getreten.

Aber sie hatte doch etwas gesehen.

Ihr Leben verlief in geordneten Bahnen und folgte einem ganz bestimmten Rhythmus. An Wochentagen stellte sie abends zwischen halb zehn und zehn ihre zwei Milchflaschen vor die Tür und legte die beiden Co-op-Gutscheine daneben. Anschließend schob sie den Riegel vor, machte sich in der Küche einen Kakao, sah sich noch die Zehn-Uhr-Nachrichten im Fernsehen an und ging dann zu Bett. Und am Montagabend war ihr, als sie vor die Haustür trat, etwas aufgefallen. Wenn sie da bloß schon gewusst hätte, dass es einmal wichtig sein würde! Aber sie hatte es nur ungewöhnlich gefunden; erst im Nachhinein, als sie erfahren hatte, was geschehen war, war ihr zu Bewusstsein gekommen, *wie* ungewöhnlich. Eine Frau vor Baines' Haustür! Das war noch nie vorgekommen. Aber war sie hineingegangen? Mrs Thomas glaubte nicht, aber das war nun auch wieder merkwürdig, denn sie meinte, bemerkt zu haben, dass im vorderen Zimmer hinter den vorgezogenen gelben Vorhängen Licht gebrannt hatte. Er musste also da gewesen sein. Aber wenn sie ganz ehrlich war, so musste sie zugeben, dass sie sich gar nicht allzu genau erinnern *wollte;* denn die ganze Sache machte ihr inzwischen Angst. Wenn nun die Frau, die sie zufällig einen Moment lang wahrgenommen hatte, wie sie an Baines' Tür klingelte, diejenige war, die …? Dann hieß das, sie hatte seine Mörderin gesehen! Die Vorstellung ließ sie seit gestern Abend nicht mehr los und jagte ihr jedes Mal, wenn sie daran dachte, einen Schauder über den Rücken. Oh, bitte, lieber Gott, nur das nicht! So etwas durfte man ihr nicht zumuten. Und während erneut Panik in ihr aufstieg, suchte sie einen flüchtigen Trost, indem sie sich einzureden versuchte, sie habe vielleicht alles nur geträumt.

Sie war hin- und hergerissen zwischen ihrer Angst, in irgendetwas Schreckliches verwickelt zu werden, und der Hoffnung, dass es sie erleichtern könne, darüber zu sprechen, zumal sie wusste, dass es eigentlich auch ihre Pflicht war, denn es konnte wichtig sein. »Ich glaube, es ist besser, Sie kommen herein, Constable«, sagte sie.

Stunden später, am frühen Nachmittag, fühlte sie sich weit weniger entspannt als mit dem Constable. Der Mann, der ihr in einem schwarzen Ledersessel gegenübersaß, war zwar freundlich, sogar charmant, aber seine Augen blickten hart und wach, und sie spürte hinter seinen Fragen eine nur mühsam unterdrückte Ungeduld.

»Können Sie sie beschreiben, Mrs Thomas? Gab es irgendetwas, das sich Ihnen besonders deutlich eingeprägt hat?«

»Ja, ihr Mantel, aber das habe ich heute Morgen schon dem Constable gesagt.«

»Ich weiß, dass Sie das getan haben, Mrs Thomas, aber erzählen Sie es mir bitte trotzdem noch einmal.«

»Ja, also, es war ein roter Mantel. Wie ich es schon dem Constable gesagt habe.«

»Sie sind sich da ganz sicher?«

Sie schluckte nervös. Aufs Neue befielen sie Zweifel. Eigentlich glaubte sie schon, ganz sicher zu sein, sie *war* sich auch sicher, aber wenn nun die Täuschung gerade darin bestand? »Ich bin mir – fast sicher.«

»Können Sie mir das Rot beschreiben?«

»Nun, so ähnlich wie …« Je länger sie nachdachte, umso unbestimmter wurde der Farbton in ihrer Erinnerung.

»Das reicht mir nicht«, sagte Morse scharf. »Sie wissen, was ich meine. Scharlachrot, zinnoberrot, weinrot, äh … himbeerrot, fliederfarben.« Sein Einfallsreichtum, was Nuancen von Rot anging, war damit erschöpft. Mrs Thomas schwieg und sah ihn verstört an. »Eher hellrot oder eher dunkel?« Vielleicht konnte sie wenigstens das beantworten.

»Ziemlich hell.«

»Ja?«

Aber das wars auch schon. Morse sah, dass es keinen Zweck hatte, weiter in sie zu dringen, und fragte sie nach anderen Einzelheiten: Größe, Haarfarbe, Frisur, Schuhe, Handtasche … zwanzig Minuten lang. Sie gab sich alle Mühe, aber je mehr er fragte, umso diffuser wurde die Erinnerung. Schließlich konnte sie nur noch hilflos die Achseln zucken. Wenn er bloß endlich aufhören würde mit seinem Trommelfeuer von Fragen! Am liebsten hätte sie sich die Ohren zugehalten. Sie hatte das Gefühl, sie müsse jeden Augenblick in Tränen ausbrechen, und wünschte verzweifelt, nach Hause gehen zu können.

Dann auf einmal änderte sich sein Ton. »Erzählen Sie mir von Ihrer Katze, Mrs Thomas?«, fragte er.

Woher er wusste, dass sie eine Katze hatte, war ihr schleierhaft, aber die Spannung fiel augenblicklich von ihr ab, und sie lieferte ihm eine anschauliche Beschreibung ihrer weißen, blauäugigen Katze.

»Sie wissen«, sagte Morse, »dass eines der charakteristischsten körperlichen Merkmale der Katzen uns ja inzwischen derartig vertraut ist, dass wir kaum noch darüber nachdenken. Ich meine die Besonderheit, dass das Gesicht einer Katze zwischen den Augen flach ist, was bedeutet, dass sie mit beiden Augen zusammen sieht. Man nennt das stereoskopisches Sehen. Das findet man unter Tieren nur selten. Die meisten ...« Mrs Thomas lauschte hingerissen, dann, als er gerade dabei war, die Schädelstruktur von Hunden zu erläutern, unterbrach sie ihn auf einmal und lächelte ihn strahlend an. Plötzlich war ihr wieder alles völlig präsent: Kirschrot – möglicherweise Grätenmuster, mittelgroß, hellbraunes Haar, Dauerwelle, schwarze Schuhe mit flachen Absätzen, keine Handtasche. So gegen zehn vor zehn. Sie wusste die Zeit deshalb so genau, weil sie ...

Kurz darauf durfte sie gehen. Sie war glücklich und erleichtert. Ein netter junger Polizist fuhr sie nach Hause. Als sie ihr gemütliches Wohnzimmer betrat, streckte ihre weiße Katze, die faul auf dem Sofa lag, träge alle viere und öffnete kurz eines ihrer geheimnisvollen stereoskopischen Augen, womit sie zu erkennen gab, dass sie die Rückkehr ihrer Herrin zur Kenntnis genommen hatte.

Kirschrot. Morse stand auf und schlug im Oxford English Dictionary nach. *Kirschrot – rot wie Kirschen, leuchtend rot, leicht purpurrot.* Ja, der Farbton stimmte genau. Während der nächsten fünf Minuten starrte er in der Haltung des Denkers von Rodin abwesend durch das Fenster in den Himmel, hob dann die Augenbrauen und nickte ein paar Mal mit dem Kopf. Also an die Arbeit! Er kannte den von Mrs Thomas beschriebenen Mantel und hatte sich sofort daran erinnert, obwohl er ihn nur einmal gesehen hatte – er war von hellem Rot, wie die Farbe frischer Kirschen.

24

> »*Ist da jemand?*«, *rief der Reisende und*
> *klopfte an die mondbeschienene Tür*
> Walter de la Mare, Die Lauschenden

Bei den Phillipsons waren die Geldangelegenheiten klar geregelt. Mrs Phillipson hatte ein eigenes kleines Einkommen aus den Zinsen vom Vermögen ihrer verstorbenen Mutter; hierfür unterhielt sie ein separates Konto. Ihr Mann hatte zwar die Summe der ursprünglichen Erbschaft gekannt, wusste aber über die Höhe ihrer jährlichen Einkünfte daraus ebenso wenig Bescheid wie sie über seine Extraeinnahmen. Denn er hatte ebenfalls ein eigenes Konto, auf dem im Laufe eines Jahres nicht unbedeutende Beträge zusammenkamen. Es waren Vergütungen für seine Nebentätigkeit als Prüfer einer staatlichen Prüfungsbehörde, Tantiemen für ein mäßig erfolgreiches Geschichtsbuch über Großbritannien im 19. Jahrhundert, das er vor fünf Jahren geschrieben hatte, und verschiedene kleinere Einnahmen, die mit seinem Amt als Schulleiter in Verbindung standen. Sein monatliches Gehalt ging auf ein gemeinsames Konto, zu dem beide Zugang hatten. Hiervon wurden die Ausgaben für den Haushalt bestritten. Das System hatte sich ausgezeichnet bewährt, und da die Familie einigermaßen wohlhabend war, hatte Streit um Finanzielles in dieser Ehe nie eine Rolle gespielt. Das Thema war für keinen der Partner je Anlass auch nur zur geringsten Sorge gewesen. Jedenfalls bislang.

Phillipson bewahrte alles, was mit seinen Geldangelegenheiten zusammenhing, wie Scheckhefte, Kontoauszüge und Bankkorrespondenz, in der oberen Schublade seines Sekretärs auf, die er verschlossen hielt. Unter normalen Umständen hätte Mrs Phillipson nicht im Traum daran gedacht, sie zu öffnen, genauso wenig, wie es ihr eingefallen wäre, die an ihn als *persönlich und vertraulich* adressierten Briefe zu lesen, die jede Woche von der Examensbehörde kamen. Diese Dinge gingen sie nichts an, und es bereitete ihr keine Schwierigkeiten, das zu akzeptieren. Aber in den letzten vierzehn Tagen waren die Umstände alles andere als normal gewesen. Sie hatte nicht umsonst über zwölf Jahre mit Donald zusammengelebt, und jede seiner Seelenregungen war ihr vertraut. Nachts schlief sie neben ihm, er war ihr Mann, und sie kannte ihn. Sie wusste mit absoluter Sicherheit, dass, was ihn seit Kurzem so schwer bedrückte, weder die Schule war noch der Inspector, dessen Besuch sie selbst so merkwürdig geängstigt hatte, noch auch das Gespenst von Valerie Taylor, das ihn bis in seine Träume verfolgte. Nein – die Ursache war ein Mann. Ein Mann, den sie allmählich für wirklich böse, ja durch und durch schlecht hielt: Baines.

Es war kein bestimmter Vorfall, der sie dazu gebracht hatte, die Schublade ihres Mannes aufzuschließen und sich die Papiere darin anzusehen. Es war vielmehr eine Kette von kleineren Ereignissen, die sie zunehmend alarmiert hatten, und obwohl noch längst nicht entschieden war, wie sich die Dinge entwickeln würden, sah sie sie schon ausweglos auf eine Katastrophe zutreiben. Wusste Donald überhaupt, dass sie auch einen Schlüssel zu dieser Schublade besaß? Sicher nicht. Denn sonst hätte er Unterlagen, die er verbergen wollte, doch nicht hier aufbewahrt. So hatte sie also letzte Woche tatsächlich nachgesehen, gegen die inneren Stimmen, die sie warnten, und es war ihr einiges erschreckend klar geworden, vor allem: Ihr Mann wurde erpresst. Seltsam, aber sie fühlte sich stark genug, der Wahrheit ins Gesicht zu sehen. Sie hatte mehr Mut, als sie sich selbst zugetraut hatte.

Aber eins war gewiss. Sie würde keiner lebenden Seele je ein Wort davon erzählen – nie, nie, nie! Sie war seine Frau, und sie liebte ihn, und sie würde ihn immer lieben; und wenn es möglich war, so wollte sie ihn schützen, koste es, was es wolle. Vielleicht konnte sie ja sogar etwas tun ...

Sie schien weder überrascht noch bestürzt zu sein, ihn zu sehen. In den letzten Tagen hatte sie eine Menge dazugelernt. Nicht nur, dass es besser war, sich den Problemen zu stellen, anstatt vor ihnen davonzulaufen oder so zu tun, als gebe es sie nicht – es war auch sehr viel einfacher.

»Können wir reden?«, fragte Morse.

Sie nahm ihm den Mantel ab und hängte ihn an die Garderobe gleich hinter der Haustür neben einen teuer aussehenden Wintermantel von leuchtend kirschroter Farbe.

Als sie im Wohnzimmer waren, warf Morse einen schnellen Blick auf das Foto über dem schweren Mahagonisekretär, das er sich schon bei seinem ersten Besuch angesehen hatte.

»Nun, Inspector, was haben Sie für Fragen?«

»Wissen Sie das nicht?«, fragte Morse ruhig.

»Ich fürchte, Sie müssen es mir schon sagen.« Um ihre Mundwinkel spielte ein Lächeln. Sie sprach sorgfältig, fast in der Art einer Sprecherzieherin, mit deutlich artikulierten Konsonanten.

»Ich glaube, Sie können es sich ganz gut denken, Mrs Phillipson. Und es wird für Sie und für mich wesentlich einfacher und angenehmer sein, wenn Sie gar nicht erst versuchten, mir etwas vorzumachen, denn – das eine kann ich Ihnen sagen – wir beide sind erst miteinander fertig, wenn ich von Ihnen die Wahrheit erfahren habe.« Da war keine Spur mehr von Höflichkeit in seinem Ton. Die Worte ließen an Deutlichkeit nichts zu wünschen übrig. Vor allem aber erschreckte sie seine Direktheit, die, jede gesellschaftliche Konvention missachtend, auf merkwürdige Art so etwas wie eine Vertrautheit herstellte. Ihre Angst beiseiteschiebend, versuchte sie abzuwägen, welche Chancen sie gegen ihn hatte. Das hing natürlich davon ab, ob er es wusste; aber das war kaum möglich.

»Die Wahrheit worüber?«

»Ich hatte gehofft, wir könnten die Sache zwischen uns allein ausmachen. Deswegen bin ich jetzt gekommen, Mrs Phillipson, während Ihr Mann noch in der Schule ist.« Er bemerkte ein erstes ängstliches Flackern in ihren braunen Augen, aber sie sagte nichts. »Wenn Sie nichts zu verbergen haben, Mrs Phillipson ...« Sie zuckte unter den ständigen Wiederholungen ihres Namens unwillkürlich zusammen und fühlte sich in die Enge getrieben.

»Ich etwas zu verbergen? Ich weiß nicht, wovon Sie reden.«

»Wirklich nicht, Mrs Phillipson? Nun, dann will ich es Ihnen sagen. Ich habe Grund zu der Annahme, dass Sie Mr Baines am Montagabend einen Besuch abgestattet haben.« Sein ruhiger Ton konnte sie nicht täuschen, aber sie schüttelte nur den Kopf und lächelte, als könne sie nicht glauben, was sie eben gehört hatte.

»Das ist doch wohl nicht Ihr Ernst, Inspector.«

»Ich führe Ermittlungen in einem Mordfall durch, Mrs Phillipson, da pflege ich nicht zu spaßen.«

»Sie denken doch nicht – Sie können doch nicht wirklich annehmen, dass ich mit diesem Mord irgendetwas zu tun habe. Ich habe ihn ja kaum gekannt!«

»Letzteres ist in diesem Fall nicht von Belang.« Sie verstand nicht, was diese Bemerkung sollte, und runzelte verwirrt die Augenbrauen.

»Und was ist – um Ihre Worte zu gebrauchen – von Belang?«

»Das habe ich Ihnen eben versucht zu erklären, Mrs Phillipson.«

»Ich finde, Inspector, es ist an der Zeit, endlich zu erkennen zu geben, was Sie eigentlich hier wollen. Wenn Sie mir etwas zu sagen haben, dann tun Sie das bitte. Wenn nicht ...«

Morse bewunderte heimlich ihren Kampfgeist, das änderte jedoch nichts an seinem Entschluss, sie zum Reden zu bringen. »Mochten Sie Mr Baines?« Es klang fast wie eine persönliche Frage.

Sie öffnete den Mund, besann sich und schwieg dann doch. Wenn Morse bisher noch leise Zweifel hatte, so war er sich jetzt seiner Sache sicher.

»Ich sagte Ihnen doch vorhin schon, dass ich ihn kaum gekannt habe.« Keine besonders gute Antwort, aber etwas Besseres war ihr nicht eingefallen.

»Wo waren Sie am Montagabend, Mrs Phillipson?«

»Zu Hause natürlich. Ich bin fast immer zu Hause.«

»Wie spät war es, als Sie das Haus verließen?«

»Was soll das, Inspector? Ich sagte Ihnen doch gerade ...«

»Haben Sie die Kinder allein gelassen?«

»Natürlich nicht – ich meine, das würde ich nie tun. Das brächte ich nicht fertig.«

»Um welche Zeit kamen Sie zurück?«

»Zurück? Von wo zurück?«

»War Ihr Mann vor Ihnen wieder zu Hause?«

»Mein Mann war am Montagabend nicht da. Er war im Theater, im *Playhouse,* eine Aufführung ...«

»Er saß in Reihe M auf Platz vierzehn.«

»Wenn Sie das sagen, wird es wohl stimmen. Er war gegen elf wieder hier.«

»Zehn vor, seiner eigenen Aussage nach.«

»Meinetwegen auch zehn vor. Ist das so wichtig?«

»Sie haben mir noch immer meine Frage nicht beantwortet, Mrs Phillipson.«

»Welche Frage?«

»Wann *Sie* am Montagabend wieder zurückgekehrt sind.«

»Sie glauben doch wohl nicht, ich würde abends einfach ausgehen und die Kinder ...?«

»Ob *einfach* oder nicht, Mrs Phillipson, wohin sind Sie gegangen? Haben Sie den Bus genommen?« Seine Fragen kamen so schnell, dass ihr keine Zeit zum Überlegen blieb.

»Ich bin nirgendwohin gegangen. Warum begreifen Sie das nicht endlich? Ich kann doch die Kinder nicht sich selbst überlassen ...«

Morse unterbrach sie erneut. Er wusste, dass sie es nicht mehr lange durchhalten würde, ihre Stimme war schrill vor Panik. »Sie haben also die Kinder nicht allein zurückgelassen. Ich verstehe. Natürlich lieben Sie Ihre Kinder und würden das nie tun. Sie sind noch zu klein, als dass man das mit ihnen machen dürfte. Wie alt sind sie eigentlich?« Sie wollte antworten, aber er fuhr rücksichtslos und unerbittlich fort: »Aber es gibt zum Glück die Möglichkeit, einen Babysitter zu holen. Haben Sie davon vielleicht schon mal gehört, Mrs Phillipson? Das ist jemand, der zu Ihnen nach Hause kommt und auf Ihre Kinder aufpasst, während Sie weg sind. Soll ich anfangen nachzuforschen, oder wollen Sie es mir selbst sagen? Ich werde es herausfinden, Mrs Phillipson, dessen seien Sie versichert. Nachbarn, Freunde – ich würde sie mir der Reihe nach alle vornehmen, bis ich weiß, wer es war. Wäre Ihnen das wirklich recht, Mrs Phillipson? Ich finde, Sie verhalten sich im Moment sehr unvernünftig. Sie handeln gegen Ihre eigenen Interessen.« Er sprach jetzt langsam und sehr ruhig. »Ich weiß, wo Sie am Montagabend waren. Es hat Sie jemand gesehen, wie Sie vor seiner Haustür standen. Und falls Sie mir jetzt erzählen würden, warum Sie dort hingegangen sind und was Sie dort getan haben, ersparten Sie sich selbst Unannehmlichkeiten und mir eine Menge Zeit und Arbeit. Wenn nicht, dann sehe ich mich leider gezwungen …«

Sie schrie ihn an: »Ich weiß nicht, wovon Sie sprechen! Warum hören Sie nicht endlich auf? ICH WEISS NICHT, WOVON SIE SPRECHEN!«

Morse lehnte sich in seinem Sessel zurück. Entspannt und keineswegs getroffen. Er sah sich im Zimmer um, und wieder fiel sein Blick auf das Bild über dem Mahagonischreibtisch, das Phillipson mit seiner Frau zeigte. Dann sah er auf seine Uhr. »Wann kommen Ihre Kinder nach Hause?« Sein Ton war plötzlich leise und freundlich.

Sie spürte, wie die Angst ihr beinahe den Atem nahm, und sagte mit kaum hörbarer Stimme: »Um vier.«

»Dann haben wir also eine Stunde Zeit. Das müsste reichen. Mein Wagen steht draußen. Sie ziehen sich besser etwas über – Ihren roten Mantel, wenn Sie wollen.« Er stand auf und knöpfte sich sein Jackett zu. »Ich werde dafür sorgen, dass Ihr Mann Bescheid bekommt, falls ...« Er machte ein paar Schritte auf die Tür zu, doch als er an ihrem Sessel vorbeikam, berührte sie ihn leicht mit der Hand.

»Setzen Sie sich bitte wieder, Inspector«, sagte sie ruhig.

Ja, es stimme, sie sei dort gewesen. Aber das sei eigentlich auch schon alles. Ein ganz spontaner Entschluss – so wie man sich plötzlich hinsetzt, um einen lange fälligen Brief zu schreiben, endlich beim Zahnarzt anruft oder das Lösungsmittel kauft für die lackverkrusteten Pinsel, die schon seit letztem Jahr herumstehen. Sie hatte Mrs Cooper von nebenan gebeten, ob sie eine Weile nach den Kindern sehen könne – nicht lange, sie sei höchstens eine Stunde weg –, und hatte den Bus um 21.20 Uhr genommen. Die Haltestelle war ja direkt vor der Haustür. In der Cornmarket Street stieg sie aus und ging durch Gloucester Green zur Kempis Street. Als sie vor Baines' Haustür stand, musste es so Viertel vor zehn gewesen sein. Im vorderen Zimmer brannte hinter zugezogenen Vorhängen Licht. Am liebsten wäre sie umgekehrt, aber dann nahm sie all ihren Mut zusammen und klopfte. Drinnen rührte sich nichts. Sie klopfte erneut. Wieder ohne Erfolg. Daraufhin trat sie an das erleuchtete Fenster und pochte gegen die Scheibe. Alles blieb ruhig. Sie ging zurück zur Haustür und fühlte sich wie ein Schulmädchen, das beim Pfuschen erwischt worden war. Es war ihr peinlich, hier herumzustehen. Sie war drauf und dran, unverrichteter Dinge wieder zu gehen, aber nun hatte sie sich schon einmal entschlossen und war hierhergefahren ... Sie fasste an die Klinke und fand die Tür zu ihrer Überraschung unverschlossen. Sie öffnete sie einen Spalt und rief seinen Namen.

»Mr Baines?« Dann noch einmal – lauter. »Mr Baines, sind Sie da?« Aber niemand antwortete. Die völlige Stille im Haus wirkte beklemmend. Sie spürte, wie eine Gänsehaut sie überlief, und ein paar Sekunden lang hatte sie das Gefühl – nein, sie war absolut sicher, dass er sich irgendwo dort hinter der Haustür verborgen hielt, ganz in ihrer Nähe, sie beobachtete und wartete ... Plötzlich drehte sie sich auf dem Absatz um und rannte in Panik davon. Die hell erleuchtete große Querstraße erschien ihr wie eine sichere Zuflucht. Das Herz klopfte ihr immer noch bis zum Hals, und sie versuchte, ruhiger zu atmen. In der St. Giles Street fand sie ein Taxi. Kurz nach zehn war sie wieder zurück.

Sie hatte es schnell, und ohne zu stocken, heruntererzählt, mit tonloser Stimme, die Augen niedergeschlagen. Morse fand ihre Geschichte so weit plausibel – keine Widersprüche oder Ungereimtheiten, die darauf hindeuteten, dass sie etwas zu verbergen hatte. Vieles ließ sich auch leicht nachprüfen. Die Nachbarin, der Busschaffner, der Taxifahrer – alle konnten befragt werden. Morse war ziemlich sicher, dass sie bestätigen würden, was Mrs Phillipson eben gesagt hatte, und dass auch ihre Zeitangaben in etwa korrekt waren. Nur, was den wesentlichsten Teil ihrer Aussage anging – dass Baines auf ihr Klopfen nicht geöffnet und sie deshalb das Haus gar nicht betreten habe ... Da gab es niemanden, der das hätte bezeugen können. Wenn sie nun doch hineingegangen war? Was für ein Drama hatte sich dann drinnen abgespielt? Morse wusste nicht, ob er ihre Version nun glauben sollte oder nicht. Wenn er das Für und Wider gegeneinander abwog, schien es sich fast die Waage zu halten, aber nur fast. Ein ganz klein wenig neigte sich die Schale zugunsten von Mrs Phillipson.

»Warum sind Sie zu ihm gegangen?«

»Ich wollte mit ihm reden. Mehr nicht.«

»Das müssen Sie mir schon näher erklären.«

»Das ist schwierig. Ich glaube, ich wusste selbst nicht so genau, was ich eigentlich sagen wollte. Er war – er war einfach ein schlechter Mensch. Kleinlich, rachsüchtig, berechnend – immer irgendwie auf der Lauer. Man merkte, dass er mit Genuss zusah, wenn andere in Schwierigkeiten waren. Ich denke jetzt nicht an irgendein bestimmtes Ereignis, ich habe ihn auch gar nicht gut gekannt. Ich weiß nur, dass er vom ersten Tag an, als Donald Direktor geworden ist, dass er – wie soll ich es ausdrücken – gewartet hat, dass die Sache schiefging, dass Donald über irgendetwas ins Stolpern geriete. Er war ein grausamer Mann, Inspector.«

»Hassten Sie ihn?«

Sie nickte müde. »Ja, wahrscheinlich.«

»Hass ist ein starkes Motiv«, sagte Morse sehr ernst.

»Es mag Ihnen so scheinen, ja.« Es klang gleichmütig.

»Und Ihr Mann? Hasste der Baines genau wie Sie?« Er sah sie scharf an und bemerkte ein gefährliches Aufblitzen in ihren Augen.

»Reden Sie keinen Unsinn, Inspector! Sie werden doch wohl nicht wirklich annehmen, dass Donald irgendetwas mit der Sache zu tun hat. Dass ich mich verdächtig gemacht habe, weiß ich. Ich habe mich wie eine Idiotin benommen, aber Sie können doch jetzt nicht auch noch ... Er kann es gar nicht getan haben! Er war den ganzen Abend im Theater. Das wissen Sie doch selbst genau.«

»Ihr Mann würde mir vermutlich genau dasselbe erzählen, nämlich dass *Sie* unmöglich Baines am Montagabend einen Besuch hätten abstatten können. Denn Sie waren ja selbstverständlich zu Hause bei den Kindern.« Er beugte sich vor und sprach wieder knapp und kalt. »Geben Sie sich da keiner Täuschung hin, Mrs Phillipson. Es wäre für Ihren Mann sehr viel einfacher gewesen, das Theater zu verlassen, als es für Sie war, hier von zu Hause wegzukommen. Also versuchen Sie gar nicht erst, mich vom Gegenteil zu überzeugen.«

Gelassen lehnte er sich wieder in seinem Sessel zurück. Er hatte das Gefühl, als habe sie bei ihrer Geschichte irgendetwas ausgelassen oder nur die halbe Wahrheit gesagt. Doch er wusste, dass er, nun, da sie einmal angefangen hatte zu reden, auch den Rest noch hören würde. Manches brauchte eben

Zeit. So saß er da und wartete, und die Frau vor ihm wurde von Minute zu Minute unsicherer und begann, innerlich zu zittern, bis sie schließlich aufschluchzend den Kopf in den Händen vergrub.

Morse suchte nach einem Taschentuch, fand aber nur ein etwas zerknautschtes Papiertuch in seiner Tasche, das er ihr sanft in die Hand drückte. »Weinen Sie nicht«, sagte er leise. »Damit helfen Sie weder sich noch mir.«

Nach ein paar Minuten wurde sie ruhiger und erkundigte sich, während sie sich die letzten Tränen abwischte: »Gibt es denn überhaupt etwas, das hilft?«

»Aber sicher«, sagte Morse energisch. »Die Wahrheit sagen. Sie werden übrigens vermutlich feststellen, dass ich sie ohnehin schon kenne.«

Letzteres sollte sich allerdings als Irrtum erweisen. Mrs Phillipson musste – was blieb ihr anderes übrig – alles noch einmal erzählen. Es war im Wesentlichen dieselbe Aussage wie vorhin, allerdings mit einer zusätzlichen Information zum Schluss, die Morse traf wie ein sauber geführter Kinnhaken. Sie hatte es beim ersten Mal mit Absicht nicht erwähnt, weil … nun, weil es so aussehen musste, als versuche sie, den Verdacht von sich abzulenken, indem sie jemand anderen in die Geschichte hineinzog. Aber wenn er nun darauf bestand, dass sie die Wahrheit sagte … Wie sie bereits berichtet habe, sei sie von Baines' Haus in Panik fortgelaufen, auf die hell erleuchtete große Querstraße zu. Sie habe gegenüber vom *Royal Oxford Hotel* die Straße überquert und sei noch nicht ganz drüben gewesen, als sie aus der Lounge Bar des Hotels einen Mann habe treten sehen, der, ihr entgegenkommend, sich eilig in Richtung Kempis Street entfernt habe. Sie hielt inne und sah Morse an, als bitte sie um Absolution.

»Und wissen Sie, wer der Mann war, Inspector? Es war David Acum.«

25

*Gesicht und Hals zunächst reinigen,
dann leicht mit einem heißen, feuchten Tuch klopfen.
Anschließend gleichmäßig eine nicht zu dünne
Schicht LADYPAK auftragen. Es ist darauf zu achten,
dass die Augenpartie frei bleibt*
Gebrauchsanweisung für die Anwendung einer
Schönheitsmaske bei fettiger und unreiner Haut

Am folgenden Morgen saß Morse schon um zwanzig nach sechs in seinem Lancia; er schätzte, dass er ungefähr fünf Stunden unterwegs sein würde. Die Fahrt hätte ihm mehr Spaß gemacht, wenn er sich mit jemandem hätte unterhalten können, am liebsten mit Lewis. Kurz vor sieben schaltete er das Autoradio ein, um die Nachrichten zu hören. Fast nur Katastrophenmeldungen: draußen Hungersnöte und Krieg, und hier Bankrotte und Arbeitslosigkeit. Im Osten von Essex hatte man bei einer Suchaktion einen seit Tagen vermissten Lord tot aus einem See geborgen. Aber der Morgen war frisch und hell, der Himmel heiter und wolkenlos, und Morse kam schnell vorwärts. Er hatte Evesham hinter sich gelassen und schon ein gutes Stück in Richtung Kidderminster zurückgelegt, bevor es etwas verkehrsreicher wurde. Die Acht-Uhr-Nachrichten wollte er sich ersparen und wechselte hinüber zum dritten Programm, wo zu seiner Freude gerade das Fünfte Brandenburgische Konzert in D-Dur begann. Die Reise ging zügig voran; er war schon durch Bridgeworth und fuhr mit reichlich hohem Tempo auf der Umgehungsstraße um Shrewsbury, als er gegen neun entschied, dass ein Streichquartett von Schönberg ihn doch etwas überfordere, und es ausschaltete. Seine Gedanken kehrten zurück zu jenem See in Ost-Essex, und ihm fiel das Reservoir hinter dem Haus der Taylors wieder ein. Er kam ins Grübeln, bis er beschloss, dass es besser sei, seine ungeteilte Aufmerksamkeit der Straße zuzuwenden. Die A5 war nicht ganz ungefährlich. Bei Nesscliffe, ungefähr zwölf Meilen nördlich von Shrewsbury, wandte er sich nach links auf die B4396 in Richtung Bala. Jetzt war er in Wales; das blassgrüne Hügelland ging über in steilere Berge. Er machte immer noch einen sehr guten Schnitt und pries die Götter, dass er nicht an einem der trockenen walisischen Sonntage unterwegs war, an denen die Zapfhähne hier geschlossen blieben. Er hatte jetzt schon Durst. Aber als er Bala passiert hatte und in die lang gestreckte Linkskurve um Llyn Tegid (wieder ein Reservoir!) einbog, war es noch zu früh, als dass es Sinn gehabt hätte, sich nach einem Pub umzusehen. Er kam durch die belebten Straßen von Portmadoc, die noch mit den bunten Fähnchen festlicher Hochsommertage geschmückt waren, vorbei am Lloyd-George-Museum in Llanystumdwy, und immer noch zeigte die Uhr am Armaturenbrett erst einige Minuten vor elf. Also weiterfahren! Bei Four Crosses ging es nach rechts auf die Straße von Pwllheli nach Caernarfon, er fuhr auf die Lleyn-Halbinsel, an dem dreifachen Gipfel der Rivals vorbei und die Küstenstraße entlang. Zu seiner Linken glitzerte die Caernarfon-Bucht in der Sonne. Beim nächsten Gasthaus, das einigermaßen einladend aussah, würde er anhalten. Im letzten Dorf war er schon an einem vorbeigekommen, das auf ihn keinen sehr verlockenden Eindruck gemacht hatte. Es waren kaum noch zwei oder drei Meilen bis Caernarfon, da sah er das Ortsschild BONT-NEWYDD. War das nicht das Dorf, wo die Acums wohnten? Er scherte aus an den Straßenrand und holte den Schnellhefter aus seiner Aktentasche. Richtig, und zwar St. Beuno's Road 16. Er fragte einen älteren Passanten nach dem Weg und erfuhr, dass er nur ein paar Hundert Meter von der St. Beuno's Road und der *Prince of Wales* gleich um die Ecke sei. Es war fünf nach elf.

Während er das walisische Bier probierte, überlegte er, ob er die Acums zu Hause aufsuchen sollte. Kam David Acum zum Lunch heim? Ursprünglich hatte er vorgehabt, direkt nach Caernarfon durchzufahren und ihn in der Schule aufzusuchen, am besten in der Mittagspause. Aber vielleicht wäre es auch nicht schlecht, sich vorher ein bisschen mit Mrs Acum zu unterhalten. Fürs Erste schob er die Entscheidung darüber auf, holte sich noch ein Bier und dachte darüber nach, welche Fragen er Acum stellen konnte. Was dessen Aussage anging, er habe den Kongress nicht verlassen, so war das natürlich gelogen; denn Mrs Phillipson wäre nie von sich aus auf die Idee gekommen, Acum könne sich in Oxford aufhalten. Es sei denn ... Aber diesen allzu fantastischen Gedanken ließ er wieder fallen. Das Bier war gut, und gegen zwölf befand er sich mit dem Wirt in angeregter Diskussion über die traurige Situation an den Sonntagen, wenn ganz Wales Durst litt, und darüber, dass die Nationalisten es nicht lassen konnten, die Ortsschilder zu beschmieren. Zehn Minuten später stand er mit gespreizten Beinen da und betrachtete die durch Graffiti verunzierten Klowände. Einige der Kritzeleien waren für ihn als nicht Walisisch Sprechenden unverständlich; aber an einer, die auf Englisch verfasst war, blieb sein Blick hängen, und während seine Blase sich schmerzend entleerte, lächelte er einverständig: *Der Schwanz ist mächtiger als das Schwert*

Es war Viertel vor zwölf, und wenn Acum zum Lunch nach Hause kam, musste er sich jetzt beeilen, um ihn nicht zu verpassen. Er ließ den Lancia am *Prince of Wales* stehen und machte sich zu Fuß auf den Weg.

St. Beuno's Road lag rechts ab von der Hauptstraße. Die Häuser waren niedrig, aus rechteckigen grauen Granitblöcken gebaut und mit dem dunkellila Ffestiniog-Schiefer gedeckt. Der Rasen in den schmalen Vorgärten war um eine Nuance blasser als in England, der Boden sah karg und unfruchtbar aus. Das Haus der Acums hatte eine hellblau gestrichene Tür; die Ziffern 1 und 6 der Hausnummer erinnerten ihn in ihrer kunstvollen Schnörkeligkeit an viktorianische Theaterprogramme. Morse klopfte einmal kräftig, und nach kurzer Zeit hörte er Schritte, und die Tür wurde geöffnet, jedoch nur einen Spalt. Der Anblick, der sich ihm bot, brachte Morse etwas aus der Fassung. Vor ihm stand eine Frau, das Gesicht eine weiße Maske mit Schlitzen für Mund und Augen. Sie hatte sich ein rotes Handtuch um den Kopf geschlungen, ein paar Strähnen schauten darunter hervor, und die dunklen Haarwurzeln verrieten, dass das Blond (wie leider so oft) nicht echt war. Er wunderte sich immer, welche Anstrengungen Frauen auf sich zu nehmen bereit waren, um ihre Erscheinung zu vervollkommnen, über das hinaus, was ihnen ihr Schöpfer auf den Weg mitgegeben hatte. Und irgendwo in seinem Kopf tauchte plötzlich eine verschwommene Erinnerung auf an eine blonde Frau mit pickligem Gesicht auf einem der Fotos, die ihm Mrs Phillipson gezeigt hatte. Dies war also Mrs Acum. Es war jedoch nicht in erster Linie die Maske, die ihn durcheinanderbrachte, sondern die Tatsache, dass sie sich nur ein Handtuch vorhielt. Und obwohl sie durch die Tür halb verdeckt war, wusste er, dass sie nackt war, und spürte, wie sich in ihm die Begierde regte. Wie ein Ziegenbock, dachte er, das kann nur vom Bier kommen.

»Ich wollte Ihren Mann sprechen. Ich nehme an, äh, Sie sind Mrs Acum, oder?«

Sie nickte, und die weiße Maske bekam um den Mund herum feine Risse. Lachte sie über ihn?

»Kommt er zum Lunch nach Hause?«

Sie schüttelte den Kopf. Das Handtuch, das sie sich vorhielt, geriet etwas ins Rutschen, sodass der Ansatz ihrer Brüste sichtbar wurde.

»Er ist also jetzt noch in der Schule?«

Wieder ein Nicken. Sie starrte ihn reglos an.

»Dann entschuldigen Sie bitte, dass ich Sie gestört habe, Mrs Acum. Ich habe mir ja offenbar eine sehr unpassende Zeit ... äh ... Wir haben übrigens schon einmal miteinander gesprochen, falls Sie sich erinnern. Am Telefon.« Er verbeugte sich leicht. »Morse. Chief Inspector Morse aus Oxford.«

Sie neigte den Kopf. Das rote Handtuch um ihren Kopf schwankte, und die Maske platzte an einigen Stellen etwas ab. Sie hatte wohl versucht zu lächeln. Durch den Türspalt streckte sie ihm ihre Hand entgegen, und er roch den Duft ihrer Haut. Sein Händedruck dauerte länger als nötig. Der rechte Handtuchzipfel rutschte ganz herunter, und für einen kurzen, unvergesslichen Augenblick starrte er hemmungslos fasziniert auf ihre nackte Brust. Lud sie ihn ein, hereinzukommen? Es stand fifty-fifty. Die weiße Maske war völlig ausdruckslos. Sie zog das Handtuch etwas hoch und trat einen Schritt zurück. Die Gelegenheit – wenn es denn überhaupt eine gewesen war – war vorbei. Er drehte sich um und ging langsam zurück zum *Prince of Wales*. Am Ende der Straße blieb er stehen und sah sich um, doch die hellblaue Tür war geschlossen. Ach, dieses verfluchte Verantwortungsbewusstsein, dachte er, das sich uns immer wieder in den Weg stellt.

Vielleicht hatte es aber auch mit seiner Stellung zu tun. Von ihm als Chief Inspector erwartete man, dass er solche niedrigen Instinkte gar nicht erst hatte. Als ob der Rang in dieser Beziehung einen Unterschied machte! Weit gefehlt! Selbst die Mächtigsten hatten sich nicht unter Kontrolle. O ja. Das beste Beispiel dafür war Lloyd George. Was dem so alles nachgesagt wurde! Und der war Premierminister gewesen …

Er stieg in seinen Lancia. O Gott, diese Brüste! Er saß einen Moment regungslos hinter dem Steuer und durchlebte die Szene noch einmal. Dann lächelte er. An diesen Brüsten hätte Constable Dickson seinen Helm aufhängen können. Ein geschmackloser Gedanke, der ihn aber irgendwie aufmunterte. Er startete, setzte vorsichtig aus der Parklücke und machte sich auf den Weg nach Caernarfon.

26

> *... nicht mehr als eine Ausschmückung,*
> *um einer sonst nichtssagenden und wenig*
> *überzeugenden Schilderung einen Anschein von*
> *künstlerischer Wahrhaftigkeit zu verleihen*
> W. S. Gilbert, Der Mikado

Ein paar Jungen spielten Fußball vor dem Längsflügel der Schule, der an das Sportgelände grenzte. Weiße Markierungslinien unterteilten die riesige Fläche in ein Hockey- und ein Rugbyfeld. Es war Mittagspause. Die Hände in den Taschen, die Köpfe gesenkt, umschritten zwei Männer dreimal die Spielfelder. Sie waren von annähernd gleicher Statur, beide höchstens mittelgroß. Die kickenden Jungen nahmen keine Notiz von ihnen. Sie konnten ja auch nicht wissen, dass der eine von beiden ein Chief Inspector bei der Polizei war und der andere, einer ihrer Lehrer, ein Mordverdächtiger.

Morse befragte Acum über seine Person, seine berufliche Laufbahn, über Valerie Taylor, Baines und Phillipson sowie detailliert über die Tagung in Oxford. Er erfuhr nichts, das für ihn besonders interessant gewesen wäre. Acum machte auf ihn einen sympathischen, aber eher unauffälligen Eindruck. Er beantwortete Morse' Fragen anscheinend ganz freimütig, wenn auch mit einer gewissen Vorsicht. Daraufhin erklärte ihm Morse in ruhigem, aber unmissverständlichem Ton, dass er ein Lügner sei, dass er in Wahrheit am Montagabend die Tagung schon gegen halb zehn verlassen habe und zur Kempis Street gegangen sei, um dort seinen ehemaligen Kollegen Baines zu besuchen. Dafür gebe es einen Zeugen. Wenn er trotzdem versuche, diese unbestreitbare Tatsache weiterhin zu leugnen, werde ihm, Morse, nichts anderes übrig bleiben, als ihn in Verbindung mit dem Mord an Reginald Baines festzunehmen und zur weiteren Befragung nach Oxford bringen zu lassen. Ganz einfach. Acums weiteres Verhalten gab Morse jedoch keinen Anlass, seine Drohung wahr zu machen. Mit der Wahrheit konfrontiert, gab Acum sofort alles zu. Sie waren mittlerweile bei ihrer dritten Runde und befanden sich an der der Schule genau gegenüberliegenden Seite des Sportplatzes am Rande einiger vernachlässigter Schrebergärten, in denen ein paar alte, windschiefe Schuppen allmählich ihrem endgültigen Verfall entgegenrosteten. Hier blieb Acum stehen und nickte mehrere Male langsam mit dem Kopf.

»Erzählen Sie mir einfach, was Sie an dem Abend gemacht haben«, sagte Morse.

»Ich hatte mich in die Nähe der Türen gesetzt und bin vor dem allgemeinen Aufbruch gegangen. Es muss so gegen halb zehn gewesen sein, vielleicht auch etwas früher.«

»Und Sie wollten zu Baines?« Acum nickte. »Warum?«

»Ich hatte keinen besonderen Grund. Kongresse langweilen mich mitunter, und Baines wohnte ganz in der Nähe. Ich dachte, ich könnte vorbeigehen, sehen, ob er zu Hause wäre, und ihn dann fragen, ob er auf ein Bier mitkäme. Es hätte mich interessiert zu erfahren, was aus den alten Kollegen geworden ist – wer überhaupt noch da ist, wer die Schule verlassen hat, was sie jetzt so machen. Sie wissen schon.« Er sprach ganz selbstverständlich, und wenn es Lügen waren, so kamen sie ihm bemerkenswert glatt über die Lippen. »Nun«, fuhr Acum fort, »ich ging also zu ihm. Die Zeit drängte schon ein bisschen, denn die Pubs machen um halb elf zu, und ich war reichlich spät dran, weil ich unterwegs noch ein Bier getrunken hatte. Als ich vor seiner Tür stand, muss es schon fast zehn gewesen sein. Ich hatte ihn früher schon einmal besucht und dachte, er müsse da sein, weil in seinem Arbeitszimmer das Licht brannte.«

»Waren die Vorhänge vorgezogen?« Zum ersten Mal, seit sie sich unterhielten, war Morse' Ton kalt und schneidend.

Acum dachte einen Moment nach. »Ja, ich bin mir fast sicher, sie waren geschlossen.«

»Erzählen Sie weiter.«

»Tja, also wie ich schon sagte, ich glaubte, er müsse da sein. Ich habe also geklopft, zwei-, dreimal, ziemlich laut. Aber es kam keiner, und ich dachte, dass er mich vielleicht nicht hörte. Es konnte ja sein, dass er das Fernsehen anhatte. Deshalb bin ich ans Fenster gegangen und habe an die Scheibe gepocht.«

»Und? Hatte er tatsächlich das Fernsehen an? War irgendetwas zu hören? Oder zu sehen?«

Acum schüttelte den Kopf. Morse kam es so vor, als lausche er einer kaputten Schallplatte. Er hatte das alles schon einmal gehört und war sich ziemlich sicher, was als Nächstes kommen würde.

»Es ist merkwürdig, Inspector, aber ich begann auf einmal, mich furchtbar unbehaglich zu fühlen – als ob ich ein Eindringling sei, der dort nichts zu suchen habe; als ob Baines mitbekommen habe, dass ich da sei, aber mich nicht sehen wolle ... Ich ging jedenfalls zurück zur Tür und wollte noch einmal klopfen, aber da bemerkte ich plötzlich, dass sie nur angelehnt war. Ich schob sie etwas auf, steckte den Kopf durch den Spalt und rief seinen Namen.«

Morse stand völlig bewegungslos und überlegte, wie er seine nächste Frage formulieren sollte. Die Antwort war ihm sehr wichtig, aber er wollte sie ihm nicht in den Mund legen.

»Sie steckten also den Kopf durch die Tür.«

»Ja, und ich war aus irgendeinem Grund fest überzeugt, dass er ganz in der Nähe sei.«

»Können Sie sagen, wieso?«

»Na ja, da war das Licht in seinem Arbeitszimmer und ...«

Er zögerte einen Augenblick und schien in seinem Gedächtnis nach dem subtilen Anzeichen zu suchen, das ihn darauf gebracht hatte.

»Denken Sie sorgfältig nach«, sagte Morse. »Versetzen Sie

sich noch einmal in die Situation zurück. Wie war das, als Sie vor der Tür standen? Lassen Sie sich Zeit. Stellen Sie sich vor, es sei Montagnacht ...«

Acum schüttelte langsam den Kopf und runzelte die Stirn. Ein oder zwei Minuten blieb er stumm.

»Ich hatte einfach dieses deutliche Gefühl, dass er nicht weit sein konnte. Ich weiß noch, wie ich überlegt habe, ob er vielleicht nur einen Augenblick hinausgegangen wäre, möglicherweise zu einem Nachbarn ...« Plötzlich fiel es ihm wieder ein, und er sagte schnell: »Ich habs. Jetzt kann ich mich wieder daran entsinnen, wie ich darauf kam: Im Flur brannte Licht. Nicht nur in seinem Arbeitszimmer – auch im Flur. Und die Tür war eben nur angelehnt, da lag es nahe zu denken, dass er nicht weg war.«

»Und dann?«

»Ich bin gegangen. Er kam nicht, und es hatte ja keinen Zweck, weiter herumzustehen.«

»Warum haben Sie mir das nicht erzählt, als wir miteinander telefoniert haben?«

»Ich hatte Angst. Ich war schließlich am Montagabend da. Der Mord war vielleicht erst kurz vorher passiert. Wie sollte ich beweisen, dass nicht ich ihn umgebracht hatte. Es war mir einfach zu riskant, die Wahrheit zu sagen. Hätten Sie sich denn an meiner Stelle anders verhalten?«

Morse fuhr in das Zentrum von Caernarfon und parkte seinen Wagen längs der Landungsbrücke unter den mächtigen Mauern von König Edwards I. schönster Burg. Ganz in der Nähe fand er ein China-Restaurant; und als ihm das Essen serviert wurde, stürzte er sich mit Heißhunger darauf, denn es war seine erste Mahlzeit seit vierundzwanzig Stunden. Erst beim Kaffee ging er in Ruhe noch einmal durch, was er bis jetzt in Bezug auf Baines' Ermordung erfahren hatte. Nach der zweiten Tasse war er zu der festen Überzeugung gelangt, dass Mrs Phillipson und David Acum ihm im Großen und

Ganzen doch die Wahrheit gesagt hatten über ihren Besuch in der Kempis Street, auch wenn die Gründe, die sie dafür genannt hatten, nicht so ganz plausibel schienen. Ihre Aussagen darüber, wie sie sich dort verhalten hatten, waren so klar und stimmten vor allen Dingen so miteinander überein, dass er das Gefühl hatte, er könne ihnen glauben. Zum Beispiel dieses Detail mit der Haustür, die einen Spalt offen stand – genau wie Mrs Phillipson sie gesehen hatte, bevor sie in panischer Angst wegrannte –, nein, das konnte Acum sich nicht einfach aus den Fingern gesogen haben. Es sei denn … Es war das zweite Mal, dass er seine Schlussfolgerungen mit dieser ominösen Einschränkung versehen musste, und das bereitete ihm Sorgen. Acum und Mrs Phillipson. Ein Paar, das eigentlich nicht zusammenpasste. War dennoch irgendein Verbindungsglied zwischen ihnen denkbar? Wenn ja, dann musste es in der Vergangenheit geschmiedet worden sein, vor mehr als zwei Jahren, als Acum noch Lehrer in Kidlington war. Konnte es da etwas gegeben haben? Es war immerhin eine Idee. Aber als er in seinem Auto saß und den Parkplatz unterhalb der Burg verließ, entschied er nach erneutem Abwägen von Für und Wider, dass diese Idee wohl doch unsinnig wäre. Vor der Burg kam er am Lloyd-George-Denkmal vorbei, und als er die Stadt in Richtung Capel Curig verließ, wusste er überhaupt nicht mehr, was er nun denken sollte.

Auf der Passhöhe von Llanberis hielt er kurz an und beobachtete die winzigen Gestalten der Bergsteiger, die wegen ihrer leuchtend orangefarbenen Anoraks gut zu sehen waren. In schwindelnder Höhe hingen sie am Seil vor den glatten, senkrechten Felswänden, die sich beiderseits der Straße türmten. Morse fühlte Dankbarkeit, dass er in seinem Beruf nicht Gefahr lief, in jeder Sekunde, nur durch eine einzige falsche Hand- oder Fußbewegung, in die tödliche Tiefe zu stürzen – egal wie schwierig seine Tätigkeit sonst auch sein mochte. Andererseits war ihm klar, dass auch er auf seine Weise gerade dabei war, einen Gipfel zu erklettern, und er kannte sehr gut das Triumphgefühl, wenn so ein Unternehmen gelang. Oft gab es nur einen Weg, der nach oben führte, einen einzigen; der, auf dem man es zuerst versucht hatte, stellte sich als völlig ungangbar heraus, also musste man den anderen nehmen, der einem fast genauso ungangbar erschien. Musste sich irgendwie mühsam am Rand der Steilwand entlang und an der unpassierbaren Stelle vorbei hochhangeln bis zum nächsten Vorsprung, von wo man überblicken konnte, wie es weiterging. Bei Baines' Tod hatte Morse nur eine kleine Gruppe von Verdächtigen in Betracht gezogen. Natürlich konnte der Mörder auch jemand sein, der mit dem Verschwinden Valerie Taylors in keinerlei Verbindung stand, aber das bezweifelte er. Es waren also fünf, die infrage kamen. Allerdings hatte er jetzt den Eindruck, dass die Verdachtsmomente sowohl gegen Mrs Phillipson als auch David Acum sich wesentlich verringert hatten. Das hieß, es blieben die Taylors, und zwar beide, und Phillipson. Es war jetzt Zeit, die Tatsachen zu vergleichen und zu ordnen – und es waren viele, und vor allem seltsame Tatsachen, die er über diese drei herausbekommen hatte. Einer von ihnen musste der Täter sein: denn so viel stand wohl fest: Baines war vor den Besuchen von Mrs Phillipson und David Acum ermordet worden. Ja, anders konnte es nicht gewesen sein. Das wollte er erst einmal festhalten. Man musste sehen, was sich dann daraus weiter ergab.

Er fuhr nach Capel Curig und bog dort nach rechts auf die A5 in Richtung Llangollen. Und während er fuhr, entdeckte er plötzlich das Muster. Er hätte es früher sehen sollen; aber jetzt, nach den Aussagen von Mrs Phillipson und Acum, schien es ihm fast kinderleicht, die einzelnen Stücke in dieses neue und ganz andere Puzzle einzufügen. Eins nach dem anderen ließ sich problemlos an seinen Platz legen, während er mit hoher Geschwindigkeit weiter und weiter fuhr, an Shrewsbury vorbei, und immer noch auf der A5, entlang der alten Römerstraße; fast hätte er den Abzweig nach Daventry und Banbury verpasst. Es war kurz vor acht, und er begann zu spüren, dass er einen langen Tag hinter sich hatte. Ihm fiel wieder der unglückliche Lord aus den Nachrichten ein, dessen Leiche man in Essex aus dem Wasser gezogen hatte; und als er die Außenbezirke von Banbury hinter sich ließ, blinkte ein entgegenkommender Autofahrer ihn heftig an. Erschrocken bemerkte er, wie gefährlich weit er auf die andere Fahrbahn geraten war, und zwang sich zu erhöhter Aufmerksamkeit. Er kurbelte das Seitenfenster ganz herunter, sog tief die kühle Abendluft ein und sang dann mit traurigem Bariton »Geh du voran, o freundlich Licht«; immer und immer wieder die eine Strophe, die er noch auswendig wusste.

Er fuhr direkt nach Hause und schloss die Garage auf. Nach diesem langen Tag würde er hoffentlich gut schlafen.

27

Alle glücklichen Familien gleichen einander,
jede unglückliche Familie ist
auf ihre eigene Art unglücklich
Leo Tolstoi, Anna Karenina

Lewis ging es allmählich besser. Er fand, dass er versuchen sollte, einmal aufzustehen, tastete sich – noch etwas wacklig auf den Beinen – am Treppengeländer nach unten und setzte sich neben seiner überraschten Frau, die gerade einen Fernsehfilm verfolgte, auf das Sofa. Er hatte keine Ruhe mehr, und obwohl er sich noch schwach und ohne viel Energie fühlte, wusste er, dass das Schlimmste überstanden war und er bald wieder zum Dienst gehen konnte. Während seiner Krankheit hatte er viele Stunden damit zugebracht, über den Fall Taylor nachzudenken, und gerade heute Morgen war ihm eine derartig umwälzend neue Idee gekommen, dass er seine Frau gedrängt hatte, im Präsidium anzurufen. Aber Morse war nicht da. Man hatte ihr gesagt, er sei unterwegs nach Caernarfon. Lewis war darüber einigermaßen verblüfft. Nach dem, was er sich inzwischen überlegt hatte, war das wirklich der letzte Ort, den aufzusuchen er für nötig gehalten hätte. Vermutlich hatte Morse eine wilde Hypothese in Bezug auf Acum entwickelt und vergeudete mal wieder auf Staatskosten teures Benzin. Unzweifelhaft für nichts und wieder nichts. Aber er wollte nicht unfair sein. Bei dem Inspector blieben die Dinge zumindest immer in Bewegung. Zwar ging es oft seitwärts, sehr oft – leider viel zu oft – auch rückwärts, aber oft, wie er gern zugab, eben auch in die richtige Richtung – vorwärts. Lewis war enttäuscht, dass er ihn nicht erreicht hatte. Alles, oder jedenfalls fast alles, passte haargenau. Eine Meldung in den Acht-Uhr-Nachrichten heute Morgen hatte die gedankliche Kettenreaktion in Gang gesetzt. Irgendwo in Essex war in einem See ein Lord oder so etwas Ähnliches gefunden worden. Das Reservoir hinter dem Haus der Taylors war damals natürlich mit Schleppnetzen abgesucht worden, aber wie hatte Dickson gesagt? Die Suche sei ein Witz gewesen. Man müsse schon großes Glück haben, um bei einer so großen Wasserfläche jemanden zu finden. Und es musste ja auch nicht unbedingt das Reservoir sein. Es gab genug andere Möglichkeiten. Aber das war nur der Anfang gewesen. Als Nächstes hatte er über den alten Joe Godberry nachgedacht und über die Tasche, die Valerie dabeigehabt hatte, und über eine Menge anderer Dinge außerdem. Zu dumm, dass Morse ausgerechnet heute nach Wales hatte fahren müssen. Er brannte darauf, seine Neuigkeiten loszuwerden. Komisch eigentlich, dass der Chef nicht selbst darauf gekommen war. Gewöhnlich ließ er doch keine Möglichkeit aus, sei sie auch noch so unwahrscheinlich. Lewis' Freude wurde kaum merklich etwas gedämpfter. Vielleicht hatte der Chef längst vor ihm daran gedacht. Schließlich war er es gewesen, der aus heiterem Himmel davon angefangen hatte, dass Valerie eine Tasche mit sich geführt haben könnte.

Im Laufe des frühen Abends setzte Lewis sich hin und schrieb, was er sich überlegt hatte, sorgfältig Punkt für Punkt auf. Als er damit fertig war, blieb von seiner anfänglichen Euphorie nur noch wenig übrig, nur die Gewissheit, dass er zu einer für seine Verhältnisse wirklich überraschenden Erkenntnis gelangt war, die zudem den Vorzug hatte, dass sie vermutlich stimmte. Um Viertel nach neun versuchte er selbst, Morse im Präsidium zu erreichen, hatte aber auch kein Glück.

»Ist wahrscheinlich gleich in Richtung Heimat – oder zum nächsten Pub«, sagte der diensttuende Sergeant. Lewis hinterließ eine Nachricht und betete, dass der Chef nicht über Nacht den Einfall hatte, als Nächstes Ermittlungen auf den Hebriden durchzuführen.

Donald Phillipson und seine Frau saßen schweigend vor dem Fernseher und sahen die Neun-Uhr-Nachrichten. Sie hatten den ganzen Abend über kaum miteinander geredet, und jetzt, wo die Kinder im Bett lagen, war jedes Gespräch zwischen ihnen verstummt. Ein paar Mal war es fast so weit, dass der eine den anderen etwas gefragt hätte, und die Frage würde, egal wer sie gestellt hätte, gelautet haben: »Gibt es etwas, was du mir sagen möchtest?« Aber keiner von beiden hatte den Mut, und so brachte Mrs Phillipson um Viertel nach zehn den Kaffee herein und erklärte, sie gehe jetzt zu Bett.

»Du hast dich ja ganz schön volllaufen lassen heute Abend.«
Er murmelte irgendetwas und taperte leicht schwankend neben ihr her, bemüht, ihr auf dem schmalen Bürgersteig nicht in die Quere zu kommen; ganz konnte er es jedoch nicht vermeiden. Es war Viertel vor elf. Sie hatten nicht weit zu gehen. Vom Pub nach Hause war es nur zwei Ecken weiter.
»Hast du mal ausgerechnet, wie viel bei dir so wöchentlich für Zigaretten und Bier draufgeht?«
Ihre Bemerkung kränkte ihn. Es war ungerecht, ihm das wenige, was er für sich ausgab, auch noch vorzuhalten. »Wenn

du vom Geld reden willst, dann bleiben wir doch gleich bei deinem Bingo. Du bist inzwischen ja fast jeden Abend in der Spielhalle.«

»Mein Bingo geht dich gar nichts an. Das ist der einzige Spaß, den ich habe, also halt gefälligst den Mund! Manche Leute gewinnen beim Bingo, oder hast du das noch nicht gewusst?«

»Hast du gewonnen?« Sein Ton war freundlicher; er wünschte für sie, dass es so sei.

»Ich hab dir doch gesagt, das geht dich nichts an. Ich spiele schließlich mit meinem eigenen Geld, und wenn ich gewinne, ist das meine Sache.«

»Und wenn du es hinterher mit vollen Händen wieder zum Fenster hinausschmeißt, wohl auch. Du hast ja das ganze Lokal ausgehalten. Ein bisschen zu großzügig, wenn du mich fragst.«

»Was soll das heißen?«, fragte sie giftig.

»Nun, ich …«

»Wenn ich ein paar Freunde zu einem Drink einlade, von meinem eigenen Geld wohlgemerkt, dann hast du dich da gefälligst rauszuhalten.«

»Ich wollte doch nur …«

Sie waren vor der Gartenpforte angelangt, und sie wandte sich zu ihm um und zischte ihn mit zornblitzenden Augen an: »Und wags ja nicht noch einmal, mir meine Großzügigkeit vorzuwerfen. Als ob du da überhaupt mitreden könntest – du Mistkerl!«

Am nächsten Wochenende wollten sie zum ersten Mal seit sieben Jahren gemeinsam in die Ferien fahren. Doch die Zeichen standen nicht gerade günstig für einen schönen Urlaub.

Als Morse schließlich im Bett lag, war es schon halb zwölf. Er hatte reichlich viel getrunken, aber er fand, das müsse auch mal sein. Vermutlich würde er im Laufe der Nacht ein- oder zweimal aufstehen und zum Pinkeln gehen müssen, aber na ja, das nahm er in Kauf. Er fühlte sich rundherum zufrieden, Bier ersetzte Tranquilizer und Schlaftabletten. Eigentlich ungerecht, dass man es nicht auf Rezept bekam. Wohlig drückte er sich tiefer ins Kissen. Lewis war bestimmt schon längst im Bett. Morgen früh würde er bei ihm vorbeischauen. Und ganz egal, wie schlapp sich der Arme noch fühlen mochte, die Nachricht, die er für ihn hatte, würde ihn hochreißen. Denn er, Morse, wusste jetzt, wer Valerie Taylor und, nicht zu vergessen, Reginald Baines ermordet hatte. Es war ein und dieselbe Person.

28

Ein übel aussehend Ding,
Herr, aber mein eigen
Shakespeare, Wie es euch gefällt,
5. Aufzug, 4. Szene

Nun, Lewis, wie fühlen Sie sich?«

»Schon viel besser, danke. Ich glaube, es kann bald wieder losgehen.«

»Aber denken Sie daran – nur nichts überstürzen! Es gibt im Moment nichts, was anbrennen könnte.«

»Da bin ich mir nicht so sicher, Sir.« Mit so einer Antwort hatte Morse nicht gerechnet, und er sah den Sergeant neugierig an.

»Wieso?«

»Ich habe gestern versucht, Sie zu erreichen, Sir.« Lewis setzte sich auf und griff nach mehreren Blättern Papier, die neben ihm auf dem Nachttisch lagen. »Ich fand, ich hatte eine ganz gute Idee, vielleicht irre ich mich ja auch, aber ... Ich habe alles mal aufgeschrieben. Hier ...«, er reichte sie Morse – »Sie können es ja einfach mal lesen.«

Morse blieb nichts anderes übrig, als seine eigene Neuigkeit erst einmal zurückzustellen. Er setzte sich auf die Bettkante. Der Kopf tat ihm weh; er hätte gestern doch nicht so viel trinken sollen. Er warf einen nicht sehr begeisterten Blick auf Lewis' Notizen. »Alles?«

»Ja, bitte. Ich hoffe, es lohnt sich.«

Morse schickte sich drein und begann zu lesen, erst ziemlich gleichgültig, dann zunehmend gefesselt. Ab und zu erschien ein schwaches Lächeln um seine Mundwinkel, mehrere Male nickte er heftig zustimmend mit dem Kopf – und Lewis ließ sich erleichtert in die Kissen zurücksinken und fühlte sich wie ein Schüler, der für einen Aufsatz eine Eins bekommen hat. Als er mit Lesen fertig war, zog Morse einen Kuli aus der Tasche.

»Sie haben nichts dagegen, dass ich eine oder zwei kleine Änderungen anbringe, oder?« Systematisch ging er die Aufzeichnungen noch einmal durch, berichtigte die schlimmsten Rechtschreibfehler, setzte Punkte, fügte Kommata ein und brachte einige Sätze in eine plausiblere Reihenfolge. »So«, sagte er schließlich befriedigt, »jetzt ist es lesbar«, und händigte einem etwas bedröppelt aussehenden Lewis die überarbeitete Fassung seines Textes aus. So eine Mimose – anstatt sich erst einmal anzusehen, was für ein Meisterwerk er daraus gemacht hatte!

Zu Anfang schien alles, was wir wussten, darauf hinzudeuten, dass Valerie Taylor lebte. Schließlich hatten ihre Eltern einen Brief von ihr bekommen. Doch dann stellte sich heraus, dass er wahrscheinlich gar nicht von ihr geschrieben worden war. Wir mussten also jetzt davon ausgehen, dass sie tot war. Der Letzte, der sie lebend gesehen hatte, war ein gewisser Joe Godberry, ein halb blinder alter Mann, der eigentlich schon längst sein Amt als Verkehrslotse nicht mehr hätte ausüben dürfen. Konnte er sich mit seiner Annahme, Valerie sei mittags gegen halb zwei an seinem Zebrastreifen vorbeigekommen, geirrt haben? Ich denke, ja. Er behauptete zwar steif und fest, sie erkannt zu haben, aber ich halte es für gut möglich, dass er sich täuschte und Valerie mit jemandem verwechselte. Chief Inspector Morse hielt bei einem Besuch im Haus der Taylors ein Foto von Mrs Taylor für eine Aufnahme von Valerie. Mutter und Tochter sind sich verblüffend ähnlich. Wäre es also vorstellbar, dass Godberry nicht Valerie, sondern ihre Mutter sah? (Letzteres hatte Lewis dick unterstrichen, und Morse nickte zustimmend mit dem Kopf.) *Vielleicht zog sie sich, um die Täuschung komplett zu machen, noch Valeries Schuluniform an. Wenn sie dann schnell ging und sich bei Joe Godberrys Zebrastreifen auf der anderen Straßenseite hielt, bestand eine gute Chance, jedermann glauben zu machen, Valerie habe nach dem Mittagessen ihr Elternhaus verlassen und sei auf dem Rückweg zur Schule gewesen. Die Schwierigkeit für Mrs Taylor war nun, dass sie nicht als ihre Tochter verkleidet zurückkehren durfte, denn dann hätten sich ja etwaige Nachforschungen möglicherweise auf Valeries Zuhause konzentriert, und gerade das sollte ja vermieden werden. Chief Inspector Morse äußerte als Erster die Vermutung, dass Valerie an jenem Mittag eine Tasche oder irgendein anderes Behältnis* (die Schreibung dieses Wortes hatte Lewis offenbar Schwierigkeiten gemacht) *bei sich gehabt haben könnte, und wir erfuhren, als wir bei Godberry nachfragten, dass dem so war. In dieser Tasche könnte Mrs Taylor nun sehr gut ihre eigene Kleidung transportiert haben. Sie ging unten an der Hauptstraße auf die Damentoilette, zog die Schuluniform aus und ihre eigenen Sachen an und kehrte möglichst unauffällig zum Hatfield Way zurück. Vielleicht machte sie zur Sicherheit einen großen Bogen. Die Frage, die sich jetzt erhebt, ist natürlich: Warum das Ganze? Aus welchem Grund sollte Mrs Taylor ein solches Risiko eingehen? Die Antwort darauf ist sehr einfach: um den Eindruck zu erwecken, Valerie sei am Leben, während sie in Wirklichkeit schon tot war. Wir wissen, dass Valerie von der Schule zum Mittagessen nach Hause ging. Wenn sie das Haus anschließend nicht mehr verließ, so bedeutet das, dass sie irgendwann um die Mittagszeit herum dort umgebracht wurde. Die einzige Person, die um diese Zeit außer Valerie noch anwesend war, war Mrs Taylor. Es ist schwer zu glauben, aber alle Tatsachen scheinen auf die schreckliche Wahrheit hinzudeuten, dass Valerie von ihrer eigenen Mutter ermordet wurde. Aber was war das Motiv? Da kann ich nur raten. Wir haben Grund zu der Annahme, dass Valerie schwanger war. Vielleicht geriet ihre Mutter an diesem Mittag darüber so außer sich, dass sie sie schlug – viel zu hart schlug und dabei unabsichtlich tödlich verletzte. Das werden wir sicher später von Mrs Taylor erfahren. Was konnte sie nun in dieser Situation tun? Aus unseren Akten geht hervor, dass wir erst sehr spät vom angeblichen Verschwinden Valeries informiert wurden. Am Mittwochmorgen, um genau zu sein. Und im Nachhinein verstehen wir auch, warum. Mrs Taylor konnte es nicht wagen, uns zu rufen, solange ihre tote Tochter noch im Haus lag. Ich denke, sie unternahm, was die Beseitigung der Leiche angeht, nichts allein, sondern wartete auf die Rückkehr ihres Mannes. Sie sagte ihm, was geschehen war, und er hatte dann wahrscheinlich gar keine andere Wahl, als ihr zu helfen, um sie vor den Folgen ihres Tuns zu beschützen. Die beiden überlegten also gemeinsam. Ich vermute, dass ihnen als Erstes das Reservoir hinter ihrem Haus einfiel. Das erscheint mir am wahrscheinlichsten. Ich weiß, dass es damals abgesucht wurde – ohne Erfolg –, aber bei der Größe des Beckens besagt das nicht viel. Ich würde deshalb dringend vorschlagen, die Suche dort erneut aufzunehmen.*

Lewis legte die Blätter beiseite, und Morse klopfte ihm anerkennend auf die Schulter.

»Ich finde, es wird langsam Zeit, dass man Sie zum Inspector befördert.«

»Sie glauben also, ich habe recht mit meiner Annahme?«

»Ja«, sagte Morse, »ich denke schon.«

29

> *Incest is only relatively boring.*
> Klospruch in einem Oxforder Pub

Lewis lehnte sich zufrieden zurück. Zum Inspector würde er es wohl nie bringen, da machte er sich nichts vor, und so hoch wollte er auch gar nicht hinaus. Aber dass er jetzt dem Chef bei der Lösung eines Falles zuvorgekommen war – mein Gott, das war schon was!

»Haben Sie etwas zu trinken im Haus?«, fragte Morse. Ein paar Minuten später hatte er ein großes Glas Whisky vor sich, während der kranke Lewis sich damit begnügen musste, Brot in eine Kraftbrühe zu stippen.

»Wenn Sie erlauben, Lewis, würde ich zu Ihren im Ganzen wirklich hervorragenden Ausführungen gern noch ein oder zwei Ergänzungen machen.« Lewis' Gesicht verdüsterte sich. Es war deutlich zu sehen, dass er alles andere als erbaut davon war. Morse beeilte sich denn auch, ihn zu beruhigen. »Nichts Grundsätzliches. Ich denke nur, dass wir, was den Ablauf bestimmter Dinge angeht, schon mehr sagen können, während das Motiv meiner Ansicht nach noch etliche Fragen aufwirft. Gehen wir das Ganze einmal durch. Sie beginnen mit der Annahme, dass Mrs Taylor sich als Valerie verkleidet habe. Dem stimme ich voll zu. Ich möchte an dieser Stelle jedoch noch auf etwas anderes hinweisen – auch wenn es nur eine Kleinigkeit ist: Es ging meines Erachtens für Mrs Taylor an jenem Nachmittag nicht nur darum, dass man annahm, sie sei Valerie, genauso wichtig war, dass sie nicht als Mrs Taylor erkannt wurde. Im Allgemeinen achtet man, wenn man jemanden sieht, mehr auf das Gesicht als auf die Kleidung. Es erscheint mir nun notwendig, hier noch einmal daran zu erinnern, dass Mutter und Tochter einander nicht nur in Bezug auf ihre Figur, sondern auch, was ihre dunkelbraunen, schulterlangen Haare angeht, sehr ähnlich waren. Mrs Taylor hat nämlich erst sehr wenige graue Haare. Gewöhnlich trägt sie sie wohl hochgesteckt, aber ich wette, dass es, wenn sie sie offen trägt, genauso aussieht wie bei Valerie. Wenn sie sie dann noch ein bisschen ins Gesicht zog, so vermute ich, dass nur jemand, der unmittelbar vor ihr stand, sie hätte erkennen können.«

Lewis nickte. Er war erleichtert. Wie der Inspector vorhin selbst gesagt hatte – das war ja nun wirklich nur eine Kleinigkeit.

»Doch nun zu einem anderen, wesentlich wichtigeren Punkt«, fuhr Morse fort. Jetzt kommts, dachte Lewis. »Ich spreche von dem Motiv. Damit haben Sie es sich meiner Meinung nach etwas zu leicht gemacht. Was könnte Mrs Taylor veranlasst haben, ihre Tochter umzubringen? Valerie – ihr einziges Kind! Sie schreiben ganz richtig, Valerie sei schwanger gewesen, und obwohl wir dafür bisher noch keinen sicheren Beweis haben, denke ich, dass wir ruhig davon ausgehen dürfen, dass diese Annahme richtig ist. Wir wissen nicht, ob Valerie ihrer Mutter freiwillig davon erzählte oder ob Mrs Taylor irgendwann von selbst dahinterkam. Ich glaube, es ist nicht einfach, so etwas vor seiner Mutter zu verbergen. Ich neige deshalb eigentlich dazu, anzunehmen, dass Letzteres der Fall war. Aber wie auch immer. Ihre Schwangerschaft allein wäre sicherlich kein ausreichender Grund gewesen, sie umzubringen. Mrs Taylor hätte es sicher nicht erfreulich gefunden, wenn ihre Tochter mit knapp achtzehn Mutter geworden wäre, und dazu noch unverheiratet – die Nachbarn hätten getratscht, man hätte es der Schule mitteilen müssen und, nicht zu vergessen, die spitzen Kommentare von Onkeln und Tanten und was es da sonst noch an Verwandtschaft gibt. Andererseits ist ein uneheliches Kind heute nicht mehr die absolute Katastrophe. Ganz auszuschließen ist Ihre Version, wie es zu dem Mord kam, natürlich nicht, Lewis; aber ich habe irgendwie das Gefühl, dass Mrs Taylor schon längere Zeit von der Schwangerschaft ihrer Tochter wusste und nicht erst am Mittag des 10. Juni davon erfuhr. Was sie aber vielleicht nicht wusste, und was sie meines Erachtens sehr viel mehr bewegte als die Tatsache der Schwangerschaft, war die Frage, wer der Vater war. Ich könnte mir vorstellen, dass sie des Öfteren versuchte, Valerie dazu zu bringen, ihr den Namen zu sagen, und dass Valerie sich jedes Mal weigerte. Doch Mrs Taylor konnte in diesem Punkt nicht lockerlassen, hörte nicht auf, danach zu fragen, denn sie hatte einen schrecklichen Verdacht. Zu Beginn unserer Ermittlungen hatte ich etwas voreilig angenommen, Valerie sei eines dieser hübschen jungen Dinger, denen es nicht so genau darauf ankommt, mit wem sie ins Bett gehen. Maguires Aufschneidereien bestärkten mich noch in dieser Meinung. Inzwischen bin ich mir allerdings ziemlich sicher, dass sie ihn mit seinen Wünschen hat abblitzen lassen – vielleicht, dass er ihr ein- oder zweimal unter den Rock fasste. Das dürfte es dann aber auch gewesen sein. Weniger, weil sie prüde war, sondern weil Maguire nicht ihrem Typ entsprach. Valerie Taylor bevorzugte nämlich ältere Männer. Männer Ihrer Altersgruppe, Lewis.«

»Und Ihrer, Sir«, gab Lewis zurück. Aber keinem der beiden war dabei zum Lächeln zumute; dazu war die Sache zu ernst. Morse trank seinen Whisky aus und warf Lewis einen fragenden Blick zu.

»Nun?«

»Phillipson, Sir?«

»Wäre möglich, aber ich bezweifle es. Ich glaube, der hatte seine Lektion weg.«

Lewis dachte angestrengt nach und verzog dabei grübelnd die Stirn. Konnte das sein? Gab es auf diese Weise eine Verbindung zu der anderen Sache? »Aber Sie glauben doch nicht, dass sie mit Baines, Sir ...? Ältere Männer hin, ältere Männer her, ich würde denken, dass keine Frau gern mit Baines ...«

Er mochte es nicht aussprechen. Der Gedanke war ihm zuwider.

Morse saß eine Weile in tiefstes Nachdenken versunken und starrte abwesend aus dem Fenster. »Ich habe es als Möglichkeit durchaus in Erwägung gezogen, aber ich glaube, Sie haben recht. Ich kann es mir auch nicht vorstellen, dass sie mit Baines ins Bett gegangen ist. Zumindest nicht freiwillig. Obwohl es eine Menge Dinge erklären würde.«

»Und außerdem meinten Sie doch vor einiger Zeit noch, dass Baines und Valeries Mutter ...«

»Jaja, der Ansicht bin ich auch jetzt noch. Ich sagte ja auch schon, dass ich nicht glaube, dass es Baines war.« Er sprach sehr langsam, so als sei er abgelenkt durch eine neue Idee, die möglicherweise alles, was er eben gesagt hatte, wieder infrage stellen konnte. Etwas unwillig zwang er sich, seine ganze Aufmerksamkeit wieder dem Gespräch mit Lewis zuzuwenden. »Wer käme denn Ihrer Meinung nach noch infrage?«

Es war nicht unähnlich dem Wetten bei Pferderennen. Lewis hatte auf den Favoriten Phillipson gesetzt und verloren; daraufhin hatte er sich entschlossen, es mit einem Außenseiter zu versuchen, einem durchaus ernst zu nehmenden Außenseiter – nämlich Baines –, und hatte wieder verloren. Jetzt war er ratlos, denn sehr viel mehr Pferde waren gar nicht im Rennen. Oder war er falsch informiert? »Sie sind mir gegenüber im Vorteil, Sir. Sie haben gestern mit Acum gesprochen. Ich finde, bevor Sie mich hier weiter raten lassen, sollten Sie erzählen, was Sie erfahren haben.«

»Lassen Sie Acum im Moment mal beiseite«, sagte Morse ohne weitere Erklärung.

Lewis blieb nichts anderes übrig, als sich noch einmal unter den bekannten Namen umzusehen. Aber eigentlich gab es da nur noch einen Mann, der infrage kam, und der eigentlich auch nur theoretisch. Denn Morse konnte doch wohl nicht im Ernst ... »Sie wollen doch wohl nicht sagen, dass ... Sie denken doch nicht wirklich ...? George Taylor, Sir?«

»Ich fürchte, ja, Lewis; und je schneller wir uns an diesen schlimmen Gedanken gewöhnen, umso besser. Schlimm – ich weiß; aber auch wieder nicht ganz so schlimm, wie es auf den ersten Blick scheint. Er ist schließlich nicht ihr richtiger Vater; wir haben es also nicht mit so etwas wie Inzest zu tun. Valerie wusste natürlich, dass sie nicht Georges leibliche Tochter war. Viele Jahre lang machte diese Tatsache für beide keinen großen Unterschied. George behandelte sie, als sei sie sein eigenes Kind. Aber dann kam Valerie in die Pubertät und begann sich zu entwickeln, bekam weibliche Formen. Und jetzt auf einmal herrschte zwischen den beiden doch ein anderes Verhältnis als sonst zwischen Vater und Tochter. Was sich genau abspielte, kann ich nicht sagen, aber so viel weiß ich: Das, was ich Ihnen hier eben erzählt habe, stellt ein überwältigend starkes Mordmotiv dar. Versuchen Sie, sich einmal in Mrs Taylors Lage zu versetzen. Erst nur eine Ahnung, dann ein Verdacht, der sich schließlich zur furchtbaren Gewissheit verdichtet, und an jenem Dienstagnachmittag konfrontierte sie Valerie damit.«

»Das alles ist furchtbar«, bemerkte Lewis, »aber vielleicht sollten wir nicht zu hart über sie urteilen.«

»Mir müssen Sie das nicht sagen, Sergeant. Ich habe eher Mitleid mit ihr. Aber überlegen wir doch mal, wie es nach dem Mord weiterging. Als George Taylor an dem Abend nach Hause kommt, erfährt er gleich zwei schreckliche Neuigkeiten: Seine Frau weiß Bescheid, und Valerie ist tot – von ihrer eigenen Mutter ermordet. Und er steckt, ohne es zu wollen, in dem ganzen Drama mit drin, denn sein Verhältnis mit Valerie ist die Ursache des ganzen Unglücks. Was bleibt ihm also übrig, als mit seiner Frau gemeinsame Sache zu machen. Hinzu kommt, dass er wie kein Zweiter in der Lage ist, ihr tatsächlich helfen zu können; denn er arbeitet auf einer Müllkippe und kann dort ohne große Schwierigkeiten alles Mögliche verschwinden lassen, auch eine Leiche. George Taylor hat früher als Bulldozerfahrer beim Straßenbau gearbeitet. Er weiß also, wie man mit einer Planierraupe umgeht. Die

Schlüssel dafür hängen sicherlich – für ihn zugänglich – irgendwo an einem Brett im Schuppen. Es gibt also nichts, was ihn hindern könnte, am nächsten Morgen eine Stunde früher als sonst auf der Deponie zu sein, sich einen Bulldozer zu schnappen und Valeries Leiche unter einem Berg von Abfall verschwinden zu lassen. Wer sollte schon etwas davon merken? Niemand.« Er hielt einen Moment inne, um nachzudenken. »Wenn ich recht habe, dann heißt das, dass Valeries Leiche über Nacht noch im Hatfield Way war. Wahrscheinlich haben sie sie gemeinsam in irgendeinen alten Sack gepackt und in den Kofferraum von Georges Morris gelegt. Jetzt im Nachhinein frage ich mich, wieso ich nicht von Anfang an so etwas vermutet habe. Die Tatsache, dass sie uns so spät informierten, hätte mich eigentlich gleich misstrauisch machen müssen.«

»Glauben Sie denn, dass es möglich wäre, die Leiche jetzt noch zu finden, nach so langer Zeit?«

»Ich denke schon. Die Suche dürfte eine ziemlich ekelhafte Angelegenheit werden. Es wird sicher irgendwo festzustellen sein, welche Abschnitte der Deponie wann eingeebnet worden sind, und dann werden wir sie wieder ausgraben – das heißt, was noch von ihr übrig ist. Arme Valerie Taylor! So zu enden …«

»Und uns lassen sie die ganze Zeit ermitteln! Das muss man sich mal vorstellen.«

Morse nickt. »Ja, dazu gehört schon eine ganze Portion Entschlossenheit, da gebe ich Ihnen recht. Aber nach all dem, was vorhergegangen ist – der Mord selbst und dann die Beseitigung der Leiche –, war uns zu täuschen vielleicht noch der einfachste Teil.«

Während er Morse zuhörte, war Lewis flüchtig der Gedanke an Ainley gekommen. Es gab da im Zusammenhang mit ihm immer noch eine Frage, auf die er gerne eine Antwort gehabt hätte. »Meinen Sie, dass Ainley der Wahrheit auf der Spur war?«

»Ich weiß es nicht«, sagte Morse, »aber das ist auch gar nicht so wichtig – viel entscheidender ist, dass irgendwer es angenommen hat.«

»Und was, glauben Sie, hat Baines' Brief mit alldem zu tun? Wissen Sie inzwischen, warum er ihn geschrieben hat?«

Morse wandte den Blick ab. »Der Brief, ja. Möglicherweise wurde er abgeschickt, bevor Wer-auch-immer wusste, dass Ainley tot war. Vielleicht, um die Aufmerksamkeit der Polizei vom Ort des Geschehens nach London zu lenken. Ich hatte es für möglich gehalten, dass die Taylors ihn verfasst haben, weil sie dachten, dass Ainley ihnen auf die Spur gekommen war.«

»Und halten Sie das noch immer für möglich?«

»Nein. Ich bin jetzt Ihrer Meinung, dass der Brief ziemlich sicher von Baines geschrieben wurde.«

»Und warum hat er ihn geschrieben?«

»Ich denke ...«

Ein Klingeln an der Haustür unterbrach ihn. Unmittelbar darauf führte Mrs Lewis den Arzt ins Zimmer. Morse stand auf und verabschiedete sich.

»Sie brauchen nicht zu gehen, die Untersuchung dauert nicht lange«, sagte der Arzt.

»Nein, nein«, erwiderte Morse, »ich habe noch Verschiedenes zu erledigen.« Er wandte sich zu Lewis. »Ich komme heute Nachmittag noch einmal vorbei.«

Er fuhr zurück ins Präsidium, ging in sein Büro und setzte sich in seinen schwarzen Ledersessel. Der Anblick des übervollen Posteingangskorbes wies ihn deutlich auf seine Versäumnisse hin. Es wurde Zeit, dass er die Sachen endlich mal durchsah. Aber heute nicht mehr. Der Arztbesuch vorhin war ihm eigentlich sehr gelegen gekommen. So war ihm erspart geblieben, in seinen Ausführungen weiter fortfahren zu müssen, obwohl er inzwischen schon längst begriffen hatte, dass seine Rekonstruktion der Geschehnisse noch längst nicht hieb- und stichfest war. Die Frage, warum Baines den Brief geschrieben hatte, war nur eine von vielen schwachen Stellen. Er gestand sich ehrlich ein, dass ihn seine Theorie noch nicht restlos befriedigte.

30

Geld kostet oft zu viel
Ralph Waldo Emerson

Eine ganze Stunde lang saß er, ohne dass ihn jemand gestört hätte, in seinem Büro und dachte (zum wievielten Male?) über alles nach. Sein Ausgangspunkt war dabei die Frage, warum Baines den Brief geschrieben hatte. Um zwölf stand er auf, ging den Flur hinunter, klopfte an die Tür des Superintendenten und trat ein.

Eine halbe Stunde später war das Gespräch beendet. Strange begleitete Morse zur Tür.

»Die müssen Sie schon herbeischaffen«, sagte er, »da geht kein Weg dran vorbei. Sie können die beiden natürlich festnehmen und eine Zeit lang verhören, aber früher oder später brauchen wir die Leiche. Das ist einfach unumgänglich.«

»Ich sehe ja ein, dass Sie recht haben«, sagte Morse. »Ohne Leiche ist das Ganze kaum zu glauben.«

»*Mit* Leiche auch«, sagte Strange.

Morse ging in die Kantine, wo der unvermeidliche Dickson gerade dabei war, sich einen Riesenteller Fleisch und Gemüse zu bestellen.

»Wie geht es Sergeant Lewis, Sir? Haben Sie etwas von ihm gehört?«

»Schon viel besser. Ich war heute Morgen bei ihm. Er wird bald wieder hier sein.«

Während seines Mittagessens beschäftigte ihn erneut die

Frage nach dem Brief. Er hatte sich alle möglichen Gründe überlegt, aus denen man überhaupt einen Brief schreiben konnte, aber wirklich befriedigt hatte bisher noch keiner davon. Vielleicht wird auch dieses Problem sich lösen, wenn die Antworten auf seine Anfragen eingingen; vor einigen Tagen hatte er eine Bank und das Finanzamt um Mithilfe gebeten.

Möglich, dass bei den Bergen von Post, die auf ihn warteten, schon etwas dabei war. Er war mit dem Essen fertig und hatte das Gefühl, etwas frische Luft zu brauchen, und so verließ er das Präsidium. Auf der Hauptstraße wandte er sich nach rechts und ertappte sich dabei, dass er seine Schritte in Richtung Pub lenkte. Bei seinem Eintritt sah er sich um. Mrs Taylor war zum Glück nicht da. Er hätte ihr jetzt nicht begegnen mögen. Nachdem er sein Pint ausgetrunken hatte, verließ er die Gaststätte gleich wieder und ging zur Hauptstraße hinunter. Abseits einer engen Zufahrtsstraße am oberen Ende des Hatfield Way lagen zwei Geschäfte, die ihm vorher nie aufgefallen waren, das eine ein Lebensmittelladen, in dem anderen gab es Obst und Gemüse, und Morse kaufte dort als kleine Aufmerksamkeit für den Kranken Weintrauben. Als er wieder hinaustrat, bemerkte er zwischen dem Lebensmittelladen und dem ersten Reihenhaus ein kleines unbebautes Grundstück. Es war nicht größer als zehn Meter im Quadrat. Maurer hatten halbe Ziegelsteine und einen flach getretenen Sandhaufen zurückgelassen, ein altes Fahrrad lag herum, ein paar alte Reifen, Zigarettenschachteln, Chipstüten. Zwei Autofahrer nutzten die Fläche als Parkplatz. Morse blickte in die Runde, um sich zu orientieren, und merkte, dass er kaum fünfzig Meter vom Haus der Taylors entfernt war, das ein Stück weiter zur Hauptstraße hinunter auf der linken Seite lag. Er blieb wie angewurzelt stehen und fasste die Tüte mit den Weintrauben fester. Mrs Taylor war in ihrem Vorgarten. Sie drehte ihm den Rücken zu. Er konnte sie deutlich sehen. Sie hatte ihr Haar nachlässig hochgesteckt, ihre schlanken Beine wirkten fast wie die eines jungen

Mädchens. Sie beugte sich über die Rosenstöcke und war damit beschäftigt, mit einer Gartenschere die welken Blüten abzuschneiden. Er überlegte, ob er sie erkennen würde, wenn sie plötzlich in Schuluniform mit offenen Haaren aus der Gartenpforte gerannt käme. Der Gedanke verursachte ihm Unbehagen, denn er war sich ganz sicher, dass er sie sofort von einem Mädchen hätte unterscheiden können. Trotz aller Verkleidungen. Vielleicht hatte Mrs Taylor einfach viel Glück gehabt, dass keiner der Nachbarn sie an jenem Dienstagmittag gesehen hat. Und der alte Joe Godberry war wohl schon damals halb blind gewesen. Plötzlich wurde ihm alles klar … Er schaute sich noch einmal auf dem leeren Grundstück um, das durch die Mauer des Reihenhauses von den Taylors her nicht eingesehen werden konnte, blickte hinüber zu deren Vorgarten, wo jetzt die verblühten Rosen auf einem ordentlichen kleinen Häufchen am Rand des Rasens lagen, drehte sich auf dem Absatz um und machte sich auf den Weg zurück zum Präsidium.

Ohne sich um die übrigen Briefe, Berichte und Umläufe zu kümmern, fischte er sich aus dem Postkorb die Mitteilungen bezüglich Baines' Einkommen. Die detaillierten Aufstellungen ermöglichten ihm einen genauen Überblick über seine finanziellen Verhältnisse. Während er sie eingehend studierte, hob er mehrmals die Augenbrauen, denn Baines war wesentlich wohlhabender, als er sich vorgestellt hatte. Abgesehen von verschiedenen Versicherungspolicen, hatte er über fünftausend Pfund bei einer Oxforder Bausparkasse, sechstausend Pfund in langfristigen Kommunalobligationen der Stadt Manchester, viereinhalbtausend Pfund auf einem Sparkonto bei Lloyds und hundertfünfzig Pfund auf seinem Girokonto bei derselben Bank. Das alles zusammen ergab eine hübsche Summe, obwohl Lehrer in Großbritannien ja nun nicht gerade fürstlich entlohnt wurden – auch wenn sie es zum stellvertretenden Direktor gebracht hatten. Als er sich die Kontobewegungen des vergangenen Jahres genauer ansah, stellte Morse mit einiger Überraschung fest, dass die Gehaltsschecks alle direkt auf Baines' Sparkonto eingegangen waren und die Abhebungen von seinem Girokonto selten dreißig Pfund im Monat überschritten hatten. Aus dem Steuerausgleich für das betreffende Jahr ging jedoch hervor, dass er keine zusätzlichen Einkünfte, etwa Vergütungen für abgenommene Prüfungen oder für Nachhilfeunterricht, gehabt hatte; obwohl natürlich möglich war, dass Baines diese vor dem Finanzamt verheimlicht hatte, hielt Morse das doch für recht unwahrscheinlich. Das Haus gehörte ihm ebenfalls; die letzte Hypothekenrate war vor sechs Jahren gezahlt worden. Natürlich war es möglich, dass Baines von seinen Eltern oder von anderen Verwandten etwas geerbt hatte, aber die Tatsache blieb doch bestehen, dass er es geschafft hatte, mit sieben oder acht Pfund in der Woche auszukommen. Entweder war er ein fürchterlicher Geizhals gewesen, oder aber er hatte ziemlich regelmäßig von irgendwoher Bargeld erhalten – und das erschien ihm viel wahrscheinlicher. Man brauchte gar nicht besonders viel Fantasie, um gewisse Schlussfolgerungen zu ziehen. So wie er gewesen war, musste es etliche gegeben haben, die ihn gehasst hatten – einer von ihnen hatte es nicht mehr ertragen und ihm ein Küchenmesser ins Herz gestoßen.

31

Ihr, Herr Gouverneur,
Habt diesen Höllenschurken zu bestrafen.
Setzt Zeit, Ort, Folter fest – und macht sie hart
Shakespeare, Othello, 5. Aufzug, 2. Szene

Als Morse gegen Viertel vor drei zurückkam, war Lewis auf und saß im Bademantel im vorderen Zimmer.

»Montag kann ich wieder anfangen, Sir. Wenn Sie wollen, auch schon Sonntag. Ich kann Ihnen gar nicht sagen, wie froh ich bin.«

»Wenn wir Glück haben, ist bis dahin schon alles vorbei«, sagte Morse. »Aber wer weiß, vielleicht haben wir dann wieder einen neuen Verrückten, der meint, seine Probleme durch Mord lösen zu müssen.«

»Sie meinen also, wir stehen kurz vor der Aufklärung?«

»Ich war vorhin bei Strange. Morgen geht es los. Die Taylors werden festgenommen, und wir fangen an, die Müllkippe umzugraben, wenn nötig, das ganze Areal. Aber ich denke, George wird sehr schnell alles zugeben und uns sagen, wo wir sie finden. Seine Frau ist die Härtere von beiden.«

»Und Sie glauben, dass der Mord an Valerie und der an Baines zusammenhängen?«

Morse nickte. »Sie haben mich heute Morgen gefragt, aus welchem Grund Baines den Brief geschrieben habe, und ich muss leider zugeben, dass ich da immer noch im Dunkeln tappe. Denkbar wäre zweierlei: entweder, dass er uns von der Spur ablenken, oder im Gegenteil, dass er uns gerade auf sie aufmerksam machen wollte. Suchen Sie es sich aus. Aber wie auch immer, auf jeden Fall ist es ihm gelungen, sein Süppchen am Kochen zu halten.«

»Ich verstehe nicht ganz, was Sie damit meinen, Sir.«

Morse informierte ihn über Baines' finanzielle Verhältnisse, und Lewis pfiff leise durch die Zähne. »Damit steht also fest, dass er ein Erpresser war?«

»Jedenfalls bekam er von irgendwoher Geld. Vermutlich hatte er sogar mehrere Quellen.«

»Und eine davon war Phillipson.«

»Ja. Ich denke, er musste jeden Monat eine gewisse Summe an Baines zahlen; keine Riesenbeträge, auf jeden Fall nicht so viel, dass er deshalb am Hungertuch nagen musste. Ich schätze, es werden jedes Mal so gegen zwanzig bis dreißig Pfund gewesen sein. Aber das werden wir bald genauer wissen. Meiner Meinung nach kann kein Zweifel daran bestehen, dass Baines ihn an dem Abend nach dem Vorstellungsgespräch sah, und zwar in weiblicher Begleitung, genauer gesagt, in Begleitung Valerie Taylors. Wenn Baines gewollt hätte, wäre es ihm ein Leichtes gewesen, Phillipson damals unmöglich zu machen, aber das war offenbar nicht sein Interesse. Dadurch, dass er seine Beobachtung für sich behielt, gewann er nämlich Macht über ihn, und das war ihm wohl sehr viel wichtiger.«

»Dann hatte Phillipson ja wirklich ein sehr gutes Motiv, um Baines umzubringen.«

»Durchaus, aber er hat es nicht getan.«

»Das klingt, als seien Sie sich da absolut sicher.«

»Bin ich auch«, sagte Morse ruhig. »Setzen wir unsere Überlegungen an diesem Punkt noch ein bisschen fort. Ich glaube nämlich, dass Baines an der Roger-Bacon-Schule noch ein zweites Opfer gefunden hatte.«

»Acum?«

»Ja, genau. Ich habe mich gleich gewundert, was in aller Welt ihn bewogen haben könnte, seine doch alles in allem recht aussichtsreiche Position dort aufzugeben, nur um eine ähnliche Stelle an einer ähnlichen Schule in der nordwalisischen Wildnis anzutreten – weit weg von seinen Freunden und den Abwechslungen, die eine Universitätsstadt wie

Oxford zu bieten hat. Ich hatte deswegen gleich den Verdacht, dass es da in seinem letzten Schuljahr möglicherweise irgendeine peinliche Geschichte gegeben hätte. Ich sprach ihn gestern daraufhin an, aber er verneinte es glattweg. Ich habe nicht weiter insistiert. Es ist nicht so furchtbar wichtig, und wenn ich mir Phillipson vornehme, werde ich es sowieso von ihm erfahren.«

»Was denken Sie, was damals passiert ist?«

»Wahrscheinlich das Übliche – man wird ihn mit heruntergelassenen Hosen mit einer seiner Schülerinnen erwischt haben.«

Lewis sah Morse mit schräg gelegtem Kopf an und lächelte müde. »Sie meinen, mit Valerie Taylor?«

»Warum nicht. Sie scheint ja eine starke Anziehungskraft auf Männer gehabt zu haben. Ich nehme an, dass Phillipson davon erfuhr und Baines ebenfalls – dem blieb, glaube ich, so gut wie gar nichts an der Schule verborgen – und dass die drei sich zusammensetzten und die Schulleitung Acum anbot, die Sache auf sich beruhen zu lassen, wenn er sich zum nächsten Schuljahr an eine andere Schule bewerben würde. Acum hatte vermutlich keine andere Wahl, als zu akzeptieren. Die Roger-Bacon-Schule hätte er nach dem, was geschehen war, sowieso verlassen müssen, und ganz sicher wäre dann seine Frau stutzig geworden und hätte angefangen, Fragen zu stellen – das muss alles ziemlich bedrohlich für ihn gewesen sein.«

»Und Sie meinen, dass Baines sein Wissen benutzte, um Acum bluten zu lassen?«

»Ja. Acum blieb gar nichts anderes übrig, als mitzuspielen. Nach dem, was ich von seiner Frau gesehen habe, kann ich mir vorstellen, dass es sich bei der Sache mit Valerie nur um eine kurzzeitige Gefühlsverwirrung gehandelt hat, die aber, wenn es herausgekommen wäre, nichtsdestotrotz alle seine beruflichen Aussichten hätte zunichtemachen können.«

»Also hat er gezahlt.«

»Ja. Ich nehme nicht an, dass für Baines sehr viel dabei

herausgesprungen ist, er wusste, dass Acum knapp bei Kasse war, und seine Forderungen werden entsprechend niedrig gewesen sein. Aber Kleinvieh macht auch Mist, wie man so schön sagt; und außerdem war es für Baines wieder eine großartige Möglichkeit, einen anderen Menschen zappeln zu sehen.«

»Und als Nächstes werden Sie mir erzählen, dass Baines auch die Taylors erpresst hat.«

»Nein. Genau umgekehrt. Da hat ausnahmsweise mal er gezahlt, und zwar an Mrs Taylor.«

Lewis hob erstaunt die Augenbrauen. Hatte er richtig gehört? »Heißt das, dass Mrs Taylor Baines erpresst hat?«

»Das habe ich nicht gesagt. Gehen wir noch mal zurück. Ich habe eben davon gesprochen, dass Baines an jenem Abend vor nunmehr dreieinhalb Jahren Phillipson zusammen mit Valerie Taylor gesehen hat. Ich kann mir nun gut vorstellen, dass das für ihn Anlass gewesen sein könnte, sich mal etwas näher mit den Taylors zu befassen. Er wird ziemlich schnell festgestellt haben, dass dort nicht viel zu holen war – George Taylor war damals arbeitslos. Er nimmt die Dinge, glaube ich, so, wie sie kommen, ohne viel zu klagen, aber sie wird, so wie ich sie einschätze, unter den bedrängten finanziellen Verhältnissen gelitten haben. Baines richtete es unter irgendeinem Vorwand ein, dass er sie allein sprechen konnte, und erkannte, dass sich hier eine Gelegenheit für ihn bot, den Wohltäter zu spielen.«

»Aber ich dachte immer, Baines sei eher kalt und berechnend gewesen.«

»War er auch.«

»Aber Sie meinen doch, er habe sie finanziell unterstützt?«

»Ja.«

»Und sie hat es einfach so genommen, ohne irgendwelche Gegenleistungen?«

»Nein, das ist ja gerade der springende Punkt. Sie hat sich schon erkenntlich erwiesen.«

»Und wie?«

»Meine Güte, Lewis, manchmal denke ich wirklich, Sie sind nicht von dieser Welt.«

Lewis wurde rot. »Ich verstehe schon«, sagte er.

»Einmal pro Woche, würde ich denken. Während der Schulzeit in den Ferien fiel es wohl aus. Wahrscheinlich dienstags, da hatte er nachmittags frei. Dienstagnachmittags! Verstehen Sie, was das heißt, Lewis?«

»Sie meinen, dass Baines wahrscheinlich, also dass er ...«

»Dass er mehr über Valeries Schicksal wusste, als wir je vermutet hätten. Er stellte seinen Wagen wohl etwas weiter entfernt vom Haus ab, um nicht aufzufallen, und wartete so lange, bis er sicher sein konnte, dass Valerie auf dem Rückweg zur Schule war. Dann ging er hinein, holte sich, was er brauchte, zahlte ...«

»Ganz schön gefährlich, finde ich.«

»Baines war Junggeselle und vermutlich ganz wild darauf, mal wieder mit einer Frau zu schlafen. Da war ihm das Risiko, das er einging, wahrscheinlich egal. Und schließlich – so gefährlich war es nun auch wieder nicht. Sobald er im Haus war und die Tür zu ...«

Lewis unterbrach ihn. »Aber wenn sie an dem Dienstag damals auch miteinander verabredet waren, dann wäre es doch von Mrs Taylor der reinste Wahnsinn gewesen, ihre Tochter ausgerechnet an dem Tag umzubringen.«

»Wahnsinn war es so oder so. Ich glaube, sie befand sich in einer Art Ausnahmezustand und hätte es auf jeden Fall getan, da hätte vorn die Polizei und hinten die Feuerwehr stehen können, das hätte sie nicht abgehalten. Ich werde Ihnen mal erklären, wie dieser Dienstag meiner Meinung nach ablief.

Baines parkte wie üblich seinen Wagen – es gibt da so eine kleine unbebaute Fläche oberhalb vom Hatfield Way – und wartete darauf, dass Valerie ihr Mittagessen beendete und wieder ging. Zur üblichen Zeit verlässt auch tatsächlich jemand, der wie sie aussieht, das Haus und geht in Richtung Hauptstraße und Schule davon. Er nimmt jetzt natürlich an, die Luft sei rein, steigt aus seinem Wagen und schreitet voller Vorfreude die Straße hinunter, klingelt an der Haustür – und erlebt eine Enttäuschung. Ist seine spröde Geliebte (ich nehme zu ihren Gunsten an, dass sie tatsächlich spröde war) aus irgendeinem Grund für ein paar Minuten weggegangen? Eigentlich hätte er sie dann sehen müssen, aber vielleicht war er ja auch einen Moment lang unaufmerksam. Er geht also zurück zu seinem Auto, ärgerlich und frustriert, kratzt sich an den Eiern, fährt aber noch nicht gleich ab. Ein Instinkt sagt ihm, dass es sich lohnt, noch zu warten. Zehn Minuten später sieht er Mrs Taylor – vermutlich in großer Eile – aus einer der Seitenstraßen kommen und in ihrem Haus verschwinden. Ist sie also über die Mittagszeit nicht da gewesen? Sehr ungewöhnlich. Und während er noch darüber grübelt, stutzt er auf einmal. Das ist aber merkwürdig. Valerie hatte, als er sie weggehen sah, eine Tasche dabei. Und Mrs Taylor trug, als sie zurückkam, genau dieselbe Tasche in der Hand. Ahnt er da schon etwas? Schwer zu sagen. Geht er noch einmal zum Haus und klingelt? Wahrscheinlich. Sie wird ihm gesagt haben, dass sie heute keine Zeit für ihn habe. Baines muss also abziehen und fährt nach Hause und fragt sich, was eigentlich los ist. Und dann am nächsten Tag erfährt er, dass Valerie seit gestern Nachmittag verschwunden ist, und da wird er erst richtig neugierig ...«

»Ob er die Wahrheit erraten hat?«

»Das nehme ich an.«

Lewis dachte einen Augenblick nach. »Dann könnte Mrs Taylor ihn umgebracht haben. Vielleicht hat sie seine Besuche nicht länger ertragen und wollte ihm den Laufpass geben, und er drohte, sich zu rächen, indem er uns informierte. Um das zu verhindern ...«

»Nein, ich glaube eigentlich nicht, dass Baines ermordet wurde, um zu verhindern, dass er auspackt. Mir kommt es eher so vor, als sei er aus Hass und Abscheu umgebracht worden, sodass das Töten ein fast lustvoller Akt der Vergeltung war.«

»Aber Sie halten Mrs Taylor für die Mörderin?«

Morse nickte. »Ich habe sie vor ein paar Tagen abends zufällig im Pub gesehen, und da hatte sie eine auffallend große Handtasche dabei. Ich hatte mich ja die ganze Zeit gefragt, auf welche Art und Weise der Mörder ein so großes Messer mit sich herumschleppen konnte, ohne aufzufallen. Aber offensichtlich hat sie es auf diese Weise transportiert. Sie kam so gegen Viertel nach neun in die Kempis Street, klopfte, erzählte dem überraschten Baines irgendeine Geschichte, folgte ihm in die Küche, nahm seine Einladung zu einem Glas was auch immer an, und als er sich beugte, um ein Bier aus dem Kühlschrank zu nehmen, holte sie das Messer heraus und – nun, den Rest wissen wir.«

Lewis lehnte sich in seinem Sessel zurück und dachte nach über das, was er eben gehört hatte. Vielleicht stimmte ja sogar alles, aber ihm drehte sich der Kopf. Er fühlte sich müde, und er hatte wohl auch wieder etwas Fieber.

»Gehen Sie nach oben, und legen Sie sich hin«, sagte Morse, als könne er Gedanken lesen. »Für heute haben Sie sich schon genug zugemutet.«

»Ich glaube, das werde ich tun, Sir. Morgen halte ich dann bestimmt schon besser durch.«

»Nun machen Sie sich wegen morgen mal keine Gedanken. Da bin ich sowieso erst ab Mittag im Präsidium.«

»Morgen früh ist der Termin für die gerichtliche Untersuchung der Todesursache, oder?«

»Ja. Ist aber eine reine Formalität. Ich werde gar nicht viel sagen, nur Baines' Identität bestätigen und den Vorsitzenden informieren, dass wir die Bluthunde schon auf die Fährte gesetzt haben. Was die Jury feststellen wird, ist eh schon klar: *Mord durch eine oder mehrere unbekannte Personen.* Ich weiß wirklich nicht, warum das Ganze überhaupt veranstaltet wird. Das ist doch nichts als eine sinnlose Verschwendung von Steuergeldern.«

»Weil das Gesetz es so vorschreibt«, sagte Lewis ernst.

»Weiß ich ja«, knurrte Morse.

»Und morgen Nachmittag, Sir, was werden Sie da tun?«

»Da lasse ich die Taylors vorführen.«

Lewis stand auf. »Er tut mir eigentlich leid«, sagte er.

»Und sie wohl nicht?«, fragte Morse gereizt, und lange, nachdem er gegangen war, rätselte Lewis, was ihn wohl plötzlich so verstimmt hatte.

Am selben Nachmittag gegen vier Uhr, während Morse und Lewis versuchten, die Fakten des Falles Taylor zu entwirren, diktierte ein großer, militärisch streng aussehender Mann einer Schreibkraft einen Brief. Er hatte mit der jungen Dame schon seine Erfahrung und entschied, dass es in Anbetracht ihrer Tippkünste wohl besser sei, sich möglichst kurzzufassen. Der Brief würde zwar keine weltbewegenden Neuigkeiten enthalten, sollte aber trotzdem möglichst noch mit der Abendpost hinausgehen. Er hatte versucht, das Ergebnis seiner Bemühungen telefonisch zu übermitteln, aber den Mann, den es anging, nicht erreicht. Er hätte eine Nachricht hinterlassen können, aber da schrieb er doch lieber. Um Viertel nach vier setzte er seine Unterschrift unter den Brief, und dieser wanderte in den Postsack.

Die Bombe platzte am nächsten Morgen um Viertel vor neun in Morse' Büro.

32

*Wenn man alles Unmögliche ausgeschlossen hat,
muss das, was übrig bleibt – wie unwahrscheinlich
auch immer –, die Wahrheit sein*
A. Conan Doyle, Im Zeichen der Vier

Nun glaub mir doch endlich – es kann sich nur um einen Irrtum handeln! Da hat irgendein Idiot von Sergeant mal wieder Mist gebaut.« Seine Stimme war laut, sein Ton aggressiv. Bis zu einem gewissen Grad war er bereit, Schlamperei und Nachlässigkeit zu tolerieren, aber das hier ging zu weit! Die Stimme am anderen Ende der Leitung klang ruhig und bestimmt, wie die eines geduldigen Vaters, der sein uneinsichtiges Kind zur Vernunft zu bringen sucht.

»Ein Irrtum ist so gut wie ausgeschlossen, fürchte ich. Ich habe selbst alles noch einmal nachgeprüft. Und nun beruhige dich mal langsam wieder, Morse, alter Freund. Du hast mich gebeten, etwas für dich herauszufinden, und genau das habe ich getan. Wenn das Ergebnis jetzt ein bisschen schockierend für dich ist …!«

»Ein bisschen schockierend! Allmächtiger, es ist nicht ein bisschen schockierend, glaub mir, es ist der schiere Wahnsinn!«

Sein Gesprächspartner schwieg einen Moment und schien nachzudenken. Schließlich sagte er: »Wenn das so ist, dann kommst du vielleicht besser her und überzeugst dich an Ort und Stelle. Falls du dann immer noch denkst, dass da irgendetwas nicht stimmt – also das ist dann deine Sache.«

»Sag nicht ›falls‹. Es stimmt etwas nicht, darauf kannst du wetten, glaube mir!« Morse zwang sich zu einem etwas ruhigeren Ton und fuhr etwas versöhnlicher fort: »Das geht leider nicht, ich muss gleich zu diesem verdammten Termin – Feststellung der Todesursache.«

»Ach, das ist doch meistens nur eine reine Formsache. Bitte doch einen Kollegen, dass er dich vertritt. Oder hast du schon jemanden verhaftet?«

»Nein, nein«, murmelte Morse. »Es läuft mal wieder auf eine Vertagung hinaus.«

»Du klingst, als hättest du die Schnauze voll.«

»Ich habe verdammt noch mal die Schnauze voll«, blaffte Morse. »Ist ja wohl nicht so schwer zu verstehen, oder? Ich löse einen komplizierten Fall; heute Nachmittag sollten die Festnahmen erfolgen. Und was tust du? Schickst mir einen albernen kleinen Brief, der alle meine Überlegungen mit einem Schlag hinfällig macht. Wenn dir so etwas passieren würde, wie würdest du dich da fühlen?«

»Du hast also nicht damit gerechnet, dass bei unseren Nachforschungen etwas herauskommen würde?«

»Jedenfalls nicht so ein Unsinn«, sagte Morse erbittert.

»Nun – wie ich eben schon sagte, du kommst wohl besser her und prüfst selbst noch mal alles nach. Theoretisch besteht natürlich die Möglichkeit, dass es noch jemanden mit demselben Namen gibt. Aber die anderen Angaben passen ja auch alle: Alter, Datum der Aufnahme usw. Das müsste dann schon wirklich ein Riesenzufall sein – halte ich eigentlich für ausgeschlossen. Und meiner Meinung nach gibt es irgendwo einen Punkt, da muss man bestimmte Dinge einfach akzeptieren, auch wenn sie einem noch so unwahrscheinlich vorkommen oder nicht ins Konzept passen.«

»Ich denke gar nicht daran«, sagte Morse trotzig. »Auch Riesenzufälle kommen schließlich vor. Das kannst du nicht bestreiten.« Aber man konnte hören, dass er es mehr aus Verzweiflung als aus Erfahrung sagte.

»Sicher. Ab und zu schon. Ich glaube, die ganze Aufregung jetzt ist meine Schuld. Ich hätte gestern weiter versuchen sollen, dich zu erreichen. Wenn ich es dir am Telefon gesagt hätte, hättest du die Nachricht bestimmt ganz anders aufgenommen. Ich habe es im Laufe des Nachmittags noch ein paar Mal probiert, aber als du dann immer noch nicht da warst ...«

»Nun mach dir bloß keine Vorwürfe! Für dich musste es doch wie eine Routinenachfrage aussehen.«

»Aber das war es nicht?«, fragte der andere mitfühlend.

»Nein, das war es nicht«, antwortete Morse. »Ich werde versuchen, so schnell wie möglich zu kommen.«

»Gut. Ich bereite den Papierkram für dich vor.«

Chief Inspector Rogers vom New Scotland Yard legte den Hörer auf. So ganz verstand er immer noch nicht, was an der Information, die er Morse am Vortag brieflich übermittelt hatte, so katastrophal sein sollte. Ihm war sie als vollkommen harmlos erschienen. Der Durchschlag des Briefes lag noch auf seinem Schreibtisch, und er überflog ihn noch einmal.

VERTRAULICH
zu Händen Detective Chief Inspector Morse
Thames Valley Police, Kidlington/Oxon.

Lieber Morse,
bezüglich deiner Bitte, festzustellen, ob eine gewisse Valerie Taylor sich vor zwei Jahren in einer der Abtreibungskliniken aufhielt, kann ich dir jetzt endlich einen Erfolg melden. Es tut mir leid, dass es so lange gedauert hat, aber die Nachforschungen erwiesen sich als schwierig Das Problem ist, dass es sehr viele nicht zugelassene, sogenannte Privatkliniken gibt, die unter Umgehung der gesetzlichen Bestimmungen Schwangerschaftsabbrüche vornehmen. Gegen horrende Bezahlung, versteht sich! Aber das nur nebenbei. Wir wissen jetzt, welche Klinik das Mädchen aufsuchte. Es ist die East-Chelsea-Entbindungsklinik. Das Datum, das du uns nanntest, stimmte. Sie wurde am Dienstag um 16.13 Uhr aufgenommen und am Freitag derselben Woche

entlassen. Sie fuhr mit dem Taxi weg. Übrigens hat sie dort unter ihrem richtigen Namen gelegen. Die Schwangerschaft bestand seit drei Monaten; der Eingriff verlief ohne Komplikationen. Die uns übermittelte Beschreibung trifft auf das Mädchen in allen Punkten zu. Wir können aber sicherheitshalber noch weitere Nachforschungen anstellen, wenn du es für notwendig hältst – uns sind Name und Adresse ihrer Zimmergenossin bekannt. Sie könnte vielleicht noch genauer Auskunft geben. Wir erwarten weitere Anweisungen!
Herzliche Grüße

PS: Falls du herkommen solltest, vergiss nicht, bei mir hereinzuschauen. Das Bier in Westminster ist trinkbar – halbwegs!

Rogers legte das Blatt achselzuckend beiseite. Aber Morse war schon immer ein komischer Kauz gewesen.

Morse lehnte sich in seinem Ledersessel zurück. Er fühlte sich, als habe man ihm den Boden unter den Füßen weggezogen. Andererseits – Scotland Yard war auch nicht unfehlbar. Irgendjemand dort musste die Sache verpatzt haben. Anders war es gar nicht denkbar. Aber wie auch immer – er würde von seinen Plänen für heute Nachmittag Abstand nehmen müssen. Es war ja auch unsinnig, zwei Leute zum Verhör vorführen zu lassen, weil er sie verdächtigte, ein junges Mädchen umgebracht zu haben, wenn dieses zu einer Zeit, wo er es tot im Kofferraum eines Wagens liegend gewähnt hatte, quicklebendig in einer Londoner Abtreibungsklinik aufgetaucht war.

Ein paar Sekunden lang überlegte Morse, ob er die Information, die er soeben erhalten hatte, vielleicht doch ernst nehmen sollte. Aber er brachte es einfach nicht fertig. Es konnte nicht stimmen. Und genau das würde er beweisen. London lag schließlich keine sechzig Meilen entfernt.

Er ging zu Strange, und der Superintendent erklärte sich,

wenn auch widerstrebend, bereit, ihn bei der gerichtlichen Untersuchung wegen Baines' Tod zu vertreten.

Anschließend rief er Lewis an und sagte ihm, ohne weitere Erläuterungen zu geben, er müsse nach London. Der Sergeant bot ihm an, am nächsten Tag wieder zum Dienst zu erscheinen – wenn er gebraucht würde. Und Morse antwortete ihm mit schwacher Stimme, ja, er denke schon.

33

> *She'll be wearing silk pajamas when she comes.*
> Volkslied

Yvonne Baker wohnte allein in einem Hochhausapartment in der Bethune Road in Stoke Newington. Die Wohnung hätte für ihren Geschmack ruhig etwas luxuriöser sein dürfen, und die Gegend war ihr eigentlich nicht zentral genug – aber bis zur U-Bahn-Station Manor House in der Seven Sisters Road waren es zu Fuß nur ungefähr zehn Minuten, und die Fahrzeit nach London hinein betrug nicht einmal eine halbe Stunde. Die geschmackvolle und teure Einrichtung des Apartments legte den Schluss nahe, dass die überaus einnehmende Miss Baker über nicht unerhebliche Geldmittel verfügen musste. Ob sie diese ausschließlich aus ihrer beruflichen Tätigkeit als Verkäuferin in der Kosmetikabteilung eines exklusiven Kaufhauses in der Oxford Street bezog oder daneben noch über andere Einnahmequellen verfügte, mag dahingestellt bleiben.

An diesem Samstag lag sie gegen halb sieben in ihrem eleganten rosa Morgenmantel, die langen, schlanken Beine angezogen, entspannt auf ihrer seidenen Bettdecke und lackierte sich in aller Ruhe die Fingernägel. Der Lack war von einem ekligen Grüngrau. Sie dachte an den vor ihr liegenden Abend. Das Problem bei diesen Pyjama-Partys war, dass es immer einige Gäste gab, die sich entgegen der Verabredung unter ihren Nachthemden beziehungsweise Schlafanzügen doch etwas angezogen hatten. Damit war natürlich die ganze Spannung futsch! Aber sie würde sich den Spaß nicht verderben lassen. Die anderen Mädchen trugen bestimmt BHs und Höschen – sie nicht. Ein leichter Schauer freudiger Erwartung lief über ihren Körper, als sie daran dachte, wie es sein würde, zu tanzen und dabei deutlich zu spüren, wie sie die Männer, die sie im Arm hielten, erregte. Und dann das prickelnde Gefühl, mit nichts als einem Pyjama bekleidet zu sein. So verrucht und erotisch!

Sie hob ihre linke Hand und besah sich mit kritischem Blick die frisch lackierten Nägel, gab ein paar Tropfen Nagellackentferner auf einen Wattebausch und rieb das Grün wieder herunter. Unlackiert sahen die Nägel besser aus. Sie stand auf, streifte den Morgenmantel ab und holte aus einer Schublade ihres Kleiderschranks vorsichtig einen blassgrünen Pyjama heraus, zog ihn an und knöpfte die Jacke zu. Sie trat vor den großen Spiegel und betrachtete sich. Obwohl die Männer, die sie kannte, mit Komplimenten für ihren geschmeidigen, biegsamen Körper nicht sparten, war sie doch selbst ihre größte Bewunderin. Sie warf den Kopf in den Nacken und begann, sich das lange blonde Haar zu bürsten. Um halb acht wurde sie abgeholt. Sie warf einen Blick auf den Wecker neben ihrem Nachttisch. Erst Viertel vor sieben. Noch reichlich Zeit. Sie ging ins Wohnzimmer, legte eine Platte auf und zündete sich eine Zigarette an.

Fünf Minuten später klingelte es an der Tür, und ihr erster Gedanke war, dass der Wecker wieder einmal nachgehe. Nun, umso besser, da brauchte sie nicht länger hier herumzusitzen und zu warten. Sie ging mit schnellen Schritten zur Tür und öffnete sie schwungvoll. Das strahlende Lächeln auf ihren Lippen erstarb. Sie hatte den Mann, der da sehr steif und förmlich vor ihr stand, noch nie gesehen. Er schien schon etwas älter zu sein und sah aus, als sei er schlecht gelaunt.

»Hallo«, brachte sie heraus.

»Miss Baker?« Miss Baker nickte. »Chief Inspector Morse. Wenn Sie erlauben, würde ich gern hereinkommen und mich mit Ihnen unterhalten.«

»Ja, natürlich.« Während sie die Tür schloss, erschien über ihren makellos gezupften Augenbrauen eine kleine besorgte Falte.

Er erläuterte den Grund für seinen Besuch, und sie dachte irritiert, dass er der erste Mann war, der von ihren Reizen keinerlei Notiz zu nehmen schien. Noch nicht einmal im Pyjama!

Sein Ton war knapp und sachlich. Im Juni vor zwei Jahren habe sie zusammen mit einem Mädchen namens Valerie Taylor in der East-Chelsea-Entbindungsklinik auf demselben Zimmer gelegen. Er sei an Informationen über dieses Mädchen interessiert. Sie solle versuchen, sich so genau wie möglich zu erinnern – jede kleine Einzelheit könne wichtig sein.

Um fünf vor halb acht klingelte es erneut. Sie hatte erwartet, er würde nun aufstehen, sich verabschieden und ein andermal wiederkommen, aber stattdessen befahl er ihr in einem Ton, der keinen Widerspruch duldete, ihn wegzuschicken – wer er auch sei.

»Ich hoffe, Ihnen ist deutlich, dass ich heute Abend etwas vorhabe.« Sie war jedoch nicht wirklich ärgerlich. Dieser merkwürdige Mann begann sie zu interessieren.

»Ich verstehe«, sagte Morse und streifte ihren Pyjama mit einem anzüglichen Blick. »Erklären Sie ihm, dass Sie die nächste halbe Stunde noch beschäftigt sein werden – wenn nicht länger.« Sie überhörte seinen unfreundlichen Ton. Er hatte eine angenehme Stimme. »Wenn er nicht warten kann, fahre ich Sie«, fügte er hinzu. Sie entschied, dass ihr das gefallen würde.

Morse wusste schon alles, was er hatte erfahren wollen. Es

stimmte also. Tief in seinem Innern hatte er es von Anfang an gewusst. Er hatte sich nur geweigert, es zu glauben. Aber es konnte kein Zweifel daran bestehen, dass Valerie Taylor tatsächlich noch an demselben Tag, an dem sie in Kidlington verschwunden war, in London eine Abtreibungsklinik aufgesucht hatte. Der leitende Arzt war höflich und bestimmt, aber nicht bereit zu sagen, wer Valerie in der Klinik angemeldet habe – derartige Mitteilungen verletzten das Vertraulichkeitsgebot, dem er sich verpflichtet fühle. Morse nahm ihm so viel moralische Empfindlichkeit nicht ganz ab, es blieb ihm jedoch nichts anderes übrig, als die Weigerung zu akzeptieren, es sei denn, er hätte sich gewaltsam Zutritt zu den Aktenschränken verschafft.

Nachdem Miss Baker dem Pyjama-Schönling, der sie hatte abholen wollen, die Situation wie befohlen erklärt hatte, verschwand sie für einen Moment in ihrem Schlafzimmer, warf noch einmal einen prüfenden Blick in den Spiegel und streifte sich dann ihren Morgenmantel über. Ihr war ein wenig kühl.

»Sie hätten sich wegen mir keine Gedanken zu machen brauchen«, sagte Morse. »Ich bin, was Frauen angeht, ganz ungefährlich, müssen Sie wissen.« Sie schenkte ihm ein strahlendes Lächeln. Morse wünschte, sie hätte es unterlassen.

»Ich ziehe den Morgenmantel wieder aus, wenn Sie die Heizung aufdrehen, Inspector.« Ihre Stimme hatte einen weichen Klang, und sie sah ihn vielsagend an. Aufpassen, Morse, dachte er.

»Ich glaube, wir sind bald fertig, Miss Baker.«

»Meine Freunde nennen mich Yvonne.« Sie lächelte wieder und lehnte sich nachlässig in ihrem Sessel zurück. Morse wurde von allen immer nur bei seinem Nachnamen genannt.

»Wenn Sie mich noch mal so anlächeln, drehe ich wirklich die Heizung auf«, sagte er, tat es dann aber doch nicht.

»Sie hat Ihnen also erzählt, sie sei aus Oxford – nicht aus Kidlington?«

»Von wo?«

»Kidlington. Das liegt etwas außerhalb von Oxford.«

»Ach ja? Nein. Sie sagte Oxford. Ich bin mir ziemlich sicher.«

Schon möglich, dachte Morse. Valerie hatte wahrscheinlich gefunden, das klänge interessanter. »Eine letzte Frage noch, und ich möchte, dass Sie gut darüber nachdenken, Miss ... äh ... Yvonne. Hat Miss Taylor Ihnen gegenüber zu irgendeinem Zeitpunkt erwähnt, wer der Vater war? Oder wen sie für den Vater hielt?«

Sie lachte laut auf. »Sie sind so wunderbar delikat, Inspector. Ja, hat sie. Sie war sehr offen, hatte keine großen Hemmungen.«

»Und wer war es?«

»Sie sagte, es sei einer ihrer Lehrer. Ich weiß das noch so genau, weil ich etwas überrascht war, dass sie noch zur Schule ging, sie sah älter aus und irgendwie – erfahren. Die wusste schon ganz genau, was sie wollte – gar nicht wie ein Schulmädchen.«

»Dieser Lehrer«, sagte Morse, »hat sie sonst noch etwas erzählt?«

»Also, sein Name ist, glaube ich, nicht gefallen, aber sie sagte, er habe einen kleinen Bart, der sie jedes Mal kitzele, wenn er sie ... na, Sie wissen schon.«

Morse blickte deprimiert zu Boden. Damit war eine weitere seiner Annahmen zunichte. Was für ein Tag. »Hat sie zufällig gesagt, welches Fach er unterrichtete?«

Sie dachte einen Augenblick nach. »Ja, ich glaube schon. Es war, wenn ich mich recht erinnere, Französisch.«

Er fuhr sie ins Westend und versuchte zu vergessen, dass sie heute Abend irgendwo an einer Pyjama-Party teilnehmen würde. Party? Orgie wohl eher. Das Leben war an ihm vorübergegangen. In einer Straße in Mayfair hielt er an, um sie aussteigen zu lassen. Sie bedankte sich ein wenig traurig, wandte sich ihm zu und küsste ihn mit geöffneten Lippen auf den Mund. Er sah ihr nach, die Seidenpyjamahosen schauten unter ihrem Pelzmantel hervor. Der Tag hatte für ihn viele schlimme Momente gebracht, aber der Augenblick jetzt, wie er da so in seinem Lancia saß und sich den grell orangefarbenen Lippenstift abwischte, war der schlimmste von allen.

Morse fuhr gleich weiter nach Soho und parkte seinen Wagen im absoluten Halteverbot unmittelbar vor den Türen des *Penthouse*. Es war neun. Mit einem schnellen Blick stellte er fest, dass es sich bei dem Mann hinter dem Tisch an der Tür nicht um Maguire handelte. Pech. Aber gemessen an dem, was ihm heute sonst alles widerfahren war, war es eine Kleinigkeit.

»He, da kannst du ihn aber nicht stehen lassen, Kumpel.«

»Du weißt offenbar nicht, wen du vor dir hast«, sagte Morse. Ein Cäsar oder ein Alexander, umgeben von seinen Truppen, hätte nicht arroganter sein können.

»Es ist mir scheißegal, wer du bist, Kumpel«, sagte der junge Mann und erhob sich langsam, »es ist verboten ...«

»Ich werde dir sagen, wer ich bin, Freundchen. Mein Name ist Morse. M-O-R-S-E. Kapiert? Und wenn jemand kommt und fragt, wem der Wagen gehört, dann sag ihm, es ist meiner. Und wenn er dir nicht glaubt, dann schick ihn zu mir, in Ordnung?« Ohne ihn weiter zu beachten, betrat er den Club.

»Aber ...« Den Rest hörte Morse schon nicht mehr. Vor dem Vorhang saß der zwergenhafte Malteser, und Morse empfand fast so etwas wie Freude, ihn wiederzusehen.

»Kennst du mich noch?«

Der Kleine nickte verschüchtert. »Kein Ticket nötig, Sir. Einfach reingehen. Mein Gast.« Er verzog das Gesicht zu einem Lächeln. Morse ignorierte die Einladung.

»Ich will mit dir reden. Mein Wagen steht draußen vor der Tür.« Der Zwerg erhob sich ohne ein Wort des Protests und folgte ihm nach draußen. Sie setzten sich auf die Vordersitze des Lancia.

»Ich suche Maguire.«

»Maguire weg.«

»Seit wann?«

»Zwei, drei Tage.«

»War eins der Mädchen hier seine Freundin?«

»Viele Freundinnen. Viele Freundinnen hier, viele Freundinnen da ...«

»Vor einiger Zeit ist bei euch ein Mädchen mit Maske aufgetreten. War ihr Name Valerie?«

Der Zwerg glaubte, endlich verstanden zu haben, worum es ging, und wurde fast fröhlich. »Valerie? Nein, nix Valerie. Vera. Oh, Junge, Junge ...« Mit der Hand zeichnete er in der Luft ihre aufregenden Formen nach.

»Ist sie heute hier?«

»Ist auch weg.«

»Das hätte ich mir gleich denken können«, murmelte Morse. »Ich nehme an, sie und Maguire sind zusammen abgehauen?«

Der Zwerg lächelte anzüglich, wobei er zwei Reihen glänzender weißer Zähne enthüllte, und zuckte nur die Achseln. Morse musste sich zusammennehmen, um ihm nicht mit der Faust ins Gesicht zu schlagen.

»Bist *du* mal mit ihr weg gewesen, du dreckiger kleiner Bastard?«

»Manchmal. Vielleicht.« Er zuckte wieder mit den Achseln.

»Raus«, zischte Morse.

»Reinkommen? Schöne Mädchen sehen?«

»Raus!«

Er saß ein paar Minuten, ohne sich zu bewegen, und dachte nach. Tiefer herunter als jetzt ging es nicht mehr. Selten hatte er sich so trostlos und geschlagen gefühlt. Er konnte sich noch gut an sein erstes Gespräch mit Strange über den Fall erinnern, an seinen Widerwillen, sich in dieser verderbten Stadt auf die Suche nach einem jungen Mädchen begeben zu müssen. Und jetzt war er erneut an einem Punkt angelangt, wo er annehmen musste, dass sie lebte. Was bedeutete, dass er sie suchen musste. Ungeachtet all *seiner* Neigung zu exzentrischen Hypothesen und Schlussfolgerungen, besaß er einen sehr genauen Maßstab für Wahrheit und die Richtigkeit logischer Analysen. Und wenn er diesen Maßstab jetzt an die ihm vorliegenden Fakten anlegte, so wusste er ganz klar, dass er sich in allen seinen Annahmen geirrt hatte – von Anfang an.

Ein junger, eifriger Wachtmeister trat an den Wagen und klopfte energisch gegen die Scheibe. »Ist das Ihr Wagen, Sir?«

Morse kurbelte die Scheibe herunter und holte müde seinen Ausweis hervor.

»Oh, tut mir leid, Sir. Ich hatte gedacht …«

»Das ist schon in Ordnung.«

»Kann ich Ihnen irgendwie behilflich sein, Sir?«

»Ich glaube nicht. Ich bin auf der Suche nach einem jungen Mädchen.«

»Wohnt sie hier irgendwo in der Gegend?«

»Ich weiß nicht«, erwiderte Morse. »Ich kann nicht einmal sagen, ob sie überhaupt in London lebt. Keine gute Voraussetzung, sie zu finden, was?« Er lächelte etwas.

»Aber man hat sie kürzlich hier gesehen?«

»Nein«, sagte Morse. »Sie ist seit zwei Jahren schon nicht mehr gesehen worden.«

»Oh, ich verstehe, Sir«, sagte der junge Wachtmeister verwirrt. »Dann kann ich wohl doch nichts für Sie tun. Gute Nacht, Sir.« Er tippte an seinen Helm und setzte seine Runde fort, vorbei an den schreienden Leuchtreklamen der Nachtclubs und der Porno-Buchläden.

»Nein«, sagte Morse leise zu sich selbst, »das können Sie wohl nicht.«

Er ließ den Motor an und fuhr über Shepherd's Bush in Richtung auf die M40. Kurz vor Mitternacht war er wieder im Präsidium.

Es wäre ihm nicht eingefallen, gleich nach Hause zu fahren. Auch wenn er keine Erklärung dafür hatte, war er sich völlig der merkwürdigen Tatsache bewusst, dass sein Verstand immer gerade dann besonders gut funktionierte, wenn er eine Niederlage erlitten hatte. Während der ganzen Rückfahrt nach Oxford hatte er wie ein Schachgroßmeister, der in einer bedeutenden Partie geschlagen worden war, alle Züge und die Beweggründe für die Züge kritisch Revue passieren lassen, die zu dem Desaster geführt hatten. Und schon begann ein neuartiger Gedanke, in ihm Gestalt anzunehmen, und er konnte es kaum erwarten, wieder an seinem Schreibtisch zu sitzen.

Um drei Minuten vor Mitternacht brütete er schon wieder über den Unterlagen zum Fall Taylor. Er arbeitete mit höchster Anspannung, wie ein Schauspieler, der als zweite Besetzung im letzten Moment für einen Kollegen einspringen und in wenigen Minuten den Text eines langen Monologs lernen muss.

Nachts um halb drei kam der diensttuende Sergeant mit einer dampfenden Tasse Kaffee und klopfte an seine Tür. Er sah, wie Morse, beide Hände flach an die Ohren gelegt, an seinem mit Papier übersäten Schreibtisch saß; sein Gesicht zeigte einen Ausdruck derartiger Konzentration, dass er mucksmäuschenstill das Tablett abstellte, leise die Tür wieder schloss und ging.

Um halb fünf kam er noch einmal, setzte sorgfältig eine zweite Tasse Kaffee neben die erste, die noch da stand, wo er sie hingestellt hatte, kalt, nicht angerührt. Jetzt schlief Morse fest. Sein Kopf war gegen die hohe Lehne seines schwarzen Ledersessels gefallen, der Kragen aufgeknöpft, und sein Gesicht zeigte einen fast kindlichen Ausdruck von Ruhe und Frieden ...

Lewis hatte sie gefunden, sie lag auf dem Rücken, gleichgültig, so als gehe sie das alles nichts mehr an. Sie war vollständig bekleidet, ihr linker Arm lag ausgestreckt über ihrem Körper, das Handgelenk wies tiefe Schnitte auf. Auf der Bettdecke stand ein See roten Bluts und sickerte langsam in die darunterliegende

Matratze. In der rechten Hand hielt sie das Messer, ein großes Fleischmesser mit hölzernem Griff, Marke Prestige, ungefähr 35 cm lang, dessen Schneide scharf wie ein Rasiermesser war.

34

> *Die Dinge sind nicht immer,*
> *was sie zu sein scheinen;*
> *der erste Blick täuscht viele*
> Phaidros

Als Lewis sich um acht zum Dienst zurückmeldete, saß Morse schon frisch rasiert an seinem Schreibtisch. Angesichts der Neuigkeiten, die Morse für ihn hatte, gelang es dem Sergeant nur schlecht, seine Enttäuschung zu verbergen, und er verstand nicht ganz, wie der Inspector so munter sein konnte. Seine Stimmung hob sich jedoch, als Morse ihm über die Aussage Yvonne Bakers berichtete. Der Inspector hatte mehrere Aufgaben für ihn, darunter eine Reihe von Telefongesprächen, und Lewis glaubte zu verstehen, worauf Morse' Anweisungen abzielten.

Um halb zehn war er mit allem fertig.

»Trauen Sie sich zu zu fahren, Sergeant?«, fragte Morse.

»Eigentlich schon, Sir, aber ...«

»Einverstanden. Ich fahre hin, und Sie fahren zurück. Abgemacht?«

»Wann dachten Sie, dass wir aufbrechen sollen, Sir?«

»Jetzt gleich«, sagte Morse. »Rufen Sie Ihre bessere Hälfte an, und sagen Sie ihr, dass wir so gegen, äh ...«

»Ich hätte da vielleicht einen Vorschlag zu machen, Sir.«

»Ja, was denn? Schießen Sie los.«

»Falls Valerie Taylor wirklich in dieser Abtreibungsklinik war ...«

»Sie war«, sagte Morse bestimmt. »Daran kann überhaupt kein Zweifel mehr bestehen.«

»… dann muss sie doch jemand hingefahren und abgeholt und auch für sie bezahlt haben.«

»Der Quacksalber macht den Mund nicht auf. Jedenfalls im Moment noch nicht.«

»Aber wer das war, lässt sich doch sehr leicht erraten.«

»Ah ja?«, sagte Morse, anscheinend interessiert.

»Es ist natürlich nur eine Vermutung, Sir. Aber vielleicht stecken sie alle unter einer Decke – Sie wissen schon, versuchen alle zusammen, die Geschichte zu vertuschen …«

»Wer alle?«

»Phillipson, die Taylors und Acum. Sie hätten doch alle ihren Vorteil davon.«

»Wie meinen Sie das?«

»Nun, wenn es stimmt, was Sie gesagt haben, dass Phillipson seit jener Nacht Schuldgefühle hatte, dann wird er doch froh gewesen sein, ihr helfen zu können. Und dann die Taylors. Für sie war das die Möglichkeit, einen Skandal zu vermeiden und zu verhindern, dass Valerie sich ihr Leben schon verbaute, noch ehe es richtig angefangen hatte. Acum hatte ebenfalls zu gewinnen. Er wäre den Schlamassel an seiner Schule los gewesen und hätte außerdem seine Ehe gerettet.«

Morse nickte, und Lewis fühlte sich ermuntert fortzufahren. »Sie haben also alles gemeinsam geplant und durchgeführt: den Klinikplatz für sie gesucht, sich um die Fahrt gekümmert, hinterher die Rechnung bezahlt und dann für Valerie eine Stelle besorgt. Sie haben wahrscheinlich nicht im Traum daran gedacht, dass ihr Verschwinden so viel Staub aufwirbeln würde, aber nun, wo sie die Sache nun schon einmal angefangen hatten, mussten sie sie auch zu Ende führen, weiter zusammenhalten und vor allem – dieselbe Geschichte erzählen.«

»Damit könnten Sie recht haben.«

»Wenn ich recht habe, Sir, glauben Sie nicht, dass es eine

gute Idee wäre, wenn wir Phillipson und die Taylors noch einmal befragten? Das würde uns vielleicht eine Menge Arbeit sparen.«

»Sie meinen die Fahrt nach Caernarfon?«

»Ja. Wenn sie auspacken, dann könnten wir Acum herbringen lassen.«

»Und was ist, wenn sie alle dichthalten?«

»Dann können wir ja immer noch hinfahren.«

»Ich fürchte, ganz so einfach ist es nicht.«

»Warum nicht?«

»Ich habe heute Morgen gleich versucht, Phillipson zu erreichen. Er ist gestern Nachmittag zu einer Direktorenkonferenz nach Brighton gefahren.«

»Oh.«

»Und die Taylors haben sich heute Morgen um halb sieben auf den Weg zum Flughafen Luton gemacht. Sie wollen eine Woche auf den Kanalinseln ausspannen. Sagen jedenfalls die Nachbarn.«

»Oh.«

»Und«, fuhr Morse fort, »wir versuchen immer noch, den Mörder von Baines zu finden.«

»Also ist Acum der Einzige, der im Moment greifbar ist. War das der Grund, warum Sie die Kollegen in Caernarfon gebeten haben, ihn zu holen und für uns festzuhalten?«

»Ja. Aber ich möchte ihn nicht zu lange warten lassen. Die reine Fahrtzeit beträgt viereinhalb Stunden. Geben wir uns also fünf. Es ist besser, wenn der Wagen zwischendurch mal eine Pause hat.«

Wie ich Morse kenne, vor einem Pub, dachte Lewis, während er sich seinen Mantel anzog, aber da hatte er sich geirrt.

Heute am Sonntag herrschte nur wenig Verkehr, und der Polizeiwagen kam schnell voran, durch Brackley und von da weiter nach Towcester, wo er nach links auf die A5 abbog. Keinem der beiden Männer schien viel daran zu liegen, aus Höflichkeit die Konversation in Gang zu halten, und es herrschte ein Schweigen, als ob man gespannt auf das letzte, entscheidende Wicket bei einem Krickctspiel wartete.

Bei Wellington war eine Straßenbaustelle, und der Verkehr wurde immer schleppender und kam fast zum Stehen. Da schaltete Morse plötzlich die Scheinwerfer und das blaue Blinklicht auf dem Dach ein, und laut heulend fegte der Wagen an der Schlange vorbei. Morse zwinkerte Lewis gut gelaunt zu.

Während sie sich auf der Umgehungsstraße von Shrewsbury befanden, übte Lewis sich in der Kunst der Unterhaltung.

»Gut, dass Sie Miss Baker gestern gleich angetroffen haben.«

»Ja, darüber freue ich mich auch.« Lewis sah den Inspector neugierig von der Seite an. »Ist sie hübsch, Sir?«

»Mehr kokett als hübsch.«

»Oh.«

Da fuhren sie gerade durch Betws-y-coed. Nach Caernarfon waren es noch fünfundzwanzig Meilen.

»Der Fehler war«, sagte Morse plötzlich, »dass ich gedacht habe, sie sei tot.«

»Aber jetzt glauben Sie, dass sie lebt?«

»Das hoffe ich«, sagte Morse. »Sehr sogar.«

Um fünf vor drei erreichten sie die Außenbezirke von Caernarfon. Morse ignorierte die Hinweisschilder zum Zentrum und bog nach links in die Straße nach Pwllheli.

»Sie kennen den Weg, Sir?«

»Nein. Ich möchte nur, bevor ich mit Acum spreche, jemandem einen kleinen Besuch abstatten.« Er fuhr nach Süden, kam zu dem Dorf Bont-Newydd, wandte sich auf der Hauptstraße nach links und hielt vor einem Haus mit hellblau gestrichener Haustür.

»Warten Sie im Wagen auf mich.«

Er stieg aus, ging den schmalen Gartenweg hinauf bis zur Tür und klopfte. Alles blieb ruhig. Er klopfte noch einmal.

Acum würde natürlich sowieso nicht da sein – der saß drei

Meilen weiter auf dem Präsidium und wartete darauf, von ihm verhört zu werden. Er ging zum Wagen zurück. Lewis fragte sich, warum sein Chef auf einmal eine solche Leichenbittermiene machte.

»Keiner da, Sir?«

Morse schien ihn nicht zu hören. Er sah sich fortwährend um, blickte abwechselnd aus dem Fenster und dann wieder in den Rückspiegel. Die Straße lag verlassen in der herbstlichen Nachmittagssonne.

»Wird es nicht zu spät für Acum, Sir?«

»Acum?« Morse zuckte zusammen, als sei er mit seinen Gedanken weit weg gewesen. »Um Acum brauchen Sie sich keine Gedanken zu machen. Ihm gehts gut.«

»Wollen wir hier noch länger warten, Sir?«

»Woher soll ich das wissen?«, blaffte Morse.

»Na, wenn es noch länger dauert, dann kann ich ja mal gerade ...« Er öffnete die Tür und begann, seinen Sicherheitsgurt abzustreifen.

»Bleiben Sie sitzen!« Das war ein Befehl, und Lewis gehorchte und zog die Tür wieder zu.

»Falls wir hier auf Mrs Acum warten – wäre es nicht möglich, dass sie ihren Mann begleitet hat?«

Morse schüttelte den Kopf. »Nein, das glaube ich nicht.«

Die Minuten verrannen. Schließlich sagte Morse: »Versuchen Sie es noch mal, Lewis.«

Aber Lewis hatte auch nicht mehr Erfolg. Er kam zurück und schlug mit allen Anzeichen von Erbitterung die Wagentür hinter sich zu. Es war schon halb vier.

»Geben wir ihr noch eine Viertelstunde«, sagte Morse.

»Aber, was wollen Sie denn von ihr, Sir? Was hat sie mit allem zu tun? Wir wissen doch kaum etwas über sie.«

Morse wandte dem Sergeant das Gesicht zu, sah ihn mit durchdringendem Blick an und sagte: »Da irren Sie sich, Sergeant. Wir wissen über sie mehr – sogar viel mehr als über alle anderen Beteiligten. Die Person, die hier als Mrs Acum mit

David Acum zusammenlebt, ist in Wahrheit gar nicht seine Frau – sondern das Mädchen, nach dem wir die ganze Zeit gesucht haben –, sie ist Valerie Taylor.«

35

> *»Jetzt hör zu, du kleiner Taugenichts«, flüsterte Sikes.*
> *»Geh leise die Stufen direkt vor dir hinauf und*
> *durch die kleine Vorhalle bis zur Haustür,*
> *riegele sie auf und lass uns rein«*
> Charles Dickens, Oliver Twist

Lewis starrte Morse mit offenem Mund an, und es dauerte einige Zeit, bis er halbwegs zu begreifen schien. »Aber das kann doch nicht …«

»Doch, es ist wahr. Und deshalb sitzen wir hier und warten, Lewis. Wir warten darauf, dass Valerie Taylor nach Hause kommt.«

Lewis, in der weisen Einsicht, dass er völlig außerstande war, jetzt auch nur einen halbwegs intelligenten Kommentar abzugeben, beschränkte sich darauf, durch die Zähne zu pfeifen. »Puh!«

»Da lohnt es sich schon, etwas länger hierzubleiben, was? Nach der ganzen Zeit kommt es auf eine Stunde nun auch nicht mehr an.«

Nachdem sich der erste Schock allmählich gelegt hatte, begann Lewis, die Implikationen zu überdenken. Wenn das Mädchen, das dort wohnte, Valerie Taylor war, so bedeutete das … das hieß dann also … aber er befand sich noch immer in einer Art Betäubung, und die Denkprozesse liefen alle nur sehr verzögert ab, sodass er es aufgab. »Ich finde, Sie könnten mir ruhig erzählen, wie Sie darauf gekommen sind, Sir«, wandte er sich an Morse.

»Wo soll ich anfangen?«, fragte Morse zurück. Seine Laune schien sich gebessert zu haben.

»Also, zunächst würde ich gern mal wissen, was überhaupt aus der *echten* Mrs Acum geworden ist.«

»Tja, Lewis, so ganz genau weiß ich das auch nicht. Aber ich habe so meine Vermutungen. Sie könnten jetzt natürlich zu Recht einwenden, Lewis, dass ich während dieses Falles davon schon mehr als genug gehabt habe – und alle falsch. Aber ich glaube, diesmal entsprechen sie in etwa dem, was wirklich geschehen ist. Was wissen wir eigentlich von Mrs Acum? Sehr adrett, vielleicht ein bisschen streng. Sie hat eine sehr schlanke, fast knabenhafte Figur und schulterlanges, blondes Haar. Nicht unattraktiv, wenn sie auch ganz sicher nicht dem allgemeinen Schönheitsideal entspricht. Auffallend war, dass sie eine ziemlich schlechte Haut hatte. Ich nehme an, dass sie darunter sehr gelitten haben wird. Und nun Valerie. Rundherum hübsch, mit einer starken sexuellen Ausstrahlung, mit der sie alle Männer in ihrer Umgebung unweigerlich in ihren Bann zieht. Nun versetzen Sie sich einmal an Acums Stelle. Er sieht Valerie fast täglich während der Französischstunden und verliebt sich in sie. Vielleicht redet er sich in seiner Verliebtheit sogar ein, sie sei begabt, dass sie nur den richtigen Ansporn haben müsse, um mehr zu leisten. Ob nun mit Hintergedanken oder aus ganz uneigennützigen Gründen – er spricht sie an und schlägt ihr vor, ihr Nachhilfeunterricht zu geben. Überlegen wir mal, wie es weitergegangen sein wird. Mrs Acum ist vielleicht an einem bestimmten Abend in der Woche regelmäßig nicht zu Hause. Vielleicht hat sie am Technikum in Headington einen Nähkurs belegt. Ich weiß, Lewis, Sie ärgern sich immer über die vielen ausgedachten Details, aber unterbrechen Sie mich jetzt mal nicht. Acum schlägt Valerie also vor, an den Mittwochabenden zu ihm nach Hause zu kommen – ohne seiner Frau etwas davon zu sagen. Eine Zeit lang geht alles gut. Doch dann, eines Abends im März, fällt der Nähkurs aus – vielleicht hat die Lehrerin

Grippe bekommen –, und Mrs Acum kehrt früher zurück als gewohnt, so gegen Viertel vor acht, und findet ihren Mann und Valerie zusammen im Bett. Sie ist empört und verletzt. Die Ehe ist damit für sie beendet, was aber noch nicht notwendigerweise bedeuten muss, dass sie Acum nun ruinieren will. Es mag sein, dass sie sich selbst auch einen Teil Schuld an der Entwicklung gibt. Vielleicht hat ihr der Sex keinen Spaß gemacht, vielleicht kann sie keine Kinder kriegen. Wie auch immer. Zwischen den beiden ist es also aus. Sie leben zwar noch im selben Haus, aber sie schlafen in getrennten Zimmern und sprechen kaum noch miteinander. Sosehr sie es auch versucht, sie kann ihm seine Affäre mit Valerie nicht verzeihen. Sie beschließen, sich am Ende des Schuljahres zu trennen. Acum sieht ein, dass es für beide besser ist, wenn er sich an einer Schule in einer anderen Stadt bewirbt. Ob er Phillipson die Wahrheit gesagt hat, weiß ich nicht. Vielleicht hat er sich, als er seine Kündigung einreichte, noch um eine wahrheitsgemäße Erklärung herumgedrückt und sah sich erst später dazu genötigt, als sich herausstellte, dass Valerie schwanger war und er der Vater. So kommt es also zu der von Ihnen heute Morgen bereits beschriebenen gemeinsamen Aktion. Valerie, Acum, Phillipson und Mrs Taylor – wie weit George mit drinsteckte, kann ich nicht sagen. Sie arrangieren erst die Sache mit der Abtreibung und besorgen – nachdem feststeht, dass Acum zum nächsten Schuljahr in Caernarfon eine Stelle haben wird – das Haus hier. Der Eingriff verläuft wie geplant, und Valerie fährt direkt von London nach Wales, um hier auf Acum zu warten, denn er kann ja nicht vor Mitte Juli in Kidlington weg. Seither spielte sie hier die Rolle der braven kleinen Frau, machte sauber, wischte Staub, stellte Blumen in die Vasen – und das tut sie heute noch. Wo sich die echte Mrs Acum aufhält, kann ich Ihnen nicht sagen, aber das lässt sich sicher leicht herausfinden. Wenn Sie mir erlauben zu raten, würde ich darauf tippen, dass sie wieder bei ihrer Mutter lebt, in einem Dorf in der Nähe von Exeter.«

Eine Zeit lang saß Lewis bewegungslos da. Nach ein paar Minuten hielt er die völlige Stille nicht mehr aus, holte ein Tuch aus dem Handschuhfach und begann, die beschlagenen Scheiben klar zu wischen. Morse' Rekonstruktion der Ereignisse schien lückenlos überzeugend, und er hatte sich, während er zuhörte, mehrere Male dabei ertappt, wie er bestätigend mit dem Kopf genickt hatte.

Plötzlich sah Morse auf die Uhr. »Kommen Sie, Lewis«, sagte er. »Wir haben lange genug gewartet.«

Das seitliche Gartentürchen war verschlossen, und Lewis stieg umständlich darüber hinweg. Das kleine Oberlicht an der Küche hinten stand etwas offen; er kletterte auf die Regentonne, konnte jetzt seinen Arm durch den Spalt schieben und so den Riegel des großen Fensters öffnen. Drinnen landete er auf der Spüle und sprang von da in die Küche. Schwer atmend ging er zur Haustür, um den Inspector einzulassen. Im ganzen Haus war kein Ton zu hören.

»Keiner da, Sir. Was machen wir jetzt?«

»Wir sehen uns schnell um«, sagte Morse. »Ich unten – Sie oben.«

Die Stufen auf der engen Treppe knarrten laut, als Lewis hochging. Morse stand unten und sah ihm mit klopfendem Herzen nach.

Das Haus hatte nur zwei Schlafzimmer oben, die beide an dem kleinen Flur lagen, das eine auf der rechten Seite, das andere nach vorne raus. Lewis versuchte es zuerst mit dem rechts und spähte um die Tür. Fehlanzeige. Offensichtlich war dies nur eine Art Abstellraum. Ein einzelnes, ungemachtes Bett stand an der Wand gegenüber; alles Mögliche lag auf dem Bett und dem Fußboden davor verstreut oder stand herum: einige Ballonflaschen mit selbst angesetztem Wein, der leise blubbernd vor sich hin gor, ein Staubsauger mit Zubehör, verstaubte Lampenschirme, alte Gardinenstangen, der präparierte Kopf eines Rehbocks, von Motten zerfressen, und aller möglicher Krimskrams. Aber sonst nichts. Nichts.

Lewis verließ den Raum und versuchte es an der anderen Tür. Das musste ihr Schlafzimmer sein. Vorsichtig drückte er die Tür einen Spalt auf und sah etwas Scharlachrotes auf dem Bett liegen. Es war helles Scharlachrot – die Farbe frisch vergossenen Blutes. Er stieß die Tür auf und trat ein. Dort lag auf der reinen, weißen Steppdecke ausgebreitet, und die Ärmel hübsch über dem Mieder gefaltet, ein langes, schmales, scharlachrotes Abendkleid.

36

*Niemand handelt aus einem
einzigen Motiv heraus*
S. T. Coleridge,
Biographia Literaria

Sie setzten sich in der kleinen Küche auf zwei wacklige Stühle.

»Sieht so aus, als ob unser Vogel ausgeflogen wäre.«

»Hm.« Morse stützte seinen Kopf in die Hand und starrte blicklos nach draußen.

»Wann ist Ihnen denn zum ersten Mal der Verdacht gekommen, Sir?«

»Das muss irgendwann in der vergangenen Nacht gewesen sein. So gegen halb drei, glaube ich.«

»Also erst heute Morgen?«

Morse sah überrascht hoch. Seine Entdeckung schien ihm schon eine Ewigkeit zurückzuliegen.

»Und wie sind Sie darauf gekommen?«

Morse setzte sich auf. »Die Tatsache, dass Valerie am Leben war, änderte schlagartig die Bedeutung aller Fakten. Wie Sie wissen, hatte ich ja die ganze Zeit über angenommen, sie sei tot.«

»Aber es muss doch irgendetwas *Bestimmtes* gegeben haben, das Sie auf die Spur gebracht hat?«

»Ich glaube, mehr als alles andere war es ein Foto. Mrs Phillipson zeigte mir bei einem meiner Besuche Aufnahmen von einem Fest, das sie und ihr Mann für das Kollegium gegeben hatten. Die Bilder waren alle sehr scharf und deutlich – kein Vergleich mit den verschwommenen Aufnahmen, die wir von Valerie besitzen. Und auf einer dieser Aufnahmen war auch Mrs Acum abgebildet. Als ich das erste Mal hier vor der Tür stand, nahm ich selbstverständlich an, dass die Frau, die mir öffnete, Mrs Acum sei. Aber obwohl sie ein Handtuch um den Kopf trug, bemerkte ich doch ihre dunklen Haarwurzeln und wusste, dass ihr Blond nicht echt war.«

»Aber wir wissen doch gar nicht, ob die echte Mrs Acum eine echte Blondine ist«, bemerkte Lewis unfreiwillig komisch.

»Nein, das stimmt«, gab Morse zu.

»Das mit den Haaren heißt also gar nichts«, sagte Lewis.

»Da war noch etwas anderes«, begann Morse zögernd.

»Was denn?«

»Mrs Acum hatte, wie wir wissen, eine sehr knabenhafte Figur.«

»Sie meinen, sie war flachbusig?«

»Ja.«

»Und?«

»Die Frau, die hier bei Acum wohnt, ist eben alles andere als flachbusig.«

»Na, vielleicht trug sie an diesem Tag einen wattierten BH. Das kann man von außen gar nicht merken.«

»Nein, kann man nicht?« Ein kleines, sehnsüchtiges Lächeln erschien um Morse' Mund, aber er sagte nichts. »Ich hätte schon viel früher dahinterkommen können. Mrs Acum – und Valerie Taylor. Die beiden sind so verschieden wie Tag und Nacht. Ich glaube, es gibt niemanden, der weniger intellektuell ist als Valerie Taylor. Und ich habe zweimal mit ihr telefoniert und sie einmal sogar gesehen – und ich bin nicht stutzig geworden.« Er schüttelte voller Erbitterung über seine eigene Dummheit den Kopf. »Ja, ich hätte die Wahrheit schon längst herausfinden können, schon vor langer, langer Zeit.«

»Aber, Sie haben doch – wie Sie mir erzählt haben – gar nicht viel von ihr erkennen können. Sie hatte doch eine dieser Schönheitsmasken auf dem Gesicht.«

»Viel habe ich auch nicht gesehen, aber genug ...« Er war mit den Gedanken schon wieder weit weg.

»Und warum haben Sie mich heute Morgen bei den Wagenvermietungen herumtelefonieren lassen?«, fragte Lewis nicht ganz ohne Vorwurf.

»Nun, ich muss ja schließlich versuchen, wenigstens ein paar Beweise gegen sie zusammenzutragen. Eigentlich hatte ich vorgehabt, dass sie sie mir selbst liefern sollte ...«

Lewis hatte keine Ahnung, wovon er redete. »Ich kann Ihnen nicht ganz folgen, Sir.«

»Dann will ich es Ihnen erklären, Lewis. Ich hatte mir vorgenommen, sie heute Morgen ganz früh anzurufen und sie dazu zu bringen, sich zu verraten. Es wäre ganz einfach gewesen.«

»Tatsächlich?«

»Ja, wirklich. Ich hätte sie nur auf Französisch ansprechen müssen. Die echte Mrs Acum hat Romanistik studiert und in Exeter Examen gemacht, sie spricht also bestimmt völlig fließend, während Valerie wahrscheinlich höchstens ›bonjour‹ sagen kann.«

»Aber Sie selbst sprechen doch auch kein Französisch.«

»Ich habe eine Menge verborgener Talente, von denen Sie keine Ahnung haben«, sagte Morse ein wenig hochtrabend.

»Ah ja.« Aber Lewis hatte den starken Verdacht, dass Morse ungefähr so viel Französisch konnte wie er selbst – also fast nichts. Und seine Frage war immer noch nicht befriedigend beantwortet. »Was für Beweise hofften Sie denn bei den Autoverleihfirmen eigentlich zu finden?«, fragte er.

Morse winkte ab. »Ich habe Sie für heute, glaube ich, schon genug geschockt, Lewis.«

»Ein Schock mehr oder weniger macht da auch keinen Unterschied«, sagte Lewis.

»Na schön, wie Sie wollen, um es kurz zu sagen: Wir haben nicht nur Valerie Taylor gefunden, sondern damit auch den Mörder von Baines.« Lewis öffnete und schloss mehrere Male – einem gestrandeten Goldfisch nicht unähnlich – den Mund, brachte aber keinen Ton hervor.

»Sie werden es schon noch begreifen«, beruhigte ihn Morse. »Wenn Sie ohne Vorurteil darüber nachdenken, ist es eigentlich sehr naheliegend. Na, und für das, was sie vorhatte, musste sie es ja schließlich irgendwie bewerkstelligen, von Caernarfon nach Oxford zu kommen. Den Wagen hatte Acum, blieben der Bus und die Bahn. Direkte Verbindungen gibt es nicht, das wäre also sehr, sehr umständlich geworden. Ihr Interesse war aber, möglichst schnell hin und auch wieder zurück zu sein. Und da war die einzige Möglichkeit, sich ein Auto zu mieten.«

»Also, bis jetzt ist noch gar nichts bewiesen«, sagte Lewis. »Es steht nicht fest, ob sie tatsächlich einen Leihwagen genommen hat, und wir wissen nicht einmal, ob sie überhaupt einen Führerschein hat.«

»Das werden wir schon noch herausbekommen.«

Morse sprach mit der Überzeugung eines Propheten, der sich im Besitz der Wahrheit weiß. Und ganz allmählich und zunächst noch widerstrebend begann Lewis, die Verquickung der Ereignisse zu erkennen und auch die beinahe Unvermeidlichkeit, mit der sie auf den schrecklichen Höhepunkt zugesteuert waren. Ein Schulmädchen wird vermisst, und mehr als zwei Jahre später stirbt ein Lehrer an einer Stichwunde. Zwei unlösbare Probleme. Und dann auf einmal stellt sich heraus, dass die beiden Probleme in Wahrheit nur ein einziges Problem sind, das sich, in dem Moment, wo man dies erkannt hat, auch schon auflöst.

»Und Sie denken also, dass sie an dem Dienstagmorgen hier abgefahren ist?«

»Ja«, sagte Morse. »Und am selben Tage noch wieder zurück.«

»Und es war wirklich Valerie, die ...«

»Ja, sie muss dort ungefähr um neun angekommen sein.«

Lewis dachte zurück an den Abend, an dem Baines ermordet worden war. »Dann war sie vielleicht zu dem Zeitpunkt, als Mrs Phillipson und Acum vorbeikamen, sogar noch im Haus«, sagte er langsam.

Morse nickte. »Könnte sein, ja.« Er stand auf, ging den schmalen Flur hinunter in das vordere Zimmer und sah aus dem Fenster. Draußen standen zwei kleine Jungen in respektvollem Abstand von dem Polizeifahrzeug und versuchten mit gereckten Hälsen, ins Innere zu spähen. Ansonsten lag die Straße wie ausgestorben.

»Machen Sie sich Sorgen, dass sie uns vielleicht entwischt ist?«, fragte Lewis, als Morse wieder in die Küche zurückkehrte.

»Warten wir noch ein paar Minuten«, sagte Morse und sah dabei zum zwanzigsten Mal auf seine Uhr.

»Ich habe gerade nachgedacht, Sir. Sie muss eigentlich ein sehr tapferes Mädchen sein.«

»Hm.«

»Und er war ein schrecklicher Mann, oder nicht?«

»Ja, er war ein absolutes Ekel«, sagte Morse mit leidenschaftlicher Überzeugung. »Aber ich glaube nicht, dass Valerie ihn allein deshalb umgebracht hätte, weil sie ihn hasste.«

»Warum denn dann? Welches andere Motiv hätte sie denn haben können?« Es war eine einfache Frage, die eine einfache Antwort verdient hatte, aber Morse begann mit einer weitschweifigen Grundsatzerläuterung.

»Mit dem Begriff ›Motiv‹ habe ich manchmal Schwierigkeiten, Lewis. Das klingt immer, als gebe es nur dieses eine große und schöne Motiv. Aber mitunter sind die Zusammenhänge verwickelter. Nehmen Sie eine Mutter, die ihr Kind ins Gesicht schlägt, weil es nicht aufhört zu weinen. Warum tut sie das? Man kann natürlich sagen, sie will, dass es endlich still ist. Aber das stimmt nicht wirklich, oder? Das Motiv liegt tiefer. Es steht in Verbindung mit vielen anderen Dingen: Sie ist müde, hat Kopfschmerzen, hat alles satt, die Rolle der ewig liebevollen Mutter hängt ihr mal wieder zum Hals raus. Alles, was Sie sich denken können. Wenn man erst einmal anfängt, in der unzugänglichen Tiefe dessen, was Aristoteles die unmittelbare Ursache nannte, nachzubohren ... Wissen Sie etwas über Aristoteles, Lewis?«

»Ich habe von ihm gehört. Aber Sie haben meine Frage noch nicht beantwortet.«

»Ja, das stimmt. Betrachten wir also zunächst einmal Valeries Situation an jenem Tag. Zum ersten Mal seit zwei Jahren ist sie allein und auf sich gestellt. Acum wird sie, seit sie in Wales zusammenleben, sicher sehr behütet und vor allem dafür gesorgt haben, dass sie nicht gleich in einen Strudel gesellschaftlicher Aktivitäten hineingeriet. Denn dann bestünde für sie eine viel zu große Gefahr, vielleicht doch zufällig von irgendjemandem erkannt zu werden. Sie ist also die meiste Zeit zu Hause gewesen. Und sie bleicht sich die Haare, um so der echten Mrs Acum ähnlicher zu werden. Vielleicht hat David Acum sie auch darum gebeten, wie auch immer, er wird froh darüber gewesen sein. Erinnern Sie sich an das Foto von Valerie in der Farbbeilage der *Sunday Times*? Wenn er das gesehen hat, muss es ihm ganz schön Kopfschmerzen gemacht haben. Es war keine besonders gute Aufnahme und auch schon ziemlich alt – das Bild muss vor etwa drei Jahren gemacht worden sein –, und gerade bei jungen Mädchen ändert sich das Aussehen noch stark, vor allem, wenn sie sich von einer Schülerin in eine Hausfrau verwandeln. Aber trotzdem, es bleibt eine Aufnahme von Valerie, nach der man sie möglicherweise hätte erkennen können, und deshalb wird er froh gewesen sein über die Haare, weil sie noch zusätzlich eine starke Veränderung bewirken. Und soweit wir wissen, ist ja auch niemandem die Ähnlichkeit zwischen Valerie Taylor und der angeblichen Mrs Acum aufgefallen.«

»Vielleicht gibt es in Wales keine *Sunday Times?*«

Trotz all seiner antiwalisischen Vorurteile mochte Morse dem nicht zustimmen. »Sie ist also, wie wir schon gesagt haben, allein und kann tun, was ihr gefällt. Vermutlich genießt sie die Freiheit, aber nicht nur das, sie nutzt sie auch, um etwas zu tun, was ihr normalerweise nicht möglich gewesen wäre.«

»Das habe ich ja schon alles längst verstanden, Sir. Aber *warum?* Das interessiert mich.«

»Lewis! Jetzt versetzen Sie sich doch einmal in die Lage, in der sich Valerie, ihre Mutter, Acum, Phillipson und weiß Gott wie viele andere Leute noch befunden haben müssen. Sie alle haben ihre Geheimnisse – manchmal banale, manchmal schwerwiegende –, und einen gibt es, der alle diese Geheimnisse kennt. Mr Baines. Irgendwie hat er ein Talent gehabt, Dinge herauszubekommen. Sein Büro mit dem Telefon und der eingehenden Post ist eine Art Nervenzentrum für diese kleine Gemeinschaft, die Roger-Bacon-Gesamtschule heißt. Er ist stellvertretender Direktor, sodass es gar nicht auffällt, dass er sich um alles kümmert. Und er hält die Ohren auf und registriert jedes noch so kleine Gerücht. Die vielen großen und kleinen Verfehlungen verschafften ihm genau das, was seine kranke Seele brauchte – Macht. Bleiben wir mal eine Minute bei Phillipson. Baines konnte, wenn er wollte, jeden Tag dafür sorgen, dass er seine Stelle verlor. Aber genau das tat er eben nicht. Weil er es viel mehr genoss, die Leute in Angst zu halten ...«

»Aber er hat Phillipson erpresst, oder?«

»Ja. Aber auf das Geld kam es ihm dabei erst in zweiter Linie an. Die Tatsache, dass jemand zahlen musste, weil er ihn in der Hand hatte – das war ihm wichtig.«

»Ich verstehe«, murmelte Lewis, obwohl er nichts verstand.

»Und Mrs Taylor. Überlegen Sie sich doch bloß mal, was er alles über sie wusste: die Vorkehrungen für die Abtreibung ihrer Tochter, das Versteckspiel mit der Polizei, ihr großer Alkoholkonsum, ihre Geldschwierigkeiten. Sie musste ständig in der Furcht leben, dass George, der einzige Mann, der sie in ihrem Leben je anständig behandelt hatte, etwas von ihren Ausschweifungen erfahren könnte.«

»Aber jeder weiß doch, dass sie fast jeden Abend Bingo spielen geht und an den Spielautomaten steht. Und auch, dass sie ganz gerne mal etwas trinkt.«

»Ja, schon, aber wer kennt schon das Ausmaß. George hat die Summe, die sie abends setzt, auf etwa ein Pfund beziffert, aber Sie glauben doch wohl nicht, dass sie ihm, was diesen Punkt angeht, die Wahrheit gesagt hat? Und sie trinkt nicht, sie säuft – wie ein Loch. Sie fängt schon mittags damit an.«

»Sie doch auch«, sagte Lewis.

»Ja, aber ... ich trinke maßvoll, wie Sie wissen. Und ihre Trinkgewohnheiten sind auch nur ein Punkt unter anderen. Haben Sie gesehen, wie sie sich anzieht? Teure Kleider, Schuhe, Handtaschen und Handschuhe. Und dann ihr Schmuck. Sind Ihnen die Diamanten an ihrem Finger aufgefallen? Der Himmel weiß, wo sie die herhat. Und ihr Mann arbeitet auf einer Mülldeponie! Nein, Lewis, sie lebt vollkommen über ihre Verhältnisse.«

»Das sehe ich ja auch ein, Sir, und das mag ja für Mrs Taylor auch ein gutes Motiv gewesen sein, aber ...«

»Ich weiß. An welcher Stelle kommt jetzt Valerie ins Spiel? Nun, ich glaube, dass Valerie und ihre Mutter oft miteinander telefoniert haben. Briefe wären viel zu gefährlich gewesen. Valerie muss mitbekommen haben, in was ihre Mutter da hineingeraten war: diese furchtbare Verbindung mit Baines, die sie, wenn sie einen Moment in ihrer hektischen Jagd nach Vergnügungen innehielt, hasste, die sie aber trotzdem nicht lösen konnte, weil sie ihm in gewisser Weise verfallen war, denn er bot ihr die einzige Möglichkeit, dem grauen Alltag, wenn auch nur für Stunden, den Rücken zu kehren. Valerie muss erkannt haben, dass das Leben ihrer Mutter hinter der grellen Kulisse von Trinken und Spielen immer elender wurde, und hat wahrscheinlich Angst davor gehabt, wie es enden könnte. Vielleicht hat ihre Mutter angedeutet, dass sie nicht mehr lange die Kraft haben werde weiterzumachen. Ich weiß es nicht. Aber auch Valerie selbst muss ja in Furcht vor Baines gelebt haben. Er wusste alles über sie: ihr promiskuitives Vorleben, ihre kurze Affäre mit Phillipson, die Geschichte mit Acum – einschließlich der Folgen. Und jederzeit konnte er, wenn es ihm gefiel, das Ganze publik machen und Leben zerstören. Zum Beispiel das von Acum. Wenn erst einmal bekannt wäre, dass er mit einer Schülerin geschlafen hatte, konnte er seinen Lehrerberuf gleich an den Nagel hängen. Da gäbe es keine Schule, die ihn dann noch einstellen würde – so gelockert die Moralvorstellungen heutzutage auch sein mögen. Ich vermute, Lewis, dass Valerie begonnen hat, Acum zu lieben. Ich glaube, sie sind glücklich miteinander – oder jedenfalls so glücklich, wie man unter diesen Umständen sein kann. Verstehen Sie, was ich sagen will? Nicht nur die Zukunft ihrer Mutter, auch die David Acums war durch Baines bedroht. Und einen Tag ergibt sich für sie eine Möglichkeit, etwas dagegen zu tun: eine einzige schnelle, unkomplizierte Tat – und alle Probleme sind auf einen Schlag gelöst. Sie braucht bloß Baines aus dem Weg zu schaffen.«

Lewis dachte nach. »Ist ihr denn nie die Idee gekommen, dass Acum verdächtigt werden könnte? Er war doch zur Tatzeit in Oxford, das wusste sie doch.«

»Ich glaube, das ist ihr gar nicht in den Sinn gekommen. Und dass Acum ausgerechnet an dem Abend auf die Idee kommen würde, Baines besuchen zu wollen – das war so unwahrscheinlich, damit hat sie nicht gerechnet.«

»Ist schon ein merkwürdiger Zufall, finde ich.«

»Ja. Es ist auch ein merkwürdiger Zufall, dass im 46. Psalm der King James Bible das 46. Wort, jeweils vom Anfang wie vom Ende gezählt, zusammengesetzt das Wort ›Shakespear‹ ergeben.«

Aristoteles, Shakespeare und die Psalmen. Das war alles ein bisschen viel für Lewis. Irgendwo auf seinem Bildungsweg hatte er wohl etwas nicht mitbekommen. Er hatte Fragen gestellt, und nun hatte er die Antwort. Vielleicht nicht die bestmögliche, aber sie machte Sinn.

Morse stand auf und ging zum Küchenfenster. Man hatte von hier aus eine weite Sicht bis hinüber zu den Gipfeln der Snowdon-Kette. Er blickte eine Zeit lang hinüber. »Wir müssen wohl so langsam mal an den Aufbruch denken«, sagte er. »Wir können ja nicht ewig hierbleiben.« Seine Hände lagen auf dem Rand der Spüle, und ohne dass er es wollte, zog er die darunterliegende Schublade auf. Darin lag ein großes Fleischmesser, Marke Prestige. Er wollte es gerade herausnehmen, als er hörte, wie im Haustürschloss der Schlüssel gedreht wurde. Er hob den Finger zum Mund, um Lewis zu bedeuten, ruhig zu sein, und zog ihn mit sich hinter die offen stehende Küchentür. Sie war jetzt im Flur, und er konnte deutlich ihr langes blondes Haar sehen, das ihr über die Schulter fiel.

Als Morse aus der Küche trat, zeigte sich auf ihrem Gesicht Ärger, aber keine Überraschung. »Das ist also Ihr Auto da draußen.« Und dann in einem etwas trostlosen und auch ein wenig verächtlichen Ton: »Ich möchte wirklich gerne wissen, welches Recht Sie haben, hier einfach so einzudringen.«

»Ich verstehe Ihren Ärger«, sagte Morse hilflos und hob in einer besänftigenden Geste die Hand. »Ich werde versuchen, es Ihnen zu erklären. Sie können sich darauf verlassen. Aber darf ich Ihnen vorher eine Frage stellen? Das ist alles, worum ich Sie bitte. Nur eine einzige Frage. Es ist sehr wichtig.«

Sie sah ihn mit einem Blick an, als wäre er verrückt.

»Sie sprechen doch Französisch, oder?«

»Ja.« Sie setzte stirnrunzelnd ihre Einkaufstasche ab, blieb aber an der Tür stehen, kam keinen Schritt näher. »Ja, ich spreche Französisch. Aber warum …?«

Morse holte tief Luft. »Avez-vous appris français à l'école?«

Einen Augenblick lang sah sie ihn voller Unverständnis an, doch dann kam flüssig, und ohne dass sie lange hätte nachdenken müssen, die Antwort. »Oui. Je l'ai étudié d'abord à l'école et après pendant trois ans à l'université. Alors je devrais parler la langue assez bien, n'est-ce pas?«

»Et avez-vous rencontré votre mari à Exeter?«

»Oui. Nous étions étudiants là-bas tous les deux. Naturellement, il parle français mieux que moi. Mais il est assez évident que vous parlez français comme un anglais typique, et votre accent est abominable.«

Morse ging wie ein lernbehinderter Zombie zurück in die Küche. Er setzte sich an den Tisch und stützte den Kopf in die Hände. Warum hatte er es nicht gelassen? Er hatte es gleich gewusst, als sie die Tür hinter sich geschlossen, sich umgedreht und er ihr Gesicht gesehen hatte – ein Gesicht voller Pickel.

»Darf ich Ihnen eine Tasse Tee anbieten?«, fragte Mrs Acum, als der verlegene Lewis hinter der Tür hervortrat.

37

Der bunte, plauderhafte, scheue Tag
Hat sich verkrochen in den Schoß der See
Shakespeare, Heinrich VI.,
Teil II, IV. Aufzug, I. Szene

Zurückgesunken gegen die Lehne des Beifahrersitzes, bot Morse ein Bild erstarrter Ungläubigkeit. Sie waren kurz nach neun in Caernarfon abgefahren, und es würde weit nach Mitternacht werden, ehe sie in Oxford eintreffen würden. Jeder überließ den anderen seinen eigenen Gedanken, jeder musste für sich mit dieser Niederlage fertigwerden.

Die Befragung Acums war eine sehr merkwürdige Sache

gewesen. Zwischenzeitlich schien es, als habe Morse die Gesprächsinitiative völlig verloren, und seine anfänglichen Fragen hatten fast entschuldigend geklungen. Es war Lewis überlassen geblieben, an einigen Punkten, an denen Acum nur ausweichend geantwortet hatte, nachzuhaken, und nach einigem Zögern und Sträuben schien Acum froh zu sein, endlich alles einmal loszuwerden. Und während er erzählte, fragte sich Lewis, an welcher Stelle der Chef vom richtigen Weg abgekommen und in diesem undurchdringlichen Gestrüpp von falschen Hypothesen und irrigen Annahmen gelandet war, in dem er sich immer noch befand. Denn vieles von dem, was er vermutet hatte, stimmte. Es war fast unheimlich.

Acum hatte sich (wie er schließlich zugab) durchaus von Valerie angezogen gefühlt und etliche Male mit ihr geschlafen. Und dann kam dieser Dienstagabend (nicht Mittwoch) im April (nicht im März), als seine Frau von ihrer Abendschule in Oxpens (nicht in Headington), wo sie an einer Malklasse (nicht an einem Nähkurs) teilnahm, früher als sonst nach Hause zurückkehrte. Ihre Lehrerin war an Gürtelrose (nicht an Grippe) erkrankt und der Unterricht abgesagt worden. Es war kurz nach acht (nicht Viertel vor acht), als Mrs Acum das Haus betrat und Valerie und ihn zusammen auf dem Sofa (nicht im Bett) fand. Der nun folgende Krach hatte die Stärke eines mittleren Erdbebens gehabt. Valerie schien von ihnen dreien noch die Ruhigste zu sein. Es folgten eine Reihe öder, freudloser Tage. Zwischen ihnen war es aus – Mrs Acum ließ sich da nicht umstimmen, war aber bereit, so lange bei ihm zu bleiben, bis die Trennung erfolgen konnte, ohne allzu großen Wirbel auszulösen. Er entschied für sich, dass es das Beste sei, Kidlington zu verlassen, und bewarb sich um eine Stelle in Caernarfon. Phillipson war in ihn gedrungen, um etwas über seine Gründe für diesen sinnlosen Wechsel auf einen nicht besonders aussichtsreichen Posten zu erfahren, aber er hatte ihm kein Wort gesagt. Buchstäblich nichts. Er betete, dass Valerie ebenfalls den Mund hielt.

Er hatte sie nach jener Nacht im April nicht mehr allein gesehen. Erst ungefähr drei Wochen bevor sie verschwand, kam es noch einmal zu einem privaten Gespräch zwischen ihnen. Sie teilte ihm mit, dass sie ein Baby erwartete und dass er vermutlich der Vater sei. Sie schien – jedenfalls nach Ansicht Acums – ganz zuversichtlich zu sein und erklärte ihm, es wäre schon alles okay. Sie bat ihn nur um das eine: Falls sie sich entschlösse, von zu Hause wegzugehen, solle er nichts von dem, was er über sie wisse, weitersagen. Er drängte sie, ihm von ihren Absichten zu erzählen, aber sie wiederholte nur, alles wird okay. Brauchte sie Geld? Sie sagte, sie würde es ihn wissen lassen, und dann lächelte sie spitzbübisch und beruhigte ihn, er solle sich keine Sorgen machen. Und dann noch einmal, alles wird okay. Bei Valerie *war* immer alles *okay*. (Hier war Morse, der bisher dem Gespräch zwischen Lewis und Acum eher apathisch gefolgt war, plötzlich wach und aufmerksam geworden, und hatte mit einigen, allerdings eher unwesentlichen Fragen in das Gespräch eingegriffen.) Was Geld anbelangte, schien Valeries Optimismus sie jedoch getrogen zu haben, denn ungefähr zwei Wochen später kam sie auf ihn zu und sagte, sie wäre sehr dankbar, wenn er ihr doch etwas geben könnte. Es war keine Forderung, nur eine Bitte, und er war froh gewesen, ihr helfen zu können. Obwohl die Ersparnisse nicht gerade sehr üppig waren, hatte er ihr – und zwar mit vollem Einverständnis seiner Frau – hundert Pfund gegeben. Kurz darauf war Valerie verschwunden, und er hatte genauso wenig Ahnung wie alle anderen, wohin sie gegangen sein könnte. Und in Anbetracht des Versprechens, das er ihr gegeben hatte, hatte er das wenige, das er wusste, für sich behalten.

Bei ihm zu Hause hatte sich die Lage inzwischen ein wenig normalisiert. Valeries Verschwinden hatte wohl zusätzlich zur Entspannung beigetragen – jedenfalls war es zum ersten Mal seit der Nacht im April zwischen ihm und seiner Frau zu einer vernünftigen Unterhaltung gekommen, bei der beide

Teile versucht hatten, die Gefühle des anderen zu verstehen. Er sagte ihr, dass er sie liebte, dass er erst jetzt wüsste, wie viel sie ihm bedeutete, und wie sehr er sich wünschte, dass sie zusammenblieben. Sie hatte geweint und ihm gestanden, sie hätte immer das Gefühl gehabt, ihm nicht zu genügen, vor allem, weil sie keine Kinder bekommen könnte ... Diese Aussprache hatte vieles zwischen ihnen geklärt, und gegen Ende des Schuljahres waren sie sich so weit nähergekommen, dass sie sich entschlossen, zusammenzubleiben und zu versuchen, den Bruch in ihrer Ehe wieder zu kitten. An Scheidung hatten sie beide sowieso nie gedacht: Seine Frau war Katholikin.

So waren sie also, fuhr Acum fort, zusammen nach Wales gezogen und hatten hier ein ruhiges und überraschend harmonisches Leben geführt. Und jetzt diese Sache mit Reggie Baines. Er beteuerte, dass er vollkommen unschuldig sei. Ob Baines ihn erpresst habe? Die Idee sei lachhaft. Die einzige Person, die ihn, wenn man so wolle, in der Hand habe, sei Valerie Taylor, und von der habe er seit ihrem Verschwinden vor zwei Jahren nichts mehr gehört. Er wisse nicht einmal, ob sie noch am Leben sei.

Damit war die Vernehmung beendet. Fast jedenfalls. Morse hatte noch eine Frage stellen wollen. »Kann Ihre Frau Auto fahren?«

Acum hatte ihn überrascht angesehen. »Nein. Warum?«

Seine Antwort hatte Morse' verworrener Theorie den letzten Todesstoß versetzt.

Lewis ließ, während er durch die stille Nacht fuhr, die einzelnen Phasen des Gesprächs noch einmal Revue passieren. Und als er sich die Fakten, die sie von Acum erfahren hatten, wieder ins Gedächtnis rief, wuchs in ihm ein Gefühl tiefer Sympathie für Morse, der in sich zusammengesunken, eine Zigarette nach der anderen rauchend – was für ihn ungewöhnlich war –, neben ihm auf dem Beifahrersitz saß, niedergeschlagen, verbittert, vor allem aber: wütend über sich selbst ...

Wieso hatte er sich dermaßen irren können? Und vor allem, wo? Diese Fragen gingen Morse wieder und wieder durch den Kopf. Er dachte an seine erste Analyse des Falles, in der er Mrs Taylor als Mörderin von Reginald Baines und ihrer Tochter Valerie gesehen hatte. Warum das falsch gewesen war, hatte sich ja noch einsehen lassen. Da war erstens die Unwahrscheinlichkeit, dass eine Mutter die eigene Tochter umbrachte, und zweitens – und viel entscheidender – die unbestreitbare Tatsache, dass Valerie zu einem Zeitpunkt, an dem sie seiner Einschätzung nach tot im Kofferraum eines Wagens hätte liegen müssen, höchst lebendig in einer Londoner Klinik aufgetaucht war. Ja, die erste Analyse war unsinnig gewesen.

Aber was war mit der zweiten Analyse? Die hatte doch wirklich keine Fragen offengelassen. So schien es jedenfalls. Was also stimmte daran nicht? Nach einigem Nachdenken kam er zu dem Schluss, dass auch sie wohl daran gescheitert war, dass er von einer unwahrscheinlichen Voraussetzung ausgegangen war: der Voraussetzung, dass die Frau, mit der David Acum zusammenlebte, Valerie Taylor war. Eine falsche Annahme, wie er nun wusste. Und so lag Analyse zwei Seite an Seite neben Analyse eins – zwei Wracks auf dem Grund des Ozeans.

Fast gewaltsam versuchte Morse, die Gedanken an das Desaster beiseitezuschieben. Er rang seiner Fantasie Bilder ab von schönen Frauen, unzensierte erotische Szenen … Aber immer wieder drängten sich die Fakten des Falls Taylor dazwischen. Fakten, Fakten, Fakten. Und er dachte erneut über jede einzelne Tatsache nach. Wenn er sich doch bloß an sie gehalten hätte! Eine Tatsache war, dass Ainley bei einem Unfall ums Leben gekommen war. Einen Tag später hatte jemand den Brief geschrieben. Ebenfalls eine Tatsache. Dann weiter: Valerie war Tage nach ihrem Verschwinden noch am Leben gewesen, Baines war tot, Mrs Acum war Mrs Acum – alles Tatsachen. Und jetzt? Was weiter? Ihm wurde auf einmal klar, wie klein die Zahl der Fakten – der gesicherten Fakten –

eigentlich war. Mögliche Fakten dagegen gab es in Hülle und Fülle. Und wieder begann er, die einzelnen Puzzlestücke, die er zu kennen meinte, in Bezug zueinander zu setzen. Aber nichts passte. Er schüttelte heftig den Kopf. Wenn er so weitermachte, würde er noch verrückt.

Er blickte zu Lewis, der mit angestrengter Konzentration auf die Straße starrte. Lewis! Ha! Der hatte ihm die *eine* Frage gestellt, die ihm die ganze Zeit über Rätsel aufgegeben hatte: Warum hatte Baines den Brief geschrieben? Warum? Warum? Warum?

Während sie neben der alten Römerstraße dahinbrausten, vorbei an Wellington, durchzuckte Morse eine Erkenntnis, eine Antwort von geradezu bestürzender Einfachheit. Wie eine sorgende Mutter, die inmitten eines Erdbebens ihr einziges Kind vor herabstürzenden Trümmern beschützen will, umklammerte er diesen Gedanken ... Das Karussell in seinem Kopf kam langsam zum Stillstand ... Die Pubs hatten schon lange geschlossen, die Chips waren kalt geworden. Jetzt wurde alles besser.

Lewis hatte die Straße buchstäblich für sich allein. Es war nach ein Uhr nachts, und die beiden Männer hatten kein Wort gewechselt. Es war, als nehme das lastende Gewicht des Schweigens immer weiter zu, und allmählich wäre es ihnen fast so lästerlich erschienen, ein Gespräch anzufangen, wie die Stille vor einem Grabmal zu brechen.

Auf dem letzten Abschnitt der Heimfahrt wanderten seine Gedanken noch einmal zurück – vor die seltsam unwirklichen Ereignisse der vergangenen Stunden – zu den ersten Tagen der Ermittlungen im Fall Taylor. Sie war eben einfach abgehauen. Das hatte er doch damals gleich gesagt. Hatte die Nase voll von der Familie und der Schule, war neugierig auf die helleren Lichter, die Erregung, den Glanz der Riesenstadt. Dann ließ sie sich das unerwünschte Kind wegmachen und landete schließlich in der Szene der schicken Nichtstuer.

Da war sie bestimmt happy. Es wäre sicher das Letzte, was sie wollte, heimzukehren zu ihrer launischen Mutter und dem langweiligen Stiefvater. Solche Anwandlungen hatten wir alle ab und zu. Noch einmal ganz von vorn anzufangen. Wie neugeboren … In dem Alter war ihm auch manchmal nach Wegrennen gewesen … Pass auf die Straße auf, Lewis! Oxford dreißig Meilen. Er warf einen Seitenblick auf den Inspector und lächelte. Der alte Junge schlief fest.

Es waren keine zehn Meilen mehr bis Oxford, als Lewis merkte, dass Morse im Schlaf Worte vor sich hin murmelte, undeutlich, unzusammenhängend erst. Dann bekam er einzelne halbe Sätze mit. Es klang wie »Verdammte Fotos – hätte sie nicht erkannt – blöde Dinger«.

»Wir sind da, Sir.« Er sprach zum ersten Mal seit mehr als fünf Stunden, und seine Stimme kam ihm unnatürlich laut vor.

Morse räkelte sich und blinzelte in die Runde. »Ich muss ganz kurz eingenickt sein, Lewis. Sieht mir gar nicht ähnlich, was?«

»Hätten Sie Lust, bei mir noch kurz eine Tasse Kaffee zu trinken und eine Kleinigkeit zu essen?«

»Nein, aber danke trotzdem.« Er quälte sich wie ein rheumatischer Greis aus dem Auto, gähnte gewaltig und streckte die Arme. »Morgen machen wir blau, Lewis, einverstanden? Ich finde, das haben wir verdient.«

Lewis fand das auch. Er parkte das Polizeiauto ein, stieg um in sein eigenes und winkte müde zum Abschied.

Morse betrat das Präsidium und ging den langen, schwach erleuchteten Korridor zu seinem Büro, wo er den Aktenschrank öffnete und die Unterlagen zum Fall Valerie Taylor durchblätterte. Er fand sofort, was er suchte, und als er den inzwischen so vertrauten Brief in der Hand hielt, nahmen seine Gedanken wieder genau dieselbe Richtung wie beim letzten Mal. – Und es musste *doch* stimmen! Es musste!

Er fragte sich, ob Lewis ihm das je verzeihen konnte.

38

Da warens nur noch zwei
Zehn kleine Negerlein

... noch keineswegs bekannt. Wir gehen alle normalerweise davon aus, dass der Geschlechtstrieb derartig vorherrschend und seit Urzeiten dominant ist, dass ...« Morse, der gerade aufgewacht war und sich erstaunlich frisch fühlte, schaltete hinüber zum dritten Programm und von da zu Radio Oxford. Aber offenbar wollte ihm keiner sagen, wie spät es war, und er drehte wieder zurück auf Kanal vier. *»... allen voran natürlich Sigmund Freud. Lassen Sie uns einmal annehmen, wir seien auf einer verlassenen Insel gestrandet, hätten seit drei Tagen nichts gegessen und fragten uns, welcher unserer leiblichen Triebe am stärksten auf unmittelbare Befriedigung drängt.«* Morse' Interesse erwachte; er stellte die Lautstärke höher. Die Stimme des Psychologen klang sehr kultiviert, akademisch und etwas parfümiert. *»Stellen wir uns einmal vor, eine blonde Schönheit erschiene, auf der flachen Hand einen Teller mit einem saftigen Steak und Pommes frites ...«* Morse beugte sich vor, um noch lauter zu drehen, berührte dabei versehentlich den Knopf für die Senderwahl, und in den fünf Sekunden, bis er Kanal vier wieder deutlich hören konnte, war die Entscheidung gegen die Blonde schon gefallen. *»... stürzen wir uns also auf das Steak ...«* Morse schaltete das Radio aus. »Halt die Klappe, du Vollidiot!«, sagte er laut, erhob sich aus dem Bett, zog sich an und wählte unten am Telefon die Zeitansage. »Beim nächsten Gongschlag ist es 11 Uhr – 28 Minuten – und 40 Sekunden.« Eine nette Stimme. Er hatte seit mehr als vierundzwanzig Stunden nichts gegessen, aber Steak und Pommes frites rangierten auf der Skala seiner Triebwünsche ganz weit unten.

Ohne sich erst zu rasieren, ging er zum *Fletcher's Arms,* wo er die »frisch geschnittenen« Schinkensandwiches unter der Plastikabdeckung misstrauisch beäugte, und bestellte sich ein Glas Bitter. Bis Viertel vor eins hatte er vier Pint intus und spürte eine angenehme Mattigkeit in den Gliedern. Er ging langsam nach Hause und ließ sich voll angekleidet aufs Bett fallen. So ließ es sich leben!

Als er nachmittags um zwanzig nach fünf wach wurde, fühlte er sich lausig. War dies nun das Ende der Jugend oder der Anfang des Alters?

Um sechs saß er in seinem Büro und räumte erst einmal den Schreibtisch auf. Es lagen einige Nachrichten für ihn da, und eine nach der anderen wanderte in den Posteingangskorb, der noch nie ganz leer gewesen war und es auch nie sein würde. Auf dem Telefonblock stand »01–787/24 392 bitte zurückrufen«. Morse sah in der Liste nach und las, dass 787 die Vorwahl für Stoke Newington war. Er wählte die Nummer.

»Hallo?« Die Stimme war ausgesprochen sexy.

»Ah. Hier Morse. Ich fand hier Ihre Nummer vor. Äh … kann ich Ihnen helfen?«

»Oh, Inspector«, die Stimme klang wirklich aufregend, »das war gestern, als ich versuchte, Sie zu erreichen, aber egal – ich bin froh, dass Sie anrufen.« Sie sprach langsam und etwas gedehnt. »Ich wollte nur mal nachfragen, ob Sie mich vielleicht noch einmal sehen wollen – um eine Aussage aufzunehmen oder so etwas? Ich dachte, Sie kommen vielleicht noch einmal vorbei …«

»Das ist sehr freundlich von Ihnen, Miss … äh, Yvonne. Aber was jetzt noch zu tun ist, erledigt ein Kollege von mir, Chief Inspector Rogers. Aber Sie haben ganz richtig angenommen – wir brauchen tatsächlich noch eine schriftliche Aussage von Ihnen.«

»Ist er nett, dieser andere Inspector?«

»Ich bin netter.«

»Ich will Ihnen das ausnahmsweise mal glauben. Aber

dann – dann sehe ich Sie ja jetzt gar nicht mehr wieder. Schade.«

»Ja, das finde ich auch«, erwiderte Morse. Es war nicht nur so dahingesagt.

»Na, dann auf Wiedersehen. Es hat Ihnen doch nichts ausgemacht, mich anzurufen, oder?«

»Nein, natürlich nicht. Ich habe mich gefreut, Ihre Stimme zu hören.«

»Und wenn Sie wieder mal in London sind, dann müssen Sie mich unbedingt besuchen.«

»Ja, das werde ich tun«, log Morse.

»Ich würde Sie wirklich gerne noch einmal wiedersehen.«

»Ja, ich Sie auch.«

»Meine Adresse haben Sie doch, oder?«

»Ja.«

»Und schreiben Sie sich meine Telefonnummer auf!«

»Ja, äh, das werde ich tun.«

»Dann auf Wiedersehen. Hoffentlich bis bald.« Aus dem Ton ihrer Stimme schloss er, dass sie auf dem Bett lag, sich mit den Händen über ihren geschmeidigen Körper fuhr ... und er hätte nichts weiter zu sagen brauchen als »Ja, ich komme«. London war gar nicht weit, und es war noch relativ früh am Abend. Er sah sie vor sich, wie sie ihm an dem Abend die Tür geöffnet hatte: im blassgrünen Pyjama, dessen oberster Knopf offen stand.

»Auf Wiedersehen«, sagte er traurig.

Er ging in die Kantine und bestellte sich einen schwarzen Kaffee.

»Ich dachte, Sie wollten mal einen Tag freimachen«, sagte hinter ihm eine Stimme.

»Und was treibt Sie hierher, Lewis?«

»Ich habe angerufen, und man sagte mir, dass Sie hier seien.«

»Haben Sie es zu Hause nicht mehr ausgehalten?«

»Nein, meine bessere Hälfte sagt, ich sei ihr ständig im Weg.«

Sie setzten sich zusammen an einen Tisch. »Und wie geht es jetzt weiter?«, fragte Lewis.

Morse hob ratlos die Schultern. »Ich weiß es nicht.«

»Würden Sie mir eine Frage beantworten, Sir?«

»Wenn ich kann.«

»Haben Sie irgendeine Idee, wer Baines nun umgebracht hat?«

Morse rührte nachdenklich in seinem Kaffee. »Und Sie?«

»Das Problem ist, dass wir fast alle Verdächtigen inzwischen ausgeschieden haben. Es sind ja kaum noch welche übrig.«

»Wir sind noch nicht am Ende«, sagte Morse mit plötzlich wiedererwachender Energie. »Wir sind zwischendurch ein bisschen in die Irre gegangen und haben eine Zeit lang nicht mehr gewusst, wo die Straße nun eigentlich hinführte, aber …« Er hielt inne und blickte aus dem Fenster. Draußen fegte gerade ein Windstoß die letzten Blätter von den Bäumen.

»Aber was, Sir?«

»Irgendjemand hat einmal gesagt, dass das Ende der Anfang sei.«

»Das finde ich aber keine sehr hilfreiche Bemerkung.«

»Doch, doch. Sehen Sie, Lewis, wir kennen den Anfang.«

»Wirklich?«

»O ja. Wir wissen, dass Phillipson und Valerie Taylor eine Nacht miteinander verbracht haben und dass er, als er Schulleiter an der Roger-Bacon-Schule wurde, entdeckte, dass sie seine Schülerin war. Damit fing alles an. Das kann uns als Information genügen. Wir brauchen uns gar nicht weiter umzusehen.«

»Sie meinen, Phillipson?«

»Ja. Er oder sie.«

»Aber Sie glauben doch nicht …«

»Sie kommen beide infrage. Sie hatten beide dasselbe Motiv und auch beide die Möglichkeit.«

»Und wie gehen wir es an?«

»Sie gehen es an, Lewis. Ich überlasse diese Sache ganz Ihnen.«

»Oh!«

»Aber vielleicht wollen Sie meinen Rat?« Morse grinste schwach. »Ganz schön unverschämt von mir, Ihnen nach alldem noch meinen Rat anzubieten?«

»Ich bin dafür immer dankbar«, sagte Lewis. »Das wissen Sie doch.«

»Na gut. Also, hier ist ein Rätsel für Sie. Bäume gibts im Wald, Tote auf einem Schlachtfeld. Und wo gibt es große Fleischmesser?«

»In einem Eisenwarenladen?«

»Da haben sie nur neue. Aber wo findet man ein altes, gebrauchtes, das schon so lange benutzt wird, dass die Klinge inzwischen ganz dünn geworden ist?«

»In einer Fleischerei?«

»Schon besser. Aber auf einen Fleischer sind wir bei unseren Nachforschungen bisher noch nicht gestoßen, oder?«

»Dann in einer Küche?«

»Sehr gut. Aber welche Küche?«

»Phillipsons?«

»Die haben bestimmt nur ein langes Fleischmesser. Das würde also auffallen, wenn es fehlte.«

»Vielleicht ist es aufgefallen.«

»Ich glaube nicht, obwohl Sie das natürlich überprüfen müssen. Nein, Sie müssen Ausschau halten nach einem Ort, wo täglich viele große Messer in Gebrauch sind, wo man gar nicht merken würde, wenn eines weniger da wäre. Nun kommen Sie schon, Lewis, strengen Sie ein bisschen Ihre Fantasie an. Viele Frauen mit weißen Tüchern um die Köpfe, die Kartoffeln schälen, Gemüse putzen, Fleisch schneiden ...«

»Die Küche der Roger-Bacon-Gesamtschule«, sagte Lewis langsam.

Morse nickte. »Wäre doch möglich, oder?«

»Ja«, sagte Lewis gedehnt. Er dachte einen Moment nach und nickte dann. Ja, das wäre durchaus möglich. »Aber Sie sagten eben, dass Sie mir diese Sache überlassen wollten. Und was ist mit Ihnen?«

»Es gibt bei diesem Fall noch einen anderen Aspekt, und um den werde ich mich kümmern.«

»Was ist das für ein Aspekt?«

»Wie ich Ihnen eben schon erklärt habe, Lewis, wir beschäftigen uns jetzt mit dem Anfang: Phillipson und Valerie Taylor. Sie mit der einen Hälfte, ich mit der anderen.«

»Sie meinen ...?« Aber tatsächlich hatte Lewis keinen blassen Schimmer.

Morse stand auf »Ja. Sie versuchen Ihr Glück bei Phillipson, und ich werde alles daransetzen, Valerie Taylor ausfindig zu machen.« Er bedachte Lewis mit einem entwaffnenden Lächeln. »Wo würden Sie vorschlagen, dass ich mit der Suche beginnen soll?«

Lewis hatte sich ebenfalls erhoben. »Ich habe immer angenommen, sie sei in London, Sir. Das wissen Sie ja. Ich glaube, dass sie einfach Lust bekommen hat ...«

Aber Morse hörte ihm schon gar nicht mehr zu. Er fühlte, wie ihm eine Gänsehaut über den Rücken lief. Mit einem fast übermütigen Blick sah er den Sergeant an und sagte: »Warum nicht, Lewis? Wer weiß?«

Er ging zurück in sein Büro und wählte ihre Nummer. Schließlich – sie hatte ihn ja so gut wie eingeladen, oder?

39

*Die einzige Möglichkeit, die ich kenne,
einen Zug zu erreichen, ist,
den davor zu verpassen*
G. K. Chesterton

Mami?«, fragte Alison und sah ihre Mutter mit ernstem Gesicht an, während diese um acht die Bettdecke um sie herum feststopfte.

»Ja, Liebling?«

»Kommt der Polizist, wenn Papi zurück ist, noch einmal wieder?«

»Das glaube ich nicht, Schatz, aber mach du dir darüber mal keine Gedanken.«

»Papi kommt doch wirklich zurück? Er ist nicht im Gefängnis, oder?«

»Nein, natürlich nicht, du kleines Dummerchen. In ein paar Stunden ist er wieder da. Ich werde ihm sagen, dass er noch bei dir hereinschaut und dir einen Gutenachtkuss geben soll.«

Alison schwieg einen Moment. »Mami, er hat doch nichts Schlimmes gemacht, oder?«

»Nein, Kleines, natürlich nicht.«

Alison runzelte die Stirn und dachte angestrengt nach. Dann blickte sie zu ihrer Mutter hoch: »Aber selbst wenn er etwas Schlimmes gemacht hätte, mein Papi bleibt er trotzdem.«

»Ja, sicher doch.«

»Und wir würden ihm verzeihen, oder?«

»Ja, mein Liebling, natürlich ... und du versprichst, dass du mir auch verzeihen würdest, wenn ich etwas Falsches täte, ja?«

291

»Ganz bestimmt, Mami. Der liebe Gott verzeiht auch allen. Und meine Lehrerin sagt, dass wir uns anstrengen sollen, dass wir alle genauso werden wie er.«

Mrs Phillipson ging langsam mit von Tränen verschleierten Augen die Treppe hinunter.

Morse ließ den Lancia zu Hause stehen und ging zu Fuß von Nord-Oxford zum Bahnhof. Er brauchte fast eine Stunde und überlegte unterwegs, warum er sich dazu entschlossen hatte; aber er hatte jetzt ein gutes, klares Gefühl im Kopf, und die ungewohnte Bewegung tat ihm gut. Um zwanzig nach acht stand er vor der Bahnhofsgaststätte und sah sich um. Es war dunkel, aber genau gegenüber beleuchteten die Straßenlaternen die ersten Häuser in der Kempis Street. So nah! Er hatte bisher nicht realisiert, dass der Bahnhof wirklich nur einen Katzensprung entfernt war. Keine hundert Yards – höchstens. Ein oder zwei Sekunden stand er ganz still und spürte das vertraute Kribbeln in den Nervenenden. Er wollte den 20.35-Uhr-Zug nehmen, genau den, den Phillipson in jener schicksalhaften Nacht *nicht* genommen hatte ... Ankunft in Paddington 21.40 Uhr. Von dort ein Taxi ... ja, mit etwas Glück konnte er gegen Viertel nach zehn da sein.

Er kaufte eine Erster-Klasse-Fahrkarte und ging an der Sperre vorbei auf Bahnsteig eins. In dem Moment verkündete der Lautsprecher von oben: »Der Zug, der jetzt Einfahrt hat auf Gleis eins über Reading nach Paddington ...« Aber Morse hörte nicht hin.

Er ließ sich im Polster zurücksinken und schloss die Augen. Idiot! Idiot! In Wahrheit war doch alles so einfach. Lewis hatte den Stapel Schulbücher in dem Abstellraum in der Schule gefunden und versichert, obendrauf sei kein Staub gewesen; und er hatte nichts Besseres zu tun gehabt, als seinen getreuen Sergeant anzuschnauzen. Selbstverständlich war obendrauf kein Staub gewesen! Jemand hatte das oberste Schulheft von diesem Stapel vorher weggenommen; und auf diesem Heft hatte zweifellos dick Staub gelegen. Das konnte nicht lange her gewesen sein; denn auf dem Buch, das jetzt oben lag, hatte sich ja noch kein neuer Staub sammeln können, als Lewis es von dort wegnahm. Jemand. Ja, ein Jemand namens Baines, der das Heft zu Hause gründlich studierte – aber nicht, weil er einen Brief in Valeries Handschrift fälschen wollte. Das anzunehmen, war einer seiner folgenschwersten Irrtümer gewesen. Es musste auf die Frage, warum Baines diesen Brief an Valeries Eltern geschrieben hatte, eine ganz einfache Antwort geben, so einfach, dass er sie bisher nicht sehen konnte. Die Antwort war: Baines hatte ihn gar nicht geschrieben. Mr und Mrs Taylor hatten den Brief am Mittwochmorgen erhalten und waren im Zweifel gewesen, ob sie ihn zur Polizei bringen sollten – George Taylor selbst hatte ihm genau das gesagt. Und warum den Brief nicht einfach zur Polizei bringen? Offenkundig, weil sie nicht entscheiden konnten, ob er von Valerie stammte oder nicht. Es konnte ja auch ein böser Streich sein. Sicherlich hatte Mrs Taylor dann, um Klarheit zu gewinnen, den Brief erst einmal zu Baines gebracht; und der war dann so schlau gewesen, sich ein altes Heft von Valerie aus der Schule zu besorgen, hatte selbst Schriftproben angefertigt und dabei so genau wie möglich Valeries Stil und Form nachgemacht. Dann hatte er Valeries Brief mit den Produkten seiner eigenen Anstrengung verglichen und sich Mrs Taylor gegenüber in dem Sinne geäußert, dass der Brief, seiner Meinung nach jedenfalls, vollkommen echt sei. Ja, so musste es sich zugetragen haben. Aber da war noch etwas anderes. Die logische Folgerung aus diesem allen war, dass Mr und Mrs Taylor überhaupt keine Ahnung hatten, wo Valerie war. Sie hatten mehr als zwei Jahre nichts von ihr gehört. Und wenn beide durch den Brief tatsächlich verwirrt gewesen waren, dann gab es nur einen unausweichlichen Schluss: Die Taylors waren völlig unschuldig. Weiter, Morse! Weiter! Die Puzzlestücke fielen jetzt ganz leicht an die Stellen, wo sie hingehörten. Weiter! Wenn diese Hypothese stimmte, war Valerie mit überaus großer Wahrscheinlichkeit am Leben und hatte den Brief selbst geschrieben. So wie es Peters gesagt hatte. So wie es Lewis gesagt hatte. So wie es alle außer Morse gesagt hatten. Und seit gestern hielt er ein weiteres Beweismittel in der Hand. Acum hatte es ihm gegeben: Valerie hätte immer den Ausdruck »okay« benutzt. Und tatsächlich: In dem Brief tauchte dieser Ausdruck auch auf. (*Liebe Mami, lieber Papi, nur damit ihr Bescheid wisst, dass ich gesund bin, und euch keine Sorgen macht. Es tut mir leid, dass ich euch nicht eher geschrieben habe, aber bei mir ist alles okay.*)

Und Ainley (der arme alte Ainley) hatte es genau gewusst, dass sie lebte. Nicht nur das – er hatte sie tatsächlich gefunden. Morse war da inzwischen ganz sicher. Mindestens hatte er herausbekommen, wo sie zu finden war. Der langweilige, gründliche alte Ainley! Ein verdammt besserer Polizist, als er selbst je sein würde. (Hatte Strange nicht genau das gesagt, ganz zu Anfang, als er ihm den Fall übergab?) Valerie hatte das Ausmaß dessen, was sie mit ihrem Verschwinden anrichtete, nicht ahnen können. Es verschwanden ja Hunderte jährlich. Hunderte. Aber hatte sie sich jetzt auf einmal eines anderen besonnen, so lange danach? Hatte Ainley sie getroffen und es ihr gesagt? Das erschien ihm jetzt sehr wahrscheinlich, denn es war ja genau der Tag nach Ainleys Londonreise, dass sie sich hingesetzt und zum allerersten Mal an ihre Eltern geschrieben hatte. Das war das ganze Geheimnis dieses blöden Briefchens! Und er hatte sich ins Zeug gelegt. O Gott! Was hatte er für ein Theater um jede banale Kleinigkeit gemacht!

Der Zug hatte das Weichbild von London erreicht, und Morse ging auf den Gang hinaus und zündete sich eine Zigarette an. Eins war ihm jetzt noch nicht klar. Dieser Gedanke, der ihm vorhin durch den Kopf geschossen war, als er draußen vor der Bahnhofsgaststätte gestanden und zur Kempis Street hinübergeschaut hatte. Aber er würde bald Klarheit haben, über *alles* Klarheit haben.

40

*Denn lang schon waren sie und ich vertraut
Und alle ihre Eigenarten mir bekannt*
A. E. Housman, Letzte Gedichte

Es war kurz nach halb elf, als er den Fahrer bezahlte. Das Taxi war teurer gewesen als die Rückfahrkarte erster Klasse nach London. Unten in dem Apartmenthaus fand er links den Aufzug zu den Stockwerken mit gerader Zahl, der zu den ungeraden war rechts. Die Etage hatte er nicht vergessen. Natürlich nicht. Sie strahlte. In dem dünnen schwarzen Pullover, sie trug keinen BH, sah sie unwiderstehlich aus. Ihr langer schwarzer Rock war seitlich hoch geschlitzt und ließ einen in sublimer Ungewissheit, was sie darunter trug. Ihr Mund glänzte verführerisch wie beim letzten Mal ... die feuchten, halb geöffneten Lippen und die schimmernd weißen Zähne.

»Was möchten Sie trinken, Inspector? Whisky? Gin?«

»Einen Whisky, bitte.«

Sie verschwand in der Küche, und Morse stand mit wenigen schnellen Schritten vor einem schmalen Bücherregal, das sich neben einem Lederdiwan befand. Mit raschem Griff nahm er die Bücher eins nach dem anderen heraus, schlug das Titelblatt auf und stellte sie wieder zurück. Nur einen grünen Band hielt er einen Augenblick lang in der Hand, auf seinem Gesicht einen Ausdruck von Befriedigung, wenn nicht Überraschung, legte dann aber auch ihn beiseite.

Als sie aus der Küche zurückkam, in der Hand ein großes Glas Whisky, hatte er sich bereits auf den Diwan gesetzt. Sie setzte sich zu ihm.

»Und Sie trinken gar nichts?«

Sie sah ihn an und flüsterte, ohne den Blick abzuwenden:

»Gleich«, steckte ihren Arm durch seinen und streichelte mit den Fingerspitzen sanft sein Handgelenk.

Er nahm ihre Hand, und einen süßen Moment lang durchzuckte ihn ein Stromstoß, es war, als ob seine Schläfen vibrierten. Er blickte auf die langen, schlanken Finger ihrer linken Hand und sah, dass sie an der Wurzel des Zeigefingers eine kleine Narbe hatte – in dem Bericht des Hausarztes über Valerie hatte gestanden, dass sie sich, als sie vierzehn war, eine tiefe Schnittwunde am Zeigefinger ihrer linken Hand zugezogen hatte.

»Ich würde dich gerne mit deinem Vornamen anreden«, bemerkte sie. »Ich kann doch nicht den ganzen Abend Inspector zu dir sagen.«

»Ach«, sagte Morse, »das ist komisch, aber es gibt eigentlich niemanden, der mich bei meinem Vornamen nennt.«

Sie küsste ihn leicht auf die Wange, und ihre Hand fuhr über seinen Oberschenkel. »Ist ja nicht so wichtig«, sagte sie. »Aber falls es daran liegt, dass er dir nicht gefällt, dann tausche ihn doch einfach aus, das ist ja nicht verboten.«

»Ja, das stimmt. Wenn ich wollte, könnte ich meinen Namen ändern. Du hast das ja schließlich auch getan.«

Sie setzte sich aufrecht hin und zog ihre Hand weg. »Was soll das heißen?«

»Letztes Mal, als ich hier war, hast du mir erzählt, dein Vorname sei Yvonne. Aber so heißt du nicht wirklich. Oder willst du das vielleicht abstreiten – Valerie?«

»Valerie? Hältst du mich etwa ...« Es gelang ihr nicht, den Satz zu Ende zu bringen. Sie war völlig perplex. Sie stand auf. »Jetzt hören Sie mir mal zu, Mr Morse, oder wie immer Sie sonst heißen mögen, mein Name ist Yvonne Baker, und wenn das heute Abend mit uns noch etwas werden soll, dann ist es besser, dass Sie sich das jetzt gleich merken. Ein für alle Mal. Falls Sie mir nicht glauben, können Sie ja bei meiner Freundin ein Stockwerk tiefer anrufen. Joyce kennt mich schon, seit wir zusammen zur Schule gegangen sind ...«

»Ich muss niemanden anrufen«, sagte Morse. »Aber vielleicht solltest du deine Freundin anrufen, vielleicht kannst du Unterstützung gebrauchen.«

Sie kniff wütend die Augen zusammen, und die Schönheit ihres Gesichts war auf einmal wie weggewischt. Abrupt drehte sie sich um und ging zum Telefon, wählte eine Nummer.

Morse lehnte sich zurück und nahm zufrieden einen Schluck von seinem Whisky. Ihre Freundin schien nicht da zu sein, sie ließ das Telefon klingeln, doch es hob keiner ab. Schließlich gab sie auf und kam zu ihm zurück. Er beugte sich zur Seite, griff in das Bücherregal und zog eine gebundene Ausgabe von *Jane Eyre* hervor und schlug sie auf. Auf der Rückseite des Deckels klebte ein kleines Schildchen mit der Aufschrift Roger-Bacon-Gesamtschule. Ein Ausleihzettel. Ganz unten stand der Name Valerie Taylor, darüber die Namen der beiden Mädchen, die das Buch vor ihr benutzt hatten.

Angela Lowe   5C
MaryAnn Baldwin   5B
Valerie Taylor   5C

Er reichte ihr das Buch hinüber. »Nun?«

Sie sah ihn genervt an. »Nun was?«

»Gehört das Ihnen?«

»Nein, das tut es nicht. Sie sehen doch, dass der Name von Valerie drinsteht. Sie hat es mir geliehen, als wir zusammen in der Klinik waren. Sie hatte es wegen ihrer Englischprüfung ausgeliehen, und sie dachte, es würde mir vielleicht Spaß machen, es zu lesen. Aber irgendwie bin ich nie dazu gekommen, und ich habe einfach vergessen, es ihr wieder zurückzugeben.«

»Das ist also Ihre Geschichte.«

»Es ist keine Geschichte. Es ist die Wahrheit. Ich weiß überhaupt nicht …«

»Was hat dir denn zu Hause nicht gefallen, Valerie? Hast du Ärger …«

»O Gott. Können Sie nicht endlich damit aufhören? Ich bin nicht Valerie! Das kann ich sogar beweisen. Ich ... ich ... ich weiß nur einfach nicht, wo ich überhaupt anfangen soll. Also, Sie können meine Eltern fragen, die wohnen in Uxbridge. Ich kann sie anrufen, oder vielleicht ist es auch besser, wenn Sie das selbst tun. Ich ...«

»Ich kenne deine Eltern. Ich kann bis zu einem gewissen Grade auch verstehen, dass du von zu Hause fortwolltest. Aber du hättest ihnen eine Nachricht hinterlassen sollen. Und als du dann endlich etwas von dir hast hören lassen, da lag das doch auch nur daran, dass Ainley dich ausfindig gemacht hatte ...«

»Was reden Sie denn da? Wer ist Ainley? Ich habe noch nie in meinem Leben von ihm gehört!« Ihre Stimme war immer lauter und schriller geworden, bis sie sich fast überschlug. Doch plötzlich ließ sie sich kraftlos, als sei sie des Kampfes müde, zurücksinken und sagte mit kleiner Stimme: »Also gut, Inspector. Vielleicht ist es das Beste, wenn ich Sie einfach mal Ihre Geschichte erzählen lasse.«

»Nach Ainleys Besuch schriebst du also nach Hause«, fuhr Morse fort, »du hattest dir bisher überhaupt nicht klargemacht, was für einen fürchterlichen Aufstand dein Verschwinden verursachen würde. Ainley fand dich, aber er kam noch am selben Tag um. Er wurde auf der Rückfahrt nach Oxford bei einem Autounfall getötet.«

»Entschuldigen Sie, dass ich Sie unterbreche, Inspector«, sagte sie nicht unfreundlich. »Aber wann soll denn Ihrer Meinung nach meine Verwandlung in Yvonne Baker eigentlich stattgefunden haben?« Ihre Stimme war auf einmal ganz ruhig.

»Yvonne und du – ihr lagt zusammen auf demselben Zimmer in der Abtreibungsklinik. Vermutlich hat sie dir diese Idee in den Kopf gesetzt. Ich könnte mir gut vorstellen, dass sie eines dieser reichen, verwöhnten Mädchen ist, die im Anschluss an einen Klinikaufenthalt erst mal einen längeren Erholungsurlaub in der Schweiz antreten. Sie hat dir so imponiert, warum solltest du da nicht ihren Namen annehmen? Du hofftest darauf, ein ganz anderes Leben anfangen zu können. Zu verlieren hattest du schließlich nichts. Es stand für dich fest, dass du nicht wieder nach Hause zurückkehren würdest, komme, was da wolle. Die Beziehung zu deiner Mutter war ohnehin nicht die beste. Ihr saht euch immer nur kurz, wenn du mittags zum Essen nach Hause kamst – ihr einziges Interesse galt dem Bingo, dem Alkohol und, nicht zu vergessen, den Männern. Und dann dein Stiefvater. Nicht gerade besonders klug, aber ein netter Kerl. Bis er anfing, sich für dich als Frau zu interessieren. Das konnte deiner Mutter, trotz ihrer häufigen Abwesenheit, nicht lange verborgen bleiben, und als du schwanger wurdest, keimte in ihr ein schrecklicher Verdacht. Sie beschuldigte dich, dass du mit ihm geschlafen hättest, und das war für dich vermutlich der Tropfen, der das Fass zum Überlaufen brachte. Du hattest nur noch den einen Wunsch, die schrecklichen Verhältnisse hinter dir zu lassen, und du machtest dich daran, diesen Wunsch in die Tat umzusetzen. Zum Glück gab es jemanden, der bereit war, dir zu helfen – deinen Direktor. Wir brauchen die alte Geschichte jetzt nicht wieder hochzuholen – du weißt, wovon ich spreche. Er war jemand, auf den du dich verlassen konntest. Immer. Er besorgte dir einen Platz in der Klinik und gab dir auch das Geld, um den Aufenthalt zu bezahlen. Du hattest vermutlich am Montag vor deinem ›Verschwinden‹ einen Koffer mit den nötigsten Sachen gepackt und ihm schon gegeben, damit er ihn ins Auto legte. Und dann am Dienstag wartete er auf dich, und nachdem du zu Hause Mittag gegessen hattest – zum letzten Mal! –, stiegst du bei ihm ein, und er fuhr dich zum Bahnhof. In einer kleinen Tasche hattest du ein anderes Kleid dabei, vielleicht auch andere Schuhe, sodass du dich im Zug umziehen und die Schuluniform loswerden konntest. Soll ich noch weitererzählen?«

»Ja, bitte. Ich finde es richtig spannend.«

»Du musst sagen, wenn etwas nicht stimmt.«

»Aber ...« Sie gab es auf und schüttelte nur leicht den Kopf.

»Über das Folgende kann ich nur Vermutungen anstellen«, fuhr Morse fort. »Aber ich denke, dass Yvonne dir behilflich war, einen Job zu bekommen – vielleicht in irgendeinem schicken Geschäft im Westend. Dass der neue Jahrgang der Schulabgänger noch nicht da war, erleichterte die Sache vermutlich. Trotzdem wirst du wahrscheinlich eine Referenz oder so etwas gebraucht haben, aber deswegen konntest du dich auch wieder an Phillipson wenden. Eine Steuerkarte und dergleichen wurde von dir nicht verlangt, es war ja deine erste Stelle.«

Morse wandte sich zur Seite und blickte auf das elegante Geschöpf neben sich. Wenn sie jetzt nach Kidlington zurückkehrte, würde kaum ein Mensch dort sie wiedererkennen. Sie hatten sie doch alle noch in Erinnerung, wie sie als Schulmädchen ausgesehen hatte, mit roten Stutzen und weißer Bluse.

»Sind Sie jetzt fertig?«, fragte sie ruhig.

Morse' Antwort war brüsk. »Nein, noch nicht ganz«, sagte er. »Wo warst du am letzten Montagabend?«

»Ich möchte wissen, was Sie das angeht.«

»Welchen Zug hast du genommen an dem Abend, als Baines getötet wurde?«

Sie sah ihn völlig verständnislos an. »Was für einen Zug? Ich bin schon seit Ewigkeiten ...«

»Willst du etwa leugnen, dass du hingefahren bist?«

»Wohin denn überhaupt?«

»Das weißt du doch selbst am besten. Vermutlich war es der 20.15 von Paddington, dann wirst du gegen 21.30 Uhr in Oxford gewesen sein.«

»Sie müssen verrückt sein. Ich war letzten Montagabend in Hammersmith.«

»Wo?«

»In Hammersmith. Da bin ich montagabends immer.«

»Und was machst du da?«

»Müssen Sie das wirklich wissen?« Sie seufzte und zuckte

die Achseln. »Wenn Sie darauf bestehen – also, ich gehe da zu einer Art Party.«

»Um wie viel Uhr bist du da gewesen?«

»Es fängt immer so gegen neun an.«

»Und du bist letzten Montagabend auch da gewesen?«

Sie nickte heftig.

»Und du bist dort jeden Montag?«

»Ja.«

»Und warum dann nicht heute?«

»Ich ... nun, ich dachte ... als Sie anriefen ...« Sie sah ihn traurig an. »Ich hatte mir das Wiedersehen mit Ihnen anders vorgestellt.«

»Um welche Zeit sind diese Partys gewöhnlich beendet?«

»Gar nicht.«

»Du meinst, du bleibst die ganze Nacht dort?«

Sie nickte.

»Also Sexpartys?«

»So könnte man sagen.«

»Ja oder nein?«

»Na, Sie wissen schon, das Übliche eben: zuerst Filme ...«

»Pornofilme?«

Sie nickte wieder.

»Und dann?«

»Nun hören Sie doch schon auf, oder wollen Sie sich unbedingt quälen?«

Sie hatte ihn hellsichtig durchschaut, und er fühlte sich elend und verlegen. Er stand auf und sah sich suchend nach seinem Mantel um. »Ihnen ist hoffentlich klar, dass ich die Adresse brauche.«

»Aber das geht nicht. Ich ...«

»Keine Sorge«, sagte Morse müde. »Ich werde nicht neugieriger sein als unbedingt nötig.« Er ließ seinen Blick im Zimmer umherwandern. Die teuren Teppiche ... die Möbel ... sie musste eine Menge Geld verdienen. Er wusste ja nun, wie. Und er fragte sich, ob ihr das Geld wirklich eine

Entschädigung sein konnte für die unerfüllten Wünsche, die Enttäuschungen, die sie doch vermutlich genauso mit sich herumtrug wie er auch. Aber vielleicht waren sie beide ja auch ganz verschieden. Vielleicht war es nicht möglich, so zu leben wie sie, ohne dass man bestimmte Gefühle rigoros beiseiteschob, bis man sie gar nicht mehr wahrnahm oder bis sie aufhörten zu existieren.

Er blickte zu ihr hinüber. Sie saß vor einem kleinen Sekretär und notierte etwas, vermutlich die Adresse dieses Puffs in Hammersmith. Aber brauchte er sie wirklich? Er wusste doch auch so, dass es stimmte, dass sie an dem Abend tatsächlich dort gewesen war: auf dem Schoß irgendeines reichen geilen älteren Mannes, der, während er sich an irgendeinem schmutzigen Film delektierte, lüstern an ihr herumfummelte. Na und? Was war er denn anderes als genau dies: ein geiler älterer Mann. Obwohl – vielleicht auch schon noch etwas mehr. Ganz war er den Empfindungen seiner jungen Jahre nicht untreu geworden.

Sie kam auf ihn zu, und einen Moment lang fand er sie wieder atemberaubend schön. »Ich bin sehr geduldig gewesen mit Ihnen, Inspector, finden Sie nicht auch?«

»Geduldig, ja, so könnte man es vielleicht nennen. Wenn auch nicht gerade besonders kooperativ.«

»Darf ich Sie jetzt auch mal etwas fragen?«

»Bitte.«

»Wollen Sie heute Abend mit mir schlafen?«

Morse spürte, wie sein Mund trocken wurde. »Nein.«

»Sind Sie sich da ganz sicher?«

»Ja.«

»Na schön.« Ihre Stimme klang jetzt energisch. »Dann werde ich jetzt zum Schluss wenigstens noch meine Kooperationsbereitschaft unter Beweis stellen.« Sie gab ihm einen Zettel, auf dem sie zwei Telefonnummern notiert hatte. »Die erste ist die Nummer meines Vaters. Er müsste auf jeden Fall jetzt zu Hause sein. Vermutlich liegt er schon im Bett. Aber das macht nichts. Die andere ist die Nummer der Wilsons von unten. Wie ich Ihnen schon sagte, sind Joyce und ich zusammen zur Schule gegangen. Ich möchte Sie bitten, die beiden Nummern anzurufen.«

Morse nahm den Zettel und schwieg.

»Dann habe ich noch das hier.« Sie gab ihm einen Pass. »Er ist abgelaufen. Ich habe ihn nur einmal gebraucht, als ich im Juni vor drei Jahren in die Schweiz gefahren bin.«

Mit einem Stirnrunzeln schlug Morse den Pass auf und blickte in das lächelnde Gesicht von Miss Yvonne Baker. Vor drei Jahren im Juni ... da war Valerie noch in Kidlington zur Schule gegangen. Das war ein ganzes Jahr, bevor sie ... Morse zog sich seinen Mantel aus und setzte sich wieder auf den Diwan. »Ich weiß, ich habe es nicht verdient, aber würden Sie mir trotzdem noch einen Whisky einschenken? Einen großen, wenns geht?«

Auf dem Bahnhof Paddington erfuhr er, dass der letzte Zug nach Oxford vor einer halben Stunde abgefahren war. Er ging in den tristen Warteraum, legte sich auf eine der Bänke und schlief sofort ein.

Um halb vier wurde er unsanft an der Schulter gerüttelt. Als er sich schlaftrunken aufsetzte, sah er vor sich einen bärtigen Wachtmeister stehen.

»Es ist verboten, hier zu schlafen, Sir. Ich muss Sie bitten, woanders hinzugehen.«

»Sie werden einem müden Mann doch nicht verwehren, sich ein bisschen hinzulegen?«

Er hatte nicht übel Lust, dem Constable seinen Dienstausweis zu zeigen. Aber inzwischen wurden auf den umliegenden Bänken die anderen Schläfer ebenfalls geweckt, und er hätte sich geschämt, für sich eine Sonderbehandlung zu reklamieren.

»Alles okay, Officer, ich gehe schon.« O Gott. *Alles okay,* genau das hätte Valerie Taylor jetzt auch gesagt. Er schob den

Gedanken an sie beiseite und verließ mit müden Schritten das Bahnhofsgebäude. Er hoffte, dass sie ihn auf Marylebone in Ruhe lassen würden. Vielleicht hatte er ja ein bisschen Glück ... er konnte es dringend gebrauchen.

41

Spricht Pilatus zu ihm:
Was ist Wahrheit?
Johannes, 18,38

Donald Phillipson machte sich große Sorgen. Der Sergeant war ausgesprochen korrekt gewesen, natürlich, sogar höflich; hatte von »Routineuntersuchungen« gesprochen, das sei alles. Aber ihm war nicht wohl dabei, dass die Polizei ihm so nahe rückte. Ob ein Messer in der Schulkantine fehlte – völlig verständlich, da nachzusehen. Aber in seiner eigenen Küche! Es überraschte ihn nicht einmal sehr, dass er des Mordes für verdächtig gehalten wurde. Aber Sheila! Er konnte nicht mit ihr darüber reden, und falls sie davon anfinge, müsste er ihr ausweichen. Das Thema Valerie Taylor und dann der Mord an Baines lagen zwischen ihnen wie Niemandsland, isoliert, eingegrenzt und unbetretbar. Wie viel wusste Sheila? Hatte sie herausbekommen, dass Baines ihn erpresst hatte? Ahnte sie etwa auch den beschämenden Grund dafür? Hatte Baines ihr selbst gar einen Hinweis gegeben? Baines! Gott lasse seine Seele verrotten! Aber was Sheila in der Mordnacht auch getan hatte oder vorgehabt hatte zu tun, es hatte überhaupt keine Bedeutung, und er wollte auch gar nichts davon wissen. Von welcher Seite man es auch ansah – er, Donald Phillipson, trug die Schuld an Baines' Ermordung.

Es kam ihm so vor, als ob die Wände des kleinen Büros sich allmählich immer enger um ihn schlössen. Der zunehmende

Druck der vergangenen drei Jahre hatte sich auf ein unerträgliches Maß gesteigert; er hatte sich zu tief verstrickt in dieses Gespinst aus Heuchelei und Täuschung. Wenn er nicht den Verstand verlieren wollte, musste er irgendetwas tun; etwas, womit er für seine Torheit und Sünde büßen konnte. Wieder musste er an Sheila und die Kinder denken.

Konnte er ihnen überhaupt noch ins Gesicht sehen? Unablässig tanzten seine Gedanken um einen Punkt. Von welcher Seite man es auch ansah – er ganz allein trug die Schuld an Baines' Ermordung.

Der Vormittagsunterricht war gleich zu Ende, und Mrs Webb räumte gerade ihren Schreibtisch auf, als er durch das Vorzimmer kam.

»Heute Nachmittag bin ich nicht da, Mrs Webb.«

»Ich weiß, Sir, dienstagnachmittags haben Sie ja dienstfrei.«

»Ah, nein – ach, richtig, wir haben ja Dienstag, äh ... ich hatte das einen Moment vergessen.«

Er hörte das Klingeln wie aus weiter Ferne. Zum Glück war das nicht sein Telefon. Er fühlte sich immer noch zerschlagen und hundemüde und vergrub seinen Kopf wieder in den Kissen. Auch auf Marylebone hatten sie ihn unnachsichtig hochgescheucht. Um fünf nach acht war er wieder zurück gewesen und mit dem Taxi nach Hause gefahren. Wie man den Abend in London auch betrachtete – er hatte in jeder Hinsicht draufgezahlt.

Eine Stunde später klingelte es wieder. Schrill und durchdringend. Diesmal bekam er mit, dass es sein Telefon war, und tastete – noch immer schlaftrunken – nach dem Nachttisch. Er nahm den Hörer ab, gähnte ein »Ja?« in die Muschel und rappelte sich in eine halb sitzende Stellung.

»Lewis? Was, zum Teufel, wollen Sie?«

»Ich versuche schon seit einer Stunde, Sie zu erreichen, Sir. Es ...«

»Wie spät ist es denn eigentlich?«
»Gleich drei, Sir.«
»Was?«
»Es tut mir leid, dass ich Sie geweckt habe, aber es hat hier eine Überraschung gegeben.«
»Darauf bin ich gar nicht neugierig.«
»Ich glaube, es ist besser, Sie kommen vorbei, Sir. Wir sind im Präsidium.«
»Wer ist ›wir‹?«
»Wenn ich Ihnen das sagte, dann wäre es ja keine Überraschung mehr, Sir.«
»In einer halben Stunde«, sagte Morse.

Er setzte sich in den Raum, der für Befragungen vorgesehen war. Vor ihm lag eine Aussage, bereits getippt, aber noch nicht unterschrieben.

Er nahm sie und las:

Ich bin hierhergekommen, um ein Geständnis abzulegen, und hoffe, dass die Tatsache, dass ich mich freiwillig stelle, mir zu meinen Gunsten angerechnet wird. Ich bekenne mich schuldig des Mordes an Mr Reginald Baines, stellvertretendem Direktor an der Roger-Bacon-Gesamtschule in Kidlington, Oxon. Die Gründe für meine Tat sind, meiner Meinung nach, für die strafrechtliche Beurteilung nicht direkt relevant, und zudem glaube ich, dass es Dinge gibt, die jeder Mensch das Recht hat, für sich behalten zu dürfen. Auch zu den Einzelheiten, wie es geschah, möchte ich mich im Moment noch nicht äußern. Ich bin mir bewusst, dass die Frage der Heimtücke sowie des Vorsatzes in einem späteren Prozess von größter Wichtigkeit sein kann, und möchte deshalb darum bitten, meinen Rechtsanwalt hinzuziehen zu dürfen.

Ich bestätige hiermit, dass diese Aussage von mir im Beisein von Sergeant Lewis von der Thames Valley Police am oben genannten Tag zu der oben genannten Zeit selbst verfertigt wurde.

Hochachtungsvoll

Als er mit Lesen fertig war, blickte er hoch. »Sie haben ›relevant‹ falsch geschrieben«, sagte er.

»Das war Ihre Stenotypistin, Inspector. Nicht ich.« Morse griff nach seinem Zigarettenetui und hielt es ihr hin. »Nein, danke, ich rauche nicht.«

Sie weiter ansehend, zündete er sich eine Zigarette an und sog den Rauch tief in die Lungen. Sein Gesichtsausdruck war eine Mischung zwischen unbestimmtem Widerwillen und stummer Skepsis. Er deutete auf die Aussage. »Sie wollen, dass ich das weiterverfolge?«

»Ja.«

»Wie Sie meinen.« Sie saßen schweigend, als gäbe es zwischen ihnen nichts mehr zu reden. Morse sah aus dem Fenster und auf den betonierten Hof hinunter. Er hatte bei diesem Fall schon so viele Fehler begangen – es wäre nicht gut, jetzt noch einen zu machen. Vielleicht war dies wirklich die einzig vernünftige Erklärung. Oder genauer, fast die einzig vernünftige Erklärung. Aber war das jetzt nicht auch schon egal? Doch seine Miene drückte weiter Unbehagen aus.

»Sie mögen mich nicht besonders, Inspector, oder?«

»Das würde ich so nicht sagen«, wehrte Morse ab. »Es ist nur … Sie haben mir bei allen unseren Gesprächen bisher nicht ein einziges Mal die Wahrheit gesagt.«

»Dann müsste mein Geständnis jetzt Sie doch eigentlich befriedigen.«

»So? Denken Sie?« Morse sah sie durchdringend an. Sie gab ihm den Blick trotzig zurück, ging aber nicht darauf ein.

»Kann ich es jetzt unterschreiben?«

Morse schwieg einen Moment.

»Halten Sie das wirklich für richtig?«, fragte er ruhig. Aber sie antwortete nicht darauf, und so schob er ihr den Bogen über den Tisch und stand auf. »Sie haben einen Kuli dabei?«

Sheila Phillipson nickte und öffnete ihre große Lederhandtasche.

»Glauben Sie ihr, Sir?«

»Nein«, sagte Morse lapidar.

»Was machen wir denn jetzt mit ihr?«

»Lassen Sie sie ruhig eine Nacht in der Zelle schmoren. Ich denke, sie weiß ziemlich genau, wie der Mord passiert ist, aber sie hat ihn nicht selbst begangen.«

»Sie meinen, sie deckt nur ihren Mann?«

»Könnte sein. Ich weiß es nicht.« Morse erhob sich. »Und ich will Ihnen ganz ehrlich sagen, Lewis, es ist mir auch scheißegal. Wer auch immer Baines umgebracht hat – er verdiente eine lebenslange Rente, nicht eine lebenslange Strafe.«

»Aber darum haben wir doch trotzdem die Pflicht, herauszufinden, wer es getan hat, Sir.«

»Ich nicht mehr. Ich habe die Schnauze voll von dem Fall – und überlegen Sie doch mal, was ich die ganzen Wochen mit meiner Arbeit erreicht habe – nichts. Ich werde morgen früh zu Strange gehen und ihn bitten, mich von dem Fall zu entbinden.«

»Das wird ihn nicht gerade freuen.«

»Er freut sich nie über irgendetwas.«

»So etwas sieht Ihnen eigentlich gar nicht ähnlich, Sir.«

Morse setzte ein reuiges kleines Lächeln auf. »Jetzt sind Sie enttäuscht von mir, Lewis, oder?«

»Ja. Ein bisschen schon – jedenfalls wenn Sie jetzt einfach alles hinschmeißen.«

»Dazu bin ich aber nach wie vor fest entschlossen.«

»Ich verstehe.«

»Das Leben ist eine einzige Kette von Enttäuschungen, Lewis. Das sollten Sie doch mittlerweile gelernt haben.«

Morse ging allein zurück in sein Büro. Um ehrlich zu sein, er war mehr als nur ein bisschen verletzt durch Lewis' Worte. Er hatte recht, natürlich, und er hatte auch alle Vernunft und Moral auf seiner Seite, wenn er in seiner ruhigen Art sagte: *Aber darum haben wir doch trotzdem die Pflicht, herauszu-*

finden, wer es getan hat. Ja, das wusste er. Aber hatte er es nicht versucht und immer wieder versucht und hatte es eben *nicht* herausgefunden? Wenn man es recht bedachte, hatte er noch nicht einmal herausgefunden, ob Valerie Taylor am Leben oder tot war ... Eben hatte er versucht, Sheila Phillipson Glauben zu schenken; aber es war ihm einfach unmöglich. Egal – wenn sie tatsächlich die Wahrheit sagte, war es besser, ein anderer schloss diesen Fall ab. Viel besser. Und wenn sie nur ihren Mann damit schützen wollte ...? Daran mochte er jetzt nicht denken. Er hatte Lewis gebeten, Phillipson aufzusuchen, aber der Direktor war weder zu Hause noch in der Schule; im Moment kümmerten sich Nachbarn um die Kinder.

Was auch geschah, mit diesem Dienstagnachmittag endete für ihn, Morse, diese Geschichte. Er dachte zurück an jenen anderen Dienstagnachmittag, damals in Phillipsons Büro ... Was hatte er denn nur außer Acht gelassen bei diesem Fall? Welches kleine und scheinbar unbedeutende Detail, das ihn auf die richtige Fährte gebracht hätte? Eine halbe Stunde lang zerbrach er sich den Kopf, aber es kam nichts dabei heraus. Es war sinnlos. Er war erschöpft und keines neuen Gedankens mehr fähig. Jawohl, morgen früh wollte er zu Strange und ihm den Fall zurückgeben. Schließlich war er ja noch Herr seiner Entschlüsse, gleichgültig, was Lewis darüber dachte.

Er ging hinüber zum Aktenschrank und nahm zum letzten Mal alle Unterlagen zu diesem Fall heraus. Inzwischen füllten sie zwei Ordner, die beinahe platzten. Morse löste an beiden die stählernen Klammern und kippte den ganzen Inhalt einfach auf den Tisch. Er musste das Material ja einigermaßen geordnet übergeben. Das würde nicht allzu viel Zeit in Anspruch nehmen, und er hatte im Moment gar nichts gegen diese primitive Büroarbeit einzuwenden. Systematisch und akkurat begann er, einzelne Zettel, Blätter, Briefe auf die jeweiligen Dokumente zu häufen, zu denen sie gehörten, und brachte die Dokumente dann ihrerseits in eine chronologische Reihenfolge. Er musste daran denken, wie er die ganzen Papiere das vorige Mal hier ausgebreitet hatte, es waren längst nicht so viele gewesen; Lewis hatte ihn damals auf die Sache mit dem Verkehrslotsen aufmerksam gemacht. Zwar eine falsche Spur, wie sich später herausstellte, aber sie hätte ja auch von entscheidender Bedeutung gewesen sein können – und er hatte sie glatt übersehen. Hatte er vielleicht noch mehr in diesem Wust von Papier übersehen? Aber was grübelte er noch darüber nach? Es war jetzt zu spät. Er fuhr fort in seiner Arbeit. Valeries Zeugnisse. Die brachte er auch besser in die richtige Reihenfolge. Drei pro Jahr: Herbst-, Frühjahrs-, Sommerzeugnis. Aus ihrem ersten Jahr an der Gesamtschule lagen keine vor, aber sonst alle, bis auf eins – das Sommerzeugnis aus dem vierten Jahr. Warum? Das hatte er vorher nie bemerkt … Die Denkmaschine sprang wieder an. – Nein! Er drehte ihr den Strom ab. Das musste überhaupt nichts bedeuten; das Zeugnis war eben nicht da. Es ging viel verloren in der Welt. Was sollte ihn denn daran misstrauisch machen? Fast gegen seinen Willen ließ er die Stapel liegen, setzte sich in seinen Sessel und legte die Fingerspitzen an die Unterlippe. Vor ihm auf dem Tisch lagen die Zeugnisse. Er hatte sie natürlich alle längst gelesen und wusste auch genau, was drinstand. Valerie gehörte auch zu den vielen Könnte-mehr-leisten-wenn-sie-wollte-Schülern. Wie wir alle … Die Lehrer an der Roger-Bacon-Schule hätten sich diese Zeugnisse auch sparen können; es stand in allen dasselbe. Im letzten zum Beispiel, dem Frühjahrszeugnis aus dem Jahr, in dem sie verschwand. Immer dieselben Sprüche über Fortschritte oder dass diese auf sich warten ließen. Morse sah noch einmal mit einem halben Blick darauf. Acums Unterschrift stand da neben ihrer Beurteilung in Französisch: »Könnte wesentlich Besseres leisten, wenn sie nur wollte. Ihre Aussprache ist erstaunlich gut, aber Wortschatz- und Grammatikkenntnisse weisen noch große Lücken auf.« Wirklich immer dasselbe. Ein Fach gab es allerdings, das Valerie offenbar interessiert hatte und in dem sie Erfreuliches geleistet hatte; das war der Technisch-naturwissenschaftliche Unterricht. Morse konnte sich nur schwer vorstellen, dass Mädchen mit solchen Themen gut zurechtkamen. Aber die Lehrpläne hatten seit seinen Schülertagen seltsame Veränderungen erfahren. Er sah sich die früheren Zeugnisse durch. »Manuell sehr geschickt«, »Hat in diesem Trimester gute Leistungen erbracht«, »Verständnis für Mechanik«. Er erhob sich aus dem Sessel und ging ans Regal, wo er Valeries Hefte aufbewahrte. Hier wars: *Technisch-naturwissenschaftlicher Unterricht.* Morse überflog die Seiten. Ja, das sah gut aus – verblüffend gut ... Moment mal! Er sah das Heft noch einmal durch, aber diesmal aufmerksamer. Die Lehrplanthemen lauteten: *Kraft, Arbeit, Leistung, Beschleunigung, Wirkungsgrad von Maschinen, einfache Maschinen, Hebel, Flaschenzug, einfache Kraftübertragungssysteme, Automotoren, Kupplung ...*

Er ging zurück zum Schreibtisch, langsam wie ein Schlafwandler, und las noch einmal das Frühjahrszeugnis: Französisch und Technisch-naturwissenschaftlicher Unterricht ...

Plötzlich standen ihm buchstäblich die Haare zu Berge. Er fühlte eine Enge im Hals, und ein Schauer lief ihm kalt das Rückgrat hinab. Seine Hand zitterte, als er sie nach dem Telefon ausstreckte.

42

Ich kam offen, um ihn ehrlich zu erdolchen
Beaumont und Fletcher,
Der kleine französische Advokat

Valerie Taylor schraubte die letzte Tube ihrer Hautsalbe auf – das war jetzt schon ihre sechste Verschreibung. Beim letzten Mal hatte der Arzt sie ganz direkt gefragt, ob sie sich über etwas Sorgen mache. Ein wenig beunruhigt war sie schon, aber so, dass es gleich nach außen schlug, nun auch wieder nicht. Sie gehörte nicht zu denen, die sich allzu viele Gedanken um die Dinge machten. Das Einzige, was sie wollte, war zu leben, jetzt und hier, und möglichst jeden Tag zu genießen. Sorgfältig verteilte sie die weiße Creme auf den unreinen Stellen. Wenn die Pickel doch bloß endlich verschwinden würden ... Sie hatte sie jetzt schon seit über einem Monat, und sie schienen trotz aller Behandlung und Pflege überhaupt nicht besser zu werden. Sie hatte alles Mögliche versucht, sie loszuwerden, einschließlich dieser komischen Schönheitsmaske. Das war an dem Tag gewesen, als der Inspector zum ersten Mal vorbeigekommen war. Hm. Vielleicht war er schon ein kleines bisschen zu alt für sie – obwohl, sie hatte ältere Männer immer anziehend gefunden. David war ihr fast ein wenig zu jung. Aber er war immer unheimlich nett zu ihr gewesen. Trotzdem ...

Das Gesicht von diesem Morse, als sie ihm in fließendem Französisch geantwortet hatte! Sie musste in der Erinnerung daran lächeln. Puh! Wie gut, dass sie David auf die beiden Klassenfahrten nach Frankreich begleitet hatte. Allerdings wäre sie wahrscheinlich auch so durchgekommen. Der Inspector sprach ja selber nicht besonders gut. Der Abendkurs *Französische Konversation,* den sie in den vergangenen zwei Jahren regelmäßig besucht hatte, war eben doch nicht ohne Erfolg geblieben. Zuerst hatte David sie ja ziemlich triezen müssen, damit sie hinging, aber später hatte es ihr dann sogar Spaß gemacht. Außerdem war es eine Möglichkeit gewesen, wenigstens einmal in der Woche rauszukommen. Den ganzen Tag über allein in diesem Haus – da hatte sie manchmal das Gefühl, als fiele ihr die Decke auf den Kopf. Das lag sicher auch daran, dass es hier so wenig für sie zu tun gab, und wenn sie wegging, wusste sie auch nicht so recht, was sie tun sollte. Das alles war natürlich nicht Davids Schuld, aber ...

Diese verdammten Pickel! Sie wischte die alte Creme ab

und trug eine neue Schicht auf. Vielleicht wäre es besser, sie ließe die Haut einmal eine Zeit lang ganz in Ruhe und setzte ihr Gesicht einfach nur der Sonne aus. Aber das war leichter gesagt als getan. Heute war es draußen wieder mal bedeckt, und bald würden schon wieder die ersten kalten Tage kommen. Hier in Nord-Wales wurde es viel kälter als in Oxford. Wenn sie an den vergangenen Winter dachte ... Brrr! Noch so einen Winter würde sie nicht mehr mitmachen ... Der Abwasch war fertig, und David saß unten im Wohnzimmer und korrigierte Schularbeiten. Sie hatte das Gefühl, er tue überhaupt nichts anderes, als zu korrigieren. Es würde natürlich ein furchtbarer Schlag für ihn sein, aber ...

Sie trat an den Schrank und nahm das lange, rote Samtkleid heraus, das sie letzte Woche in die Reinigung gegeben hatte. Sie hielt es sich vor, betrachtete sich im Spiegel und begann zu träumen – Abendessen bei Kerzenschein, Partys, Bälle ... Es war schon so lange her, dass sie ausgegangen war, richtig ausgegangen ... Sie musste sich bald wieder die Haare nachfärben. Die schwarzen Wurzeln waren schon deutlich zu sehen. Sie würde daran denken und sich morgen eine Flasche Poly-Blondierung kaufen. Oder sollte sie die Farbe einfach herauswachsen lassen? Vielleicht war es gar nicht mehr nötig, dass sie ihr Aussehen veränderte. Neulich in Oxford hätte sie bestimmt auch mit ihrer echten Haarfarbe niemand erkannt. Aber das nächste Mal, wenn sie hinfuhr, würde sie nicht wieder einen Wagen mieten. Das kam zu teuer. Es war viel besser, mit dem Bus bis Bangor zu fahren und von dort auf der A5 zu trampen. Es gab immer noch viele Männer, die allein unterwegs waren und nur darauf warteten, dass ein hübsches Mädchen zu ihnen einstieg. Und die A5 war sowieso eine gute Straße – sie ging durch bis London ...

Ein Glück, dass sie David gegenüber das mit dem Auto erwähnt hatte. Davor hatte sie wirklich ein bisschen Angst gehabt, dass sie auf die Idee kommen könnten, die Wagenvermietungen zu überprüfen. Sie hatte David natürlich nicht den wahren Grund für ihre Fahrt gesagt, sondern behauptet, sie habe ihre Mutter besuchen wollen. Sie hatte zugegeben, dass es eine dumme, unvernünftige Idee gewesen sei, und ihm versprochen, so etwas nicht wieder zu tun. Aber ihm einzuschärfen, dass er sagen solle, sie könne nicht Auto fahren – das war wirklich vorausschauend gewesen. Und anscheinend hatten sie ja tatsächlich danach gefragt. Dieser Morse war eben clever. Beim ersten Mal, als er vor der Haustür gestanden hatte, hatte sie ihn wirklich ganz schön provoziert. Aber es hatte sie so gereizt. Und dann sein zweiter Besuch. Das war wirklich der schlimmste Moment in ihrem ganzen bisherigen Leben gewesen, als sie die Haustür aufgeschlossen hatte und ihn sah, wie er in die offene Küchenschublade blickte. Sie hatte natürlich ein neues gekauft, aber es war haargenau dasselbe Messer … Komisch, er hatte gar nichts davon gesagt.

Sie warf noch einen kurzen Blick in den Spiegel. Die Behandlung schien ihrer Haut gutgetan zu haben. Die Pickel sahen schon nicht mehr ganz so schlimm aus. Sie machte die Schlafzimmertür hinter sich zu … Morse! Während sie die knarrende Holztreppe hinunterstieg, spielte ein kleines, etwas spöttisches Lächeln um ihre Lippen. Das Gesicht, das er gemacht hatte! *Oui. Je l'ai étudié d'abord à l'école et après …*

Im Polizeipräsidium von Caernarfon klingelte das Telefon, und das Fräulein von der Vermittlung fragte beim diensttuenden Inspector nach, ob sie den Anruf durchstellen solle.

»Jaja.« Er hielt eine Hand über die Sprechmuschel und sagte sotto voce zu dem ihm gegenübersitzenden Sergeant: »Es ist schon wieder dieser Morse.«

»Morse, Sir?«

»Ja, erinnern Sie sich nicht mehr, dieser Typ aus Oxford, der uns das letzte Wochenende so auf Trab gehalten hat. Bin mal gespannt, was er jetzt schon wieder … Hallo, Sir, kann ich Ihnen behilflich sein?«

Epilog

*Hier werden Tränen dem Leid,
es rührt das Menschliche Menschen*
Vergil, Aeneis I

Erst am Samstagmorgen rief Morse den wegen der Verzögerung schon etwas gekränkten Lewis ins Büro, um ihn über die Ereignisse der letzten Tage zu informieren.

Die Polizei von Caernarfon war der Ansicht gewesen (nicht ganz zu Unrecht, wie Morse zugab), dass die Beweise gegen Valerie Taylor zu einer Festnahme nicht ausreichten – selbst wenn sie vielleicht sogar bereit waren, Morse' heftiger Beteuerung, bei Mrs Acum handele es sich in Wirklichkeit um Valerie Taylor, Glauben zu schenken. Und als Morse selbst am Mittwochmorgen eintraf, war es zu spät gewesen. Der Fahrer des 9.50-Uhr-Busses von Bont-Newydd nach Bangor konnte sich deutlich an sie erinnern, und einem Tankwart war sie aufgefallen (so eine wie die vergisst man nicht so schnell, Officer!), wie sie – den Daumen nach oben – an der A5 gestanden hatte.

Lewis hatte aufmerksam zugehört, aber ein oder zwei Dinge waren ihm immer noch unklar. »Also hat doch Baines den Brief geschrieben?«

»Ja. Valerie hatte gar keine Veranlassung dazu.«

»Wer weiß, Sir. Ich glaube, sie ist ganz schön gewitzt.«

Im Gegensatz zu mir, dachte Morse. Ich bin ein ausgewachsener Schwachkopf. Das Auto, das Französisch und die Pickel – eine Kombination von Umständen und vermeintlichen Unwahrscheinlichkeiten, an der er gescheitert war. Dabei hätte er es durchschauen können. Schließlich wäre es schon geradezu auffallend gewesen, wenn ein so technisch interessiertes Mädchen wie Valerie nicht den Führerschein gehabt hätte; und ihr *gesprochenes* Französisch war selbst in der Schule schon ganz leidlich gewesen. Und er hatte die Zeugnisse die ganze Zeit über hier liegen gehabt! Wenn er doch bloß ...

»Das war schon ein unwahrscheinlicher Zufall, dass sie beide picklig waren, nicht wahr, Sir?«

»Nein, genau genommen eigentlich gar nicht, Lewis. Beide schliefen mit Acum – und der hat einen Bart.«

Dieser Zusammenhang war Lewis verborgen geblieben. Er sagte nichts weiter dazu, sondern fragte stattdessen: »Und jetzt ist sie vermutlich in London, Sir?«

Morse lächelte bitter. »Ja. Kann schon sein. Und wir stehen wieder genau an demselben Punkt, von dem aus wir angefangen haben.«

»Glauben Sie, dass wir sie finden?«

»Ich weiß es nicht. Wahrscheinlich ja – aber wer weiß, wann.«

Am Samstagnachmittag fuhr Familie Phillipson mit dem Auto zu dem berühmten White Horse Hill nach Uffington. Andrew und Alison machte der Ausflug großen Spaß, und Mrs Phillipson sah ihnen lächelnd zu, wie sie ausgelassen über die grünen Hügel tollten. In den letzten Tagen war so viel geschehen mit ihr und Donald. Am Dienstagabend hatte ihrer beider Schicksal auf Messers Schneide gestanden. Aber jetzt, an diesem sonnigen, kühlen Herbstnachmittag, lag die Zukunft vor ihnen offen und frei da wie die weite Landschaft um sie her. Sie hatte sich vorgenommen, einen langen, langen Brief an Morse zu schreiben; wollte versuchen, ihm aus tiefstem Herzen zu danken. Denn an jenem schrecklichen Abend war Morse es gewesen, der Donald gefunden und zu ihr heimgebracht hatte; er schien alles über sie beide zu wissen und es zu verstehen ...

Am Samstagabend starrte Mrs Grace Taylor mit leerem Blick aus dem Fenster auf die dunkle Straße. Am Nachmittag waren sie aus ihren Ferien zurückgekommen; und hier schien noch alles genauso zu sein wie bei ihrer Abfahrt. Um Viertel nach acht sah sie im Licht der Straßenlaterne, wie Morse langsam, den Kopf gesenkt, in Richtung Pub ging. Sie verschwendete keinen zweiten Gedanken an ihn.

Vorhin, als es noch hell war, hatte sie im Vorgarten die letzten verblühten Rosen abgeschnitten. Eine einzige hatte noch in ihrer vollen scharlachroten Schönheit geprangt. Die hatte sie auch abgeschnitten. Jetzt stand sie auf dem Kaminsims in einer billigen Glasvase, die Valerie einmal bei der St.-Giles-Kirmes an einem Schießstand gewonnen hatte. Darüber an der Wand schwangen sich mehrere Enten in einer Diagonale nach oben. Einige von ihnen kehren nie heim. Nie.

Colin Dexter im Unionsverlag

Colin Dexter wurde am 29.09.1930 in Stamford, England, geboren. Er studierte Klassische Altertumswissenschaft am Christs College in Cambridge. Seine anschließende 13-jährige Lehrtätigkeit musste er wegen eintretender Taubheit beenden, woraufhin er eine Stelle in einer Prüfungskommission an der Oxford-Universität annahm. 1973 schrieb er während eines verregneten Familienurlaubs in Wales seinen ersten Kriminalroman, *Der letzte Bus nach Woodstock*. Es folgten zwölf weitere Fälle für Inspector Morse sowie ein Erzählband, die in England immens erfolgreich waren und als Fernsehserie unter dem Titel *Inspektor Morse, Mordkommission Oxford* verfilmt wurden. Basierend auf Dexters Figuren wurden 2007 und 2012 zwei weitere Fernsehserien *(Lewis – der Oxford Krimi* und *Der junge Inspektor Morse)* ins Leben gerufen.

Mit seinem Ermittler verbindet ihn die Liebe zu Kreuzworträtseln, Wagner, Ale und Whisky. Seine Werke wurden mehrfach ausgezeichnet, u. a. mehrmals mit dem CWA Silver und Gold Dagger. Für sein Lebenswerk wurde Dexter mit dem CWA Diamond Dagger, dem Theakstons Old Peculier Outstanding Contribution to Crime Fiction Award und dem Order of the British Empire für Verdienste um die Literatur ausgezeichnet. Er starb 2017 im Alter von sechsundachtzig Jahren in Oxford.

»Kaum ein Krimiautor schreibt so intelligent und behaglich beunruhigend wie Colin Dexter. Brillant webt er dichte, gewitzte Handlungen, gespickt mit literarischen Bezügen und falschen Fährten.« *The Washington Times*

»Ein Meister des Kriminalromans, an den kaum einer heranreicht.« *Publishers Weekly*

Mehr über Autor und Werk auf *www.unionsverlag.com*

Colin Dexter im Unionsverlag

Der letzte Bus nach Woodstock

Zuletzt gesehen in Kidlington

Die schweigende Welt des Nicholas Quinn

Eine Messe für all die Toten

Die Toten von Jericho

Das Rätsel der dritten Meile

Das Geheimnis von Zimmer 3

Gott sei ihrer Seele gnädig

Der Wolvercote-Dorn

Der Weg durch Wytham Woods

Die Töchter von Kain

Der Tod ist mein Nachbar

Der letzte Tag

Ihr Fall, Inspector Morse

Die vollständige Reihe erscheint ab Juli 2018. Vollständig lieferbar als E-Book ab September 2018.

Mehr über Autor und Werk auf *www.unionsverlag.com*